o morro dos ventos uivantes

EMILY BRONTË

O Morro dos Ventos Uivantes
O amor nunca morre...

Tradução:
Ana Maria Chaves

Título original: *Wuthering heights*

Preparação de texto: Laura Bacellar
Revisão: Tulio Kawata
Diagramação: S4 Editorial
Capa: Nik Keevil
Layout HarperCollins Publishers Ltd 2009
Imagens da capa: Alamy Getty e sxc.hu

Dados Internacionais de Catalogação na Publicação (CIP)
Angélica Ilacqua CRB-8/7057

Brontë, Emily, 1818-1848
    O morro dos ventos uivantes : o amor nunca morre / Emily Brontë; tradução Ana Maria Chaves. – 2. ed. - São Paulo: LeYa, 2014.
    292 p.

ISBN 978-85-8178-075-7
Título original: *Wuthering Heighs*

1. Literatura inglesa I. Título II. Chaves, Ana Maria

10-0532   CDD 823

Índices para catálogo sistemático:
1. Literatura inglesa

LeYa Brasil é um selo editorial
da empresa Casa dos Mundos.

Todos os direitos reservados à
CASA DOS MUNDOS PRODUÇÃO
EDITORIAL E GAMES LTDA.
Rua Frei Caneca, 91 | Sala 11 – Consolação
01307-001 – São Paulo – SP

Capítulo I

1801 – ACABO DE REGRESSAR da visita que fiz ao meu senhorio – o único vizinho que poderá perturbar meu isolamento. Esta região é sem dúvida magnífica! Sei que não poderia ter encontrado em toda a Inglaterra outro lugar como este, tão retirado, tão distante da mundana agitação. Um paraíso perfeito para misantropos: o sr. Heathcliff e eu formamos a parceria ideal para dividir esse isolamento. Um tipo formidável, este Heathcliff! Mal ele sabia como eu transbordava de cordialidade quando seus olhos desconfiados se esconderam sob os cílios ao ver-me cavalgar na sua direção, e quando seus dedos resolutos e ciosos se enfiaram mais fundo nos bolsos do colete quando lhe disse o meu nome.

– Falo com o sr. Heathcliff? – perguntei.

Aquiesceu com a cabeça.

– Sou o sr. Lockwood, o seu novo inquilino. Quis ter a honra de visitá-lo logo após a minha chegada, para lhe apresentar as minhas desculpas e lhe dizer que espero não tê-lo importunado demais com a minha insistência em alugar a Granja dos Tordos: constou-me ontem que o senhor tinha dito que...

– A Granja dos Tordos é propriedade minha, meu caro senhor – atalhou ele, arredio –, e, se puder evitá-lo, não permito que ninguém me importune. Entre!

Este "entre" foi proferido entredentes e o sentimento que exprimia era mais um "Vá para o diabo"; até a cancela em que se apoiava se quedou imóvel, insensível ao convite. Convite que, acho eu, acabei por aceitar movido pelas circunstâncias: estava muito curioso por este homem que parecia, se possível, ainda mais reservado do que eu.

Só quando viu os peitorais do meu cavalo forçarem a cancela é que tirou a mão do bolso e abriu o cadeado, subindo depois a trilha lamacenta à minha frente, cabisbaixo. Ao chegarmos ao pátio, gritou:

– Joseph, leva o cavalo do sr. Lockwood e traz-nos vinho.

"A criadagem está reduzida a isto, certamente", pensei, ao ouvir a ordem dupla. "Não admira que a erva cresça por entre o lajedo e as sebes tenham de ser podadas pelo gado."

Joseph era um homem já de certa idade, melhor dizendo, já um velho, bastante velho até, se bem que de rija têmpera.

– Valha-me Deus! – resmungou, com voz sumida e enfadada, quando segurou meu cavalo, ao mesmo tempo que me fitava com um ar tão sofredor que eu, caridosamente, imaginei que ele devia precisar da ajuda divina para digerir o jantar e que aquele piedoso arrazoado nada tinha a ver com a minha visita inesperada.

Morro dos Ventos Uivantes é o nome da propriedade onde o sr. Heathcliff vive, nome da tradição local, só por si revelador da inclemência climática a que o lugar está exposto durante as tempestades. Ar puro e vento revigorante é coisa que não falta a quem vive lá no alto: adivinha-se a força dos ventos do norte que varrem as cristas das penedias pela acentuada inclinação de alguns abetos raquíticos que guarnecem os fundos da casa e pelo modo como os espinheiros do cercado estendem os seus braços descarnados todos na mesma direção, como se a implorarem ao sol a dádiva de uma esmola. Afortunadamente, o arquiteto teve visão suficiente para construir a casa sólida – as janelas estreitas foram escavadas fundo na pedra e os cantos protegidos por grandes pedras em cunha.

Antes de transpor a entrada principal, detive-me a admirar as figuras grotescas que ornamentavam profusamente a fachada, concentradas sobretudo ao redor da porta, sobre a qual, perdidos num emaranhado de grifos e meninos despudorados, consegui entrever uma data – 1500 – e um nome – *Hareton Earnshaw*. Fiquei com vontade de tecer alguns comentários e pedir ao sorumbático proprietário que fizesse uma breve história do lugar, mas a sua atitude junto à porta parecia exigir que, das duas uma, ou entrasse sem vagar ou fosse embora de vez, e longe de mim a ideia de aumentar sua impaciência antes de poder apreciar o interior.

Entramos diretamente em uma sala sem passar por nenhum vestíbulo ou corredor – a sala comum, como aqui costuma ser chamada. Inclui geralmente a cozinha e a sala de estar, mas creio que no Morro dos Ventos Uivantes a cozinha teve de ser transferida para outra parte da casa; pelo menos, ouvia-se lá para dentro um grande burburinho de vozes e o bater de tachos e panelas; também não detectei na enorme lareira quaisquer vestígios de assados ou cozidos de panela, nem vi pendurados nas paredes os reluzentes tachos de cobre ou as escumadeiras de estanho. Numa das paredes de topo, a luz e o calor das labaredas refletiam-se em todo o seu esplendor nas grandes bandejas de estanho e nos canjirões e picheis de prata que, em filas alternadas, subiam até as telhas dispostos num enorme guarda-louça de carvalho. O telhado não tinha forro, exibindo-se em toda a sua nudez aos olhares curiosos, exceto nos locais onde ficava escondido atrás de uma prateleira suspensa cheia de bolos de aveia, ou atrás de presuntos defumados, de vitela, carneiro e porco, que pendiam das traves em fileiras. Por cima da chaminé alinhavam-se velhas escopetas já sem préstimo e um par de pistolas de arção, e, sobre o rebordo, à guisa de enfeite, três latas de chá pintadas de cores vivas. O chão era de lajes brancas e polidas. As cadeiras eram antigas, de espaldar, pintadas de verde, havendo também um ou dois cadeirões negros e pesados, semiocultos na sombra. Num nicho do guarda-louça estava deitada uma enorme cadela de caça de pelo avermelhado escuro, rodeada por uma ninhada de cachorrinhos barulhentos, e havia ainda mais cães instalados em outros recantos.

A casa e a mobília nada teriam de extraordinário se pertencessem a um simples lavrador do norte da Inglaterra, de forte compleição e pernas musculosas, calções apertados nos joelhos e um belo par de polainas. Indivíduos desses, sentados nos seus cadeirões, com uma caneca de cerveja transbordante de espuma pousada na mesa redonda à sua frente, encontram-se em profusão por estes montes, num raio de cinco ou seis milhas, se chegarmos na hora certa, ou seja, depois do jantar. O sr. Heathcliff, porém, contrasta singularmente com o ambiente que o rodeia e o modo como vive. É um cigano de pele escura no aspecto e um cavalheiro nos modos e no trajar, ou melhor, tão cavalheiro como tantos outros fidalgotes rurais – um pouco desmazelado talvez, sem contudo deixar que essa negligência amesquinhe o seu porte altivo e elegante, se bem que taciturno. Alguns irão acusá-lo de orgulho desmedido, mas tenho um sexto sentido que me diz que não se trata disso – instintivamente, sei que a sua reserva provém de uma aversão inata à exteriorização de sentimentos e à troca de demonstrações de afeto. É capaz de amar e de odiar com igual dissimulação e de considerar impertinência a retribuição desse ódio ou desse amor. Espera lá, estou indo depressa demais. Acho que lhe atribuí, com toda a liberalidade, os meus próprios atributos. O sr. Heathcliff pode ter razões completamente diferentes das minhas para se esquivar de apertar a mão de alguém que acaba de conhecer. O defeito é capaz de ser meu – a minha saudosa mãe costumava dizer que eu nunca haveria de conhecer o conforto de um lar, e ainda no verão passado provei ser perfeitamente indigno de possuir um.

Estava eu saboreando um mês de ameno lazer à beira-mar, quando fui apresentado à mais fascinante das criaturas – uma deusa em carne e osso – sem que ela, todavia, reparasse em mim. Nunca lhe confessei abertamente o meu amor, mas, se é verdade que os olhos falam, até um idiota teria percebido que eu estava perdidamente apaixonado. Finalmente, ela acabou por entender e devolveu-me a atenção com o olhar mais terno que se possa imaginar.

E que fiz eu? É vergado ao peso da vergonha que o confesso: retraí-me timidamente como um caracol, mostrando-me mais frio e distante a cada olhar seu, até que a pobre inocente começou a duvidar do que os seus olhos lhe diziam e, perante o vexame do erro cometido, convenceu a mãe a partirem mais cedo. Esta estranha mudança de atitude valeu-me a fama de coração empedernido, fama essa que só eu sei quão imerecida é.

Sentei-me do lado da lareira oposto àquele para onde se dirigira o meu senhorio e preenchi os momentos de silêncio que se seguiram tentando afagar o pelo da cadela que abandonara a ninhada para se aproximar ameaçadoramente das minhas pernas pela retaguarda, como uma loba, de dentes arreganhados e escorrendo saliva, ávidos por uma dentada.

A festa que lhe fiz teve como resposta uma rosnadela gutural e prolongada.

– É melhor não se meter com ela – rosnou o sr. Heathcliff em uníssono, dando-lhe um pontapé para evitar alguma demonstração mais feroz. – Ela não está acostumada a afagos, nem é cão de estimação.

Depois dirigiu-se a passos largos para uma porta lateral e chamou de novo:
– Joseph!

Joseph respondeu qualquer coisa lá do fundo da adega, mas, como não dava sinais de subir, o patrão resolveu ir lá falar com ele e desapareceu pela escada, deixando-me na companhia da temível cadela e de mais dois cães ovelheiros, de pelo hirsuto e ar de poucos amigos, que com ela ciosamente vigiavam todos os meus movimentos. Sem vontade nenhuma de entrar em contato com as suas presas afiadas, fiquei sentado, muito quieto. Achando, porém, que eles não iriam entender insultos tácitos, tive a infeliz ideia de piscar os olhos e fazer caretas ao trio que se postava à minha frente; nisto, algo na minha fisionomia irritou a madame a tal ponto que, num acesso de raiva, se atirou a mim. Rechacei-a para longe e apressei-me a colocar a mesa entre nós dois, expediente que enfureceu o resto da matilha; meia dúzia de adversários de quatro patas, de todos os tamanhos e idades, acorreram ao centro da sala, vindos dos mais variados esconderijos. Percebendo que os meus tornozelos e as bandas do casaco eram os seus alvos preferidos, e embora conseguisse, com algum êxito, manter os mais corpulentos à distância com a ajuda do atiçador, vi-me obrigado a gritar para que alguém viesse me ajudar a restabelecer a ordem.

Porém, tanto o sr. Heathcliff como o criado subiram as escadas da adega com humilhante fleuma. Não creio que tenham demorado um segundo menos que o habitual, apesar de estar se desencadeando em volta da lareira uma verdadeira tempestade de rosnados e latidos.

Felizmente alguém se mostrou mais rápido na cozinha; uma mulher de fartas carnes, saia arregaçada, braços nus e rosto afogueado, lançou-se para o meio da confusão de frigideira em punho, servindo-se tão bem dela e da língua como armas que a tempestade amainou como por magia e, quando o dono da casa chegou perto de nós, só ela restava, arfante, como o mar depois de um furacão.

– Mas que barulho dos diabos vem a ser este? – perguntou o sr. Heathcliff, olhando-me de um modo que ficou difícil de suportar depois de acolhimento tão pouco hospitaleiro.

– Dos diabos, diz muito bem! – retruquei. – A vara bíblica de porcos endemoninhados não estaria possuída de espíritos piores que os destes seus animais. Isto é o mesmo que atirar um visitante no meio de um bando de tigres!

– Eles não atacam se as pessoas não mexerem em nada – retorquiu o dono, pousando a garrafa na minha frente e voltando a colocar a mesa no seu lugar. – A obrigação deles é manter-se vigilantes. Aceita um copo de vinho?

– Não, obrigado.

– Não o morderam, não foi?

– Se tivessem me mordido, o responsável iria ver só.

O semblante de Heathcliff descontraiu-se num sorriso.

– Vá lá, sr. Lockwood! Vejo que está transtornado. Beba um pouco de vinho. As visitas são tão raras nesta casa que, admito, eu e os meus cães quase nem sabemos recebê-las. À sua saúde!

Retribuí o brinde com um cumprimento, começando então a perceber que seria ridículo mostrar-me ofendido com os desmandos de meia dúzia de cachorros; além disso, detestava a ideia de ver o homem continuar a rir à minha custa, já que para tanto parecia inclinado.

Ele, por seu turno, considerando muito sensatamente que seria desaconselhável ofender um bom inquilino, e fugindo um pouco ao seu estilo lacônico, com omissão de pronomes e verbos auxiliares, procurou um tema de conversa que a seu ver me interessasse, e pôs-se a discorrer sobre as vantagens e desvantagens do lugar que eu escolhera para me isolar do mundo.

Achei inteligente o modo como abordou os vários assuntos e, antes de vir embora, senti-me encorajado a combinar uma nova visita no dia seguinte.

Ele, evidentemente, não mostrou vontade nenhuma de que a minha invasão se repetisse. Mas eu vou, mesmo assim. É espantoso como, comparado com ele, me sinto sociável.

Capítulo II

ONTEM, A TARDE INSTALOU-SE fria e brumosa. Era minha intenção passá-la em casa, em frente à lareira, em vez de enfrentar lodaçais e matos até o Morro dos Ventos Uivantes.
Porém, quando subi para o meu quarto depois do jantar (N. B. janto entre o meio-dia e a uma hora; a governanta, uma matrona que me foi legada junto com a casa, não foi capaz de compreender, ou não quis, o meu pedido de que o jantar fosse servido às cinco horas), com esta ideia preguiçosa a germinar-me no espírito, deparei, ao entrar, com uma criada de joelhos, rodeada de escovas e baldes de carvão, atirando pazadas de cinza para apagar as brasas da lareira e levantando uma poeira dos diabos. Este espetáculo fez-me voltar para baixo imediatamente; pus o chapéu e, ao cabo de quatro milhas de caminhada, cheguei à cancela da propriedade de Heathcliff em tempo de escapar dos primeiros flocos esvoaçantes de uma nevasca.
Ali, no alto daquele monte desnudo e desolado, a terra era dura, coberta de negra geada, e o ar frio fazia-me tremer até os ossos. Como não consegui abrir o cadeado que a fechava, saltei a cancela e, pegando o caminho empedrado orlado de groselheiras maltratadas, bati em vão para que me abrissem a porta, até ficar com os dedos dormentes e ouvir os cães ladrarem cada vez mais.
"Malditos!", pensei. "Bem merecem ficar eternamente isolados dos da vossa espécie por tanta falta de hospitalidade. Eu, pelo menos, nunca manteria as portas trancadas durante o dia. Isso pouco me importa, vou mais é entrar!"
Dito e feito. Agarrei a aldraba e a girei com veemência. Joseph, com o seu ar avinagrado, colocou a cabeça para fora de uma das janelas redondas do celeiro.
– O que é que vossemecê quer? – berrou ele. – O patrão está pros lados do curral. Dê a volta pelos fundos até lá embaixo se vossemecê quer falar com ele.
– Não há ninguém em casa para abrir a porta? – gritei, em resposta.
– Só a patroa, e essa não lhe abre a porta nem que vossemecê fique aí batendo até ser noite.
– Essa agora! E não pode dizer a ela quem eu sou, Joseph?

– Te arrenego! Eu não tenho nada a ver com isso – resmungou a cabeça, desaparecendo em seguida.

A neve caía agora com mais intensidade. Quando agarrei na aldraba para insistir mais uma vez, surgiu no pátio dos fundos um rapagão em mangas de camisa e de forquilha ao ombro, que me gritou que fosse com ele; depois de passarmos pelo lavadouro e por uma área pavimentada onde havia um depósito de carvão, uma bomba de água e um pombal, chegamos finalmente à enorme sala, alegre e aquecida, onde fora recebido da primeira vez.

Toda a sala resplandecia agora, copiosamente iluminada e aquecida por uma grande fogueira de carvão, turfa e lenha, e, junto à mesa posta para uma abundante refeição de fim do dia, tive o prazer de ver a "patroa", pessoa de cuja existência eu nunca antes suspeitara.

Cumprimentei-a com uma vénia e aguardei, na esperança de que me convidasse a sentar. Mas ela limitou-se a olhar para mim, recostando-se ainda mais na cadeira e mantendo-se muda e quieta.

– Que tempo este! – observei – Receio, sra. Heathcliff, que a sua porta sofra as consequências da incúria dos criados; tive um trabalhão para que me ouvissem bater!

Ela nem abriu a boca. Eu olhava-a fixamente – ela olhava-me fixamente. Melhor dizendo, não tirava de mim o seu olhar frio e distante, assaz embaraçoso e desagradável.

– Sente-se – disse o rapaz, com maus modos. – Ele não tarda a chegar.

Obedeci; pigarreei e chamei pela malvada da Juno, que nesta segunda visita se dignou abanar a cauda, em sinal de reconhecimento.

– É um belo animal! – voltei eu à carga. – A senhora está pensando em desfazer-se dos filhotes?

– Não são meus – disse a minha afável anfitriã, em tom ainda mais agressivo do que o próprio Heathcliff teria sido capaz.

– Ah, então os seus favoritos são estes? – continuei, apontando para uma almofada escura coberta de algo parecido com gatos.

– Estranha escolha a sua... – observou ela, jocosa.

Infelizmente, tratava-se de um monte de coelhos mortos. Pigarreei outra vez e cheguei-me mais perto da lareira, renovando os meus comentários sobre a tarde tempestuosa.

– O senhor não devia ter saído de casa – observou ela, levantando-se e esticando-se para tirar de cima da chaminé duas das tais latas pintadas.

Até aí ela havia-se mantido na sombra, mas agora podia vê-la com toda a nitidez e colher uma imagem perfeita da sua figura e do seu porte. Era esbelta e ainda quase uma menina. Um corpo de formas admiráveis e o rosto mais delicado que me fora dado contemplar: traços finos, de grande beleza. Caracóis louros, ou melhor, dourados, caindo soltos sobre a nuca delicada, e uns olhos que, fossem eles mais doces na expressão, seriam irresistíveis; para o meu coração sensível, felizmente, o único sentimento que deles se desprendia pairava algures entre o escárnio e um quase desespero, algo tão singular e antinatural, que eu jamais esperaria encontrar ali.

As latas pareciam fora do seu alcance, e por isso fiz menção de ajudá-la; mas ela fuzilou-me com o olhar, qual avarento a quem alguém oferecesse ajuda para contar as moedas.

– Não preciso de ajuda – retrucou. – Sou perfeitamente capaz de alcançá-las sozinha.

– Peço-lhe que me perdoe – disse de imediato.

– Foi convidado para o chá? – perguntou, colocando um avental sobre o vestido preto irrepreensível e mantendo uma colher cheia de folhas de chá suspensa sobre o bule.

– Aceito uma chávena com muito prazer – retorqui.

– Foi convidado? – insistiu.

– Não – admiti, esboçando um sorriso. – A senhora é a pessoa mais indicada para me fazer o convite.

Colocou o chá de novo dentro da lata, com colher e tudo, e voltou a sentar-se, amuada, de sobrolho franzido e lábio inferior caído, fazendo beicinho, prestes a irromper em lágrimas como uma criança.

Enquanto isso, o rapaz tinha ido vestir um casaco visivelmente puído e, todo empertigado junto à lareira, olhava para mim de soslaio, com desdém, como se existisse entre nós alguma ofensa mortal ainda não desagravada. Comecei a duvidar de que fosse mesmo um criado: a indumentária e a linguagem eram pouco cuidadas, completamente isentas da elevação do sr. e da sra. Heathcliff; o cabelo castanho, espesso e encaracolado, era áspero e descuidado, as suíças avançavam pelas faces como barba, e as mãos estavam curtidas do sol como as de um cavador; no entanto, a sua postura revelava estar à vontade, quase insolente, e não dava mostras da diligência com que um criado costuma servir a dona da casa.

Na ausência de provas concludentes da sua condição, achei melhor abster-me de tecer comentários sobre sua estranha conduta e, passados cinco minutos, a chegada de Heathcliff veio de certa forma salvar-me da situação embaraçosa em que me encontrava.

– Como vê, meu caro senhor, aqui estou, conforme prometi! – exclamei, revestindo-me de cordialidade. – E receio que o mau tempo me obrigue a ficar mais meia hora, se o senhor puder dar-me abrigo durante esse tempo.

– Meia hora? – disse ele, sacudindo os flocos brancos que salpicavam suas roupas. – Não entendo como se meteu numa nevasca dessas para vir até aqui. Não sabe que corre o risco de se perder no meio dos pântanos? Até as pessoas que conhecem bem estas paragens se perdem em dias como este; e garanto-lhe que o tempo não vai mudar tão depressa.

– Talvez algum dos seus criados possa servir-me de guia, e depois pernoitar na Granja e voltar amanhã; será que pode ceder-me um?

– Não, não posso.

– Ah, muito bem! Então vou ter de confiar no meu sentido de orientação.

– Pfff!

– Vais ou não vais fazer o chá? – perguntou ele ao rapaz do casaco puído, desviando depois o olhar irado de mim para a jovem senhora.

– E *ele* também toma? – perguntou ela, virando-se para Heathcliff.

– Despache-se com isso! – foi a resposta, proferida com tal violência que estremeci. O tom em que as palavras haviam sido ditas revelava um caráter intrinsecamente mau. Já não me sentia nada inclinado a chamar Heathcliff de um tipo formidável.

Quando os preparativos terminaram, ele convidou-me a tomar chá, com um:

– Vá, meu caro senhor, traga aqui a cadeira. – Então, todos nós, incluindo o rapaz de aspecto rústico, nos sentamos em volta da mesa, guardando o mais austero silêncio enquanto saboreávamos a refeição.

Foi nessa altura que pensei que, se era eu quem tornava sombrio o ambiente, era minha obrigação fazer um esforço para desanuviá-lo. Não era possível que todos os dias se sentassem à mesa tão cabisbaixos e taciturnos, e era impossível, por mais maldispostos que estivessem, que aquelas caras de poucos amigos os acompanhassem diariamente.

– É estranho – comecei, aproveitando a pausa entre a chávena que acabara de beber e a que de novo me serviam –, é estranho como o hábito consegue moldar os nossos gostos e as nossas ideias; para muitos seria inconcebível a existência de felicidade numa vida tão completamente exilada do mundo como a que o senhor leva, e, no entanto, atrevo-me a dizer que aqui, rodeado da sua família e com a sua encantadora esposa como fada reinante no seu lar e no seu coração...

– A minha encantadora esposa! – interrompeu ele, com um sorriso quase diabólico. – Onde está ela, essa encantadora esposa?

– Refiro-me à sra. Heathcliff, à sua esposa.

– Ah, compreendi! Quer o senhor dizer que o espírito dela assumiu o papel de anjo protetor e velará pelo destino do Morro dos Ventos Uivantes, mesmo quando o seu corpo desaparecer. É isso?

Dando conta do disparate que tinha dito, tentei corrigi-lo. Devia ter percebido que havia entre eles uma diferença de idades muito grande para serem marido e mulher: ele andava pelos quarenta anos, idade em que a maturidade de espírito raramente deixa os homens cederem à ilusão de que as moças mais novas casam com eles por amor, sonho esse que está reservado aos anos de declínio e solidão; e ela nem dezessete parecia ter.

Então fez-se luz: "Espera lá, este idiota aqui ao meu lado, bebendo o chá numa tigela e comendo o pão com as mãos sujas, é bem capaz de ser o marido dela. É o Heathcliff Júnior, claro. Ora, aqui está o resultado de se ser enterrada em vida: ela se entregou a este caipira por desconhecer completamente que existem homens melhores! Um dó de alma; tenho de ter cuidado para não a fazer arrepender-se da escolha".

Esta última reflexão pode parecer presunçosa, mas não é. A impressão em mim deixada pelo rapaz sentado ao meu lado tocava as raias da repulsa, e eu sabia, por experiência, que era um homem razoavelmente atraente.

– A sra. Heathcliff é minha nora – explicou Heathcliff, confirmando as minhas suspeitas, ao mesmo tempo que olhava para ela de um modo sinistro, com o olhar carregado de ódio, a menos que os seus músculos faciais sejam tão perversos que se recusem, ao contrário dos das outras pessoas, a interpretar a linguagem da alma.

– Ah, claro, agora percebo! É o senhor o feliz proprietário desta fada benfazeja – corrigi, virando-me para o rapaz sentado ao meu lado.

O resultado foi ainda mais desastroso: o rapaz corou subitamente e cerrou os punhos numa atitude de agressão iminente. Mas logo se controlou, dissipando a fúria numa praga resmungada entredentes e que me era dirigida, mas a que tive o cuidado de não responder.

– Pouco afortunado nas suas conjecturas, meu caro senhor! – observou o meu anfitrião. – Nenhum de nós tem o privilégio de ser o dono da sua boa fada; o marido dela morreu. Acabei de lhe dizer que ela é minha nora, portanto deve ter casado com o meu filho.

– E este jovem é...

– Meu filho é que ele certamente não é!

Heathcliff sorriu de novo, como se tivesse sido ousadia demais atribuir-lhe a paternidade de um tal brutamontes.

– O meu nome é Hareton Earnshaw – grunhiu o outro – e aconselho-o a respeitá-lo!

– Não incorri em desrespeito – respondi, rindo-me interiormente da dignidade com que ele se apresentara.

Os seus olhos fitaram-me longamente, para além do que me era dado suportar, e desviei o olhar, não fosse eu ficar tentado a dar-lhe um soco ou a dar voz à minha hilaridade. Começava a sentir-me indubitavelmente a mais naquele acolhedor ambiente familiar. A atmosfera sinistra pesava-me na alma, neutralizando por completo o conforto e o aconchego físico que me rodeavam, e resolvi pensar duas vezes antes de voltar a abrigar-me sob aquele teto.

Acabada a refeição, e como ninguém proferisse uma só palavra para alimentar a conversa, aproximei-me de uma janela para ver como estava o tempo.

O que vi foi um espetáculo de desolação: a noite prestes a fechar-se prematuramente, e o céu e os montes irmanados no mesmo turbilhão sufocante de neve e vento.

– Não creio que seja possível voltar agora para casa sem um guia – não pude deixar de exclamar. – As estradas já devem estar cobertas de neve, e, mesmo que estivessem desimpedidas, não veria um palmo à frente do nariz.

– Hareton, leva aquelas ovelhas para o coberto do celeiro. Se passarem a noite no redil, vão ficar cobertas pela neve; e coloca uma tábua na frente delas – ordenou Heathcliff.

– E eu, o que é que eu faço? – insisti, com crescente irritação.

A minha pergunta ficou sem resposta; e, olhando em volta, vi apenas Joseph jogando um balde de comida para os cães e a sra. Heathcliff inclinada sobre o fogo, entretida em queimar um monte de fósforos que tinham caído da chaminé quando colocou a lata de chá em seu lugar.

O primeiro, mal largou a sua carga, esquadrinhou a sala com ar crítico e matraqueou asperamente, entrecortando as palavras:

– Pasmo como vossemecê pode estar aqui ao fogo sem fazer nada, quando toda a gente está trabalhando lá fora! Mas vossemecê não presta para nada, e nem vale a pena falar consigo. Vossemecê nunca há de se emendar; e há de ir pro inferno como a sua mãe!

Por instantes, pensei que essa peça de retórica fosse dirigida a mim e, com justificada indignação, avancei para o velho insolente disposto a colocá-lo para fora a pontapés.

Porém, a resposta da sra. Heathcliff deteve o meu gesto.

– Não passas de um velho hipócrita e desavergonhado! – exclamou. – Não tens medo de que o diabo venha te buscar cada vez que pronuncias o seu nome? Já te avisei para não me provocares, senão ainda lhe peço o especial favor de te levar de vez. Para com isso, estás ouvindo, Joseph? – prosseguiu ela, tirando de uma estante um livro comprido de capa preta. – Vou mostrar-te os progressos que fiz na magia negra: em breve estarei apta a exorcizar esta casa. A vaca ruça não morreu por acaso; e as tuas crises de reumatismo não são, com certeza, bênçãos do céu!

– Ah, maldita, grande maldita! – gemeu o velho. – Que o Senhor nos livre de todo o mal!

– Não, alma danada! Tu és que estás condenado; desaparece, se não queres ver o que te acontece! Transformo-vos a todos em bonecos de barro e cera; e o primeiro que passar dos limites por mim impostos há de... Não, não vou dizer o que lhe vai acontecer... Logo verás! Vai, desanda, olha que estou de olho!

Os belos olhos da bruxazinha cintilaram de malícia, e Joseph saiu apressado, tremendo de genuíno pavor, enquanto rezava e repetia "maldita", "maldita".

Pensando que a atitude da jovem não passara de uma brincadeira, se bem que um tanto sinistra, e uma vez que tínhamos ficado a sós, procurei partilhar com ela a minha angústia.

– Sra. Heathcliff – disse, com todo o respeito –, peço-lhe que me perdoe se a incomodo, mas, com esse seu rosto, tenho certeza de que só sabe fazer o bem. Por favor, dê-me alguns pontos de referência que me permitam encontrar o caminho de casa; sem eles, sou tão capaz de lá chegar como a senhora de chegar a Londres!

– Volte pelo caminho que o trouxe – respondeu ela, afundando-se num cadeirão, com uma vela acesa ao lado e o tal livro comprido na sua frente. – O conselho não servirá muito, mas é o melhor que tenho para dar.

– Mas, depois, quando ouvir dizer que me encontraram morto num pântano ou atolado de neve num barranco, a sua consciência não lhe segredará ao ouvido que parte da culpa é sua?

– Minha como? Eu não posso acompanhá-lo. Eles não me deixam ir nem ao muro do fundo da propriedade.

– *A senhora*? Eu não seria capaz de lhe pedir que pusesse o pé fora de casa numa noite destas por minha causa – exclamei. – O que desejo é que me diga qual é o caminho, não que me mostre; ou então que convença o sr. Heathcliff a mandar alguém acompanhar-me.

– Mas quem? Aqui em casa só estamos o sr. Heathcliff, o Earnshaw, a Zillah, o Joseph e eu. Qual de nós prefere?

– Então na propriedade não há mais criados?

– Não, estes são tudo o que temos.

– Sendo assim, só me resta pernoitar aqui.

– Isso é assunto para ser tratado com o dono da casa. Não me diz respeito.

– Espero que lhe sirva de lição! – a voz de Heathcliff soou austera na entrada da cozinha. – Quanto a pernoitar aqui, devo informá-lo de que não tenho quarto de hóspedes; se quiser, tem de dormir com o Hareton ou o Joseph.

– Posso dormir aqui mesmo na sala, sentado numa cadeira – retorqui.

– Não pode, não. Um estranho é sempre um estranho, seja ele rico ou pobre. Não me agrada que ande por aí alguém à solta quando eu não estou por perto – disse o infame, rudemente.

Com esse insulto, a minha paciência chegou ao fim. Articulei um desagravo qualquer e saí porta afora como um furacão; mas o fiz com tal impetuosidade que dei um encontrão em Earnshaw no meio do pátio. A escuridão que me envolvia era tão completa que não conseguia achar a saída, e, enquanto andava por ali, tive oportunidade de ouvir mais uma conversa elucidativa da delicadeza com que esta gente se tratava.

A princípio, o rapaz parecia estar a meu favor.

– Vou com ele até o parque – alvitrou.

– Vais mas é com ele até o inferno! – exclamou o patrão (ou o que quer que ele fosse do rapaz). – E quem vai dar de comer aos cavalos?

– A vida de um homem é mais importante do que deixar os cavalos sem ração por uma noite; tem de ir alguém com ele – murmurou a sra. Heathcliff, com inesperada benevolência.

– Eu não obedeço às suas ordens! – replicou Hareton. – Se ele lhe interessa tanto, é melhor ficar calada.

– Pois só espero que a alma dele te persiga; e que o sr. Heathcliff não arranje mais nenhum inquilino até a Granja cair aos pedaços! – exclamou ela com veemência.

– Olha, olha, ela está a rogar-lhes pragas! – balbuciou Joseph, em direção ao qual eu me dirigira.

Estava ali a dois passos, sentado ordenhando as vacas à luz de uma lanterna que eu, sem cerimônias, peguei, correndo em seguida para a cancela mais próxima, ao mesmo tempo que gritava que mandaria devolver a lanterna no dia seguinte.

– Patrão! Patrão! Ele pegou a lanterna! – berrou o ancião, indo no meu encalço. – Anda, Gnasher! Vá, cão! Eh, Wolf! A ele, a ele!

Mal coloquei a mão na cancela, dois monstros peludos saltaram na minha garganta, atirando-me ao chão e apagando a lanterna, ao mesmo tempo que, para cúmulo da raiva e da humilhação, ouvia Heathcliff e Hareton darem boas risadas.

Por sorte, os cães pareciam mais interessados em esticar as patas, abrir as bocarras em longos bocejos e abanar as caudas do que em devorar-me. Opunham-se, no entanto, a qualquer tentativa que eu fizesse para me levantar, pelo que não tive outro remédio senão ficar deitado até os malditos dos donos acharem por bem vir libertar-me. Nessa altura, sem chapéu e tremendo de cólera, ordenei aos miseráveis que me deixassem partir, sob pena de lhes acontecer o pior se me retivessem ali por mais um minuto que fosse, e tudo isto acompanhado de incoerentes ameaças de retaliação que, em toda a sua confusa virulência, pareciam extraídas de O rei Lear.[1]

Tamanha exaltação fez-me sangrar copiosamente pelo nariz, o que tornou ainda mais sonoras as gargalhadas de Heathcliff e mais veementes as minhas imprecações. E não sei como tudo isto iria acabar, se não tivesse aparecido alguém bem mais racional do que eu e mais benevolente que o meu anfitrião. Essa pessoa era Zillah, a robusta governanta, que acabou saindo para saber a razão de tanto barulho. Pensando que algum deles tivesse me maltratado, e não ousando admoestar o patrão, assestou a sua artilharia verbal contra o patife mais novo.

– Muito bonito, sr. Earnshaw – bradou ela –, sempre quero ver o que vai fazer a seguir! Agora também matamos gente na nossa porta? Acho que esta casa não me serve... Olhe pro pobre rapaz, quase sufocado! Vá, vá! Isto não pode continuar... Vamos lá para dentro e eu trato do senhor. Pronto, agora fique quieto.

E, dizendo isto, atirou na minha cara um copo de água gelada, que escorreu pelo meu pescoço, e me arrastou para a cozinha. O sr. Heathcliff veio atrás de nós, tendo a sua alegria acidental dado já lugar à costumeira taciturnidade.

Eu me sentia extremamente mal, muito tonto e prestes a desmaiar, e, como tal, forçado pelas circunstâncias a aceitar guarida sob o seu teto. Ele ordenou a Zillah que me desse um copo de aguardente e passou para o quarto mais interno. Ela, entretanto, foi-me consolando da triste situação em que me encontrava e, depois de cumprir a ordem recebida, o que ajudou a me reanimar um pouco, levou-me até o meu quarto.

---

[1] Cf. O rei Lear, ato 11, cena 4: As vinganças que vos reservo repercutir-se-ão pelo mundo – coisas terríveis farei;/ Que coisas serão, não sei;/ sei apenas que farão tremer a terra.

Capítulo III

ENQUANTO SUBIA A ESCADA À minha frente, Zillah foi dizendo para esconder a vela e não fazer barulho, pois o patrão tinha uma cisma especial pelo quarto onde eu ia pernoitar e mostrava sempre grande relutância em alojar alguém ali.

Perguntei qual o motivo.

Não sabia, respondeu; só trabalhava ali há um ou dois anos, e, além disso, passavam-se coisas tão estranhas e eram tantas as discussões, que ela não podia permitir-se ser curiosa.

Confesso que estava demasiado cansado para grandes curiosidades. Fechei a porta do quarto e procurei a cama. A mobília consistia numa cadeira, num roupeiro e numa enorme armação de madeira de carvalho com aberturas quadradas na parte superior semelhantes a janelas de carruagem.

Aproximei-me daquela estranha armação e, olhando seu interior, vi que se tratava de um leito de outros tempos, extremamente original e prático na concepção, estudado para evitar a necessidade de cada membro da família ter um quarto só para si: de fato, a referida peça formava como que um pequeno cubículo; estava encostada numa das janelas, cujo peitoril servia de escrivaninha.

Corri os painéis laterais, entrei levando a vela comigo e voltei a fechá-los, sentindo-me protegido contra a intromissão de Heathcliff ou de quem quer que fosse.

O tal parapeito, onde pousei a minha vela, continha alguns livros velhos e bolorentos empilhados num canto e estava repleto de inscrições gravadas na madeira. Essas frases, no entanto, limitavam-se a um único nome, escrito e repetido em vários caracteres, grandes e pequenos: *Catherine Earnshaw*. De vez em quando, o nome mudava para *Catherine Heathcliff* ou *Catherine Linton*.

Dominado por uma preguiça indolente, encostei a cabeça na janela e continuei a soletrar aqueles nomes: Catherine Earnshaw... Heathcliff... Linton.... até que acabei por adormecer. Porém, não tinham passado ainda cinco minutos quando, de súbito, vindas do escuro, começaram a surgir letras brancas, cintilantes, que pairavam no ar como fantasmas. No ar volteava um enxame de "Catherines"... Levantei-me, gesticulando, para afugentar aquele nome tão incomodativo e reparei que o pavio da vela estava a chamuscar a lombada de um dos volumes, exalando um odor de pele queimada.

Afastei a vela e, incomodado pelo frio e náusea persistentes, sentei-me e abri sobre os joelhos o volume danificado. Era uma Bíblia, impressa em letra miudinha e com um cheiro intenso de bolor e umidade. A folha introdutória continha a inscrição "Pertence a Catherine Earnshaw" e, pela data que a acompanhava, percebi que o livro tinha um quarto de século.

Fechei-o e escolhi outros volumes, até que examinei todos. A biblioteca de Catherine era extremamente selecionada e, dado o mau estado de conservação dos exemplares, devia ter sido muito usada embora nem sempre para uma leitura normal. Poucos capítulos tinham escapado aos comentários a tinta – pelo menos era o que parecia – que preenchiam por completo os espaços em branco do texto.

Havia algumas frases soltas; outras, pelo aspecto, pareciam páginas de um diário, escritas com uma letra infantil e bastante irregular. No alto de uma página em branco, por certo um tesouro para quem a vislumbrasse pela primeira vez, deparei satisfeito com uma excelente caricatura do meu amigo Joseph, extraordinariamente fiel, apesar dos traços grosseiros.

Logo senti uma simpatia especial para com esta desconhecida de nome Catherine, dedicando-me de imediato à tentativa de decifrar aqueles hieróglifos desbotados.

"Que domingo horrível!" Era assim que começava o parágrafo seguinte. "Quem dera que o meu pai voltasse. O Hindley é um substituto detestável. O seu comportamento para com o Heathcliff é atroz. Eu e H. decidimos revoltar-nos. Esta noite já demos o primeiro passo.

"Hoje não parou de chover. Como não pudemos ir à missa, o Joseph decidiu reunir os fiéis no sótão. Enquanto o Hindley e a mulher estavam confortavelmente instalados em frente à lareira, fazendo mil e uma coisas exceto ler a Bíblia (tenho certeza absoluta do que digo), eu, o Heathcliff e o pobre do moço da lavoura recebemos ordens para pegarmos os nossos livros de orações e subirmos, e lá ficamos, sentados em fila sobre os sacos de milho, gemendo e tremendo de frio, desejando com toda a força que o Joseph também sentisse frio e resolvesse abreviar a homilia. Em vão! A missa durou precisamente três horas. E, ainda por cima, o meu irmão teve a desfaçatez de exclamar, vendo-nos descer: – O quê, já acabou?

"Antigamente, deixavam-nos brincar aos domingos à tarde, desde que não fizéssemos muito barulho. Agora, uma simples gargalhada é motivo para nos porem de castigo!

"– Esquecem-se de que quem manda aqui sou eu – diz o tirano. – Destruirei o primeiro que se atreva a irritar-me! Exijo o maior respeito e silêncio. O quê? Foste tu, não foste, meu menino? Frances, querida, se o apanhares de jeito, puxa-lhe o cabelo. Parece que o ouvi estalar os dedos.

"Frances puxou o cabelo do rapaz com requintada malvadez. Depois, sentou-se no colo do Hindley e assim ficaram, como duas crianças tontas, beijando-se e dizendo tolices (frases tão ridículas que teríamos vergonha de repetir).

Tentamos aconchegar-nos o melhor que podíamos no nicho do guarda-louça. Tinha eu acabado de improvisar uma cortina com os nossos babadores quando, de repente, chegou o Joseph, vindo dos estábulos. De imediato, destrói o meu trabalho e agarra minhas orelhas, grunhindo:

"– O patrão ainda mal foi enterrado, o sábado ainda nem terminou e a palavra do Evangelho ainda ecoa nos vossos ouvidos, mas vós já vos divertis! Que vergonha! Sentai-vos, crianças más! Lede, lede bons livros. Sentai-vos e meditai sobre as vossas almas! Depois, obrigou-nos a mudar de lugar para que, longe da lareira, apenas pudéssemos receber um tênue raio de luz que iluminasse a montanha de livros que nos atirou.

"Isto foi demais para mim. Peguei pela capa aquele livro todo sujo e arremessei-o para o cesto dos cães, gritando que detestava livros bons.

O Heathcliff deu um chute no livro dele, que foi parar no mesmo lugar. Foi o fim do mundo!

– *Master* Hindley! – gritou o nosso catequista. – *Master* Hindley, venha ver! A srta. Cathy deu cabo da capa do livro O *escudo da salvação* e o Heathcliff deu um pontapé no volume de O *longo caminho para a destruição*! Não vai deixá-los rindo de mim, vai? Ah! Se ao menos o velho patrão fosse vivo. Esse é que lhes dava uma boa lição!

"O Hindley ergueu-se do seu paraíso terrestre e, agarrando-nos, um pela gola e o outro pelo braço, arrastou-nos para a cozinha, onde, segundo as profecias de Joseph, o diabo iria nos perseguir e castigar. Então, assim consolados, procuramos cada um o seu recanto seguro para aguardarmos a sua chegada.

"Peguei depois este livro e um tinteiro que estava na prateleira, escancarei a porta da sala para ter luz e escrevi durante vinte minutos. Porém, o meu companheiro estava impaciente e propôs que levássemos o capote da leiteira para nos abrigarmos e fugíssemos para a charneca. Que ótima ideia! Assim, quando aquele velho rabugento entrar na cozinha e não nos vir, depressa concluirá que a sua profecia se cumpriu. E, depois, é impossível ficarmos mais encharcados ou com mais frio do que já estamos."

Penso que Catherine conseguiu concretizar o seu plano, dado que a frase seguinte refere-se a uma situação nova: um rol imenso de queixas e lamentos.

"Nunca imaginei que o Hindley me fizesse chorar tanto!", escreve ela. "Dói-me tanto a cabeça que mal consigo deitá-la na almofada. Apesar de tudo, não consigo deixar de chorar. Pobre Heathcliff! O Hindley chama-o de vagabundo e proibiu-o de conviver ou fazer as refeições conosco. Além disso, proibiu-nos de brincar, ameaçando expulsá-lo de casa, caso voltasse a desobedecer.

Tem andado a culpar o nosso pai (como é possível!) pelo tratamento generoso que concedeu a H. E promete que o há de colocar no seu devido lugar."

Comecei a cabecear com sono sobre aquela página esbatida. O meu olhar perdia-se entre o manuscrito e o texto impresso. Reparei num título, ornamentado a vermelho: *"Setenta Vezes Sete"*, e *"O Primeiro da Septuagésima Primeira"*. *"Um Piedoso Sermão Proferido pelo Reverendo Jabes Branderham, na Capela de Gimmerden Sough"*. E enquanto eu dava voltas à cabeça, tentando adivinhar o teor do sermão de Jabes Branderham, recostei-me no leito e adormeci.

Maldito chá e maldito feitio o meu! Que mais poderia ter estragado a minha noite? Nunca me senti tão mal na minha vida.

Comecei a sonhar, ainda antes de perder a noção do tempo e do espaço. Pensei que já tinha adormecido e que me dirigia para casa, tendo Joseph como guia. A neve cobria por completo a estrada e dificultava-nos a caminhada. À medida que avançávamos a custo, o meu companheiro não parava de me repreender pelo fato de eu não ter trazido um bordão de peregrino. Afirmava com insistência que eu jamais poderia entrar sem ele e brandia ameaçadoramente uma pesada clava, como me pareceu que ele lhe chamava.

Por momentos, achei que era absurdo precisar de uma arma daquelas para entrar na minha própria casa. Foi então que me ocorreu uma outra ideia. Não era para casa que nos dirigíamos, mas sim para irmos escutar o célebre sermão de Jabes Branderham, a partir do texto *"Setenta Vezes Sete"*. Por outro lado, era certo e sabido que um de nós, ou eu ou o Joseph, o catequista, estaríamos incluídos em *"O Primeiro da Septuagésima Primeira"* e iríamos ser denunciados e excomungados publicamente.

Chegamos a uma capela. De fato, já havia passado por ela duas ou três vezes nos meus passeios pelo campo. Fica num vale elevado, situado entre duas colinas e próxima de um terreno pantanoso, cuja mistura com a turfa permite, segundo dizem, embalsamar os corpos aí enterrados. O teto ainda se conserva intacto. Porém, como esse edifício de duas divisões corre o risco de ficar reduzido a um só compartimento, e tendo em conta que o estipêndio do pároco é de apenas vinte libras por ano, depressa se conclui que nenhum padre desejará ser pastor desse rebanho, sobretudo quando se sabe que os fiéis preferem deixá-lo morrer de fome a contribuírem com um tostão que seja dos seus bolsos. No entanto, no meu sonho, Jabes falava para uma assembleia vasta e atenta que enchia por completo a igreja. E como ele pregava... Santo Deus, que sermão! Dividido em quatrocentas e noventa partes, cada uma das quais de duração igual a uma homilia vulgar, versando sobre um determinado pecado! Sinceramente, não sei onde é que ele os tinha ido buscar. Cada frase era interpretada de forma peculiar, tentando convencer os presentes de que cada pessoa comete vários pecados em simultâneo.

Os pecados eram extraordinariamente estranhos. Transgressões bizarras como eu nunca antes imaginara.

Ah! Que tédio imenso! Eu dava voltas na cadeira, bocejava e cabeceava, sonolento, tentando em vão manter-me desperto. Belisquei-me vezes sem conta, para afastar o sono, esfreguei os olhos, levantei-me, voltei a sentar-me e chamei a atenção do Joseph para saber quando acabaria aquele suplício!

Estava condenado a ouvir o sermão todo. Por fim, ele chegou ao *"Primeiro da Septuagésima Primeira"*. Então, assaltou-me uma súbita inspiração. Levantei-me e denunciei Jabes Branderham como autor de um pecado que nenhum cristão poderá perdoar.

– Reverendíssimo – exclamei –, sentado entre estas quatro paredes, tentei aguentar e perdoar, dentro dos limites do humano, as quatrocentas e noventa partes do seu sermão. Setenta vezes sete vezes estive prestes a pegar meu chapéu e ir embora. Setenta vezes sete vezes Vossa Reverência teve o desplante de me obrigar a sentar; mas, agora que chegou à quadricentésima nonagésima primeira parte, é demais. Caros companheiros de suplício, ao ataque! Atirem-no ao chão e cortem-no em pedaços, para que "a sua morada jamais o reconheça"![2]

– *Tu és o Homem*! – gritou Jabes, depois de uma pausa solene, debruçando-se do púlpito. Setenta vezes sete vezes te vi contorcer o rosto em sinal de desdém. – Setenta vezes sete vezes procurei encontrar explicação na minha alma. Vede, este é um sinal da fraqueza humana e também ele será perdoado! *O Primeiro da Septuagésima Primeira* está aqui. Irmãos, executem sobre ele a sentença prevista! Glória aos Santos do Senhor.

Ao ouvir estas palavras, a assembleia começou a cercar-me, brandindo os seus bordões de peregrinos; eu, indefeso, tentei desarmar o Joseph, o

---

2 Cf. Job, 7:10: "Nem tornará mais a sua casa, nem o lugar onde estava o conhecerá jamais". (N. E.)

mais próximo e feroz agressor; no meio da confusão, vários paus se cruzaram no ar; algumas pancadas que me eram destinadas atingiram outros. De repente, a capela transformou-se num cenário brutal onde ecoavam golpes e contragolpes. Cada homem erguia a sua mão contra todos;[3] Branderham, desejoso de entrar em ação, empregava-se a fundo, batendo violentamente no bordo do púlpito e produzindo um som tão real que, para meu sossego, depressa me acordou.

Afinal, o que teria estado na origem de todo este tumulto? E quem representara o papel de Jabes nesta luta? Apenas e simplesmente um galho de abeto que, sacudido pela forte ventania, batia com persistência na vidraça!

Coloquei-me à escuta por instantes. Depois, tendo detectado a causa do distúrbio, virei-me, adormeci e tive um novo sonho. Um sonho, se possível, ainda mais estranho e desagradável que o anterior.

Dessa vez, lembro-me de que estava deitado nesse compartimento de carvalho e conseguia ouvir com clareza a forte ventania e a inclemência da tempestade de neve. Escutava ainda as irritantes pancadas dos galhos na janela, tendo sossegado, assim que percebi qual a sua causa. No entanto, o som era tão incomodativo que, dentro do possível, resolvi pará-lo. No meu sonho, levantava-me e tentava abrir a janela; o fecho estava soldado ao encaixe da lingueta, algo que eu já havia notado quando acordara, mas que entretanto esquecera.

"Tenho de acabar com este barulho, aconteça o que acontecer!", resmunguei, impaciente. E foi assim que, com um soco, parti o vidro, esticando em seguida o braço para agarrar o ramo. Porém, contrariamente ao esperado, agarrei os dedos de uma mão de criança, pequena e gélida!

Fiquei completamente aterrorizado pela intensidade do pesadelo. Tentei largar a mão, mas ela agarrou-se ainda com mais força. Subitamente, escutei uma voz extremamente melancólica e triste, soluçando.

"Deixe-me entrar, por favor, deixe-me entrar!"

"Quem és tu?", perguntei, lutando desesperadamente para me libertar da mão que me agarrava.

"Catherine Linton", respondeu a voz, trêmula (por que razão me lembrara de *Linton*? Afinal, tinha deparado mais vezes com o nome *Earnshaw* do que Linton). "Voltei, perdi-me nos brejos!"

Na escuridão, consegui ver um rosto de criança olhando pela janela. Então, o meu terror transformou-se em crueldade. Face à impossibilidade de

---

[3] Cf. Genesis, 16:12: "Este será um homem fero, cuja mão será contra todos, e contra o qual terão todos a mão levantada". (N. E.)

me libertar daquela criatura, agarrei-lhe o pulso e rocei-o no vidro partido até o sangue começar a escorrer, acabando por molhar os lençóis. Porém, a estranha visão continuava a gemer: "Deixe-me entrar!", agarrando-se a mim com tal tenacidade que quase me enlouquecia de pavor.

"Como...?!", disse-lhe então. "Larga-me, se queres que te deixe entrar!"

Assim que os seus dedos se soltaram, retirei rapidamente a minha mão e comecei a empilhar livros e mais livros contra a janela, tapando os ouvidos para não ouvir mais os seus lamentos.

Devo ter permanecido assim por mais de um quarto de hora. Porém, mal os destapei, logo o choro triste e dolente recomeçou.

"Vai-te!", gritei. "Nunca te deixarei entrar, nem que implores durante vinte anos".

"Vinte anos", lamentou-se. "Há vinte anos que ando a penar!"

De repente, ouvi um ligeiro ruído no lado de fora e a pilha de livros mexeu-se, como se tivesse sido empurrada. Tentei fugir, mas não consegui me mexer. Então, estarrecido, gritei o mais alto que podia.

Envergonhado, descobri que a minha gritaria tinha sido bem real. Passos apressados dirigiam-se para o meu quarto. De súbito, alguém abriu a porta com violência, e uma luz bruxuleante iluminou o teto da minha cama. Sentei-me ainda a tremer, e limpei as gotas de suor que me inundavam a testa. O intruso pareceu hesitar, e depois resmungou qualquer coisa.

Por fim, perguntou, quase num sussurro, como se não esperasse resposta:

– Tem alguém aí?

Achei conveniente revelar a minha presença, na medida em que, conhecendo o temperamento de Heathcliff, era certo e sabido que ele iria continuar as buscas, caso eu permanecesse quieto.

Assim, voltei-me e corri os painéis laterais. Meu Deus, tão cedo não esquecerei a reação que o meu ato provocou.

Heathcliff estava perto da porta, de calças e camisa, com a vela a pingar cera por cima dos seus dedos, e o rosto branco como cal. O primeiro rangido da madeira apanhou-o de surpresa como um choque elétrico. O castiçal saltou-lhe das mãos e ele, dando mostras de grande nervosismo, quase não conseguia apanhá-lo.

– Sou eu, o seu hóspede – gritei, tentando poupá-lo da humilhação de constatar a sua covardia. – Infelizmente tive um pesadelo terrível e devo ter gritado durante o sono. Peço-lhe perdão se o incomodei.

– Que diabo, sr. Lockwood! Quem me dera que fosse... – começou o meu anfitrião, pousando a vela numa cadeira, dado que não conseguia parar de tremer.

– Quem é que o instalou neste quarto? – continuou, cravando as unhas nas palmas das mãos e rangendo os dentes para parar as convulsões do maxilar. – Quem foi? A minha vontade era expulsar imediatamente o responsável!
– Foi Zillah, a sua criada – respondi, levantando-me e começando a vestir-me rapidamente. – Não me importaria nada se o fizesse, sr. Heathcliff. Ela bem o merecia. Se queria provar que o quarto é assombrado, então conseguiu. E à minha custa. Meu Deus, isto está cheio de fantasmas e demônios! Ainda bem que o mantém fechado. Ninguém lhe agradecerá um bom sono neste lugar infernal!
– Que pretende dizer com isso? – perguntou Heathcliff. – E o que é que está fazendo aí? Deite-se e veja se dorme, já que está *aqui*. Mas, pelo amor de Deus, não volte a repetir esse barulho horrível! Nada o justifica, a menos que estejam cortando sua garganta!
– Se aquele diabinho tivesse entrado, teria certamente me estrangulado! – contestei. – Já estou farto das perseguições dos seus "simpáticos" antepassados. Aposto que o reverendo Jabes Branderham era seu parente pelo lado da mãe. E aquela sirigaita da Catherine Linton, ou Earnshaw, ou seja lá como se chamava, deve ter sido uma boa peste! Disse-me que vagueia pela Terra há vinte anos. Ora, aí está um castigo mais do que justo para os seus pecados mortais!

Tinha acabado de proferir estas palavras quando me lembrei da ligação existente entre Heathcliff e a tal Catherine do livro, fato que tinha descurado por completo. Corei de vergonha perante tal desconsideração e, para disfarçar, apressei-me a acrescentar:
– A verdade, meu caro senhor, é que passei a primeira metade da noite... – mas, detive-me, pois já ia dizendo: "a analisar estes livros velhos", fato que revelaria, sem dúvida, o meu conhecimento do seu conteúdo e anotações. Então, corrigindo-me, continuei: – Lendo vezes sem conta o nome que se encontra gravado no peitoril da janela. Um passatempo algo monótono, mas eficaz para adormecer, como quem conta carneiros ou...
– O que pretende o senhor *insinuar* ao dirigir-se *a mim* dessa forma? – trovejou Heathcliff, com uma veemência irracional. – Como, repito, como se *atreve* a tal debaixo do meu teto? Céus! Só pode estar louco para falar comigo dessa maneira! – rematou, dando uma palmada na testa, furioso.

Confesso que não sabia se ficava ofendido com a sua linguagem, ou se, pelo contrário, devia continuar com a minha explicação, mas a verdade é que Heathcliff parecia ter ficado tão abalado que fiquei com pena dele e prossegui com a explicação dos meus sonhos, afirmando que nunca tinha ouvido falar de "Catherine Linton". Porém, depois de ter lido o seu nome com tanta frequência, este deve ter criado uma estranha sugestão que se personificou assim que deixei de controlar a minha imaginação.

À medida que prosseguia na minha explicação, Heathcliff desabou aos poucos sobre a cama, acabando mesmo por se sentar, quase escondido. Pela sua respiração irregular e ofegante, percebi que tentava com dificuldade conter uma forte emoção.

Como não pretendia deixá-lo perceber que reparara no seu estado emocional, continuei a vestir-me ruidosamente, olhei para o relógio e deixei escapar o seguinte pensamento acerca daquela noite infindável:

– Ainda nem são três da manhã! Iria jurar que já eram seis. Aqui o tempo para. Com certeza se deitam às oito!

– No inverno deitamo-nos às nove e acordamos às quatro – disse o meu anfitrião, sufocando um soluço. Pelo movimento da sombra do seu braço, reparei que tentava limpar as lágrimas.

– Sr. Lockwood – acrescentou –, pode ir para o meu quarto. Só vai atrapalhar, indo lá para baixo tão cedo. Além do mais, graças à sua choradeira infantil, perdi por completo o sono.

– E eu também – respondi. – Vou passear no pátio até que amanheça e depois vou embora. E não precisa se preocupar mais com as minhas visitas. De momento, estou perfeitamente curado desta minha mania de cultivar a vida em sociedade, seja no campo ou na cidade. Um homem verdadeiramente sensato encontra em si próprio a companhia de que precisa.

– Bela companhia, não há dúvida! – resmungou Heathcliff. – Pegue a vela e vá para onde quiser. Já vou encontrá-lo. E não vá para o pátio, pois os cães estão soltos. Também não pode ir para a sala, pois arrisca-se a encontrar a Juno. Portanto, restam-lhe as escadas e os corredores. Vá, homem, ande! São só mais dois minutos!

Obedeci, pelo menos no tocante a sair do quarto. Porém, como não conhecia os cantos da casa, parei. Foi nessa altura que tive oportunidade de testemunhar involuntariamente uma cena de superstição do meu senhorio nada condizente com a sua personalidade.

Dirigiu-se para a cama, aproximou-se da janela e rebentou o fecho, irrompendo de imediato num choro convulsivo.

– Entra! Entra! – soluçava. – Volta, Cathy, por favor. Só mais uma vez! Oh! Meu amor! Escuta-me ao menos desta vez! Finalmente, Catherine!

O fantasma reagiu como qualquer fantasma que se preza em situações semelhantes, ou seja, não apareceu. Mas o vento e a neve não se fizeram rogados e, entrando em turbilhão, apagaram a chama da vela que eu transportava.

Havia uma tal angústia naquela explosão de dor, que acabei por esquecer a loucura que a movia e senti compaixão por este homem, retirando-me, meio zangado comigo mesmo por ter escutado tudo, e envergonhado, ao mesmo tempo, por ter contado a ele o meu ridículo pesadelo, o responsável, afinal, por toda aquela agonia, embora o motivo estivesse além da minha compreensão.

Desci cautelosamente para o andar inferior e fui até a cozinha, onde voltei a acender a vela nas brasas que restavam na lareira.

Tudo estava em silêncio, excetuando um gato cinzento malhado que, saindo das cinzas, me saudou com um "miau" lânguido e preguiçoso.

A lareira encontrava-se rodeada por dois bancos em semicírculo. Deitei-me num deles, enquanto Grimalkin (assim se chamava o gato) tratou de se acomodar no outro. Ali ficamos, dormitando confortavelmente, como se fôssemos donos e senhores daquele refúgio, quando apareceu Joseph, descendo por uma escada de madeira que se perdia no teto, através de um alçapão que, segundo suponho, devia dar acesso ao sótão.

Olhou de forma sinistra para o fogo que eu havia ateado, escorraçou o gato do banco e, sentando-se, começou a encher um pequeno cachimbo com tabaco. A minha presença no seu santuário era uma profanação demasiado escandalosa para merecer qualquer comentário da sua parte. Em silêncio, levou o cachimbo aos lábios, cruzou os braços e soprou o fumo.

Deixei-o saborear o seu vício em sossego. Por fim, depois de expelir a última baforada, deu um suspiro profundo, levantou-se e partiu, tão solene como chegara.

Instantes depois, ouviram-se passos bem mais enérgicos. Eu ia aproveitar a ocasião para dizer "bom dia", mas calei-me imediatamente, dado que não obtivera qualquer resposta. Era Hareton Earnshaw que rezava as suas orações em voz baixa, amaldiçoando tudo em que tocava, enquanto vasculhava um canto em busca de uma pá ou de uma enxada para abrir caminho através da neve. Olhou de soslaio por cima do banco, expirou profundamente e deve ter pensado que não valia a pena cumprimentar-me, a mim ou ao meu companheiro gato.

Calculei pelos seus movimentos que já podia sair; então, levantei-me daquele estrado duro, pronto para segui-lo. Ele deve ter percebido minhas intenções, pois deu uma pancada brusca com a ponta da pá numa porta interior, indicando-me com um grunhido pouco perceptível que aquele era o meu destino, caso pretendesse sair.

A porta dava acesso à sala, onde as mulheres já se entregavam aos seus afazeres domésticos. Zillah tentava avivar as brasas com a ajuda de um fole gigantesco. A sra. Heathcliff, ajoelhada, lia um livro à luz da lareira.

Tinha a mão sobre os olhos em forma de pala, para se proteger do calor do braseiro, e parecia absorta na sua ocupação. Só parava para repreender a criada quando esta lançava fagulhas na sua direção, ou então para afastar o cão, que teimava em encostar o focinho em seu rosto.

Fiquei surpreendido por ver Heathcliff. Estava perto do fogão, de costas para mim, e acabara de repreender violentamente a pobre Zillah, que de vez em quando suspendia o seu trabalho para endireitar a ponta do avental e soltar mais um lamento de indignação.

– E a senhora, sua grande inútil... – vociferou quando entrei, voltando-se para a nora e empregando uma enxurrada de palavrões tão ofensivos que, normalmente por decoro, aparecem substituídos por travessões.

– Lá está, como sempre, com as suas manias de parasita! Enquanto os outros trabalham para ganhar o pão, a senhora vive de caridade! A minha caridade! Arrume essas tralhas e veja se trabalha. Há de pagar pela praga de eu ter sempre de vê-la à minha frente. Estás ouvindo, sua sonsa duma figa?

– Só arrumo as minhas tralhas porque sei que me obrigaria se eu recusasse – respondeu a jovem, fechando o livro e atirando-o para cima de uma cadeira. – Mas não mexo uma palha e só farei o que me apetecer, nem que o senhor grite e me insulte como um doido!

Heathcliff levantou a mão, e a autora de tais afirmações fugiu para longe, decerto habituada ao seu peso.

Como não era meu desejo assistir a uma luta entre cão e gato, atravessei a sala bruscamente, como se estivesse ansioso por partilhar o calor da lareira, totalmente alheio à quizila interrompida. Cada um dos participantes teve decoro suficiente para suspender as hostilidades: Heathcliff, desolado, meteu as mãos nos bolsos; a sra. Heathcliff fez beicinho e foi sentar-se longe, onde cumpriu à risca a sua palavra, ficando parada como uma estátua durante o resto do tempo que lá permaneci, e que foi bem pouco.

Recusei tomar o café da manhã com eles e, logo que raiaram os primeiros alvores, escapei para o ar livre, agora límpido e frio como o gelo.

Ainda não tinha chegado ao fundo do quintal quando o meu senhorio me pediu para parar, oferecendo-se para me acompanhar no meu passeio pelo brejo. Ainda bem que o fez, pois a encosta era um imenso e revolto oceano branco, em que as ondulações não correspondiam exatamente às do terreno. As depressões estavam cobertas de neve e os vários montículos de pedras que orientavam o percurso tinham sido apagados pela neve, desaparecendo do mapa que eu mentalmente traçara no dia anterior.

Lembro-me de que, num dos lados da estrada, de cinco em cinco ou de seis em seis jardas, havia uma linha de pedras altas que continuava ao longo de todo o terreno. Essas pedras haviam sido colocadas ali e caiadas para orientar o caminhante no escuro e ainda, perante nevascas semelhantes, permitir a distinção entre o caminho seguro e firme e os perigosos e profundos pântanos ali existentes; porém, excetuando alguns pequenos pontos escuros perdidos na paisagem, todo e qualquer vestígio da sua existência havia desaparecido, e o meu companheiro precisou me avisar várias vezes para corrigir a minha rota, embora eu imaginasse que seguia corretamente o traçado sinuoso do caminho.

Pouco falamos durante o trajeto. Chegados à entrada da alameda principal da Granja, ele parou, dizendo que a partir dali não havia perigo de me perder. A nossa despedida limitou-se a uma rápida vênia, após o que me apressei a retomar o meu caminho, entregue apenas aos meus recursos, já que a casa do guarda ainda está desabitada.

A distância entre o portão e a casa da Granja é de duas milhas. Acho que devo ter conseguido transformá-las em quatro, depois dos vários desvios por entre as árvores e de ter me enterrado até o pescoço na neve, algo que só aqueles que experimentaram essa sensação poderão apreciar devidamente. Seja como for, e apesar das minhas deambulações, cheguei em casa quando o relógio batia as doze horas, ou seja, gastei precisamente uma hora por cada milha no meu trajeto normal para o Morro dos Ventos Uivantes.

A criada e os seus acólitos correram para receber-me, exclamando em grande alarido que já tinham perdido as esperanças de me encontrar. Já me davam como morto durante a noite e discutiam quanto à melhor forma de me procurarem.

Pedi-lhes que se acalmassem, já que tinha regressado são e salvo. E em seguida, enregelado até os ossos, arrastei-me pela escada acima e, depois de vestir roupas secas e andar de um lado para o outro durante trinta ou quarenta minutos para recuperar o calor do corpo, dirigi-me finalmente para o escritório, fraco como um gatinho, incapaz de apreciar o calor acolhedor da lareira e o café fumegante que a criada tinha preparado para me confortar.

Capítulo IV

COMO SOMOS IMPREVISÍVEIS! EU, que decidira manter-me fora de todo e qualquer contato social e agradecia aos céus o fato de ter finalmente encontrado um local remoto e isolado onde tal contato seria impraticável, eu, pobre náufrago, depois de ter travado até o anoitecer uma luta renhida contra o desânimo e a solidão, via-me finalmente a recuperar as minhas forças, e, sob o pretexto de obter informações acerca do estado da propriedade, pedi à sra. Dean, quando esta me trouxe a ceia, que se sentasse e me fizesse companhia, esperando sinceramente que ela se revelasse uma excelente conversadora e que, se não conseguisse animar-me, pelo menos me ajudasse a adormecer com a sua conversa.

– Sra. Dean, a senhora já vive aqui há algum tempo, não é verdade? – comecei. – Há dezesseis anos, segundo me disse?

– Dezoito, meu senhor. Vim para cá quando a minha antiga patroa se casou; para servi-la. E, quando ela morreu, fiquei como governanta do patrão.

– Compreendo.

Houve uma pausa. Temi que ela não fosse a faladora que eu esperava e preferisse falar dos seus próprios assuntos, o que não me interessaria tanto.

No entanto, depois de meditar por uns instantes, com as palmas das mãos fincadas nos joelhos e uma aura de nostalgia envolvendo seu rosto vermelho, principiou:

– Ah, como as coisas mudaram desde então!

– De fato – comentei –, já deve ter assistido a muitas mudanças, não é verdade?

– Sim, senhor. E desgraças também – acrescentou. "O melhor é encaminhar a conversa para a família do meu senhorio", pensei com os meus botões. "Sem dúvida, um bom tema para começar. E há também aquela jovem viúva; gostaria muito de saber a sua história: se é aqui da região, ou se é, como parece mais provável, uma forasteira que estes indígenas tacanhos se recusam a aceitar como da sua espécie".

Foi com este intuito que perguntei à sra. Dean por que motivo tinha Heathcliff trocado a Granja dos Tordos por uma situação e uma residência tão inferiores.

– Será que o sr. Heathcliff não é suficientemente rico para manter esta propriedade? – questionei.

– Rico, meu senhor? – respondeu ela. – Tem rios de dinheiro; ninguém sabe ao certo quanto, e parece que a fortuna aumenta de ano para ano. O seu dinheiro é mais do que suficiente para morar numa casa até melhor do que esta. Mas ele é um grande unha de fome. Sabia que ele tencionava mudar-se para a Granja dos Tordos, mas, assim que ouviu dizer que havia um bom inquilino que queria alugá-la, não perdeu a oportunidade de meter mais uns cobres no bolso? É estranho como pode haver pessoas tão gananciosas, sobretudo estando sozinhas no mundo!

– Ele tinha um filho, não tinha?

– Tinha, mas morreu.

– E aquela jovem, a sra. Heathcliff, é a viúva, suponho?

– É sim.

– E de onde veio ela?

– Essa agora! É a filha do meu falecido patrão. O seu nome de solteira é Catherine Linton. Fui sua ama, coitadinha! Quem me dera que o sr. Heathcliff se mudasse para cá, para podermos ficar juntas outra vez.

– O quê? Catherine Linton! – exclamei, surpreendido. Porém, pensando melhor, logo vi que não podia ser o fantasma de Catherine que me visitara. – Então – continuei – o nome do meu antecessor era Linton?

– Sim, senhor.

– E, afinal, quem é esse tal Earnshaw, o Hareton Earnshaw que vive com o sr. Heathcliff? São parentes?

– Não. Hareton é sobrinho da falecida sra. Linton.

– Primo da jovem senhora, se bem entendo?

– Sim. E o marido também era primo dela. Um pelo lado da mãe, o outro pelo lado do pai. Não sei se sabe, mas Heathcliff casou-se com a irmã do sr. Linton.

– Reparei que o Morro dos Ventos Uivantes tinha o nome Earnshaw gravado na porta de entrada. Trata-se de uma família com tradições?

– Uma família muito antiga. Hareton é o seu último descendente, tal como a srta. Cathy é a de nossa família, ou seja, os Linton. O senhor esteve no Morro dos Ventos Uivantes, não é verdade? Perdoe-me a pergunta, mas eu gostaria de saber notícias dela.

– Da sra. Heathcliff? Achei-a bastante bem e extremamente bonita. Porém, pareceu-me que não é feliz.

– Pudera, não admira! E o que achou do patrão?
– Um sujeito áspero. Ele é sempre assim, sra. Dean?
– Áspero como os dentes de uma serra e duro como pedra! Quanto menos se der com ele melhor.
– Deve ter passado por maus bocados na vida, para ser assim tão azedo. Conhece a história dele?
– Claro que conheço, meu senhor. Sei tudo sobre a vida dele, exceto, claro, onde nasceu, quem são os seus pais e a forma como inicialmente enriqueceu. E, no fim, o pobre Hareton é que foi escorraçado como um cão vadio. Esse infeliz é o único que, nas redondezas, ainda não sabe como foi enganado!
– Sabe, sra. Dean, seria um grande favor se me contasse algo mais sobre os seus vizinhos. Acho que não conseguirei dormir descansado enquanto não me contar o resto da história. Por isso, sente-se e comece a sua narrativa.
– Com certeza, meu senhor. Deixe-me ir só buscar a minha costura e ficarei aqui o tempo que quiser. Mas vejo que o senhor está resfriado. Ainda agora teve um arrepio, e decerto desejará um caldinho quente para reconfortá-lo.

A prestimosa mulher afastou-se em alvoroço, e eu me pus de cócoras em frente à lareira. Sentia a cabeça quente, e o resto do corpo tremia de frio. Além disso, estava demasiado excitado e com a cabeça sobrecarregada pelos nervos e pelas fantasias. Tal fato provocava em mim uma sensação, não de desconforto, mas de medo (que ainda sinto), pelas graves consequências dos incidentes de ontem e de hoje.

Ela voltou, atarefadíssima, trazendo numa mão uma tigela fumegante e na outra a cesta da costura. Depois de colocar a tigela junto ao fogão, sentou-se, manifestamente satisfeita por eu me mostrar tão sociável.

– Antes de eu vir para cá trabalhar – começou, sem mais delongas, – já passava muito tempo no Morro dos Ventos Uivantes. A minha mãe tinha sido ama de leite do sr. Hindley Earnshaw, pai de Hareton, e eu já estava habituada a brincar com as crianças. Além disso, dava recados, ajudava na lavoura e andava sempre pela propriedade, pronta para o que fosse preciso.

Numa linda manhã de verão (estávamos então no início das colheitas), o sr. Earnshaw, o antigo patrão, desceu as escadas vestido como se fosse viajar. Depois de dar instruções ao Joseph, voltou-se para *Master* Hindley, para a srta. Cathy e para mim (sim, porque eu estava na sala comendo mingau com eles) e disse, dirigindo-se ao filho:

– Meu filho, parto hoje para Liverpool. Queres que te traga alguma coisa? Escolhe o que quiseres. Tem é de ser uma coisa pequena, pois vou fazer o caminho a pé, e sessenta milhas para cada lado é uma grande estirada!

Hindley pediu uma rabeca. Depois foi a vez da srta. Cathy pedir o seu brinquedo. Embora ainda não tivesse seis anos, já conseguia montar qualquer cavalo, pelo que escolheu um chicote.

O sr. Earnshaw não se esqueceu de mim. Era um bom homem, se bem que às vezes um pouco severo. Prometeu-me uma cesta de maçãs e peras e depois despediu-se das crianças com um beijo.

Os três dias em que esteve ausente pareceram-nos uma eternidade. A srta. Cathy, por exemplo, não parava de perguntar quando é que ele regressaria. A sra. Earnshaw esperava-o para jantar na noite do terceiro dia, mas, como ele tardasse, resolveu atrasar o jantar. Não havia sinais do seu regresso e até as crianças se cansaram de correr para a cancela para ver se o avistavam. Entretanto escureceu. A mãe mandou-os para a cama, mas eles pediram com tanta ansiedade que ela os deixou ficar um pouco mais. Então, por volta das onze horas, alguém abriu o ferrolho devagarinho, e o patrão entrou. Deixou-se cair pesadamente numa cadeira, a rir e a lamentar a sua sorte, e pediu a todos que se afastassem, pois estava morto de cansaço. Por nada deste mundo seria capaz de voltar a empreender semelhante caminhada.

– Ainda por cima, para mal dos meus pecados! – disse, abrindo o enorme casacão que trazia debaixo do braço embrulhado como uma trouxa. – Vê só isto, mulher. Nunca me senti tão derreado. Porém só pode ser uma dádiva do Senhor, apesar de ser negro como o filho do diabo.

Acercamo-nos todos e foi então que, espreitando por cima da cabeça da srta. Cathy, deparei com um menino sujo, andrajoso e maltrapilho, de cabelo escuro e com idade suficiente para andar e falar. Pelo aspecto, parecia mais velho do que Catherine. No entanto, quando se pôs de pé, ficou parado olhando em toda a volta, repetindo vezes sem conta uma ladainha que ninguém entendia. Fiquei assustada, e a sra. Earnshaw propôs-se mesmo a expulsá-lo. Furibunda, perguntou ao marido por que decidira trazer para casa aquele ciganinho, tendo eles os seus próprios filhos para alimentar e educar. Devia ter enlouquecido.

O patrão tentou explicar o que acontecera, mas, como estava morto de cansaço, tudo o que consegui entender durante a bronca da senhora resumia-se a uma história em que falava de tê-lo encontrado faminto e sem abrigo, vagueando pelas ruas de Liverpool, ter cuidado dele e tentado encontrar quem o reclamasse. Porém, como ninguém sabia a quem pertencia e o tempo e o dinheiro escasseassem, achou preferível trazê-lo para casa, para não entrar em despesas desnecessárias, pois não desejava devolvê-lo à situação em que o encontrara.

Bom, a senhora acabou se acalmando por entre protestos. Em seguida, o sr. Earnshaw pediu-me que desse banho no garoto, o vestisse com roupa limpa e o deitasse junto dos filhos.

Hindley e Cathy limitaram-se a olhar e a escutar durante a discussão. Depois, começaram a remexer nos bolsos do pai à procura dos presentes prometidos. Hindley tinha na altura catorze anos. Porém, quando encontrou os cacos daquilo que restava da rabeca, desatou numa tremenda choradeira. Cathy, ao saber que o pai tinha perdido o chicote durante o salvamento de um estranho, patenteou todo o seu desprezo, fazendo caretas e cuspindo sobre aquela coisa estúpida, tendo recebido como paga pelo seu comportamento uma forte bofetada do pai.

Ambos se recusaram terminantemente a partilhar a cama e até mesmo o quarto com o recém-chegado, e o melhor que pude fazer foi colocá-lo no patamar das escadas, rezando para que partisse na manhã seguinte. Por mero acaso, ou porque ouvira a sua voz, o garoto colocou-se na porta do quarto do sr. Earnshaw, tendo sido imediatamente descoberto. O patrão quis logo saber a verdade, e fui obrigada a confessar tudo. Como recompensa pela minha covardia e insensibilidade, mandou-me embora.

Esta foi, por assim dizer, a apresentação de Heathcliff à família. Quando regressei, uns dias mais tarde, pois não considerei a minha expulsão definitiva, soube que o tinham batizado com o nome de "Heathcliff", que era o nome de um filho deles que morrera, e desde então tem sido este seu nome e seu sobrenome.

A srta. Cathy e ele tornaram-se grandes amigos. Hindley, no entanto, detestava-o, e, para ser sincera, eu também. Por isso, arreliávamos e troçávamos dele a toda a hora, dado que nem eu conseguia avaliar a enorme injustiça que cometia, nem a própria patroa se preocupava em defendê-lo.

Parecia uma criança sombria e demasiado passiva, um tanto arisca devido aos maus-tratos sofridos. Era capaz de aguentar as surras de Hindley sem pestanejar e sem verter uma lágrima, e os meus beliscões apenas o faziam dizer "ai" e abrir muito os olhos como se tivesse se machucado por acidente e ninguém fosse culpado.

Essa situação enfureceu o velho Earnshaw quando descobriu que o filho batia no pobre órfão, como ele lhe chamava. O sr. Earnshaw desenvolvera um estranho afeto pelo garoto, a ponto de acreditar em tudo o que ele dizia (falava pouco, mas dizia sempre a verdade) e mimava-o mais do que à Cathy que, na altura, era demasiado rebelde para ser a sua predileta.

Por isso, o garoto gerou desde o início um mau ambiente dentro de casa. Na altura da morte do sr. Earnshaw, dois anos mais tarde, Hindley já estava habituado a encarar o pai mais como um inimigo do que propriamente um amigo e, por sua vez, Heathcliff como usurpador do afeto do seu pai e, como tal, dos seus privilégios. Assim, foi crescendo cada vez mais azedo e revoltado, face a tais injustiças.

Devo confessar que, durante um tempo, também eu partilhava desses sentimentos, mas, quando as crianças adoeceram com sarampo e foi preciso que eu tratasse deles como mulher adulta, mudei logo de ideia. Heathcliff encontrava-se gravemente doente e, na pior fase da doença, queria sempre que eu ficasse ao seu lado. Penso que se sentia grato pelos meus cuidados e não tinha discernimento suficiente para ver que eu o tratava por mera obrigação. No entanto, devo confessá-lo, foi a criança mais dócil que tratei. A diferença entre ele e os outros obrigou-me a ser mais imparcial. Cathy e o irmão aborreciam-me constantemente, mas ele se portava como um cordeirinho manso. Porém, era a sua fibra, e não a sua brandura, que o transformava num bom doente.

Quando se restabeleceu, o médico atribuiu a cura em parte à minha intervenção, tendo elogiado o meu zelo e dedicação. Senti-me orgulhosa do meu trabalho e mais compreensiva relativamente à pessoa que me tinha feito merecer tal elogio. Hindley perdia, assim, o seu último aliado. Porém, nunca me afeiçoei muito a Heathcliff, e muitas vezes perguntava a mim própria o que teria o patrão visto naquele rapaz intratável, que nunca, se bem me recordo, demonstrara qualquer sinal de gratidão em paga da amizade que lhe era dedicada. Não que Heathcliff fosse insolente para com o seu benfeitor; apenas se mostrava insensível. Sabia perfeitamente que detinha uma enorme ascendência sobre o coração do patrão e que lhe bastava abrir a boca para que todos em casa fizessem a sua vontade.

Veja-se, por exemplo, isto: certo dia, o sr. Earnshaw comprou dois potros numa feira regional e ofereceu-os aos dois rapazes. Heathcliff ficou com o mais bonito, mas, quando viu que este coxeava, voltou-se para Hindley e disse:

– Vamos trocar de cavalos. Não gosto do meu. Se não quiseres, vou me queixar ao teu pai das três surras que me deste esta semana e ainda lhe mostro o braço, que está todo negro até o ombro.

Hindley mostrou-lhe a língua e deu um tabefe na sua orelha.

– Se eu estivesse no teu lugar, fazia o que te digo – insistiu Heathcliff, correndo para o alpendre (eles estavam no estábulo). – Mais cedo ou mais tarde vais ter de fazê-lo, e, se eu me queixar destas pancadas, ainda apanhas dobrado.

– Para trás, cão! – gritou Hindley, ameaçando-o com um dos pesos da balança que servia para pesar batatas e feno.

— Anda, atreve-te – respondeu Heathcliff, parando. – Vou contar tudo o que disseste acerca de me quereres pôr na rua, assim que ele morrer. Depois vamos ver quem é que será expulso.

Hindley atirou o peso, atingindo Heathcliff no peito. O rapaz caiu, mas levantou-se imediatamente cambaleando, muito pálido e respirando com dificuldade. Se eu não interviesse, teria ido contar tudo ao patrão como vingança, aproveitando-se do seu débil estado físico.

— Fica com o meu cavalo, cigano! – disse o jovem Earnshaw. – Espero que partas o pescoço. Leva-o e vai para o inferno, maldito intruso! Verás se consegues tirar tudo de meu pai, com graxa e falinhas mansas. O meu pai ainda vai saber quem tu és, filho do diabo. E, então, espero que ele te faça pagar por todos os teus pecados!

Heathcliff já tinha ido soltar o potro, transferindo-o para a sua baia. Na altura em que Heathcliff passava por detrás dele, Hindley concluiu o seu discurso, dando-lhe um empurrão tão violento que o atirou para debaixo das patas do cavalo. Depois, sem se deter para avaliar as consequências, fugiu o mais depressa que pôde.

Fiquei admirada ao ver que Heathcliff se levantou com a maior naturalidade e prosseguiu com os seus afazeres, trocando as selas, etc. Depois, sentou-se num fardo de palha para refazer-se do choque e voltou para casa.

Pedi-lhe que me deixasse explicar que as suas contusões tinham sido provocadas pelo potro. Reparei, então, que não lhe interessava o tipo de explicação que eu pudesse dar, uma vez que conseguira o seu intento. Na verdade, como quase nunca se queixava dessas agressões, aprendi a olhar para ele como uma pessoa não vingativa. No entanto, enganava-me redondamente, como o senhor verá mais adiante.

Capítulo V

COM O TEMPO, O SR. EARNSHAW começou a decair a olhos vistos. Ele, que fora sempre uma pessoa ativa e saudável, via agora as forças o abandonarem de súbito. E então, quando se viu preso num canto, junto à lareira, começou a ficar cada vez mais irritável. Tudo o aborrecia e a mais leve suspeita de perda de autoridade o deixava fora de si. Esse fato era ainda mais notório quando alguém tentava impor-se ou dar ordens ao seu favorito. Não admitia que criticassem ou melindrassem o seu menino, na sequência de uma estranha mania que se havia metido na cabeça, segundo a qual, como só ele gostava de Heathcliff, todos os outros o detestavam e queriam lhe fazer mal.

Isto foi prejudicial para o rapaz, dado que nós, para não aborrecermos o patrão, alimentávamos todas as suas vontades e caprichos. Perante tamanha bajulação, o garoto teve condições excepcionais para alimentar o seu orgulho e o seu mau gênio. Era um mal necessário. Por duas ou três vezes, as manifestações de escárnio de Hindley para com Heathcliff na presença do pai provocaram a ira deste último. Agarrava na bengala, mas, como não conseguia bater-lhe, tremia de raiva.

Finalmente, o nosso vigário (naquela altura tínhamos um pároco que ganhava a vida ensinando os filhos do Linton e dos Earnshaw e cultivando o seu pedaço de terra) aconselhou que talvez fosse melhor mandar o jovem Hindley para um colégio, fato que mereceu a concordância do sr. Earnshaw, embora com alguma relutância. Na realidade, dizia:

– O Hindley é um incapaz e nunca vencerá na vida, nem aqui nem em qualquer canto do mundo.

Eu esperava ansiosa que pudéssemos, finalmente, atingir a tão desejada paz. Magoava-me que o patrão sofresse pela sua boa ação. Imaginava que a sua índole rabugenta, própria da idade e da doença, proviesse das desavenças familiares. Na realidade, os seus males eram apenas a consequência do seu próprio declínio.

Com efeito, poderíamos ter vivido de uma forma pacífica, não fossem duas pessoas, a srta. Cathy e Joseph, o criado. Acho que o senhor já teve oportunidade de vê-lo ontem. Ele é, e provavelmente continua a ser, o fariseu mais preconceituoso, puritano e inflexível que alguma vez vasculhou a Bíblia em busca de promessas para seu próprio benefício e de pragas para lançar ao próximo. Foi a sua capacidade de pregar sermões e discursos piedosos que contribuiu para influenciar o sr. Earnshaw. Quanto mais fraco este ficava, maior ascendência o outro obtinha.

Nada lhe dava mais prazer do que maçar o patrão com as suas teorias sobre a alma e, em particular, sobre a educação severa das crianças. Foi ele quem incentivou o patrão a considerar o Hindley como um devasso. E todas as noites desfiava uma longa lista de queixas contra Heathcliff e Catherine, explorando as fraquezas do patrão e acabando por culpar sempre mais a menina.

Ela tinha, de fato, uma maneira de ser bastante diferente da das outras crianças e acabava com a nossa paciência muitas vezes ao dia. Desde que acordava até se deitar, nunca tínhamos um momento de sossego, devido ao seu espírito travesso. Andava sempre esfuziante de alegria e falava como um papagaio, cantando, rindo ou perturbando quem não participasse nas suas brincadeiras. Era uma menina bravia e arisca. Porém, tinha os olhos mais lindos, o sorriso mais doce e o pezinho mais ligeiro das redondezas. E, para ser sincera, creio que ela não o fazia por mal. Quando nos fazia chorar de raiva com as suas diabruras, não saía de junto de nós, pois, consolando-nos, consolava-se também a si própria.

Cathy adorava Heathcliff. O maior castigo que podiam dar a ela era separá-la de Heathcliff. No entanto, por causa dele, recebia mais repreensões do que qualquer um de nós.

Nos jogos, queria sempre ser a dona da casa. Gostava de mandar e de castigar os companheiros. Várias vezes tentou transformar-me em alvo do seu mau gênio, mas eu, como não aceitava me sujeitar às suas ordens e agressões, chamava frequentemente sua atenção.

Acontece que o sr. Earnshaw não compreendia as brincadeiras das crianças. A sua educação fora sempre rígida e severa. E Catherine, por seu lado, não entendia por que é que o pai, com a idade, estava mais rabugento e menos tolerante. As broncas do doente despertavam nela um prazer especial em provocar a sua cólera. Nada lhe dava mais alegria do que nos ver todos ralhando ao mesmo tempo e ela nos desafiando com o seu olhar altivo e descarado e a resposta sempre na ponta da língua. Adorava ridicularizar os sermões do Joseph. A mim, atormentava constantemente a paciência. Quanto ao pai, fazia aquilo que ele mais detestava, ou seja, demonstrava como a sua pretensa insolência (que ele considerava real) tinha mais poder sobre Heathcliff do que a bondade dele. Isto é, mostrava que o rapazote fazia todas as suas vontades, enquanto os desejos do *dono da casa* só eram satisfeitos quando Heathcliff bem entendia.

Às vezes, depois de se portar terrivelmente mal durante o dia inteiro, vinha procurar o conforto e o afeto do pai à noitinha e fazer as pazes.

– Não, Cathy – dizia o meu antigo patrão –, eu não posso gostar de ti. És pior do que o teu irmão. Vai, filha, reza as tuas orações e pede perdão a Deus. Às vezes pergunto a mim mesmo se valeu a pena ter-te criado!

A princípio, a menina chorava. Depois, ao ver que o pai a rejeitava constantemente, tornou-se bastante insensível, rindo sempre que eu lhe dizia para pedir desculpas e mostrar-se arrependida das suas asneiras.

Por fim, chegou o dia em que os males do sr. Earnshaw terminaram na terra. Morreu tranquilamente numa noite de outubro, sentado no seu cadeirão, junto à lareira.

Nessa noite, o vento soprava com violência, ecoando na chaminé. Parecia uma noite agreste e tempestuosa, mas não fazia frio. Estávamos todos reunidos na sala. Eu costurava num canto, afastada da lareira, e Joseph lia a Bíblia encostado à mesa (pois era tradição os criados sentarem-se com os patrões, findo o serviço). A srta. Cathy estivera doente e, como tal, estava sossegadinha, com a cabeça encostada nos joelhos do pai. Heathcliff estava deitado no chão, com a cabeça deitada no colo da menina.

Recordo-me de que, antes de adormecer, o patrão tinha acariciado o seu lindo cabelo (gostava de vê-la assim, sossegada) e dito:

– Por que será que não podes ser sempre assim boazinha, Cathy?

Ela olhou para o pai e respondeu, rindo:

– E por que será que o pai não pode ser sempre assim bonzinho?

Mas, logo que viu que o pai se mostrava novamente aborrecido, beijou-lhe a mão, prometendo que ia cantar uma canção para ele adormecer. Começou então a cantar muito baixinho, até que a mão dele caiu e a cabeça tombou para a frente. Pedi-lhe para parar e não se mexer, para não acordá-lo. Ficamos ali, quietos como ratos, durante meia hora. De fato, poderíamos ter ali ficado tempos infinitos, se não fosse Joseph, terminado o seu capítulo, ter levantado e dito que era preciso acordar o patrão para as suas orações.

Aproximou-se dele, chamou-o e bateu no seu ombro, mas, como não obtivesse resposta, pegou na vela e iluminou-o.

Vi logo que algo de grave se passava, assim que Joseph baixou a luz. Peguei as crianças por um braço e pedi em voz baixa que subissem devagarinho e rezassem sozinhas, pois o pai tinha o que fazer naquela noite.

– Primeiro o pai tem de me dar boa-noite – disse Catherine, abraçando-o, antes que pudéssemos detê-la.

Coitadinha, logo que se apercebeu da triste situação, gritou:

– Oh, Heathcliff, ele morreu! Está morto! – Desataram os dois a chorar convulsivamente. Também eu comecei a chorar, amargurada e triste. Porém, Joseph apressou-se em perguntar por que motivo estávamos todos naquele berreiro por uma santa alma que já estava no céu.

Mandou-me pegar o casaco e ir buscar o médico e o padre em Gimmerton. Confesso que não entendi qual a utilidade de ambos naquela situação. No entanto, lá fui, enfrentando a tempestade, e voltei com o médico. O padre, esse só podia vir pela manhã.

Deixei Joseph dando as explicações e corri para o quarto das crianças. A porta estava aberta; vi que ainda não tinham deitado, embora já passasse da meia-noite. Contudo, estavam mais calmos e não necessitaram do meu consolo. Aquelas pobres almas confortavam-se uma à outra com melhores palavras e pensamentos do que eu alguma vez poderia empregar. Nenhum padre conseguiria, naquele momento, descrever o céu de uma forma tão bela como eles o descreviam. Por isso, fiquei junto deles, escutando com lágrimas as suas palavras, e não pude deixar de desejar que todos nós, um dia, nos encontrássemos nesse lugar maravilhoso.

Capítulo VI

O SR. HINDLEY REGRESSOU À casa para o funeral. E, para espanto de todos, vizinhança incluída, trouxe com ele uma esposa.

Ninguém sabia ao certo quem ela era, nem de onde vinha. Rica não era decerto, nem devia vir de família distinta, caso contrário o sr. Hindley não teria ocultado do pai o seu casamento.

Não era pessoa que perturbasse a tranquilidade da casa com o seu feitio. Assim que lá entrou pela primeira vez, ficou imediatamente apaixonada por todos os objetos que viu. O mesmo se passava com tudo o que a rodeava, exceto, claro, os preparativos para o funeral e a presença dos amigos do defunto.

Cheguei até a pensar que fosse um pouco pateta, tendo em conta o seu comportamento naquela ocasião. Correu para o quarto e obrigou-me a ir com ela, embora eu precisasse vestir as crianças. E, depois, ficou sentada tremendo e contorcendo as mãos, fazendo sempre a mesma pergunta:

– Já foram embora?

Pôs-se em seguida a descrever de forma histérica o estado em que ficava quando via gente de luto; tremia e estremecia e acabou por cair no choro. Quando lhe perguntei o que se passava, respondeu que não sabia, mas que tinha muito medo de morrer! Cá para mim, ela tinha tão poucas probabilidades de morrer quanto eu própria. Era bastante magra, mas muito nova e de aspecto saudável, com uns olhos que reluziam como dois diamantes. Porém, recordo-me de que, quando subia as escadas correndo, ficava com a respiração muito alterada, e que bastava um ruído mais repentino para se descontrolar; outras vezes, tinha uma tosse esquisita; desconhecia, no entanto, qual a origem desses sintomas, e não me sentia muito inclinada a ter pena dela. Sabe, sr. Lockwood, normalmente não costumamos nos interessar muito por forasteiros, a não ser que eles primeiro mostrem interesse por nós.

O jovem Earnshaw tinha mudado consideravelmente durante os seus três anos de ausência. Emagrecera, estava pálido e falava e vestia-se de forma diferente. Assim, no preciso dia em que chegou, chamou-nos, a mim e ao

Joseph, e disse que a partir daquele momento devíamos permanecer na cozinha e deixar os cuidados da casa sob sua responsabilidade. Preocupado com o conforto da mulher, chegou mesmo a pensar em mandar atapetar e forrar com papel de parede um dos quartos desocupados, para transformá-lo numa saleta. Mas ela tinha gostado tanto daquele chão todo branco, da enorme e acolhedora lareira, dos pratos de estanho, do guarda-louças e da casinha do cão, e do desafogo desta sala onde costumavam passar o tempo, que ele acabou mudando de ideia e achando desnecessária a tal saleta.

Ela ficou também tão radiante por encontrar uma irmã na sua nova família que, no início, andava sempre em volta de Catherine com conversas tolas, paparicando-a, dando-lhe beijinhos e oferecendo-lhe presentes. Esses exageros afetivos depressa desapareceram e começou a tornar-se rabugenta, ao mesmo tempo em que Hindley se tornava cada vez mais tirânico. Bastava que ela deixasse escapar alguma crítica relativa a Heathcliff para fazer despertar em Hindley todo o seu velho ódio contra o rapaz. Começou por afastá-lo da sua companhia e o alojou com os criados. Depois, privou-o das aulas com o vigário, argumentando que ele devia trabalhar era no campo e obrigando-o a tarefas tão árduas como qualquer outro trabalhador da propriedade.

A princípio, Heathcliff aguentou relativamente bem esse rebaixamento, uma vez que Cathy continuava a ensinar-lhe as lições, trabalhando e brincando com ele na propriedade.

As duas crianças tinham prometido crescer como selvagens e, como o jovem patrão descurava totalmente da sua educação, viviam livres da sua tutela. Nem sequer se preocuparia em saber se iam à missa aos domingos, se não fossem as chamadas de atenção do Joseph e do vigário para a sua negligência, sempre que as crianças faltavam às suas obrigações. Só então se lembrava de açoitar Heathcliff e mandar Catherine para a cama sem jantar e sem ceia.

Uma das brincadeiras preferidas dos garotos era escapar para a charneca, de manhãzinha, onde permaneciam durante todo o dia. E, no final, o castigo passou também a ser encarado como mais uma brincadeira; o vigário bem podia obrigar Catherine a decorar todos os capítulos da Bíblia; Joseph bem podia bater em Heathcliff até lhe doer o braço; no fim, bastava juntarem-se de novo para voltarem a esquecer tudo, enquanto engendravam novo plano de vingança. Quantas vezes chorei de desgosto ao ver como aquelas pobres almas cresciam de dia para dia cada vez mais irresponsáveis! Contudo, não me atrevia a fazer qualquer comentário, não fosse perder o pouco poder que ainda detinha sobre aqueles meninos tão mal-amados.

Certo domingo, ao entardecer, foram proibidos de entrar na sala, devido ao barulho que faziam, ou outra qualquer diabrura do gênero. Quando chegou a hora da ceia, fui à procura deles, mas não consegui encontrá-los.

Procuramos por toda a casa, bem como no pátio e nos estábulos. Nada. Por fim, Hindley, num acesso de cólera, ordenou-nos que trancássemos as portas e não os deixássemos entrar em casa naquela noite.

Os criados recolheram-se. Eu, no entanto, estava demasiado preocupada para ir deitar e, sem me importar com a chuva, abri a janela e fiquei à escuta, decidida a desobedecer a proibição e deixá-los entrar.

De repente, ouvi passos na estrada e vi uma luz tênue do outro lado da cancela.

Embrulhei-me no xale e corri para evitar que batessem na porta e acordassem o sr. Earnshaw. Era Heathcliff. Fiquei assustada ao vê-lo sozinho.

– Onde está a srta. Catherine? – perguntei, de repente. – Aconteceu alguma coisa com ela?

– Está na Granja dos Tordos – respondeu. – E eu também poderia estar lá, se tivessem me convidado.

– Que beleza! – disse-lhe eu, – Parece que gostas de apanhar. Que vos passou pela cabeça para irem para a Granja dos Tordos?

– Deixa-me só tirar estas roupas molhadas e já te conto tudo, Nelly – respondeu.

Pedi-lhe que tivesse cuidado para não acordar o patrão e, enquanto ele trocava de roupa e eu esperava para apagar a vela, prosseguiu:

– Eu e a Cathy fugimos pela lavanderia e decidimos dar um passeio em liberdade. Como vimos luz na direção da Granja, tivemos vontade de ver com os nossos próprios olhos se os Linton também passavam o domingo à noite vagueando pelos cantos da casa, enquanto os pais se entupiam de comer e beber, cantando e rindo junto da lareira. Achas que sim, Nelly? Ou então lendo sermões ou sendo catequizados por um criado doido; ou ainda sendo obrigados a decorar uma lista de nomes bíblicos, caso não respondam corretamente?

– Acho que não – respondi. – São crianças bem-comportadas que não merecem o mesmo tipo de tratamento que vocês recebem pelos seus maus modos.

– Não me venhas com histórias, Nelly – disse. – Que bobagem! Continuando, fizemos uma corrida do alto do Morro dos Ventos Uivantes até o parque da Granja sem parar. A Catherine perdeu, porque estava descalça. A propósito, amanhã tens de procurar os sapatos dela no lodaçal. Trepamos por uma abertura da sebe, subimos pelo caminho às apalpadelas e sentamos num vaso de flores, por baixo da janela da sala. Era daí que vinha a luz. Não tinham fechado as persianas, e os reposteiros estavam entreabertos; como estávamos ao nível do chão, conseguíamos ver lá dentro. Depois, quando nos agarramos ao peitoril, tivemos uma visão extraordinária: uma sala lindíssima, com tapetes vermelhos no chão, cadeiras e mesas da mesma cor e um teto branco como a neve, com um friso dourado e um lustre ao meio, de onde pendiam gotas de chuva, presas a correntes de prata, que brilhavam como estrelas.

– O sr. e a sra. Linton não se encontravam na sala. O Edgar e a irmã estavam completamente sozinhos. Como eles deviam estar felizes! Para mim, era como se estivesse no paraíso! Agora, adivinha o que aqueles dois estavam fazendo? A Isabella, que deve ter onze anos, ou seja, um ano a menos que a Cathy, estava num canto aos berros, como se alguém estivesse espetando agulhas em brasa nela; o Edgar estava ao pé da lareira, chorando baixinho e, no meio da mesa, havia um cachorrinho que abanava a pata e gania. Pelas acusações mútuas, vimos logo que cada um queria ficar com o cão para si. Que idiotas! Era assim que se divertiam! Primeiro, discutem por causa de uma bola de pelo e depois choram, só porque não querem mais o animal. Claro que desatamos a rir perante crianças tão mimadas. Como os desprezávamos! Imagina se eu ia alguma vez querer aquilo que a Catherine deseja! Já alguma vez nos encontraste a brincar de gritar, chorando cada um em seu canto? Nem que me pagassem, trocaria a minha vida pela do Edgar Linton da Granja dos Tordos. Nem mesmo se me deixassem atirar o Joseph do alto de uma torre ou pintar a fachada desta casa com o sangue do Hindley!

– Fala mais baixo! – interrompi. – Ainda não me disseste onde está a srta. Cathy.

– Já te disse que morremos de rir – respondeu. – Pois é, os Linton ouviram-nos e correram como setas em direção à porta. Houve um momento de silêncio e depois um grito, "Mamãe, mamãe!! Papai! Depressa, venham cá. Olhe, papai, olhe!". Era mais ou menos assim que eles guinchavam. Fizemos uns ruídos terríveis para assustá-los ainda mais, mas, como alguém abrisse a porta, largamos imediatamente o peitoril e preparamo-nos para fugir. Foi então que, ao agarrar a mão da Cathy para ajudá-la, ela se estatelou.

– "Foge, Heathcliff, foge!", sussurrou-me. "Soltaram o cão, e ele me agarrou!"

– O raio do bicho tinha-lhe abocanhado o tornozelo, Nelly. Ouvi-o rosnar, mas ela não gritou, não, senhora! Preferia manter-se calada, nem que fosse trespassada pelos chifres de um touro. Eu, no entanto, comecei a rogar tantas pragas que bastariam para aniquilar todas as almas do inferno. Peguei uma pedra e a meti na boca dele, tentando, com toda a força que tinha,

enfiá-la pela sua goela abaixo. Finalmente, apareceu a besta do criado com uma candeia, gritando:
– "Agarra Skulker, agarra!"
– Porém, quando viu o que o cão estava agarrando, mudou logo de tom. O cão foi afastado violentamente pela trela, quase ficando esganado: a sua grande língua rosada pendia da boca e, dos beiços, pingava uma mistura de baba e sangue.
– O homem pegou a Cathy, que tinha perdido os sentidos, não de medo, mas de dor. Levou-a para dentro de casa. Eu fui atrás dele, gritando tudo o que me vinha à cabeça de insultos e ameaças.
– "Então, Robert, qual é a pressa?", perguntou o Linton da entrada.
– "O Skulker apanhou uma menina", respondeu. "E tem também um rapaz aqui", acrescentou, agarrando-me, "que parece um ladrãozinho! Com certeza, os ladrões que andam por aí tencionavam colocá-los dentro de casa para depois abrirem a porta e nos matarem durante o sono. Cala-te, meu safado, ou vais para a forca. Não largue a espingarda, sr. Linton!"
– "Fique descansado, Robert", disse o tonto do velho. "Estes patifes sabiam que ontem era o dia de receber as rendas e pensavam que podiam me roubar. Entrem, vão ter uma ótima recepção. John, tranca a porta. E tu, Jenny, dá água ao Skulker. Assaltar um magistrado na sua própria residência, e ainda por cima no Dia do Senhor! Onde é que isto irá parar? Mary, querida, olha só para isto! Não tenhas medo, é apenas um garoto. Porém, o rapaz tem uma tal cara que seria um favor para todos enforcá-lo imediatamente, antes que passe das palavras aos atos."
– Levou-me para debaixo do lustre. A sra. Linton pôs os óculos e elevou as mãos aos céus, horrorizada. Os filhos aproximaram-se covardemente. Isabella ciciou:
– "Meu Deus, que coisa mais horrível! Feche-o na adega, papai. É igualzinho ao filho daquela cigana que roubou o meu faisão de estimação, não é, Edgar?
– Enquanto me examinavam, a Cathy recuperou os sentidos. Tinha ouvido esta última frase e riu. O Edgar Linton, depois de mirá-la, apatetado, arranjou coragem para finalmente reconhecê-la. Encontramo-nos sempre aos domingos na igreja. Tirando isso, é raro vermo-nos.
– "Mas... É a srta. Earnshaw!", segredou ele à mãe. "Olha como o Skulker a mordeu. O pé dela está sangrando!"
– "A srta. Earnshaw? Que disparate!", exclamou a senhora. "A srta. Earnshaw, vagueando pelos campos com um cigano! E depois, filho, a menina está de luto. Mas... É mesmo ela! E a pobre menina pode ficar aleijadinha para toda a vida!"

– "Mas que enorme descuido do irmão!", exclamou o sr. Linton, voltando-se para a Catherine. "O Shielders (Shielders era o vigário) já tinha me contado que ele a educa como uma perfeita pagã. Mas quem é este? Onde é que ela foi desencantar este companheiro? Ah, já sei! Aposto que é aquela estranha 'aquisição' que o meu falecido vizinho fez na sua célebre viagem a Liverpool... Um degredado das Índias, da Espanha ou das Américas."

– "Em qualquer dos casos, um malandro", comentou a velha senhora. "E impróprio para permanecer numa casa respeitável como a nossa! Já reparaste na linguagem dele, Linton? Lamento profundamente que os nossos filhos a tenham ouvido".

– Foi então que recomecei a lançar pragas... não, Nelly, não te zangues... e o Robert teve de me colocar para fora. Afirmei que não vinha embora sem a Cathy, mas ele me arrastou para o jardim, deu-me a candeia e garantiu que o sr. Earnshaw seria informado do meu comportamento. Depois, mandou-me sair dali imediatamente e fechou a porta.

– Os reposteiros estavam ainda entreabertos num dos cantos, e, por isso, voltei para o meu posto de vigia, para ver se a Catherine queria vir comigo. Se fosse esse o caso, juro que quebraria o vidro e não descansaria enquanto não a tirasse dali.

– Mas ela estava sentada no sofá, muito sossegada. A sra. Linton tinha tirado a capa cinzenta, que tínhamos roubado da moça do estábulo para trazer no nosso passeio, e abanava a cabeça, repreendendo-a, penso eu. Afinal de contas, ela era uma menina de família e por isso merecia um tratamento diferente do meu. O sr. Linton foi buscar uma bebida quente para ela e a Isabella colocou um prato de bolos no colo, enquanto o Edgar a observava de longe, como um perfeito tontinho. Em seguida, secaram e escovaram o seu lindo cabelo, deram-lhe uns chinelos enormes e sentaram-na em frente à lareira. Quando a deixei, parecia muito feliz, partilhando os bolos com o cachorrinho e com o Skulker, cujo focinho ia apertando, divertida, e ateando uma centelha de alegria nos olhos azuis e vagos do Linton, um pálido reflexo, afinal, do seu rosto encantador; via-se que estavam os dois embasbacados... Mas ela é muito superior a todos eles... ou a qualquer outra pessoa deste mundo. Não achas, Nelly?

– Esta história ainda vai dar o que falar – disse eu, cobrindo-o e apagando a vela. – Parece que nunca vais aprender; e o sr. Hindley vai ter de tomar uma atitude drástica, podes ter certeza!

De fato, as minha previsões saíram mais certas do que eu imaginava. Esta infeliz aventura enfureceu Earnshaw e, para culminar, o sr. Linton veio pessoalmente visitar-nos logo na manhã seguinte, para remediar a situação, e pregou um tal sermão sobre o modo como educava a sua família, que o obrigou a refletir seriamente no assunto.

Heathcliff não recebeu qualquer castigo, mas ordenaram-lhe que nunca mais dirigisse a palavra à srta. Catherine, sob pena de ser expulso. E foi a própria sra. Earnshaw que ficou responsável pelo isolamento monástico da cunhada, assim que esta regressasse. Empregando, é claro, a astúcia e a diplomacia, e nunca a força, ciente de que pela força nada conseguiria.

Capítulo VII

CATHY FICOU CINCO SEMANAS na Granja dos Tordos, mais ou menos até o Natal. O seu tornozelo já estava completamente curado e o seu temperamento melhorara muito. A patroa a visitava regularmente, dando cumprimento a um plano de reforma em que tentava conquistar a amizade da menina à custa de roupas caras e muitos mimos, que esta aceitava de bom grado. De tal forma que, certo dia, em vez daquela criança selvagem e livre em constante correria pela casa, sempre pronta a nos abraçar, surgiu digníssima e elegante, montada num belo potro negro, com os seus lindos caracóis castanhos pendendo soltos sob um chapéu de caça e um traje de montar tão comprido que tinha de erguê-lo com as mãos para não pisar nele.

Hindley ajudou-a a descer do cavalo, exclamando, deliciado:

– Sim, Cathy, mas que beleza! Até tive dificuldade em te reconhecer. Pareces mesmo uma senhora. A Isabella Linton nem se compara, não é mesmo, Frances?

– A Isabella não tem os atributos naturais da Cathy – respondeu a esposa. – Mas é importante que se porte bem e não volte a ser uma menina rebelde. Ellen, ajuda a srta. Catherine com as malas. Espera, querida, deixa-me tirar o teu chapéu, senão ainda estragas o penteado.

Ajudei-a a despir a roupa de amazona e vi que trazia calças brancas e sapatos de verniz por baixo de um vestido de seda de ampla saia pregueada. E, apesar de seus olhos brilharem de alegria ao ver os cães correrem para ela, para lhe darem as boas-vindas, evitou tocá-los, com medo de que sujassem a sua linda indumentária.

Beijou-me com cuidado. Como eu estava toda suja de farinha devido aos preparativos para o bolo de Natal, não iria certamente dar-me um abraço. Depois, foi à procura do Heathcliff. O senhor e a senhora Earnshaw esperavam ansiosamente por este reencontro, dado que, assim, poderiam avaliar em que medida era possível terem esperanças de sua separação.

Foi difícil para ela descobrir Heathcliff. Se já antes da ausência de Catherine ele era descuidado e rebelde, então agora portava-se dez vezes pior.

Só eu é que o repreeendia pelo fato de estar sujo, mandando-o tomar banho uma vez por semana. E o senhor bem sabe como as crianças daquela idade gostam de água e sabão... Por isso, e já não falando da roupa com que andava havia mais de três meses pela lama e o pó, nem da sua farta cabeleira desgrenhada, a cara e as mãos andavam sempre encardidas. Motivos não lhe faltavam para se esconder atrás de um banco, ao ver a menina elegante e airosa com que deparou, em vez da amiga suja e traquina com quem se identificava.

– Onde está o Heathcliff? – perguntou Catherine, descalçando as luvas e mostrando mãos imaculadas, de quem não trabalha em casa e leva uma vida de lazer.

– Heathcliff, podes aparecer – gritou o sr. Hindley, exultante com o constrangimento do rapaz, e radiante por obrigá-lo a aparecer naquele estado humilhante diante da amiga. – Aparece e vem dar as boas-vindas à srta. Catherine, com os outros criados.

Mas Cathy descobriu logo o amigo e correu para abraçá-lo. Cobriu-o de beijos, mas logo se deteve e, desatando a rir, exclamou:

– Céus, Heathcliff, como tu estás sujo e maltrapilho! Mas que engraçado e estranho que tu estás! Talvez por eu estar habituada ao Edgar e à Isabella Linton. Então, Heathcliff, já te esqueceste de mim?

Esta pergunta era propositada, dado que Heathcliff ostentava uma expressão de orgulho e vergonha que o mantinha petrificado.

– Cumprimenta-a, rapaz! – disse o sr. Earnshaw, condescendente. Pelo menos uma vez é permitido.

– Não! – replicou o rapaz, como se tivesse finalmente encontrado a língua. – Não estou para ser gozado nem vou admiti-lo!

E teria mesmo fugido, se não fosse a srta. Cathy segurá-lo.

– Não pretendia rir de ti – disse ela. – Mas foi mais forte do que eu. Vá lá, Heathcliff, ao menos dá-me um aperto de mão! Por que estás aborrecido? Foi só porque te estranhei. Se lavares a cara e penteares o cabelo, tudo mudará. Mas sempre estás muito porco!

E ficou olhando, preocupada, para aquela mão toda suja que estava a apertar e para o vestido, com medo de tê-lo sujado.

– Não precisavas ter me tocado! – retorquiu ele, libertando bruscamente a mão, como se tivesse adivinhado o seu pensamento. – Sou porco, gosto de ser porco e serei sempre porco!

E, dizendo isto, saiu precipitadamente da sala, perante a satisfação dos patrões e a incredulidade de Catherine, que não compreendia por que razão seus comentários tinham dado lugar a tamanha manifestação de mau humor.

Depois de ter servido de aia da menina, de ter colocado os bolos no forno e enfeitado a casa para a ceia de Natal, ia poder enfim sentar-me e distrair-me entoando algumas canções adequadas ao período natalino, apesar de, para Joseph, as minhas modas não passarem de arremedos de canções.

Joseph tinha-se retirado para as suas habituais orações. O senhor e a senhora Earnshaw tentavam conquistar a atenção da srta. Cathy, mostrando-lhe os muitos presentes que tinham comprado para oferecer aos meninos Linton, como forma de agradecimento pela sua amabilidade.

Estes haviam sido convidados para passar o dia seguinte no Morro dos Ventos Uivantes, convite que fora aceito com uma condição: a sra. Linton pedira por tudo que evitassem o contato entre os seus queridos filhos e aquele "rapaz rude e malcriado".

Nessas circunstâncias, fiquei sozinha. Entretive-me a aspirar o aroma dos petiscos bem condimentados e a admirar, orgulhosa, o brilho dos utensílios de cozinha, o relógio reluzente, decorado com azevinho, e as canecas de prata alinhadas na bandeja, prontas para receberem a cerveja quente e adoçada com especiarias que seria servida durante a ceia. Agradava-me sobretudo aquele chão resplandecente, impecavelmente limpo e esfregado.

Cada objeto recebia o meu elogio velado, lembrando-me de como o velho sr. Earnshaw gostava de entrar na cozinha, limpa e asseada, e me chamava "moça eficiente", dando-me um xelim como bônus, no Natal. Depois, comecei a pensar no seu afeto por Heathcliff e no seu receio de que o ignorassem após a sua morte. Claro que esses pensamentos me levaram a pensar na atual situação do pobre rapaz e, depois, passei das canções ao pranto. Mas depressa concluí que era bem mais sensato tentar corrigir alguns dos seus erros do que verter lágrimas por eles, tendo por isso levantado e ido para o pátio à sua procura.

Não estava longe. Encontrei-o nos estábulos, escovando o pelo luzidio do novo potro e dando de comer aos outros animais, como costumava fazer.

– Despacha-te! – disse eu. – Está tão quentinho na cozinha, e o Joseph foi para o quarto. Vá, deixa-me pôr-te bonito, antes que a srta. Catherine apareça. Depois, podem sentar-se os dois em frente à lareira e ficar conversando até a hora de ir para a cama.

Heathcliff continuou com seus afazeres e nem sequer olhou para mim.

– Então? Vens ou não vens? – continuei. – Fiz um bolo para os dois... deve estar quase pronto. Além disso, precisas bem de meia hora para te arranjares.

Esperei cinco minutos, mas não obtive resposta.

Catherine ceou com o irmão e a cunhada. Joseph e eu tivemos uma refeição muito atribulada, temperada por críticas e insultos. Os pedaços de bolo e queijo destinados a Heathcliff ficaram em cima da mesa durante toda a noite, pois ele, inventando as desculpas mais descabidas, ficou trabalhando até as nove da noite, indo diretamente para o quarto, mudo e triste.

Cathy ficou de pé até tarde. Tendo um monte de coisas para organizar em relação à recepção dos seus novos amigos, veio apenas uma vez à cozinha à procura do velho amigo, mas, como ele não estava, apenas perguntou o que se passava com ele e saiu logo em seguida.

Na manhã seguinte, Heathcliff levantou-se cedo. Como era dia santo, foi descarregar a má disposição no pântano, reaparecendo apenas quando a família já tinha ido para a igreja. O jejum e a reflexão pareciam ter-lhe feito bem: abraçou-me longamente e, depois de ganhar a coragem necessária, exclamou abruptamente:

– Nelly, faz de mim uma pessoa decente. Prometo que vou me portar bem.

– Já não era sem tempo, Heathcliff – disse eu. – Ofendeste a Catherine, e ela até é capaz de estar arrependida de ter voltado para casa! Até parece que tens inveja de ela ser o centro das atenções.

A noção de *ter inveja* de Catherine era incompreensível para ele. Porém, a noção de magoá-la deixou-o deveras preocupado.

– Ela te disse que estava ofendida? – quis saber, muito sério.

– Chorou quando eu lhe disse que tinhas saído novamente esta manhã.

– Bom, eu também chorei a noite passada – retorquiu. – E tinha mais motivos para chorar do que ela.

– Sim, imagino o que é ir para a cama com o coração cheio de orgulho e o estômago vazio – respondi. – O orgulho só traz tristezas. Mas, se estás assim tão arrependido da birra que fizeste, pede-lhe perdão quando ela entrar. Vai falar com ela, dá-lhe um beijo e diz-lhe... Ora, tu sabes melhor do que eu o que hás de dizer a ela. Basta que o faças com sinceridade e sem pensares que ela se transformou numa grande senhora só porque tem uns vestidos muito bonitos. E agora, embora eu ainda tenha o jantar para fazer, vou tirar uns minutinhos para tratar de ti, para que, comparado contigo, o Edgar Linton pareça um macaco. Aliás, nem é preciso, porque isso ele já é. Tu podes ser mais novo, mas és muito mais alto e espadaúdo do que ele. Aposto que bastaria um empurrão teu para derrubá-lo, não achas?

O rosto de Heathcliff iluminou-se por instantes. Depois, ficou cabisbaixo e suspirou.

– Mas, Nelly, ainda que o derrubasse vinte vezes, eu não ficaria mais bonito do que ele. O que eu queria era ter o cabelo loiro e a pele branca, vestir-me e comportar-me bem e ter a oportunidade de ser tão rico como ele!

– E andar sempre chamando pela mamãe – acrescentei – e tremer como vara verde toda vez que algum rapaz das redondezas ameaçar dar-lhe um murro, e ficar fechado em casa sempre que chove... Então, Heathcliff, que personalidade é a tua? Vem olhar-te no espelho, que eu mostro aquilo que na realidade deves desejar: já reparaste nestas duas linhas entre os olhos e nestas sobrancelhas grossas que, em vez de arqueadas, se afundam ao centro, e nestes dois diabinhos negros e profundos, que nunca abrem as janelas afoitamente, mas que atrás delas se escondem, a brilhar como dois espiões do inferno? Aprende a disfarçar essas rugas, a levantar essas sobrancelhas sem medo e a transformar esses demônios em anjos inocentes e puros, deixando de desconfiar e duvidar de tudo e todos e de ver inimigos nos teus amigos. Deixa essa expressão de cão raivoso que finge aceitar como merecidos maus-tratos e pontapés, mas que afinal odeia o mundo, pelos sofrimentos que passa, tanto quanto aquele que lhe dá os pontapés.

– Por outras palavras, devo desejar os grandes olhos azuis e a testa lisa do Edgar Linton – respondeu. – Mas isso é o que desejo, e não me adianta nada!

– Fica sabendo que um bom coração é capaz de fazer uma cara bonita – continuei –, nem que ela seja negra como um tição; e que um mau coração transforma a cara mais linda em algo mais feio que a própria fealdade. Pronto, agora que já estamos lavados e penteados e menos carrancudos... diz lá se não te achas um belo rapaz? Pois eu digo que sim! Quem não te conhecesse diria que és um príncipe. Sabe-se lá se o teu pai não era o imperador da China e a tua mãe uma rainha indiana, capazes de comprar, só com o rendimento de uma semana, o Morro dos Ventos Uivantes e a Granja dos Tordos? Podes muito bem ter sido raptado por piratas malvados e trazido para a Inglaterra. Olha, se eu estivesse no teu lugar, não parava de pensar na minha nobre ascendência, para assim ganhar coragem e dignidade suficientes para suportar a tirania de um reles fidalgote rural!

Continuei neste tom até que, por fim, Heathcliff desanuviou a face carrancuda, mostrando-se bastante simpático. A nossa conversa foi, entretanto, interrompida pelo barulho de rodas no pátio. Ele correu para a janela e eu para a porta, a tempo de apreciarmos os dois irmãos Linton, que apeavam da sua carruagem, abafados nas suas capas de pele, e o casal Earnshaw, que desmontava dos seus cavalos (no inverno iam frequentemente à missa a cavalo). Catherine deu uma mão a cada um dos seus amigos e os levou para dentro, indo sentar-se os três em frente à lareira, o que depressa coloriu a palidez das suas faces.

Disse ao meu companheiro para se apressar, fazendo-o prometer que iria se portar bem, como um menino bem-disposto e comportado. Porém, não poderia ter tido mais azar, dado que, quando abria a porta que dava para a cozinha, Hindley entrava justamente na porta do outro lado, tendo ficado os dois frente a frente. O patrão, irritado por ver Heathcliff tão limpo e alegre, ou talvez para cumprir a promessa que fizera à sra. Linton, empurrou-o bruscamente e deu ordens a Joseph para que não deixasse "o menino entrar na sala" e que o "fechasse no sótão até o fim do jantar", pois, se ficasse com eles na sala, ia "meter os dedos nos bolos e roubar a fruta".

– Não, senhor! – não pude deixar de intervir. – Garanto-lhe que ele não tocará em nada. E não acha que ele também merece, como todos nós, uma guloseima?

– Se encontrá-lo aqui embaixo antes do anoitecer, quem lhe dará a "guloseima" serei eu, e pessoalmente, – bradou Hindley. – Vai-te, vagabundo! Com que então deu para andares todo embonecado? Espera até eu colocar as mãos nessas lindas madeixas! Talvez ainda fiquem maiores!

– Já estão suficientemente grandes – comentou Linton, espreitando pela frincha da porta. – Não sei como ele consegue ver com essa juba no olhos!

Master Linton fizera esse comentário sem qualquer intenção insultuosa, mas o feitio violento de Heathcliff não estava preparado para ouvir gracejos vindos de alguém que ele já odiava como seu inimigo mortal. Pegou na primeira coisa que viu (uma concha de calda de maçã fervendo) e a atirou na cara do outro, que logo desatou num berreiro, atraindo a atenção de Isabella e de Catherine, que correram até a cozinha para saberem o que se passava.

O sr. Earnshaw agarrou imediatamente o culpado e o levou para o seu quarto, onde, sem dúvida, deve ter-lhe aplicado um violento corretivo para acalmar os ímpetos, pois, quando desceu, vinha vermelho e ofegante. Peguei no pano de prato e, sem grande vontade, limpei o nariz e a boca de Edgar, dizendo que era bem-feito para aprender a não meter o nariz onde não era chamado. A irmã começou a chorar e a dizer que queria ir para casa, e Cathy ficou algo desorientada, corada de vergonha.

– Não devias ter dito nada! – disse a menina, ralhando com Edgar. – Ele estava indisposto, e agora estragaste a tua visita. E, ainda por cima, ele vai ser castigado. Detesto que ele seja castigado! Já perdi a vontade de jantar. Por que te meteste com ele, Edgar?

– Mas eu não disse nada – soluçou o rapaz, libertando-se das minhas mãos e acabando de se limpar com o seu lenço de cambraia. – Prometi à mamãe que não lhe dirigiria a palavra e assim fiz.

– Pronto, não chores! – replicou Catherine, com desdém. – Ninguém te matou. Agora deixa de fitas. E fica quieto! O meu irmão vem aí! E tu cala-te, Isabella! Alguém te fez mal?

– Então, meninos, vamos para a mesa – gritou Hindley, irrompendo pela sala como um furacão. – Aquele bruto me deixou fora de mim. Da próxima vez, Edgar, aprenda a fazer respeitar a lei com os seus próprios punhos. Vai ver como lhe abre o apetite!

Os convivas recuperaram a calma perante tão excelente repasto. Depois do passeio a cavalo, era natural que estivessem com muita fome e, como não lhes acontecera nada de grave, depressa se consolaram.

O sr. Earnshaw preparou apetitosos pratos repletos de iguarias, e a patroa conseguiu animá-los com a sua conversa alegre e viva. Eu me mantinha atrás da cadeira dela e fiquei indignada ao ver que Catherine, de olhos enxutos e olhar indiferente, cortava calmamente uma asa do ganso que tinha na sua frente.

"Que criança mais insensível", pensei comigo mesma. "Com que indiferença ela se desliga dos problemas do seu amigo de infância. Nunca a imaginara tão egoísta."

Preparava-se para levar uma garfada à boca quando, de repente, pousou o garfo. Corou, e as lágrimas começaram a rolar. Deixou cair o garfo no chão e abaixou-se para apanhá-lo e poder, assim, esconder as lágrimas. Depressa concluí que tinha formulado um juízo errado a seu respeito, pois percebi que aquele dia fora para ela um verdadeiro purgatório. Tentara, em vão, encontrar uma oportunidade para ficar sozinha e falar com Heathcliff, que o patrão entretanto trancara no sótão, como eu própria tive oportunidade de constatar, quando à noite tentei levar-lhe, às escondidas, um prato de comida.

À noite houve baile. Cathy pediu para soltarem Heathcliff, uma vez que Isabella não tinha par. Como os seus pedidos não fossem atendidos, coube a mim a tarefa de servir de par à srta. Linton.

Com o entusiasmo da dança, depressa esquecemos as tristezas. A festa subiu de tom quando chegou a banda de Gimmerton, com os seus quinze elementos: trompete, trombone, clarinetes, fagotes, cornetins e um contrabaixo, além dos cantores. Era tradição percorrerem todas as residências respeitáveis recolhendo donativos, pelo que todos achamos que era um privilégio especial escutá-los.

Depois das habituais canções de Natal, pedimos que cantassem outras canções a várias vozes, e, como a sra. Earnshaw estava encantada com a música e com toda aquela animação, o espetáculo durou até altas horas.

Catherine também adorou. Mas disse que deveria dar para ouvir melhor no alto das escadas e esgueirou-se no escuro. Fui atrás dela e, como a sala estava cheia, não deram pela nossa saída e fecharam a porta. Mas Catherine não ficou no patamar, continuando em direção ao sótão, onde Heathcliff estava preso. Aí chegada, chamou-o.

Durante algum tempo, o prisioneiro recusou-se teimosamente a responder. Mas ela insistiu e, por fim, conseguiu que ele falasse com ela através da porta.

Coitadinhos! Deixei-os conversar em sossego, até que, pressentindo que as canções estavam prestes a acabar e que talvez fosse necessário dar de beber aos músicos, subi a escada para avisá-la.

Foi com surpresa que, em vez de vê-la do lado de fora, escutei vozes vindas de dentro do quarto. Aquela macaquinha travessa tinha saído por uma clarabóia, atravessado o telhado e entrado pela clarabóia do sótão. Fiquei aflita para convencê-la a sair de lá.

Quando finalmente se decidiu, Heathcliff veio com ela. Teimou comigo para levá-lo à cozinha, uma vez que o meu colega tinha ido para a casa de um vizinho, para fugir daquela "chinfrineira do inferno", como ele descreveu. Tentei explicar-lhe que não pretendia de modo algum ser cúmplice das suas malandragens, mas, como o prisioneiro não comia desde o dia anterior, estava disposta, por aquela vez, a deixá-lo enganar o sr. Hindley.

Descemos os três. Pus um banco para ele ao pé da lareira e dei-lhe um monte de coisas boas para comer; mas ele sentia-se enjoado e pouco comeu, revelando-se infrutíferas todas as minhas tentativas para animá-lo: fincou os cotovelos nos joelhos, apoiou o queixo entre as mãos e assim permaneceu, absorto e meditabundo.

Quando lhe perguntei em que pensava, respondeu muito sério:

– Estou vendo se descubro qual a melhor maneira de me vingar do Hindley. Pode levar o tempo que for preciso, mas só descanso quando me vingar. Só espero que ele não morra antes!

– Que vergonha, Heathcliff! – ralhei eu. – Só a Deus cabe punir os maus. Devemos aprender a perdoar.

– Não, Deus nunca terá a enorme satisfação que eu vou ter quando concretizar a minha vingança – respondeu. – Quem me dera descobrir a melhor maneira! Deixa-me ficar sozinho, para que possa pensar à vontade. Ao menos, enquanto penso na minha vingança, não sinto dor.

– Mas, sr. Lockwood, o melhor é o senhor esquecer estas histórias que não são nada divertidas. É imperdoável estar aqui falando há tanto tempo, e o seu caldo ficando frio. Olhe, o senhor até já está cabeceando de sono, mortinho para ir para a cama! Quando eu penso que podia ter contado a história de Heathcliff em meia dúzia de palavras...

Então, interrompendo o seu discurso, Nelly levantou-se e começou a arrumar a sua costura. Porém, eu me sentia demasiado mole para deixar a lareira, e totalmente desperto.

– Sente-se, sra. Dean – pedi-lhe. – Sente-se, fique mais meia hora! Fez bem em contar a história devagar; é esse o método que mais me agrada e peço que o siga até o fim. Estou interessado em cada uma das personagens a que faz referência.
– Mas já são onze horas.
– Não importa, estou habituado a deitar-me tarde. Ficar acordado mais uma ou duas horas não faz diferença a quem se levanta às dez.
– Não devia ficar na cama até essa hora. Assim, perde o amanhecer, ou seja, a melhor parte da manhã. Quem não faz metade do seu trabalho até as dez, arrisca-se a não conseguir acabar a outra metade.
– De qualquer modo, sra. Dean, sente-se mais um bocadinho. Acho até que amanhã vou ficar na cama muito mais tempo, pois parece que apanhei uma valente gripe.
– Deus queira que não. Bom, deixe-me então dar um salto de cerca de três anos na minha história. Durante esse tempo, o sr. Earnshaw...
– Não, não. De maneira nenhuma! A senhora sabe... quando às vezes estamos sentados e na nossa frente está uma gata entretida lambendo as crias e nós ficamos de tal forma absortos em assistir à operação que, se ela se esquece de uma orelha que seja, nos irritamos?
– Meu Deus, mas que atividade mais ociosa.
– Pelo contrário, uma atividade deveras ativa e cansativa. Neste preciso momento, estou a exercê-la e peço-lhe, por isso, que continue. Já reparei que as pessoas desta região exercem sobre as pessoas da cidade a mesma atração que a aranha de uma prisão exerce, em comparação com a aranha de uma casa, sobre os seus ocupantes; e, no entanto, essa profunda atração não se deve exclusivamente à situação dos observadores. As pessoas desta terra vivem *de fato* de uma forma mais autêntica, mais ensimesmada e menos virada para as mudanças superficiais, para as coisas externas. Acredito que aqui seria possível acontecer um amor eterno. E logo eu, que não acreditava que o amor pudesse durar mais de um ano. No primeiro caso, é como se apresentássemos a um homem esfomeado um único prato de comida, onde pudesse satisfazer o seu apetite até o fim. No segundo, é como se puséssemos esse homem diante de uma mesa repleta de iguarias preparadas por cozinheiros franceses: em comparação com o primeiro caso, ele poderá retirar mais prazer no seu todo; porém, cada partícula corresponderá apenas a um átomo no seu olhar e memória.
– Oh, meu senhor, quando nos conhecer, verá que somos iguais a quaisquer outros! – observou a sra. Dean, nitidamente confundida com o meu discurso.

– As minhas desculpas – disse eu. – A senhora, minha boa amiga, é a negação desta teoria. Excetuando alguns traços de provincianismo de somenos importância, a senhora não possui qualquer das características que estou habituado a considerar como típicas da sua classe. Tenho certeza de que a senhora reflete muito mais sobre as coisas do que a maioria dos criados. É daquelas pessoas que foi obrigada a cultivar a capacidade de reflexão por falta de oportunidade para desperdiçar o seu tempo com frivolidades.

A sra. Dean riu.

– É certo que me considero uma mulher sensata e equilibrada – disse ela –, mas não porque tenha passado a vida inteira entre estes montes ou porque tenha visto sempre o mesmo tipo de pessoas ou o mesmo tipo de ações ano após ano. É que tive de me submeter a uma disciplina muito rígida e isso ensinou-me a ser sábia; e, depois, li muito mais do que o senhor possa imaginar, sr. Lockwood. Não há um único livro nesta casa que eu não tenha lido e de onde não tenha tirado algum ensinamento; a menos, é claro, que seja em grego ou em latim, ou mesmo em francês... Mas, mesmo assim, sou bem capaz de distingui-los dos outros, e isso é mais do que se pode pedir à filha de um homem pobre.

– No entanto, se é para contar a minha história com todos os pormenores, acho que o melhor é dar-lhe já seguimento; e então, em vez de saltar esses três anos, passo logo para o verão seguinte, o verão de 1778, isto é, vinte e três anos atrás.

Capítulo VIII

NUMA BELA MANHÃ DE JUNHO nasceu um lindo bebê, o primeiro de quem fui ama e o último da velha estirpe dos Earnshaw.

Andávamos atarefados a segar feno num dos campos, quando a moça que normalmente nos trazia a merenda apareceu uma hora mais cedo que o habitual correndo pelo prado e pela vereda, chamando por mim:

– É um menino! – gritava, ofegante. – A criança mais perfeita que Deus colocou no mundo! Mas o médico diz que a senhora não escapa, pois está tísica há muitos meses... foi o que eu o ouvi dizer ao sr. Hindley... e que agora já não há nada que a salve, e morrerá provavelmente antes do inverno. Vem, Nelly, vem depressa. Tu és que vais cuidar do menino, dar-lhe leite com açúcar e olhar por ele dia e noite. Ah, Nelly, quem me dera estar no teu lugar! Olha que ele vai ficar sob tua guarda, assim que a senhora faltar.

– Mas ela está assim tão mal? – inquiri, largando o ancinho e apertando melhor a touca.

– Acho que sim. Coitadinha, tem uma coragem tão grande – replicou a moça. – Fala como se fosse viver o suficiente para ver o filho crescer. Está tão alegre que até dá gosto ver! Eu, no lugar dela, tenho certeza de que não morria; melhorava logo só de vê-lo, apesar do que diz o dr. Kenneth. Que raiva que me deu aquele homem! A sra. Archer trouxe o anjinho à sala para mostrá-lo ao pai e, enquanto este o contemplava cheio de satisfação, eis que surge aquele velho rabugento dizendo: "Earnshaw, é um milagre a sua mulher ter sobrevivido tanto tempo para lhe dar este filho. Quando ela chegou, estava convencido de que não iria durar tanto. Mas, agora, aviso-o de que ela não passa deste inverno. E não se consuma muito, pois é um caso perdido. Sabe que mais? Você devia ter tido mais cuidado quando escolheu esta moça tão frágil".

– E o que foi que o patrão respondeu? – perguntei.

– Acho que praguejou. Mas não prestei muita atenção, porque estava mais interessada no rebento. – E a moça se pôs de novo a descrevê-lo, delirante. Eu, que fiquei tão preocupada quanto ela, corri para casa para ver o menino, embora estivesse cheia de pena de Hindley. No seu coração só havia espaço para dois ídolos, a mulher e ele próprio; amava ambos, mas adorava um só, e eu não conseguia imaginar como é que ele iria suportar a perda.

Quando chegamos ao Morro dos Ventos Uivantes, o patrão estava parado na porta de casa. Ao passar por ele, perguntei como estava o menino.

– Não tarda já anda, Nelly! – respondeu, com um sorriso alegre.

– E a senhora? – aventurei-me a perguntar. – O médico diz que ela...

– Raios partam o médico! – atalhou, rubro de raiva. – A Frances está perfeitamente bem. Na semana que vem já vai estar boa. Vais lá vê-la? Diz-lhe por favor que irei para perto dela, desde que prometa não falar. Tive de sair do quarto, porque não se calava. Diz-lhe que o dr. Kenneth mandou que ficasse muito sossegada.

Dei o recado à sra. Earnshaw. Parecia eufórica e respondeu alegremente:

– Eu mal abri a boca, Nelly, e ele saiu do quarto duas vezes para chorar. Diz-lhe que eu prometo não falar, mas que não posso deixar de rir dele!

Pobrezinha! Até a semana que antecedeu a sua morte, nunca abandonou a boa disposição. Quanto ao marido, insistia obstinadamente, furiosamente até, em que a saúde dela melhorava de dia para dia. Quando o dr. Kenneth o informou de que os medicamentos já não faziam qualquer efeito naquela fase da doença e de que não precisava fazer mais despesas com os seus serviços, ele retorquiu:

– Eu sei que não preciso! Ela está bem e não precisa mais do senhor! Nunca esteve tuberculosa. O que ela teve foi febre. Mas já passou. A pulsação voltou ao normal e a febre já baixou.

Contou a mesma história à mulher, e ela pareceu acreditar nele. Porém, certa noite em que estava recostada no ombro do marido e se preparava para dizer que se sentia com forças para levantar no dia seguinte, teve um ataque de tosse muito leve; ele a pegou no colo e a levantou da cama; ela, então, o abraçou, sua expressão se alterou e ela expirou.

Tal como a moça tinha previsto, o menino, o Hareton, ficou inteiramente aos meus cuidados. O pai dava-se por satisfeito desde que o visse com saúde e sem chorar. Ele é que, a cada dia, se mostrava mais dilacerado. O seu desgosto era daqueles que não dava lugar a lamentos. Não chorava nem rezava. Pelo contrário, amaldiçoava a tudo e todos, rogava pragas a Deus e aos homens, e caiu numa vida de dissipação.

Os criados não aguentavam a sua tirania nem a sua maldade. Eu e Joseph éramos os únicos que conseguíamos aturá-lo. No meu caso, não podia abandonar o menino que tinha sido confiado a mim. Além disso, Hindley tinha sido meu irmão de leite, de modo que o perdoava com mais facilidade que a um estranho.

Joseph ficou para atormentar os rendeiros e os trabalhadores e também porque era sua vocação estar onde houvesse muita maldade para censurar.

Os maus hábitos e as más companhias do patrão constituíam um péssimo exemplo para Heathcliff e Catherine, e sua conduta para com o rapaz era de fazer um santo perder a paciência. Para dizer a verdade, durante algum tempo, parecia que Heathcliff tinha sido possuído pelo demônio: deleitava-se em contemplar a autodestruição de Hindley, rumo à suprema redenção. De fato, parecia que a sua crueldade e selvageria aumentavam de dia para dia.

Não há palavras que descrevam o verdadeiro inferno em que a casa se tornou. O vigário deixou de aparecer e, por último, nenhuma pessoa decente se atrevia a visitar-nos, se excetuarmos as visitas de Edgar Linton à srta. Cathy. Aos quinze anos, ela já era a rainha da região. Não havia nenhuma que se igualasse a ela, pelo que se tornou uma criatura arrogante e caprichosa. Confesso que, com o passar do tempo, até eu comecei a não gostar dela, e não raras vezes chamei sua atenção para a necessidade de dominar a sua arrogância. No entanto, nunca se mostrou melindrada comigo: mantinha uma extraordinária constância nas velhas amizades, e o seu afeto por Heathcliff nunca esmoreceu, a tal ponto que o jovem Linton, com toda a sua superioridade, percebia e desejava igualar-se a ele.

Linton foi o meu último patrão. Aquele é o seu retrato, por cima do fogão. Anteriormente, estava pendurado ao lado do retrato da esposa, mas o quadro dela foi retirado, de modo que o senhor não pode apreciar como ela era. Consegue vê-lo daqui?

A sra. Dean ergueu a vela e iluminou um rosto de feições suaves, extraordinariamente parecido com o da jovem que eu vira no Morro dos Ventos Uivantes, embora com uma expressão mais triste e mais doce. Dava um lindo quadro. O longo cabelo loiro, encaracolado, caía em cachos de cada lado da cabeça, os olhos eram grandes e o olhar grave. Fisicamente tinha um aspecto frágil e gracioso. É difícil imaginar como Catherine Earnshaw tinha esquecido o seu amigo de infância em prol desta personagem. Tentei dar voltas à cabeça para descobrir como é que alguém com um temperamento semelhante ao seu aspecto físico podia corresponder de alguma forma à minha imagem de Catherine Earnshaw.

– Um belo retrato, sem dúvida. – comentei. – Está parecido?

– Está – respondeu. – Mas ele tinha melhor aspecto quando estava feliz. Esse era o seu ar normal do dia a dia. Faltava-lhe alegria.

Catherine tornara-se amiga dos Linton desde que fora sua hóspede durante cinco semanas, e, como não pretendia mostrar o lado mau na presença dos amigos, e tinha o bom senso de ter vergonha de ser mal-educada numa casa onde fora e era tratada com a maior cortesia, começou a insinuar-se melifluamente junto do velho casal através de uma estudada cordialidade, conquistando a admiração de Isabella e o coração do irmão (troféus que lhe agradaram sobremaneira desde o início, pois era muito ambiciosa), adotando uma duplicidade de caráter, sem contudo fazê-lo para enganar alguém.

Quando ouvia chamarem Heathcliff de "malandro ordinário" e "mau como as cobras", fazia tudo para não se comportar como ele. Porém, em casa, mostrava pouca inclinação para a delicadeza, não fossem fazer troça dela, e evitava ser demasiado rebelde quando isso não lhe trazia vantagens.

O sr. Edgar raramente tinha coragem para visitar abertamente o Morro dos Ventos Uivantes. Tinha pavor da reputação de Earnshaw e tremia de medo, sempre que pensava em encontrá-lo, apesar de receber da nossa parte as melhores provas de civilidade; até o próprio patrão, sabendo por que ele vinha, evitava ofendê-lo e, se não conseguia ser amável, então não aparecia. Penso que as visitas do rapaz eram sobretudo uma preocupação para Catherine. Não era hipócrita, nem dada a namoricos, e percebia-se que detestava juntar os seus dois amigos: quando Heathcliff fazia troça de Linton na frente dele, ela não ousava aderir, como fazia na sua ausência; e quando Linton expressava repulsa e antipatia por Heathcliff, ela não se atrevia a mostrar indiferença, como se as críticas feitas ao amigo de infância não tivessem para ela qualquer importância.

Muitas vezes ri das suas mágoas ocultas e das suas perplexidades, que ela a todo o custo tentava ocultar de minha chacota. Sei que pode parecer maldade da minha parte, mas era tão orgulhosa que era quase impossível ter pena de sua falta de jeito, até que caísse em si e aprendesse a ser mais humilde.

Finalmente, decidiu abrir-se comigo e confessar-me tudo. Não havia mais ninguém no mundo a quem pudesse recorrer para ser sua conselheira.

Certa tarde, o sr. Hindley ausentou-se e Heathcliff resolveu aproveitar a oportunidade para ter uma folga. Tinha acabado de fazer dezesseis anos e, embora não fosse feio de todo, a verdade é que, contrariamente ao seu aspecto atual, gerava uma sensação de repulsa física e psíquica.

Em primeiro lugar, tinha perdido os benefícios da sua anterior educação: o trabalho, pesado e contínuo, do raiar ao pôr do sol, havia extinguido a sua curiosidade de outrora, bem como o seu gosto pelos livros e pelo saber. Esmorecido estava também aquele sentimento de superioridade nele instilado desde criança pelo manifesto favoritismo do velho Earnshaw. Lutava desesperadamente para acompanhar Catherine nos estudos, e foi com recolhida mágoa que os abandonou, mas o certo é que os abandonou por completo; e assim que compreendeu que jamais conseguiria atingir a sua posição anterior, desistiu de qualquer esforço para melhorar. Consequentemente, o aspecto físico tornou-se o espelho da sua degradação mental: adotou um comportamento desleixado e uma aparência ignóbil; o seu mau humor natural deu origem a um excesso, quase demente, de insociabilidade, sentindo, por isso, um prazer mórbido em despertar a aversão (e não a simpatia) dos poucos que o rodeavam.

Catherine e Heathcliff continuavam a ser companheiros inseparáveis durante os intervalos do trabalho. Todavia, deixou de expressar o seu afeto por ela através de palavras e fugia assustado das suas carícias de menina, como se soubesse de antemão que não correspondiam à verdade.

Naquela tarde, estava eu ajudando a srta. Cathy a vestir-se, quando ele entrou e lhe comunicou a sua decisão de não trabalhar mais naquele dia. Ora, ela não contava que Heathcliff fosse tirar uma folga e pensava que a casa ia ficar toda para ela: a verdade é que tinha conseguido informar o sr. Edgar da ausência do irmão e preparava-se para recebê-lo.

– Estás ocupada esta tarde, Cathy? – perguntou. – Vais para algum lugar?
– Não. Está chovendo – respondeu ela.
– Então para que puseste esse vestido ridículo? – quis ele saber. – Espero que ninguém venha te visitar.
– Que eu saiba, não – titubeou a menina. – Mas não devias trabalhar no campo, Heathcliff? Já acabamos de jantar há uma hora e até pensei que já tinhas saído.
– Não é todos os dias que o Hindley nos dá o prazer da sua ausência – comentou o rapaz. – Hoje não trabalho mais. Resolvi ficar contigo.
– Olha que o Joseph vai se queixar – adiantou ela. – É melhor ires embora!
– O Joseph foi levar cal lá para os lados de Pennistow Crag. Tem com que se entreter até a noite, e nunca chegará a saber.

Terminada a frase, aproximou-se da lareira e sentou-se. Catherine refletiu por instantes, de sobrolho carregado, e achou que era melhor preparar o caminho para a tal visita.

– A Isabella e o Edgar Linton disseram que eram capazes de passar por aqui esta tarde – disse, ao cabo de um minuto de silêncio. – Como está chovendo, talvez nem venham. Mas pode ser que ainda apareçam. E, se vierem, ouves chatices sem necessidade.

– Cathy, pede à Ellen para dizer que estás ocupada – insistiu ele. – Não me troques por esses idiotas dos teus amiguinhos mimados! Às vezes tenho vontade de reclamar... mas não reclamo.

– Reclamar de quê? – exclamou Catherine, encarando-o, de olhos esbugalhados e expressão preocupada. – Ai, Nelly! – acrescentou, petulante, afastando a cabeça das minhas mãos. – Já me despenteaste o suficiente! Chega, larga-me! O que é que queres dizer com reclamação, Heathcliff?

— Nada, nada. Olha apenas para aquele calendário – apontou para uma folha pendurada ao lado da janela e continuou:
— As cruzes significam as tardes que passaste com os Linton. Os pontos marcam as tardes que passaste comigo. Vês? Marquei os dias todos.
— Sim, e depois? Que grande bobagem. Como se eu reparasse nessas coisas! – replicou Catherine, irritada. – E para que serve isso, vais me dizer?
— Serve para te mostrar que eu me importo contigo – respondeu Heathcliff.
— E é preciso que eu ande sempre atrás de ti? – perguntou ela, furiosa. – O que é que adianta? Tu não sabes falar de nada! Sempre que falas ou fazes alguma coisa para me distraíres, pareces um burro mudo ou uma criança pateta.
— Nunca tinhas dito que eu falava pouco, nem que não gostavas da minha companhia, Cathy – exclamou Heathcliff, visivelmente nervoso.
— A tua companhia não serve para nada, se não souberes nada e não disseres nada – murmurou a menina.

O seu companheiro levantou-se, mas não teve tempo de expressar seus sentimentos, dado que, de repente, ouvimos no pátio o trotar de cavalos e, logo a seguir, depois de ter batido na porta levemente, o jovem Linton entrou, esfuziante de alegria pelo inesperado convite.

Era notório o contraste entre os dois amigos, naquele momento em que se cruzaram, um entrando e o outro saindo. Era como comparar uma região montanhosa, triste e poluída, com um vale fértil e belo. Por outro lado, o tom de voz e a saudação de Edgar eram totalmente opostos ao seu aspecto. Tinha uma maneira de falar suave e delicada e pronunciava as palavras como o senhor, sr. Lockwood, isto é, com menos rudeza e mais brandura do que nós.
— Não vim cedo demais, vim? – perguntou, olhando para mim. (Eu tinha começado a limpar as pratas e a arrumar as gavetas do armário.)
— Não – respondeu Catherine. – E tu, Nelly, o que estás fazendo aqui?
— Estou trabalhando, menina – respondi. (O sr. Hindley tinha dado ordens expressas para não deixar a menina sozinha, caso os Linton aparecessem.)

Ela se aproximou de mim e segredou-me sorrateiramente: – Desaparece daqui, tu e teus espanadores! Os criados não costumam limpar a casa na frente das visitas.
— Mas este é o melhor momento, sobretudo agora que o patrão está ausente – retorqui em voz alta. – A menina sabe como ele detesta que eu faça as limpezas na sua presença. Estou certa de que *Master* Edgar me perdoará.
— Eu também não gosto que faças as limpezas à minha frente – exclamou a menina com altivez, não dando sequer tempo a que seu convidado respondesse. (Estava com dificuldade em recuperar a calma depois da pequena discussão com Heathcliff.)

— Sinto muito, srta. Catherine! — respondi, continuando a aplicar-me aos meus afazeres.

Ela, pensando que Edgar não estivesse me vendo, arrancou-me o pano da mão e deu-me um forte beliscão no braço.

Como já lhe disse, não morria de amores por ela e, de vez em quando, dava-me um certo prazer pô-la em xeque, ainda mais agora que me magoara tanto; por isso, levantei-me e dei um grito.

— Oh, srta. Cathy, que maldade! A menina não tinha o direito de me dar um beliscão. Não admito!

— Eu nem te toquei, sua grande mentirosa! — gritou ela, com as orelhas rubras de raiva, preparando-se para repetir a façanha. (Tinha uma enorme dificuldade de dissimular esses acessos, durante os quais ficava quase sempre com o rosto em brasa.)

— Explique-me então o que *é* isto? — retruquei, mostrando a marca que tinha no braço.

Ela bateu com o pé no chão, hesitou uns segundos e, impelida pelo seu mau gênio, deu-me uma bofetada com tanta força que senti lágrimas nos olhos.

— Catherine, querida! Então? — interveio Linton, profundamente chocado com o duplo crime de perjúrio e violência perpetrado pelo seu ídolo.

— Sai já da sala, Ellen! — repetiu Catherine tremendo, completamente fora de si.

Hareton, que me seguia para todo o lado e, no momento, estava sentado no chão perto de mim, desatou a chorar ao ver minhas lágrimas, queixando-se entre soluços que "a tia Cathy é má", fato que canalizou a fúria dela para cima do menino. Pegou-o pelos ombros e deu-lhe tantos safanões que a pobre criança ficou lívida, apesar das tentativas infrutíferas de Edgar para tirá-lo de suas mãos. Porém, no meio da confusão, uma das mãos de Cathy levantou-se e aplicou em Linton um valente tabefe na orelha, que não deixava dúvidas quanto à intencionalidade do ato.

Ele recuou, consternado. Aproveitei para pegar o menino e ir para a cozinha, deixando a porta aberta, pois tinha curiosidade em ver de que forma eles iriam resolver aquele desentendimento.

O visitante, ofendido, foi para o canto onde tinha pousado o chapéu, pálido e com os lábios trêmulos.

"Benfeito!", pensei eu. "Vai embora, que é para aprenderes! Ainda bem que tiveste uma pequena amostra do seu verdadeiro caráter."

— Aonde vais? — perguntou Catherine, correndo para a porta.

Ele desviou-se e tentou passar.

— Não vás! — exclamou ela, autoritária.

– Tenho de ir! – respondeu Edgar, com a voz sufocada.
– Não – insistiu a moça, agarrando o fecho da porta. – Não vás ainda, Edgar Linton! Senta-te. Não vais certamente deixar-me aqui sozinha neste estado? Eu iria sentir-me tremendamente infeliz, e não quero ficar triste por tua causa.
– Achas que posso ficar, depois de teres batido em mim? – perguntou Linton.
Catherine emudeceu.
– Tive medo e vergonha de ti – continuou Edgar. – Nunca mais volto aqui!
Os olhos dela começaram a brilhar, pestanejantes.
– E, ainda por cima, disseste deliberadamente uma mentira! – acrescentou ele.
– Não disse! – contrapôs ela, recuperando a fala. – Não fiz nada deliberadamente. Mas vai, vai embora, se é o que queres. Desaparece! Vou chorar até adoecer.
Caiu de joelhos ao pé de uma cadeira e começou a chorar de maneira descontrolada.
Decidido, Edgar saiu para o pátio, mas de repente estacou. Tentei incentivar a sua primeira decisão:
– A menina é muito caprichosa, *Master* Linton – comentei. – Má como qualquer criança mimada. Vá embora ou ela fará de propósito e ficará doente só para nos aborrecer.
O frouxo pareceu hesitar, e olhou para a janela. Tinha tanta vontade de ir embora como um gato tem de abandonar um rato ou um pássaro meio mortos.
"Ah!", pensei. "Não tem salvação possível. Está condenado. Escolheu o seu próprio destino!"
E assim foi. Voltou para trás subitamente e entrou outra vez na sala, fechando a porta atrás de si. E, quando entrei, instantes depois, para informá-los de que Earnshaw tinha regressado caindo de bêbado e pronto para destruir a casa, como sempre acontecia nessas ocasiões, verifiquei que a discussão tinha gerado uma maior intimidade entre eles: derrubara as barreiras da timidez própria da adolescência e permitira que abandonassem o disfarce da amizade e se declarassem agora namorados.
A informação da chegada do sr. Hindley fez Linton correr apressadamente para o cavalo e Catherine escapulir para o quarto. Tratei de esconder Hareton e descarregar a espingarda do patrão, porque um dos seus passatempos favoritos era brincar com a arma quando estava embriagado, pondo em perigo a vida de quem o provocasse ou chamasse sua atenção. Por isso tornei-a inofensiva, para que as consequências fossem mínimas, caso ele chegasse ao ponto de puxar o gatilho.

Capítulo IX

O SR. HINDLEY ENTROU VOCIFERANDO, soltando as mais terríveis pragas e apanhou-me quando escondia o filho no armário da cozinha. Hareton mostrava-se salutarmente apavorado, quer perante os brutais acessos de ternura do pai, quer perante os seus coléricos ataques de loucura, pois se, no primeiro caso, corria o risco de morrer sufocado por beijos e abraços, no segundo, via-se atirado para a lareira ou esmagado de encontro à parede. Assim sendo, o pobrezinho ficava muito quieto onde quer que eu o metesse.

– Ah, finalmente descobri tudo! – berrou Hindley, agarrando-me pelo pescoço, como se fosse um cão, e puxando-me para trás. – Por Deus e pelo diabo, vocês juraram todos matar aquela criança! Agora entendo por que razão ela está sempre fora do meu alcance. Mas, com a ajuda de Satanás, hei de fazer-te engolir a faca da cozinha, Nelly! E olha que não é caso para rir; ainda agora joguei o Kenneth de cabeça para baixo no pântano de Blackhorse, e quem mata um mata dois. Hei de dar cabo de alguns de vocês e não descanso enquanto não o fizer!

– Mas com a faca da cozinha não, sr. Hindley! – repliquei. – Preparei arenques com ela. Mate-me então com um tiro.

– Estarias bem era no inferno! – bradou. – E é para onde vais direitinha. Não há lei na Inglaterra que possa impedir um homem de manter a decência em sua casa, e a minha está um descalabro! Toca a abrir a boca!

Empunhou a faca e colocou a ponta entre meus dentes. Eu, porém, não me deixei intimidar com as suas bravatas. Cuspi e disse que a faca tinha um gosto muito ruim e que não a engoliria de maneira nenhuma.

– Ah! – exclamou, soltando-me por fim. – Vejo que aquele patife não é o Hareton... Desculpa, Nell... se for, merece ser esfolado vivo por não ter vindo cumprimentar-me e por ter gritado como se eu fosse o diabo. Vem cá, bicho desnaturado! Vou te ensinar a domar um pai desiludido da vida, mas de coração mole. Ora, diz lá, Nell, não achas que o menino ficaria melhor com as orelhas cortadas? Os cães ficam mais bravos, e eu gosto de coisas bravas... Dá cá a tesoura... Vamos deixá-lo bravo e bem aparado! Além disso, isto de termos tanto orgulho das nossas orelhas não passa de vaidade, de um sentimento diabólico. Já somos uns bons burros mesmo sem elas. Fique quieto, menino! Fique quieto! Ora aqui está o meu menino! Vá, enxuga as lágrimas! Isso mesmo, lindo menino. Dá cá um beijo. O quê? Ele não quer? Dá-me um beijo, Hareton! Raios te partam, dá-me já um beijo! Meu Deus, e eu ter de criar um monstro destes! Ainda dou cabo deste malvado. Tão certo como eu estar aqui.

O pobre Hareton guinchava e esperneava nos braços do pai com quanta força tinha, e os gritos redobraram de intensidade quando o pai o levou para o alto da escada e o ergueu por cima do corrimão. Gritei-lhe que o menino até podia ter um ataque e corri escada acima para salvá-lo.

Quando cheguei perto deles, um ruído vindo de baixo fez Hindley debruçar-se sem se lembrar do que tinha nas mãos.

– Quem vem lá? – perguntou, ao ouvir alguém ao fundo das escadas.

Debrucei-me também, com o intuito de fazer sinal a Heathcliff (cujos passos reconhecera) para não avançar mais. Nisto, porém, no preciso instante em que desviei os olhos, Hareton deu um pinote e, libertando-se da mão que o segurava sem firmeza, precipitou-se.

Mal tivemos tempo de sentir o arrepio do terror percorrer-nos a espinha, pois vimos logo que o maroto estava são e salvo: Heathcliff chegara no momento exato e, num reflexo rápido, aparara-lhe a queda; em seguida pousara-o no chão e olhava agora para cima para ver quem teria sido o autor da brincadeira.

Um avarento que tivesse se desfeito de um bilhete premiado por cinco xelins, e descobrisse no dia seguinte que tinha perdido cinco mil libras com o negócio, não daria mostras de maior estupefação do que a patenteada por ele ao olhar para cima e ver-se cara a cara com o sr. Earnshaw. O seu rosto expressava, melhor do que quaisquer palavras, o desespero profundo de ter sido ele próprio o instrumento que neutralizara a sua própria vingança. Se já estivesse escuro, não duvido que tivesse tentado remediar o erro esmagando a cabeça de Hareton contra os degraus; mas tínhamo-lo visto salvá-lo e, além disso, eu já me encontrava lá embaixo com o meu menino bem apertado contra o peito.

Hindley desceu a seguir, mais devagar, já refeito e envergonhado.

– A culpa é toda tua, Ellen! – exclamou. – Devias tê-lo mantido longe de mim! Devias tê-lo arrancado das minhas mãos! Ele está ferido?

– Ferido!? – gritei eu, furiosa. – Se não morreu, fica pateta com certeza! Oh! Por que não se levanta a mãe dele da sepultura e vem ver como o senhor o trata? O senhor é pior que os bárbaros; tratar a carne da sua carne desta maneira!

O pai estendeu a mão para a criança que, ao ver-se nos meus braços, parara imediatamente de chorar. Porém, mal ele o tocou, o menino desatou a gritar ainda mais e a estrebuchar como se estivesse acometido de convulsões.

– Não se meta com ele! – prossegui. – Ele o odeia... todos o odeiam... Essa é a verdade! Que bela família. E a que bonito estado o senhor chegou!

– E ainda vou chegar a um mais bonito, Nelly! – disse o tresloucado dando risada, recuperando toda a sua grosseria. – Para começar, fora daqui com ele! E tu, Heathcliff, vai! Sai tu também para bem longe da minha vista e dos meus ouvidos. Ainda não vai ser desta vez que te mato. A menos que ponhas fogo na casa... E por que não? Mas isso se me der vontade.

Enquanto falava, tirou do aparador uma garrafa de aguardente, das pequenas, e colocou uma porção num copo.

– Não beba mais, sr. Hindley! – supliquei. – Tenha cuidado. Pense neste pobre infeliz, já que não pensa em si!

– Qualquer outro fará mais por ele do que eu – foi a resposta.

– Tenha piedade da sua alma! – disse eu, tentando arrancar-lhe o copo da mão.

– Não tenho, não! Bem pelo contrário. Tenho até muito prazer em mandá-la para as profundezas, só para castigar o Criador – exclamou o blasfemo. – Aqui vai um pela perdição da minha alma!

Bebeu de um trago e mandou-nos embora, impaciente, rematando as ordens com uma torrente de imprecações abomináveis, indignas demais para que eu agora as repita ou sequer recorde.

– É uma pena ele não morrer da bebedeira – atalhou Heathcliff, devolvendo-lhe alguns dos palavrões quando a porta se fechou. – Ele bem se esforça, mas tem uma saúde de ferro. O dr. Kenneth até já disse que aposta a égua em como ele há de ir ao enterro de toda a gente que vive do lado de cá de Gimmerton e que a sua vez só vai chegar quando for um pecador já muito velho. A menos que tenha a sorte de lhe acontecer algum imprevisto.

Fui para a cozinha e sentei-me com o meu cordeirinho no colo, até ele adormecer. Tal como eu previra, Heathcliff dirigiu-se para o celeiro. Descobri mais tarde que afinal não passara do banco corrido da cozinha, aí permanecendo deitado, longe do fogo e muito calado.

Estava eu embalando o Hareton ao som de uma canção que começava...

Ia alta a noite, chorava o menino;
Debaixo do chão escutava o ratinho...[4]

quando a srta. Cathy, que do seu quarto ouvira a discussão, veio até a cozinha e perguntou:
– Estás sozinha, Nelly?
– Estou sim, menina – respondi.
Ela entrou e foi até a lareira; julgando que ia dizer alguma coisa, levantei os olhos e vi que estava perturbada e ansiosa. Seus lábios se entreabriram, como se fosse falar, tomou fôlego, mas, em vez de palavras, escapou de sua boca apenas um suspiro.
Continuei a cantar, sem esquecer o seu procedimento de há pouco.
– Onde está o Heathcliff? – perguntou, interrompendo-me.
– Está no estábulo, cumprindo suas obrigações – foi a minha resposta.
Ele não me desmentiu; talvez tivesse adormecido.
Seguiu-se uma longa pausa, durante a qual vi duas lágrimas rolarem pela face de Catherine e caírem nas lajes.
"Será que está arrependida da maneira vergonhosa como se comportou?", pensei com meus botões. "Seria de admirar. Mas ela há de arrepender-se, e não sou eu quem vai ajudá-la!"
Mas não, nada a perturbava a não ser suas próprias preocupações.
– Ai, meu Deus! – exclamou por fim. – Como sou infeliz!
– Essa agora – atalhei eu –, a menina sempre é muito difícil de contentar! Tantos amigos e tão poucos cuidados, e mesmo assim não está contente!
– Nelly, és capaz de guardar um segredo? – continuou, ajoelhando-se aos meus pés e levantando para mim os seus lindos olhos, com aquele ar que nos obriga a perdoar, mesmo quando temos razão de sobra para ficar zangados.
– E é segredo que valha a pena? – inquiri, já mais calma.
– É, e estou ficando muito preocupada. Tenho de desabafar! Preciso saber o que fazer... Hoje mesmo, o Edgar Linton pediu-me em casamento e eu dei-lhe uma resposta... Mas agora, e antes de te dizer se aceitei ou recusei, quero que me digas qual das respostas devia ter dado.
– Francamente, srta. Catherine, como quer que eu saiba? – respondi.
– Depois da cena que a menina fez diante dele esta tarde, e se o pedido foi feito depois disso, o mais acertado seria recusar, pois, das duas uma, ou ele é completamente estúpido ou doido varrido.

---

[4] Primeiro verso da balada escocesa *O aviso do fantasma*.

— Se começas com isso, não te conto mais nada — retrucou ela, toda irritada, pondo-se de pé. — Aceitei, Nelly. Vá, diz lá. Achas que fiz mal?
— A menina aceitou, não foi? Então de que serve agora discutirmos o assunto? Deu a sua palavra e já não pode voltar atrás.
— Mas diz se fiz bem... Vá, diz! — exclamou ela irritada, esfregando as mãos com nervosismo e franzindo a testa.
— Há muitas coisas a ponderar antes de poder responder a essa pergunta como deve ser — sentenciei. — Antes de mais nada, a menina ama mesmo o sr. Edgar?
— E quem não ama? Claro que sim — respondeu ela.
Sujeitei-a então ao seguinte interrogatório, que não deixava de vir a propósito para uma moça de 22 anos.
— Por que é que o ama, srta. Cathy?
— Que disparate de pergunta, amo-o, é tudo.
— Isso não chega. Tem de me dizer por quê.
— Ora, porque é bonito e gosto de estar com ele.
— Isso é grave — foi o meu comentário.
— E porque é jovem e alegre.
— Continua a ser grave.
— E porque ele me ama.
— Isso não conta. Continue.
— E porque ele vai ficar rico e eu vou gostar de ser a mulher mais importante das redondezas e terei muito orgulho do marido que arranjei.
— Isso é o pior de tudo! E agora diga lá como é que o ama.
— Amo-o como toda a gente ama. Que bobagem, Nelly.
— Não é bobagem nenhuma. Vá, responda!
— Amo o chão que ele pisa e o ar que ele respira e tudo o que ele toca e as palavras que ele diz. Amo o seu aspecto, e os seus atos, amo-o inteiro, integralmente. Estás satisfeita?
— E por quê?
— Ora, estás brincando comigo. Isso é maldade! Mas, para mim, isto não é brincadeira nenhuma! — protestou a jovem, zangada, virando a cabeça e passando a olhar para o fogo.
— Não estou brincando, srta. Catherine — repliquei. — A menina ama o sr. Edgar porque ele é bonito, alegre, jovem e rico, e porque ela ama. No entanto, a última razão não vale nada... A menina, provavelmente, iria amá-lo mesmo sem isso, e não seria só por isso que o amaria, se ele não possuísse também as outras quatro qualidades.
— Não, claro que não. Nesse caso, só iria ter pena dele, ou até talvez o odiasse, se ele fosse feio e bobalhão.

– Mas no mundo há outros homens ricos e bonitos; e até mais ricos e mais bonitos do que ele. Por que não ama então esses?

– Esses, se existem, não estão ao meu alcance. Como o Edgar, nunca encontrei nenhum.

– Mas ainda pode encontrar. E ele não vai ser bonito toda a vida, nem jovem, e até talvez nem rico.

– Mas é agora, e só o presente me interessa. Vê lá se dizes coisa com coisa.

– Bom, isso resolve a questão. Se só lhe interessa o presente, case com o sr. Linton.

– E não preciso da tua permissão... *Vou* casar com ele, sim! Afinal, acabaste não me dizendo se faço bem.

– Faz muito bem! Se for bom as pessoas casarem só pensando no presente. E agora, vamos lá saber por que se sente infeliz? O seu irmão vai aprovar; os pais dele não vão levantar objeções, acho eu; vai trocar uma casa desorganizada e sem conforto por uma casa rica e respeitável; além disso, ama o Edgar e o Edgar a ama. Parece correr tudo bem. Onde está então o problema?

– *Aqui*! E *aqui*! – respondeu Catherine, batendo com uma mão na testa e a outra no peito. – Nos lugares onde vive a alma. Sinto na alma e no coração que faço mal!

– Isso é muito estranho! Não compreendo.

– É esse o meu segredo. Se não rires de mim, eu te conto. Não sou capaz de me explicar muito bem, mas vou dar uma ideia do que sinto.

Voltou a sentar-se ao meu lado. A sua expressão tornou-se mais triste e mais grave e vi as mãos entrelaçadas tremerem.

– Nelly, nunca tens sonhos esquisitos? – disparou ela subitamente, depois de refletir durante alguns minutos.

– De vez em quando – respondi.

– Eu também. Já tive sonhos que nunca mais me abandonaram e que me mudaram as ideias; espalharam-se dentro de mim, como o vinho se espalha na água, e alteraram a cor dos meus pensamentos. E este é um deles. Vou contar-te, mas procura não rires em nenhum momento.

– Por favor, não conte, srta. Catherine! – exclamei. – Já temos tristezas que cheguem, sem ser preciso conjurar espíritos e visões para nos assombrarem. Vá, vá, seja alegre e natural! Veja o Hareton... *esse* não sonha com coisas estranhas. Veja com que doçura sorri enquanto dorme!

– Sim, e com que doçura o pai amaldiçoa a solidão em que vive! Deves lembrar dele quando era assim, do tamanho deste pequerrucho... tão pequenino e inocente como ele. No entanto, Nelly, vais ter de me ouvir; não demora muito. Esta noite não consigo estar alegre.

— Não quero ouvir. Não quero! — repeti eu, precipitadamente. Nessa altura, eu era muito supersticiosa quanto a sonhos, e ainda sou, e Catherine tinha um brilho especial no olhar, algo que me fazia recear que eu pudesse extrair das suas palavras alguma profecia e prever alguma terrível catástrofe.

Mostrou-se ofendida, mas não continuou. Daí a pouco, fingindo abordar outro assunto, voltou ao mesmo.

— Se eu estivesse no céu, Nelly, ia sentir-me muito infeliz.

— Porque lá não é o seu lugar — retorqui. — Todos os pecadores se sentiriam infelizes no céu.

— Não é por isso, é que sonhei que estava lá.

— Já lhe disse que não quero saber dos seus sonhos, srta. Catherine! Vou deitar — atalhei eu novamente.

Ela riu e me agarrou quando fiz menção de levantar da cadeira.

— Não é nada disso — exclamou. — Só ia dizer que o céu não parecia ser a minha casa e eu desatei a chorar para voltar para a terra, e os anjos ficaram tão zangados que me expulsaram e me lançaram no meio do urzal, e eu fui cair no topo do Morro dos Ventos Uivantes, e depois acordei chorando de alegria. Este sonho explica o meu segredo tão bem como o outro: sou tão feita para ir para o céu como para casar com o Edgar Linton; e se esse monstro que está lá dentro não tivesse feito o Heathcliff descer tão baixo, eu nem teria pensado nisso: seria degradante para mim casar agora com Heathcliff; por isso, ele nunca saberá como eu o amo; e não é por ele ser bonito, Nelly, mas por ser mais parecido comigo do que eu própria. Seja qual for a matéria de que as nossas almas são feitas, a minha e a dele são iguais, e a do Linton é tão diferente delas como um raio de lua de um relâmpago, ou a geada do fogo.

Antes de o discurso terminar, percebi a presença de Heathcliff. Pressentindo um ligeiro movimento, olhei para trás e o vi levantar-se do banco e esgueirar-se sorrateiro. Estivera a escutar toda a nossa conversa até o momento em que Catherine disse que seria degradante para ela casar com ele, e, depois, não quisera ouvir mais nada.

Do lugar onde se encontrava, sentada no chão e com o espaldar do banco no meio, a minha companheira não deu nem pela presença de Heathcliff nem pela sua partida. Mas eu estremeci e fiz-lhe sinal para que se calasse.

— Por quê? — perguntou ela, olhando nervosamente para todos os lados.

— Vem aí o Joseph — expliquei, ouvindo o ruído oportuno da carroça pela estrada. — E o Heathcliff deve estar com ele. Até é capaz de já estarem na porta.

— Ora, ele de lá não pode ouvir nada! — disse ela. — Dá aqui o Hareton e vai tratar da ceia e, quando estiver pronta, convida-me para cear contigo.

Quero enganar a minha consciência desassossegada e convencer-me de que o Heathcliff não entende nada destas coisas. Ele não entende, não é? Não sabe o que é estar apaixonado, sabe?

– Não sei por que não há de saber, e tão bem como a menina – retorqui. – E se a menina é a sua eleita, ele será o ser mais infeliz do mundo! Assim que a menina se tornar a sra. Linton, ele vai perder a amiga, a amada, tudo! A menina já pensou como irá suportar a separação, e como irá ele suportar ficar completamente sozinho no mundo? Porque, srta. Catherine...

– Ele... completamente sozinho! Nós dois... separados! – exclamou ela, indignada. – E quem vai nos separar, não me dirás? Quem tentar terá o destino de Milo![5] Não enquanto eu for viva, Ellen... nenhum mortal vai conseguir isso. Mais depressa sumiriam da face da Terra todos os Linton do que eu permitiria separar-me do Heathcliff! Oh! não era essa a minha intenção... não era isso que eu queria dizer! Nunca seria a sra. Linton por um tal preço! Ele continuará a ser para mim o que tem sido toda a vida. E o Edgar terá de pôr de lado a antipatia que sente por ele e, pelo menos, tolerá-lo. E assim será quando conhecer os meus sentimentos por Heathcliff. Nelly, sei que vais me achar uma tremenda egoísta, mas nunca pensaste que, se eu me casasse com o Heathcliff, acabaríamos os dois pedindo esmola? Ao passo que, se casar com o Linton, posso ajudar o Heathcliff a erguer a cabeça e a sair do jugo do meu irmão?

– Com o dinheiro do seu marido, srta. Catherine? – perguntei. – Verá que ele não é tão fácil de convencer como pensa; além disso, e sem querer me arvorar em juiz, parece-me que essa é de todas a pior razão para se tornar esposa do jovem Linton.

– Não é nada – retrucou. – É, ao contrário, a melhor de todas! As outras eram só para satisfazer os meus caprichos, e também os do Edgar... para ele ficar contente. E esta é por uma pessoa que congrega em si tanto os meus sentimentos pelo Edgar como os que nutro por mim mesma. Não sei como explicar, mas certamente que tu e toda a gente têm a noção de que existe, ou deveria existir, um outro *eu* para além de nós próprios. Para que serviria eu ter sido criada se apenas me resumisse a isto? Os meus grandes desgostos neste mundo foram os desgostos do Heathcliff, e eu acompanhei e senti cada um deles desde o início; é ele que me mantém viva. Se tudo o mais perecesse e *ele* ficasse, eu continuaria, mesmo assim, a existir; e, se tudo o mais ficasse

---

[5] Atleta grego que, ao tentar rachar uma árvore ao meio, ficou nela entalado, tendo sido devorado pelos lobos.

e ele fosse aniquilado, o universo se tornaria para mim uma vastidão desconhecida, a que eu não teria a sensação de pertencer. O meu amor pelo Linton é como a folhagem dos bosques: irá se transformar com o tempo, sei disso, como as árvores se transformam com o inverno. Mas o meu amor por Heathcliff é como as penedias que nos sustentam: podem não ser um deleite para os olhos, mas são imprescindíveis. Nelly, eu sou o Heathcliff. Ele está sempre, sempre, no meu pensamento. Não por prazer, tal como eu não sou um prazer para mim própria, mas como parte de mim mesma, como eu própria. Portanto, não voltes a falar na nossa separação, pois é algo de impraticável, e...

Deteve-se, escondendo o rosto nas pregas da minha saia, mas eu empurrei-a. Tanta loucura fizera-me perder a paciência!

– Se eu for capaz de dar senso a tanto contrassenso – disse eu –, só servirá para me convencer ainda mais da sua ignorância dos deveres que irá assumir com o casamento; ou seja, que a menina é uma pessoa sem coração e sem princípios. Mas não me importune mais com os seus segredos, pois não prometo guardá-los.

– E este, guardas? – perguntou ela ansiosa.

– Não. Não prometo nada – repeti.

Ela ia insistir de novo, quando a entrada de Joseph pôs fim à nossa conversa. Catherine puxou a cadeira para um canto e pegou Hareton enquanto eu fazia a ceia.

Quando a ceia ficou pronta, gerou-se uma altercação entre mim e o meu colega sobre quem ia levar a comida ao sr. Hindley, e, quando chegamos a um acordo, já a ceia estava quase fria. Resolvemos então que o melhor era esperar que ele a pedisse, quando estivesse com vontade, pois tínhamos muito medo de perturbar a sua solidão.

– Como é que esse mequetrefe ainda não voltou do campo numa hora destas? Que estará ele fazendo, esse sem-vergonha? – perguntou o velho, pondo-se à procura de Heathcliff.

– Vou chamá-lo – disse eu. – Tenho certeza de que está no celeiro.

Fui até lá, chamei-o, mas não obtive resposta. Quando voltei, disse baixinho a Catherine que ele devia ter certamente ouvido uma boa parte do que ela dissera, e contei-lhe como o vi esgueirar-se da cozinha precisamente no momento em que ela se queixava da conduta do irmão para com ele.

Catherine deu um salto, muito nervosa, largou Hareton em cima do banco e foi correndo à procura do amigo, sem dar tempo sequer para se pensar por que motivo estaria assim tão agitada ou de que maneira a nossa conversa o poderia ter afetado.

A demora foi tanta que Joseph propôs que não esperássemos mais. Matreiro como era, achava que eles tardavam em aparecer para escapar às suas intermináveis rezas. Tinham "ruindade de sobra para isso e muito mais", disse ele. E, nessa noite, acrescentou em sua intenção uma oração especial ao já habitual quarto de hora de súplicas antes do repasto, e teria acrescentado outra no final da ação de graças, se a nossa jovem patroa não tivesse entrado na cozinha de rompante, ordenando-lhe que se fizesse à estrada sem demora e fosse buscar Heathcliff onde quer que ele estivesse e o trouxesse imediatamente de volta!

– Quero falar com ele. E *tem* de ser antes de eu ir para o meu quarto – disse ela. – A cancela está aberta... ele deve andar por aí e não me ouviu chamar, pois não respondeu, apesar de eu ter gritado com toda a força de cima do curral.

A princípio, Joseph fez-se rogado. Ela, porém, estava empenhada demais no assunto para aceitar uma recusa, e ele acabou pondo chapéu na cabeça e saindo a resmungar.

Catherine, entretanto, pôs-se a andar de um lado para o outro e a dizer:

– Onde será que ele se meteu? Onde é que *poderá* estar? O que foi que eu disse, Nelly? Já não me lembro. Terá ficado aborrecido com o meu mau humor desta tarde? Oh, meu Deus, Nelly, diz-me o que foi que eu disse que possa tê-lo ofendido! Queria tanto que ele voltasse. Queria tanto!

– Tanto barulho para nada! – exclamei, embora também bastante contrafeita. – A menina assusta-se com bem pouco! Não é razão para alarme, se o Heathcliff resolveu dar uma volta pela charneca, ao luar, ou se foi deitar amuado no celeiro e não quer responder. Acho que foi lá que ele se escondeu. Vai ver como eu vou encontrá-lo!

Saí para continuar a busca; o resultado foi desanimador, e as buscas de Joseph acabaram da mesma maneira.

– O velhaco vai de mal a pior! – observou o velho criado quando voltou. – Deixou a cancela aberta, e o cavalo da menina esmagou dois canteiros de trigo a caminho do pasto! Amanhã vai ser bom e bonito quando o patrão souber. É benfeito! Muita paciência tem ele tido para aturar esse doidivanas que não vale nada... Tem sido a paciência em pessoa! Mas isso não vai durar sempre... vocês vão ver! Não o façam perder a cabeça!

– Encontraste o Heathcliff, seu idiota? – interrompeu-o Catherine. – Foste procurá-lo, como eu te mandei?

– Mais valera ir à procura do cavalo – respingou o velho. – Sempre fazia mais sentido. Mas cavalo ou homem é tudo o mesmo, está uma noite de breu e não dá pra procurar nada! E o Heathcliff não é menino pra responder ao meu assobio; talvez seja menos duro de ouvido com a menina.

Estava uma noite escura demais para o verão: as nuvens ameaçavam trovoada e aconselhavam-nos a ficar em casa; a chuva que se avizinhava ia decerto trazê-lo de volta sem mais complicações.

Catherine, no entanto, não se deixava tranquilizar facilmente. Continuava a andar de um lado para o outro, da porta para a cancela e da cancela para a porta, num estado de agitação que não lhe dava descanso. Daí a pouco, foi postar-se encostada no muro, à beira da estrada, de onde não arredou pé, apesar das minhas advertências, e do rugir dos trovões e dos pingos grossos que começaram a cair na sua cabeça; chamava por ele de tempos em tempos, ficava à escuta e desatava a chorar. Ganhava do Hareton ou de qualquer outra criança em matéria de choradeira.

Por volta da meia-noite, ainda estávamos acordados quando a tempestade abateu-se com inusitada força sobre o Morro. As rajadas de vento eram violentas, tal como os trovões, e, ou uns ou outros, racharam uma árvore de alto a baixo num dos cantos da casa; um ramo de grande envergadura foi parar em cima do telhado e derrubou uma parte da chaminé do lado oriental, atirando uma chuva de pedras e fuligem para a lareira.

Pensamos que tinha caído um raio no meio da sala, e Joseph caiu de joelhos, implorando ao Senhor que se lembrasse dos patriarcas Noé e Lot, e que, como fizera anteriormente, poupasse os justos, embora punisse os ímpios. Eu tinha a sensação de que aquilo era a ira divina a abater-se sobre nós. A meu ver, Jonas era o sr. Earnshaw, e fui correndo bater na porta do seu quarto, para me certificar de que ainda estava vivo. Ele respondeu-me de forma bem audível e com tais modos que levou o meu colega a bradar mais espalhafatosamente do que antes que havia uma grande diferença entre os santos como ele e os pecadores como o patrão. Mas a trovoada não durou mais de dez minutos e desapareceu sem deixar vestígios, exceto em Catherine, que ficou encharcada até os ossos, na sua obstinação de não se abrigar e ficar lá fora sem o xale e a touca apanhando a chuva na cabeça e nas roupas.

Entrou e desabou no banco, completamente ensopada, encostando a cara no espaldar e escondendo-a entre as mãos.

– Então, menina! – exclamei, batendo no seu ombro. – Não está interessada em morrer já, está? Sabe que horas são? Meia-noite e meia. Vamos, venha deitar-se. Não vale a pena esperar mais por aquele louco; deve ter ido até Gimmerton e vai passar a noite lá. Achou que não íamos esperar por ele até tão tarde; julgou que só o sr. Hindley é que ia estar acordado, e não quis que fosse ele quem abrisse a porta.

– Não, não. Em Gimmerton, ele não está! – assegurou Joseph. – E não me espantava nada se ele estivesse no fundo de algum barranco. Esta punição não veio sem motivo, e eu, se fosse a menina, tomava cuidado... a próxima pode ser pra si. Deus seja louvado! Tudo o que o Senhor faz é para o bem dos escolhidos e castigo dos danados! Não é o que dizem as Escrituras?

E, dizendo isso, pôs-se a recitar várias passagens, apontando os livros e os versículos onde podíamos encontrá-las.

Eu, por meu lado, depois de ter pedido em vão àquela teimosa que se levantasse do banco e tirasse a roupa molhada, deixei-os, ele a pregar e ela a tiritar, e tratei de ir deitar com o Hareton, que tinha adormecido tão depressa como se em volta dele todos já estivessem dormindo.

Durante algum tempo ainda ouvi Joseph entretido com a sua lengalenga; depois, ouvi seus passos arrastados subindo a escada e, finalmente, adormeci.

Quando desci na manhã seguinte, um pouco mais tarde que o habitual, vi, iluminada pelos raios de sol que entravam pelas frestas das persianas, a silhueta da srta. Catherine, ainda sentada em frente à lareira. A porta da rua estava entreaberta, a luz do dia entrava pelo postigo, também aberto, e Hindley, que acabara de se levantar, estava de pé junto à lareira, lívido e sonado.

– Que tens, Cathy? – perguntava ele quando entrei. – Estás mais desacorçoada que um gato afogado... Tão pálida e tão molhada por quê, moça?

– Molhei-me toda – respondeu ela a contragosto – e estou com frio, é tudo.

– É uma tonta! – exclamei, ao perceber que o patrão estava razoavelmente sóbrio. – Apanhou aquela tempestade de ontem, e depois ficou aí a noite toda e não houve quem a tirasse daí.

O sr. Earnshaw olhava para nós boquiaberto. – Toda a noite? – repetiu. – O que é que a fez passar a noite em claro? Não foi certamente medo dos trovões. A trovoada acabou muito mais cedo.

Nenhuma de nós tinha interesse em mencionar o desaparecimento de Heathcliff enquanto pudéssemos mantê-lo em segredo. Respondi, por isso, que não sabia o que é teria passado pela sua cabeça para ficar ali sentada a noite inteira. Ela não disse nada.

A manhã estava fresca e agreste; abri a janela de par em par e a casa encheu-se dos aromas vindos do jardim. Catherine, porém, ordenou-me asperamente:

– Ellen, fecha a janela. Estou morrendo de frio! – E, batendo os dentes, encolheu-se ainda mais em frente às cinzas que restavam.

– Está doente – disse Hindley, tomando-lhe o pulso. – Deve ter sido por isso que não quis ir para a cama... Pelos diabos! Não quero mais doenças aqui em casa. O que é que te fez ficar lá fora?

– Foi pra ir atrás dos rapazes, como sempre! – atalhou Joseph, aproveitando a oportunidade e a nossa hesitação para dar largas à maledicência.

– Se eu fosse o senhor, patrão, fechava a porta na cara deles, todos eles. Era limpinho! Não há um só dia que o patrão não esteja que esse matreiro do Linton não apareça por aqui com pezinhos de lã. E a srta. Nelly também me saiu uma boa coisa! Sempre de vigia na cozinha: é o patrão entrar por uma porta e ele sai pela outra. E depois a nossa donzela vai namorar pro outro lado! Belo comportamento, não há dúvida! Andar pelos campos à meia-noite com esse cigano duma figa do Heathcliff! Eles julgam que eu sou cego, mas não sou, não. Nem nada que se pareça! Vejo bem o Linton entrando e saindo, e depois *você* (voltou-se para mim)... sua fingida, sua bruxa alcoviteira... ir correndo avisá-los, mal ouve o cavalo do patrão subindo a ladeira.

– Cala-te, bisbilhoteiro! – gritou Catherine. – Não vou aturar as tuas insolências! O Edgar Linton veio aqui ontem por acaso, Hindley: e fui eu quem lhe disse para ir embora, porque sabia que tu não ias querer vê-lo no estado em que te encontravas.

– Dá para ver que isso é mentira, Cathy – replicou o irmão –, e tu és uma tonta completa! Mas esqueçamos o Linton por agora. Ora, me diga, estiveste com o Heathcliff ontem à noite? Diz a verdade. Não tenhas medo de deixá-lo em apuros. Apesar de eu odiá-lo cada vez mais, prestou-me há pouco tempo um serviço que me impede em consciência de partir seus ossos. E, para que isso não venha a acontecer, esta manhã mesmo vou mandá-lo tratar da vida dele e, depois que ele for embora, aconselho-os a andarem na linha, pois terei ainda menos paciência para vos aturar.

– Eu nem vi o Heathcliff ontem à noite – respondeu Catherine, por entre soluços. – E, se o mandares embora, eu vou com ele. Mas talvez já nem precises fazê-lo... Quem sabe... Ele partiu. – E, ao dizer isto, começou a chorar convulsivamente, mal se entendendo o que disse a seguir.

Hindley descarregou sobre ela uma torrente de impropérios e mandou que se retirasse imediatamente para o quarto, se não quisesse que ele lhe desse melhores razões para chorar. Obriguei-a a obedecer, mas nunca esquecerei a cena que fez quando chegamos ao quarto. Foi assustador. Julguei que ela estava ficando louca e pedi a Joseph que fosse depressa chamar o médico.

Afinal, era o começo do delírio. O dr. Kenneth chegou, e mal olhou para ela disse logo que estava gravemente doente; a febre era muito alta.

Depois de lhe fazer uma sangria, recomendou-me que não lhe desse mais nada a não ser soro de leite e caldos de aveia muito ralos, e que tomasse cuidado para que ela não caísse das escadas ou pela janela. Depois partiu, pois ainda tinha muito que correr, numa região onde a distância entre cada casa rondava as três milhas.

Embora eu reconheça não ser propriamente uma enfermeira dedicada, e Joseph ou o patrão serem ainda piores, e embora a nossa doente fosse teimosa e exigente como todos os doentes, o certo é que se curou.

A velha sra. Linton veio visitá-la várias vezes, para ver como corriam as coisas e, naturalmente, dar as suas sentenças e fazer-nos andar todos na linha. E, quando Catherine já estava convalescente, levou-a à força para a Granja dos Tordos, gesto que muito lhe agradecemos. A pobre senhora, porém, bem se deve ter arrependido: ela e o marido apanharam as febres e morreram com poucos dias de intervalo um do outro.

A nossa menina voltou para casa mais insolente, mais irascível e mais altiva do que nunca. Não tínhamos voltado a ouvir falar de Heathcliff desde a noite do temporal, e num dia em que ela me fez perder a cabeça, tive a infeliz ideia de a responsabilizar pelo seu desaparecimento, responsabilidade que, como ela bem sabia, era inteiramente sua. Passou vários meses sem me dirigir a palavra, salvo no que dizia respeito ao meu serviço de criada. Joseph foi igualmente preterido: teimava em dizer o que muito bem entendia e pregava-lhe grandes sermões como se ela ainda fosse uma criança, ela que já se julgava uma mulher e dona da casa, e achava que devia ser alvo de atenções especiais por ter estado doente. Nessa altura, o médico tinha dito que não era muito conveniente irritá-la, que o melhor era fazermos-lhe as vontades. E agora, se alguém se atrevia a contrariá-la, era como se a quisessem matar.

Quase não falava com Earnshaw ou com os amigos dele; quanto ao irmão, industriado pelo médico e atemorizado pelas ameaças de ataques de loucura que muitas vezes acompanhavam as suas fúrias, satisfazia-lhe todos os caprichos e procurava de uma maneira geral não lhe espicaçar o gênio tempestuoso. Era até *demasiado* indulgente para com ela, não por afeto, mas por orgulho. Desejava sinceramente vê-la honrar a família através de uma aliança com os Linton e, desde que não o incomodasse, podia tratar-nos à vontade como escravos.

Edgar Linton, como tantos que o precederam e tantos que virão depois, estava apaixonado, e sentiu-se o homem mais feliz do mundo no dia em que a levou ao altar da capela de Gimmerton, três anos após a morte do seu pai.

Bem contra minha vontade, acabaram por me convencer a deixar o Morro dos Ventos Uivantes e a vir morar aqui com ela. O Hareton tinha quase cinco anos, e eu tinha começado a ensinar-lhe as primeiras letras. A despedida foi lancinante, mas as lágrimas de Catherine tiveram mais poder que as nossas: quando me neguei a ir com ela, e quando descobriu que os seus rogos não me demoviam, foi queixar-se ao marido e ao irmão. O primeiro ofereceu-me um ordenado polpudo; o segundo mandou-me fazer as malas: não queria mulheres naquela casa, vociferou, agora que já não havia patroa; e, quanto ao Hareton, o vigário se encarregaria dele a seu tempo. De maneira que só me restava uma alternativa: fazer o que me mandavam. Obedeci, mas não sem ter dito ao patrão que só queria se ver livre das pessoas decentes daquela casa para poder degradar-se ainda mais depressa. Dei um beijo no Hareton e, a partir daí, é como se fôssemos dois estranhos; custa-me dizê-lo, mas não tenho dúvidas de que se esqueceu completamente da Ellen Dean e de que houve um tempo em que ele foi para ela tudo na vida, e ela para ele!

Neste ponto da história, a governanta olhou para o relógio que estava em cima da chaminé e ficou admirada ao ver os ponteiros marcarem uma e meia. Não quis ficar nem mais um segundo, e a mim, na verdade, também agradou adiar o seguimento da narrativa. E agora que ela se recolheu e eu fiquei ainda a cogitar durante uma ou duas horas, tenho de arranjar coragem para ir também deitar, apesar de me sentir entorpecido e de me doerem a cabeça, os braços e as pernas.

Capítulo X

BELO COMEÇO PARA UMA VIDA de eremita! Quatro semanas de tortura, infortúnios e doença! Ah, estes gélidos ventos e este clima do norte, tão agreste; e estas estradas intransitáveis, e estes médicos de província sempre tão morosos! Oh, sim, e esta ausência da humana fisionomia e, pior ainda, a sentença terrível do Kenneth de que nem pense em sair de casa antes da primavera!

Heathcliff acaba de me honrar com a sua visita. Há cerca de uma semana mandou-me um par de faisões, os últimos da época. Grande velhaco! Sabe bem que não está completamente isento de culpa nesta minha doença, e era isso mesmo que eu tanto queria dizer-lhe. Mas, enfim! Como poderia eu maltratar um homem que teve o gesto caridoso de passar uma hora sentado à minha cabeceira a falar de outras coisas além de pílulas, tisanas, emplastros e sanguessugas?

Foram momentos agradáveis. Estou demasiado fraco para ler, mas gostaria de fazer alguma coisa interessante. Por que não chamar a sra. Dean para acabar de contar a história? Sou capaz de lembrar dos pontos principais até o momento onde parou. É isso, lembro-me de que o herói tinha fugido, e ninguém mais soubera nada dele durante três anos. E a heroína tinha casado. Vou tocar a campainha. Ela vai gostar de me ver com tanta disposição para conversar.

A sra. Dean entrou.

– Ainda faltam vinte minutos para o seu remédio – observou ela.

– Chega de remédios! – retruquei. – O que eu quero é...

– O senhor doutor disse que é para parar com os pós.

– Com todo o prazer! Mas não me interrompa. Sente-se aqui ao pé de mim e nem pense em tocar nesse sem-fim de frascos e frasquinhos amargos como o fel. Vá lá, tire a agulha e o novelo do bolso... isso mesmo... e agora continue a contar a história do sr. Heathcliff do ponto em que a deixou até os nossos dias. Que fez ele? Foi estudar no continente e voltou transformado num cavalheiro? Ou arranjou alguma bolsa de estudo? Ou fugiu para a América e alcançou a fama à custa da exploração do país adotivo? Ou fez fortuna mais depressa pelas estradas da Inglaterra?

– Sabe, sr. Lockwood, ele é bem capaz de ter feito um pouco de tudo isso, mas não posso asseverar. Como já disse, não sei como foi que enriqueceu, nem por que meios conseguiu sair da completa ignorância em que se encontrava; mas, com sua licença, vou continuar a contar a história à minha moda, se achar que isso o distrai em vez de aborrecê-lo. Então, sente-se melhor esta manhã?
– Muito melhor.
– Ora ainda bem!

Parti com a srta. Catherine para a Granja dos Tordos e, para minha agradável surpresa, ela se portou infinitamente melhor do que eu poderia supor. Parecia até dedicada demais ao sr. Linton e mostrava-se extremamente afetuosa com a irmã dele. Tanto um como o outro não queriam, naturalmente, que nada lhe faltasse. Pode bem dizer-se que não era o espinheiro que se inclinava para as madressilvas, mas as madressilvas que enlaçavam o espinheiro. Nada de concessões de parte a parte: uma mantinha-se inflexível; os outros é que cediam. E quem *pode* ter mau gênio e mau humor quando não encontra oposição nem indiferença?

Reparei que o sr. Edgar morria de medo de irritá-la. Tentava disfarçar, mas, assim que me ouvia repreendê-la, ou via algum dos outros criados mostrar cara feia perante as suas ordens desabridas, era bem visível a sua preocupação, pelo modo carrancudo como nos olhava, o que nunca acontecia quando o assunto era com ele. Repreendeu-me variadas vezes pela minha insolência e chegou a dizer-me que uma punhalada não o faria sofrer mais do que ver a esposa desrespeitada.

Para não afligir um patrão tão bondoso, aprendi a ser menos melindrosa e, durante seis meses, a pólvora mostrou-se tão inofensiva como a areia, pois ninguém aproximava fogo para fazê-la explodir. Catherine passou por fases de tristeza e de mutismo, que o marido respeitava com solidário silêncio, atribuindo-as a uma mudança de caráter devido à grave doença que a havia acometido, pois nunca fora dada a depressões. O regresso da alegria era por ele recebido com igual alegria. Não minto se disser que reinava entre eles uma felicidade genuína e sempre crescente.

Mas isso acabou. Afinal, acabamos sempre por ter de pensar em nós, antes de mais nada. Os mansos e os generosos apenas são mais justos no seu egoísmo do que os prepotentes, e a felicidade deles chega ao fim quando as circunstâncias mostram que o que mais interessa a um não é a principal preocupação do outro.

Foi numa tarde calma de setembro: eu vinha do pomar com um cesto de maçãs que tinha apanhado; começara a escurecer, e a Lua espreitava já por cima do muro alto do pátio, criando sombras indefinidas nos recantos formados pelas inúmeras partes salientes do casarão; pousei a carga nos degraus, na porta da cozinha, para descansar e aproveitar ao mesmo tempo para respirar um pouco mais aquela aragem suave e perfumada; estava de costas para a porta e olhos voltados para a Lua; e, então, ouvi uma voz dizer atrás de mim:

– És tu, Nelly?

Era uma voz grave, com sotaque estrangeiro; havia algo, no entanto, no modo como pronunciara o meu nome que a tornava familiar. Voltei-me com medo para ver quem tinha falado, pois os portões estavam fechados e não tinha visto ninguém enquanto me encaminhava para os degraus.

Vi um vulto mover-se no alpendre e, ao aproximar-me, divisei um homem alto vestido de escuro, de pele e cabelos muito escuros. Estava encostado na porta, com a mão no ferrolho, como se tencionasse abri-la. "Quem poderá ser?", pensei. "O sr. Earnshaw? Não! A voz não se parece com a dele."

– Estou esperando há uma hora – continuou a voz, enquanto eu permanecia boquiaberta. – E durante todo esse tempo reinou um silêncio de morte. Nem me atrevi a entrar. Não me reconheces? Olha, não sou nenhum estranho!

Um raio de lua iluminou-lhe o rosto: faces macilentas, meio cobertas por fartas suíças negras; sobrancelhas carregadas, olhos encovados e um olhar estranho. Recordo-me bem dos olhos!

– Não pode ser! – exclamei, levando as mãos à cabeça, sem saber se estava ou não perante uma alma deste mundo. – Não pode ser! Então tu voltaste? E és mesmo tu? És mesmo?

– Sim, sou eu, o Heathcliff – respondeu, desviando a vista e olhando para as janelas que refletiam uma miríade de luas, mas não projetavam qualquer luz de dentro. – Eles estão em casa? Onde está ela? Não pareces contente em me ver, Nelly... Mas não te aflijas. Ela está aqui? Responde! Quero só ter uma palavra com tua senhora. Vai dizer-lhe que está aqui uma pessoa de Gimmerton que quer falar com ela.

– Que irá ela dizer? – exclamei. – Que irá ela fazer? Se eu ainda não me refiz da surpresa, ela então vai ficar de cabeça perdida! És mesmo o Heathcliff, não és? Mas estás muito mudado! Não estou entendendo nada. Acaso te alistaste no exército?

– Vai levar o meu recado – interrompeu ele, com impaciência. – Não terei sossego enquanto não fores!

Levantei a aldraba e entrei; mas, quando cheguei à sala onde os senhores estavam, faltou-me coragem para entrar.

Por fim, arranjei uma desculpa (perguntar-lhes se queriam que acendesse as velas) e abri a porta.

Estavam os dois sentados lado a lado, perto da janela aberta de par em par, com as portas de tabuinhas encostadas para trás, contemplando o Morro dos Ventos Uivantes, que se erguia altivo acima da neblina prateada, para além das árvores e dos prados e de todo o vale de Gimmerton, demarcado por uma orla de bruma (pois logo adiante da capela, como deve ter reparado, o canal que vem dos pântanos desagua num córrego que atravessa o vale); porém, não dava para ver a nossa antiga casa, já que foi construída sobre a outra vertente. Toda a cena – a sala, os seus ocupantes, a paisagem – respirava uma tal tranquilidade que foi difícil para mim cumprir a minha missão. Já ia saindo sem dar o recado, depois da pergunta acerca das velas, quando um impulso me fez retroceder e murmurar:

– Tem um sujeito de Gimmerton que quer falar com a senhora.

– O quer ele quer? – quis saber a sra. Linton.

– Não lhe perguntei – respondi.

– Corre as cortinas, Nelly – ordenou –, e traz o chá. Eu já volto.

A sra. Linton saiu da sala. O sr. Edgar perguntou quem era, sem se mostrar muito interessado.

– Alguém por quem a senhora não esperava – respondi. – O Heathcliff... O senhor não se lembra? O rapaz que vivia na casa do sr. Earnshaw.

– O quê? Aquele cigano... aquele caipira? – bradou. – E por que não disseste à Catherine que era ele?

– Psiu! O senhor não deve xingá-lo – disse eu. – A senhora ia ficar toda ofendida se o ouvisse. Ficou com o coração destroçado quando ele fugiu. Acho que este regresso vai enchê-la de júbilo.

O sr. Linton dirigiu-se ao outro lado da sala, a uma das janelas que dava para o pátio. Abriu-a e debruçou-se. Deviam estar os dois lá embaixo, pois apressou-se a exclamar:

– Não fiques aí fora, meu amor! Manda entrar essa pessoa, se for nossa conhecida.

Daí a pouco ouvi a porta abrir-se e Catherine subiu correndo, ofegante e completamente fora de si, tão excitada que nem parecia estar feliz; a sua cara fazia supor, pelo contrário, alguma terrível calamidade.

– Ai, Edgar, Edgar! – exclamou, meio sufocada, lançando os braços em volta do seu pescoço. – Edgar, meu querido! O Heathcliff voltou... está aqui! – E apertou ainda mais o pescoço do marido.

– Está bem, está bem – protestou ele, enfadado. – Mas não é razão para me estrangulares! Nunca o achei assim tão importante. Não precisas fazer tanto espalhafato!

– Sei que nunca gostaste dele – retorquiu ela, reprimindo um pouco a emoção. – Mas, agora, se gostas de mim, tens de ser amigo dele. Posso dizer-lhe que suba?

– Aqui? – estranhou o marido. – Para a sala?

– E para onde haveria de ser?

O sr. Linton, incomodado, sugeriu que a cozinha seria o local mais apropriado.

Catherine, perante a sobranceria dele, olhou-o meio zangada, meio zombeteira.

– Não! – disse por fim. – Para a cozinha eu não vou! Põe duas mesas aqui, Ellen, uma para o teu patrão e para a srta. Isabella, que pertencem à fidalguia, e outra para o Heathcliff e para mim, que pertencemos à plebe. Achas bom assim, querido? Ou queres que mande acender uma lareira para ti no outro lado? Se assim for, é só dizeres. Vou lá embaixo buscar o meu convidado. Nem caibo em mim de tanta felicidade!

Edgar, porém, impediu-a, quando ela já se preparava para descer.

– Vai tu dizer a ele que suba – ordenou, dirigindo-se a mim –, e tu, Catherine, podes mostrar-te satisfeita, mas tenta não seres absurda. Não é preciso que toda a gente te veja recebendo um criado que andou fugido como se fosse teu irmão.

Desci e fui encontrar Heathcliff à espera no alpendre, com ar de quem naturalmente contava que o mandariam entrar. Seguiu-me sem dizer palavra e levei-o à presença do senhor e da senhora, cujas faces ruborizadas eram denunciadoras de acesa discussão. Porém, era outro o sentimento que ruborizava as faces da senhora quando o amigo surgiu na porta: correu para ele, pegou suas mãos e o levou até o sr. Linton. Depois, pegou na mão que Linton estendia relutante e apertou os seus dedos entre os do visitante.

Agora que a luz do fogo e dos candelabros batia em cheio nele, eu estava boquiaberta com a transformação de Heathcliff: tinha-se tornado um homem alto, atlético, bem constituído, ao lado do qual o meu patrão parecia um rapazinho magricela. O seu porte aprumado era indício de ter servido no exército; a sua expressão era muito mais madura e decidida que a do sr. Linton; adivinhava-se nela inteligência, sem quaisquer sinais da degradação de outros tempos. Todavia, o sobrolho carregado retinha ainda uma certa ferocidade semiaplacada, e os olhos negros chispavam com um fogo reprimido; e a postura era de grande dignidade, sem quaisquer indícios de rudeza, se bem que demasiado austera para se tornar cativante.

O meu patrão estava tanto ou mais espantado do que eu: teve um minuto de manifesta hesitação, sem saber como havia de se dirigir ao "caipira", como ele o chamara. Heathcliff retirou a mão esguia de entre as dele e fitou-o com frieza até ele se resolver a falar.

— Tenha a bondade de se sentar — disse por fim. — A sra. Linton, em nome dos velhos tempos, pediu-me que o recebesse com cordialidade e eu, naturalmente, fico sempre muito feliz quando alguma coisa lhe dá prazer.

— E eu também — replicou Heathcliff. — Especialmente se for eu o responsável. Ficarei uma ou duas horas com muito prazer.

Sentou-se de frente a Catherine, que não tirava os olhos dele, como se temesse que ele evaporasse caso ela desviasse o olhar. Ele, por seu turno, poucas vezes levantava os olhos: apenas uma vez ou outra, e de fugida, mas era cada vez mais visível o deleite que sentia nessa troca furtiva de olhares. A felicidade recíproca que os invadia era intensa demais para dar lugar a constrangimentos; o mesmo não se passava com o sr. Edgar, que estava lívido de contrariedade, sentimento esse que atingiu o clímax quando a mulher se levantou e, atravessando a sala, agarrou de novo as mãos de Heathcliff, rindo às gargalhadas, completamente fora de si.

— Amanhã vou julgar que tudo isto foi um sonho! — exclamou — Não vou acreditar que te vi e te toquei e falei contigo uma vez mais. E tu foste tão cruel, Heathcliff! Não merecias esta recepção. Ficares três anos ausente e sem dares notícias, e sem nunca pensares em mim!

— Pensei mais em ti do que tu em mim — segredou ele. — Mas pouco depois ouvi dizer que tinhas casado, Cathy. Enquanto fiquei esperando lá embaixo, no pátio, foi este o plano que eu tracei: ver o teu rosto de relance uma vez mais, olhando-me com surpresa e, quem sabe, falso contentamento, depois, ajustar contas com o Hindley e, finalmente, antecipar-me ao julgamento e executar eu mesmo a minha própria sentença de morte. Mas a tua recepção tirou essas ideias da cabeça; livra-te, no entanto, de ficares de cara feia da próxima vez! Não, não, desta vez não vais me mandar embora de novo... Tiveste mesmo pena da outra vez, não tiveste? Sabes, eu tive as minhas razões. Passei por muitas provações desde que ouvi a tua voz pela última vez, e tens de perdoar-me, pois lutei sempre pensando em ti!

— Catherine, a menos que queiras tomar o chá frio, peço-te o favor de vires para a mesa — interveio Linton, esforçando-se por manter o seu tom habitual e a delicadeza possível. — O sr. Heathcliff tem uma longa caminhada pela frente até onde possa pernoitar, e eu estou com sede.

Catherine tomou o seu lugar junto ao bule, e a srta. Isabella acorreu à sala, ao chamado da campainha. Quanto a mim, retirei-me depois de lhes ter chegado as cadeiras para a frente.

A refeição não durou nem dez minutos, e Catherine nem chegou a servir-se, incapaz de comer ou beber fosse o que fosse. Edgar entornou o chá no pires e só bebeu um ou dois goles.

Naquela tarde, a visita de Heathcliff não se prolongou por mais de uma hora. Perguntei-lhe à saída se ia para Gimmerton.

– Não. Vou para o Morro dos Ventos Uivantes – respondeu. – O sr. Earnshaw convidou-me esta manhã quando fui visitá-lo.

O sr. Earnshaw o convidara! *Ele* fora visitá-lo! Pensei muito nessas frases depois de ele ir embora. Teria se tornado um hipócrita e voltado agora para a aldeia com alguma patifaria em mente? Dava o que pensar. Tive um pressentimento: dizia-me o coração que era melhor ele ter ficado por onde andava.

No meio da noite, fui despertada do primeiro sono pela sra. Linton, que viera sorrateira até o meu quarto e, sentando-se na cama, puxou meus cabelos para me acordar.

– Não consigo dormir, Ellen – disse como desculpa. – Quero que alguém vivo me faça companhia nestas horas infelizes! O Edgar está aborrecido por eu estar feliz com uma coisa que não lhe interessa; não abre a boca a não ser para me dizer coisas mesquinhas e idiotas; diz que sou cruel e egoísta por querer conversar quando ele está indisposto e cheio de sono. Arranja sempre maneira de ficar indisposto com a mínima contrariedade! Teci alguns louvores a Heathcliff, e o Edgar, ao ouvir-me, desatou a chorar, ou de enxaqueca ou de inveja. Então levantei-me e vim embora.

– E para que a senhora foi elogiar o Heathcliff ao seu marido? – observei. – Quando eram pequenos não suportavam um ao outro, e aposto que o Heathcliff detestaria também ouvi-la elogiar o sr. Edgar. A natureza humana é assim. Não fale mais dele ao seu marido, a menos que queira entrar em guerra aberta com ele.

– Mas não achas que é sinal de fraqueza? – prosseguiu. – Eu não sou invejosa, nunca me incomodou o brilho do cabelo louro da Isabella, nem a brancura da sua pele, nem a sua elegância, nem a predileção que toda a família tem por ela. Até tu, Nelly, quando nos vês a discutir, corres logo em defesa da Isabella; e eu cedo como uma mãe insensata, começo a chamá-la de minha querida e a afagá-la até passar a birra. O irmão gosta que nos demos bem, e isso me agrada. São os dois muito parecidos, uns meninos mimados que acham que o mundo gira em torno deles; apesar de fazer suas vontades, acho que um castigo bem aplicado só lhes faria bem.

– Está enganada, sra. Linton – corrigi-a. – São eles que lhe fazem as vontades. Havia de ser o bom e o bonito se não fizessem! E a senhora bem pode dar-se ao luxo de satisfazer alguns dos caprichos deles, desde que se antecipem a todos os seus desejos. Mas olhe que pode acabar por tropeçar em algum obstáculo intransponível para ambas as partes e, nessa altura, aqueles a quem chama fracos são bem capazes de se mostrar tão obstinados como a senhora.

– E então trava-se uma luta de morte, é isso que queres dizer, Nelly? – retorquiu, dando uma gargalhada. – Não. Ouve bem o que te digo: tenho tanta confiança no amor do Linton que estou convencida de que se o matasse ele não reagiria.

Aconselhei-a a estimá-lo ainda mais por ele a amar tanto.

– E estimo – respondeu. – Mas não é preciso chorar por uma ninharia, é uma infantilidade; em vez de se debulhar em lágrimas por eu ter dito que o Heathcliff era agora digno do respeito de qualquer pessoa e que seria uma honra para o fidalgo mais importante da região ser seu amigo, devia ter sido ele a dizê-lo e ter até a amabilidade de se mostrar satisfeito, visto que o Heathcliff se portou de forma irrepreensível, acho eu, apesar das razões que deve ter contra o Edgar. Vai ter de se habituar ao Heathcliff, e o melhor é aprender a gostar dele.

– Que pensa da ida de Heathcliff para o Morro dos Ventos Uivantes? – inquiri. – Aparentemente está muito mudado... um bom cristão... de mão amiga estendida a todos os seus inimigos!

– Ele explicou tudo – disse Catherine. – Também fiquei intrigada como tu. Disse que foi lá para te pedir notícias minhas, pois pensava que ainda moravas lá, e o Joseph chamou o Hindley, que saiu e começou a perguntar o que tinha feito e como é que tinha conseguido levar a vida, até que acabou por mandá-lo entrar. Tinha mais pessoas lá dentro, jogando cartas, e o Heathcliff juntou-se a eles. O meu irmão perdeu algum dinheiro a favor dele e, vendo-o tão abonado, convidou-o a voltar lá nesta noite, convite que ele aceitou. O Hindley não é nada cuidadoso na escolha dos amigos e nem se deu ao trabalho de ponderar as razões que poderiam levá-lo a desconfiar de alguém a quem torpemente ofendeu. Mas o Heathcliff garantiu-me que os motivos que o levaram a reatar relações com o seu antigo algoz foram o desejo de se instalar perto da Granja e o apego que sente pela casa onde vivemos, e também a esperança de que eu terei, assim, mais oportunidades de visitá-lo do que se ficasse alojado em Gimmerton. Pretende oferecer um bom dinheiro ao meu irmão para morar no Morro, e a ganância do Hindley vai sem dúvida levá-lo a aceitar. Sempre foi ávido por dinheiro, embora o que apanha com uma mão logo jogue fora com a outra.

– Belo lugar para um jovem se fixar! – disse eu. – Não receia as consequências, sra. Linton?

— O meu amigo não me preocupa — respondeu de pronto. — O seu espírito forte irá mantê-lo longe dos perigos. O Hindley é que me preocupa um pouco; mas esse já não consegue descer mais baixo do que está; e, quanto à possibilidade de violência física, vou estar preparada. O que se passou esta noite reconciliou-me com Deus e com os homens! Estava revoltada com a Divina Providência. Sofri muito... muito... Nelly! Se esta criatura com quem vivo soubesse o quanto, teria vergonha de tentar impedir o fim desse sofrimento com a sua petulância vã. Foi para poupá-lo que suportei tudo sozinha: deixasse eu transparecer a agonia em que tantas vezes me encontrava e ele teria aprendido a ansiar pelo seu alívio tanto quanto eu. Mas tudo isso já passou e não guardo ressentimentos. Sinto-me capaz de suportar seja o que for daqui em diante! Se a mais perversa das criaturas me esbofeteasse, não só lhe daria a outra face, como lhe pediria perdão por tê-la provocado. E, para prová-lo, vou agora mesmo fazer as pazes com o Edgar. Boas noites. Sou um anjo! — E, com essa lisonjeira convicção, se retirou.

Na manhã seguinte era bem patente o êxito da resolução em boa hora tomada: o sr. Linton não só pusera de lado a impertinência (embora o seu espírito parecesse ainda abatido perante a exuberante vivacidade de Catherine), como não levantara objeções a que Isabella a acompanhasse nessa tarde ao Morro dos Ventos Uivantes. Catherine retribuiu-lhe a generosidade com tantas e tão calorosas manifestações de afeto e de carinho que, durante uns dias, a casa parecia um paraíso, e todos, patrão e criados, usufruíam dessa perpétua felicidade.

Heathcliff, ou melhor, sr. Heathcliff, como passaria a tratá-lo, tomou a liberdade de começar a fazer algumas visitas cautelosas à Granja dos Tordos: parecia querer avaliar até que ponto o dono da casa suportaria a sua intrusão. Catherine, por seu turno, achou por bem moderar as demonstrações de alegria com que o recebia. Assim, pouco a pouco, ele foi conquistando o direito de sua visita ser esperada com naturalidade.

Conservara muito da reserva que o caracterizava na adolescência e que tão útil se revelava ao ajudá-lo a reprimir qualquer manifestação mais exuberante dos seus sentimentos. A desconfiança do meu patrão conheceu uma calmaria, a ponto de, levado por certos acontecimentos, tê-la canalizado durante algum tempo em outra direção.

Essa nova fonte de preocupações surgiu com a inesperada fatalidade de Isabella Linton, quando sentiu-se súbita e irresistivelmente atraída pelo visitante que o sr. Edgar tão a contragosto tolerava. Ela era nessa altura uma encantadora jovem de dezoito anos; infantil nas atitudes, mas senhora de um espírito e sentimentos igualmente vivos, e de um temperamento aceso até demais quando a irritavam. O irmão, que a amava com grande ternura, ficou apavorado com essa inclinação tão absurda. Além da degradação social proveniente da união com um homem sem nome, e da possibilidade de todos os seus bens, por falta de um herdeiro homem, poderem ir parar às mãos de Heathcliff, Edgar era suficientemente inteligente para perceber as intenções de Heathcliff, para saber que, apesar de exteriormente tão mudado, a sua mente sempre fora, e permaneceria, inalterável. E como temia essa mente! Provocava nele sentimentos de revolta, e todo ele se retraía só de pensar em entregar Isabella à guarda de tal homem.

Mais se retrairia ainda se soubesse que a afeição dela nascera sem ser solicitada e não despertava no objeto amado reciprocidade de sentimentos; é que, no momento em que descobriu a sua existência, logo atribuiu a culpa à má-fé de Heathcliff.

Já todos havíamos reparado há algum tempo que a srta. Linton andava a remoer alguma. Mostrava-se irritada e enfadada, e passava a vida a implicar com Catherine, com o risco iminente de esgotar sua paciência, em geral já muito limitada. Começamos por desculpá-la, atribuindo o seu comportamento à falta de saúde, pois mirrava e definhava dia a dia. Até que um dia a sua impertinência atingiu os limites: recusou-se a tomar o café da manhã, queixando-se de que os criados não faziam nada do que ela mandava, a senhora a tratava como se ela não existisse, e Edgar a ignorava, apontando, ainda, que tinha apanhado uma gripe por termos deixado as portas abertas e o fogo apagado só para a humilharmos, e mais uma centena de outras faltas igualmente frívolas; foi então que a sra. Linton, peremptória, insistiu para que fosse para a cama e, ralhando, ameaçou que ia mandar chamar o médico. Mal ouviu o nome do dr. Kenneth, afirmou sem demora que estava de perfeita saúde e que era apenas a rispidez de Catherine que a punha triste e mal-humorada.

— Como podes dizer que eu sou ríspida, sua marota? — exclamou a senhora, perplexa com esta afirmação tão pouco razoável. — Estás decerto perdendo a razão. Vá, diz lá quando é que fui ríspida?

— Ontem — soluçou Isabella. — E agora também!

— Ontem!? — admirou-se a cunhada. — Em que ocasião?

— Durante o nosso passeio pela charneca; mandaste que eu fosse dar uma volta por onde quisesses, enquanto tu foste passear com o sr. Heathcliff!

— E é a isso que chamas ser ríspida? — disse Catherine a rir. — Não tive a intenção de me ver livre de ti; para mim tanto fazia estares ali ou não; apenas achei que a minha conversa com o Heathcliff não tinha nada que pudesse te interessar.

— Não foi nada disso — choramingou a jovem. — Mandaste-me para longe porque sabias que eu queria ficar!

— Ela estará boa da cabeça? – exclamou a sra. Linton, voltando-se para mim. – Vou repetir a nossa conversa palavra por palavra, Isabella, e tu me dirás que encanto poderia ter para ti.

— Quero lá saber da conversa – replicou Isabella. – O que eu queria era estar com...

— Então? – disse Catherine, ao vê-la hesitar.

— Com ele. E não vou deixar que me afastes outra vez! – prosseguiu, exaltadíssima. – Pareces um cão com um osso, Cathy; só tu é que podes ser amada, mais ninguém!

— Mas que grande atrevimento – exclamou a sra. Linton, boquiaberta. – Nem quero acreditar num disparate destes! Não é possível que queiras atrair as atenções do Heathcliff, que o consideres uma pessoa simpática! Espero não ter entendido o que disseste, Isabella.

— Entendeste sim – asseverou a jovem, toldada pela paixão. – Amo-o mais do que tu alguma vez amaste o Edgar; e ele talvez me amasse, se tu o deixasses!

— Nesse caso, não queria estar no teu lugar nem por um reino! – declarou Catherine, com grande ênfase (e parecia sincera). – Nelly, ajuda-me a fazê-la ver que isto é uma loucura. Diz-lhe que espécie de homem é o Heathcliff: um enjeitado, sem educação, sem cultura; uma charneca árida, cheia de espinhos e pedras! Mais depressa soltaria aquele canário no parque num dia de inverno do que te aconselharia a entregares o coração ao Heathcliff! Isso só prova que é o teu deplorável desconhecimento do seu caráter que meteu esse sonho impossível na tua cabeça, nada mais. Sim, não penses que ele oculta rios de benevolência e afeição sob toda aquela dureza exterior! Ele não é nenhum diamante bruto, nenhuma ostra grosseira onde se esconde uma pérola; é um homem terrível, feroz, desapiedado. Nunca lhe digo: "deixa este ou aquele inimigo em paz, porque seria mesquinho ou cruel prejudicá-los", o que lhe digo é: "deixa-os em paz, porque eu detestaria vê-los maltratados". E ele, Isabella, seria capaz de te esmagar como um ovo de passarinho se te tornasses um fardo demasiado incômodo. Sei que seria incapaz de amar uma Linton, embora o ache mais capaz de casar com a tua fortuna e a tua condição. A avareza está cada vez mais enraizada nele. Pronto, aqui tens o seu retrato, e feito por alguém que é amiga dele; tão amiga que, se o visse seriamente interessado em te apanhar, até talvez me calasse e te deixasse cair na armadilha.

A srta. Linton fitava a cunhada, transbordando de indignação. – É vergonhoso! Vergonhoso! – repetia, furiosa. – És pior do que vinte inimigos, a tua amizade só destila veneno!

– Ah, com que então não acreditas em mim? – replicou Catherine. – Pensas que falo por despeito?

– Sei que o fazes – retorquiu Isabella. – E horroriza-me esse teu procedimento.

– Tanto melhor! – gritou a outra. – Faz como bem quiseres. Foi o que eu fiz e, agora, perante tanta insolência, dou o assunto por encerrado.

– E eu que sofra com o egoísmo dela! – disse Isabella, soluçando quando a sra. Linton saiu do quarto. – Todos, estão todos contra mim; ela destruiu a minha única consolação. Mas só disse mentiras, não foi? O sr. Heathcliff não é nosso inimigo; é um homem honrado, honesto; senão, como ele ia lembrar-se dela?

– Tire-o dos seus pensamentos, srta. Isabella – pedi. – Aquilo é ave de mau agouro, não é para a senhorita. A sra. Linton foi muito dura, mas não posso contradizê-la. Ela conhece o coração dele melhor que eu ou que qualquer outra pessoa, e nunca o faria parecer pior do que é. As pessoas honestas não escondem os seus atos. O que faz para viver? Como fez fortuna? Por que razão veio morar no Morro dos Ventos Uivantes, na casa de um homem que ele odeia? Ouvi dizer que o sr. Earnshaw está cada vez pior desde que ele chegou. Passam a noite inteira jogando; e Hindley já hipotecou a propriedade; não faz mais nada senão comer e jogar, foi o que ouvi dizer a semana passada; quem me disse foi o Joseph, quando o encontrei em Gimmerton.

– Nelly – disse ele –, vamos ter a polícia lá em casa para fazer investigações por causa das brigas. Houve um que ficou quase sem dedos e outro que sangrava que nem um vitelo. Sabes que mais? Quem devia ir preso era o patrão. Mas esse tem tanto medo do banco dos réus ou dos juizes, como de Pedro, Paulo, João, Mateus, ou outro qualquer! Parece até que gosta, que faz por isso. Aquele Heathcliff virou um belo espertalhão! Capaz de rir como ninguém de uma boa piada... Quando vai à Granja ele não vos conta a vidinha regalada que leva entre nós? Ora, escuta: levanta-se ao pôr do sol e, daí para a frente, é só jogar dados e beber de janelas fechadas e velas acesas até o meio-dia do outro dia; só então o tresloucado do patrão sobe pro quarto gritando e praguejando, de forma que as pessoas decentes têm de tapar os ouvidos, envergonhadas; e o velhaco fica contando os ganhos e comendo e dormindo e ainda vai trocar conversa com a mulher do vizinho. E dá mesmo para ver como o dinheiro do pai da srta. Catherine vai passando para o bolso dele, e como o irmão dela se afunda cada vez mais, enquanto ele vai dando uma ajuda... – Sabe, menina, o Joseph é um velho rabugento, mas não é nenhum mentiroso; e se o que ele diz do Heathcliff é verdade, a menina não vai querer um marido assim, vai?

– Estás de conluio com eles, Ellen! – replicou Isabella. – Não vou dar ouvidos às tuas calúnias. Deve ser bem grande a tua malevolência, para quereres me convencer de que não existe felicidade neste mundo!

Se ela teria se curado sozinha dessa fantasia, ou se teimaria em dar-lhe continuidade, isso eu não sei, pois teve bem pouco tempo para pensar no assunto. No dia seguinte houve um julgamento na cidade mais próxima, e o meu patrão teve de comparecer. Sabendo da sua ausência, o sr. Heathcliff veio mais cedo que o costume.

Catherine e Isabella estavam na biblioteca, ainda zangadas uma com a outra, mas em silêncio. Esta última, preocupada com a sua recente indiscrição ao revelar, num fugaz acesso de paixão, os seus sentimentos mais secretos; a primeira, depois de muito pensar no sucedido, deveras ofendida com a sua companheira e, se agora tinha vontade de rir de tanta petulância, não queria dar essa impressão à outra.

Riu, de fato, mas foi quando viu Heathcliff passar junto da janela. Eu estava varrendo a lareira e reparei no sorriso malicioso que aflorou em seus lábios. Isabella, absorta nos seus pensamentos, ou na leitura, não se mexeu até a porta abrir, quando já era tarde demais para tentar escapar, o que de bom grado teria feito, se tivesse tido a oportunidade.

– Entra; ainda bem que vieste! – exclamou a senhora alegremente, puxando uma cadeira para junto do fogo. – Aqui estão duas almas muito tristes à espera de uma terceira que venha derreter o gelo entre elas; e tu és precisamente quem nós escolheríamos. Sabes, Heathcliff, vou ter a honra de te apresentar alguém que te estima ainda mais do que eu própria. Espero que te sintas lisonjeado. Não, não é a Nelly, não olhes para ela! É a minha pobre cunhadinha, que está de coração despedaçado só pela mera contemplação da tua beleza física e moral. Está nas tuas mãos tornares-te irmão do Edgar! Não, Isabella, não fujas – prosseguiu, agarrando, com pretenso ar de brincadeira, a moça que, atordoada, se levantara indignada. – Desentendemo-nos como duas gatas por tua causa, Heathcliff, e eu saí perdendo nos protestos de devoção e admiração; e, ainda por cima, fui informada de que, se eu tivesse a delicadeza de ficar afastada, a minha rival, como ela se considera, desfecharia uma seta direto no teu coração, que te prenderia para sempre e lançaria a minha lembrança no eterno esquecimento!

– Catherine! – disse Isabella, recuperando a dignidade, sem tentar defender-se da mão que apertava o seu braço. – Agradeço que respeites a verdade e não me calunies, nem mesmo por brincadeira! Sr. Heathcliff, tenha a bondade de pedir à sua amiga que me solte. Ela se esquece de que o senhor e eu não somos amigos íntimos e que o que a diverte é para mim indizivelmente penoso.

Como o visitante não respondeu e foi se sentar, mostrando-se indiferente aos sentimentos que ela pudesse nutrir por ele, Isabella voltou-se para a sua torturadora e implorou-lhe, num sussurro, que a libertasse.

– Nem pensar! – gritou a sra. Linton. – Nunca mais vais dizer que sou como um cão agarrado a um osso. Ficas aqui, sim, senhora. Então, Heathcliff, não estás satisfeito com a bela notícia que te dei? A Isabella jura que o amor do Edgar por mim não é nada comparado com o que sente por ti. Tenho certeza de que foi mais ou menos isso que ela disse, não foi, Ellen? E não come nada desde o nosso passeio de anteontem, de desgosto e raiva por eu tê-la privado da tua companhia por achar que não a interessava.

– Deves estar enganada... – disse Heathcliff, rodando a cadeira e colocando-se de frente para elas. – Seja como for, neste momento só deseja estar longe de mim! – E fitou demoradamente o objeto do seu discurso, como se se tratasse de algum bicho estranho e nojento, uma centopeia-das-índias, por exemplo, que a curiosidade nos leva a fixar, apesar da aversão que provoca.

A pobrezinha não aguentou mais: as suas faces empalideceram e ruborizaram-se sucessivamente e, com as pestanas orladas de lágrimas, usou toda a força dos seus dedos frágeis para se libertar das garras de Catherine; percebendo, porém, que, mal afastava um dedo do braço, logo outro se cravava, e que não era capaz de soltar todos ao mesmo tempo, começou a usar as unhas que, afiadas como eram, não tardaram a ornamentar a opressora com profundos vergões vermelhos semicirculares.

– Mas ela é uma fera! – exclamou a sra. Linton, soltando-a e sacudindo a mão dorida. – Desaparece daqui, pelo amor de Deus, e que eu não torne a ver essa tua cara de víbora! Que tolice mostrares-lhe as tuas garras. Não vês a que conclusão ele vai chegar? Cuidado, Heathcliff! Olha que são armas mortíferas... cuidado com os teus olhos!

– Arrancava-lhas dos dedos, se alguma vez me ameaçasse – foi a sua resposta brutal, quando a porta se fechou atrás de Isabella. – Mas por que irritaste a criatura desta maneira, Cathy? Não estavas a dizer a verdade, estavas?

– Claro que estava – asseverou ela. – Há semanas que anda perdida de amores por ti; e as cenas que ela fez esta manhã... e os impropérios que me disse... e tudo porque lhe apresentei claramente os teus defeitos, a fim de moderar tanta adoração. Mas deixemos isso. Só a quis castigar pela sua petulância, foi tudo. Quero-lhe bem demais, meu querido Heathcliff, para permitir que lhe deites a mão e a devores por completo.

– E eu bem de menos para sequer tentar – contrapôs ele. – A menos que seja à maneira dos vampiros. Havias de ouvir falar de coisas muito estranhas, se eu vivesse sozinho com essa deslavada boneca de cera; a menos estranha seria pintar-lhe sobre a pele branca as cores do arco-íris e pôr-lhe aqueles olhos azuis todos pretos, dia sim, dia não; parecem-se detestavelmente com os do Edgar.

– Deliciosamente, queres tu dizer – observou Catherine. – São uns olhos de pomba, uns olhos de anjo!

– Ela é herdeira do irmão, não é? – perguntou ele após um breve silêncio.

– Devia custar-me admitir tal coisa – respondeu Catherine. – Meia dúzia de sobrinhos hão de dar-lhe cabo do título, se Deus quiser! Esquece esse assunto por agora... estás a mostrar-te demasiado interessado na fortuna do teu vizinho. Lembra-te de que a fortuna *desse* vizinho é minha.

– Se fosse minha, também não deixaria de o ser – atalhou Heathcliff. – No entanto, a Isabella Linton pode ser parva, mas não é louca; em resumo, o melhor é esquecermos o assunto, como sugeriste.

E foi o que fizeram, pelo menos nas palavras: no tocante a Catherine, provavelmente também no pensamento; quanto ao outro, estou certa de que pensou nisso muitas vezes ao longo da tarde. Via-o sorrir interiormente – um sorriso que mais se assemelhava a um esgar – e mergulhar em ominosa meditação, sempre que a sra. Linton se ausentava da sala.

Tomei a decisão de vigiar todos os seus movimentos. O meu coração pendia invariavelmente mais para o lado do patrão do que de Catherine; e com razão, pensava eu, pois ele era bondoso, digno de confiança e honrado, ao passo que ela, bem, não se pode dizer que ela fosse o oposto, mas parecia permitir-se tantas liberdades que eu confiava muito pouco nos seus princípios, e simpatizava ainda menos com o seu feitio. O meu maior desejo era que acontecesse alguma coisa que libertasse pacificamente tanto o Morro dos Ventos Uivantes como a Granja das garras do sr. Heathcliff, e tudo voltasse a ser como era antes. As suas visitas eram para mim um constante pesadelo; e, desconfio, também para o meu patrão. A presença dele no Morro era uma afronta inconcebível. Parecia que Deus tinha abandonado a ovelha tresmalhada aos seus próprios erros, e eu via uma fera à solta, interpondo-se entre a ovelha e o redil, à espera de uma oportunidade para atacá-la e destruí-la.

Capítulo XI

ÀS VEZES, ENQUANTO MEDITAVA sozinha em tudo isto, levantava-me, tomada de súbito terror, punha a touca e ia ver como estavam as coisas no Morro dos Ventos Uivantes. Estava convencida de que era meu dever avisar o sr. Earnshaw do que diziam do seu comportamento, mas lembrava-me dos seus indiscutíveis maus hábitos e, sem esperança de o ajudar, desistia de entrar de novo naquela casa lúgubre, duvidando que me desse ouvidos.

Uma vez, ao desviar-me do meu caminho habitual para Gimmerton, passei junto à velha cancela. Foi mais ou menos na altura em que se passou o que lhe acabei de contar. Era uma tarde fria e clara; a terra estava despida de vegetação, e a estrada, poeirenta e dura.

A certa altura, cheguei junto de uma pedra colocada no sítio onde, virando à esquerda, a estrada segue para o brejo. Era um tosco marco de arenito, com as letras M. V. gravadas no lado virado a norte, a letra G. virada a leste, e as letras G. T. a sudoeste. Servia de poste de orientação para a Granja dos Tordos, o Morro dos Ventos Uivantes e a vila.

O sol dourava o marco escuro e triste, relembrando o verão. Não sei explicar por quê, mas, de repente, o meu coração encheu-se de recordações de infância. Hindley e eu havíamos tido ali um esconderijo vinte anos atrás. Contemplei longamente o bloco gasto pelo tempo e, inclinando-me, reparei num buraco rente à base, ainda cheio de cascas dos caracóis e seixos que gostávamos de armazenar juntamente com outras coisas perecíveis. E, com uma incrível realidade, imaginei o meu companheiro de outros tempos sentado na relva seca, com aquela sua grande cabeça castanha inclinada para a frente e a mãozinha escavando a terra com um pedaço de ardósia.

– Pobre Hindley! – exclamei involuntariamente. E então levei um susto: os meus olhos corpóreos fizeram-me crer, por momentos, que a criança levantava a cabeça e me fitava. Mas tudo terminou num piscar de olhos, pois logo senti uma vontade irresistível de ir ao Morro. A superstição obrigou-me a ceder a este impulso. "Será que já morreu?", pensei. "Ou vai morrer? Seria isto um presságio de morte?"

À medida que me aproximava da casa, sentia-me cada vez mais perturbada, e, quando a avistei, estremeci. A aparição precedera-me. Lá estava ele, olhando para mim por trás da cancela; foi o que me ocorreu ao ver um rapazinho de olhos castanhos e cabelos encaracolados com o rosto rosado encostado às grades. Refleti melhor e cheguei à conclusão de que devia ser Hareton, o meu Hareton. Não estava muito diferente de quando o deixara, dez meses atrás.

– Deus o abençoe, meu filho! – gritei, esquecendo por momentos os meus estúpidos receios. – Hareton, sou a Nelly. A sua Nelly, a sua ama!

Mas ele afastou-se para longe dos meus braços e pegou uma grande pedra.

– Vim ver o seu pai, Hareton – acrescentei, adivinhando pela sua atitude que, se ainda se lembrava da Nelly, não a reconhecia na minha pessoa.

Levantou a pedra para me agredir. Encetei então um longo discurso para acalmá-lo, que não surtiu qualquer efeito. A pedra acertou-me na touca, e dos lábios titubeantes do menino jorrou uma torrente de palavrões que, entendesse ele ou não o que estava dizendo, eram proferidos com uma ênfase perfeita, e seu rosto de criança exibia uma agressividade que chocava.

Acredite, sr. Lockwood, que me senti mais magoada que ofendida.

Quase chorando, tirei uma laranja do bolso para acalmá-lo.

Hesitou, mas arrancou-a da minha mão como se pensasse que eu quisesse apenas enganá-lo e não dá-la a ele.

Mostrei-lhe então outra, que mantive longe do seu alcance.

– Quem lhe ensinou essas palavras, meu menino? – perguntei. – Foi o senhor vigário?

– Raios partam a ti mais o vigário! Dá-me isso! – retorquiu.

– Diga lá quem lhe ensinou essas palavras e eu lhe dou a laranja – disse eu. – Quem é o seu professor?

– É o diabo do meu pai – foi a resposta.

– E que o seu pai lhe ensina? – prossegui. Tentou agarrar a laranja, mas eu a levantei mais alto. – O que ele lhe ensina? – repeti.

– Nada – respondeu. – Só que não lhe apareça pela frente. Não gosta de mim porque lhe rogo pragas.

– Ah! Então é o diabo quem lhe ensina a rogar pragas?
– Não – balbuciou.
– Quem é, então?
– É o Heathcliff.

Perguntei-lhe se gostava de Heathcliff.
– Gosto – replicou.

Quando lhe perguntei por que razão gostava de Heathcliff, respondeu:
– Não sei. Faz com meu pai o que ele faz comigo. Amaldiçoa o meu pai quando ele amaldiçoa a mim. E diz que eu posso fazer o que bem quiser.

– Então o senhor vigário não o ensina a ler e a escrever? – continuei.

– Não. O Heathcliff corta seu pescoço se ele se atrever a entrar por esta cancela. O Heathcliff jurou!

Dei-lhe a laranja e mandei-o avisar o pai de que uma moça chamada Nelly o esperava na cancela do jardim para falar com ele.

O garoto subiu a rampa e entrou em casa, mas quem apareceu na porta foi Heathcliff em vez do sr. Hindley. Dei meia-volta e corri pela estrada o mais depressa que pude, sem parar, até alcançar o marco de orientação, como se o diabo viesse no meu encalce.

Este acontecimento não tem muita relação com o caso da srta. Isabella, mas estimulou-me para ficar alerta e fazer tudo o que estivesse ao meu alcance para evitar que tal influência se estendesse à Granja, ainda que isso pudesse desencadear problemas domésticos, uma vez que ia contra *os* desejos da sra. Linton.

Na próxima vez que Heathcliff apareceu, Isabella estava dando de comer aos pombos no pátio. Durante três dias não dirigira a palavra à cunhada, mas deixara igualmente de lamuriar-se, o que para nós era um alívio. Não era hábito de Heathcliff dispensar atenções desnecessárias à srta. Linton. Porém, dessa vez, assim que a avistou, a sua primeira preocupação foi correr o olhar pela fachada da casa. Eu estava na janela da cozinha, mas escondi-me. Ele, então, atravessou o pátio, foi falar com ela e disse-lhe qualquer coisa que a deixou aparentemente envergonhada e com vontade de se afastar; mas Heathcliff agarrou seu braço, impedindo-a de fazê-lo, e ela desviou a cara. Aparentemente, ele tinha feito alguma pergunta que ela não tinha intenção de responder. Olhou de novo para a casa e, julgando que ninguém o estava vendo, o patife teve o descaramento de beijá-la.

– Judas! Traidor! – bradei. – Com que então também és um hipócrita? Um grande fingido!

– Quem, Nelly? – disse a voz de Catherine por trás das minhas costas. (Eu estava tão distraída a vigiar aqueles dois, que não percebera sua entrada).

– O seu amiguinho! – respondi com veemência. – Aquele tratante! Ah, já nos viu! Vem para cá! Será que vai ter o desplante de arranjar uma desculpa para fazer a corte à menina, depois de ter dito que a odiava?

A sra. Linton viu Isabella libertar-se e correr para o jardim. Um minuto depois, Heathcliff abriu a porta.

Não consegui esconder a minha indignação; mas Catherine, zangada, pediu silêncio e ameaçou pôr-me para fora da cozinha se eu tivesse o atrevimento de meter o bedelho onde não era chamada.

– Quem te ouvir, há de pensar que és a dona da casa – exclamou. – Põe-te no teu lugar! E tu, Heathcliff, és capaz de me dizer o que te passou pela cabeça? Já te disse para deixares a Isabella em paz! Espero que o faças, a menos que estejas farto de nós e queiras que o Edgar te proíba de pores os pés nesta casa.

– Deus o livre de fazer uma coisa dessas! – retrucou o vilão, por quem senti ódio naquele momento. – Que Deus o conserve assim, dócil e manso! Cada dia que passa, tenho mais vontade de mandá-lo desta para a melhor!

– Cala-te! – disse Catherine, fechando a porta. – Não me afrontes. Por que não fizeste o que te pedi? Por acaso foi ela quem se lançou nos teus braços propositadamente?

– Que tens tu com isso? – resmungou. – Tenho o direito de beijá-la, se ela quiser, e tu nada podes fazer. Não sou teu marido e, por isso, tu não precisas ter ciúmes!

– Eu não tenho ciúmes de ti – contrapôs a patroa. – Tenho é medo de ti. E não me olhes com esse ar ameaçador! Se gostas tanto assim da Isabella, casa com ela. Mas será que gostas mesmo dela? Diz a verdade, Heathcliff! Ah, não respondes. Decerto não gostas!

– E será que o sr. Linton aprovaria tal casamento? – perguntei.

– Claro que aprovaria – respondeu a senhora com firmeza.

– E nem precisava de se dar ao trabalho – interveio Heathcliff. – A autorização dele não me interessaria para nada. Quanto a ti, Catherine, e já que estamos falando nisso, deixa que te diga uma coisa: fica sabendo que eu sei que tens feito das boas... das boas! Ouviste bem? E se te iludes em pensar que eu não sei, é porque és louca... E se pensas que me consolas com falinhas mansas, é porque és mesmo uma idiota. E se imaginas que vou sofrer sem me vingar, vou te provar o contrário muito em breve! Entretanto, obrigado por me revelares o segredo da tua cunhada. Juro que tirarei dele o máximo proveito. E não te metas nesse assunto!

– Que nova faceta do teu caráter é esta? – exclamou a sra. Linton. – Com que então fiz da tua vida um inferno? E vais vingar-te? Posso saber como, meu grande ingrato? Como foi que eu fiz tua vida um inferno?

– Não é em ti que me vou vingar – retorquiu Heathcliff, com menos veemência. – Não é esse o plano... O tirano maltrata os escravos, e estes não se revoltam contra ele; esmagam os que estão abaixo deles. Podes torturar-me até a morte, se quiseres, mas permite que me divirta também um pouco. E tenta insultar-me o menos possível. Depois de arrasares o meu palácio, não penses que podes construir uma cabana e vangloriares-te da tua generosidade ao oferecê-la para eu morar. Se eu pensasse que querias mesmo que eu desposasse a Isabella, cortava já o pescoço.

– O que te irrita é eu não ter ciúmes, não é? – gritou Catherine. – Mas também não voltarei a oferecer-te a Isabella para esposa. É o mesmo que oferecer uma alma perdida a Satanás. Tal como ele, a tua alegria é ver os outros sofrer. E provas bem o que digo. O Edgar já se recuperou do acesso de fúria que o teu regresso lhe causou, e eu estava começando a sentir-me segura e tranquila; mas tu, irritado por saberes que estamos em paz, apareceste resolvido a provocar discussões. Pois então discute com o Edgar e engana a irmã dele, se isso te dá prazer. Se achas que é essa a melhor forma de te vingares de mim...

O diálogo ficou por ali. A sra. Linton sentou-se perto da lareira, ruborizada e melancólica. O seu estado de espírito a tornava intratável. Não conseguia dominar-se. Heathcliff manteve-se de pé, de braços cruzados, entregue aos seus pensamentos diabólicos. Foi assim que os deixei, para ir procurar o patrão, que já estranhava a demora de Catherine.

– Ellen – disse ele, quando entrei –, viste a senhora?

– Vi. Está na cozinha, sr. Linton – respondi. – Está transtornada com o comportamento do sr. Heathcliff. Na verdade, julgo que está na hora de pôr fim a estas visitas. Não é sensato ser benevolente, estando as coisas como estão. – Relatei então a cena do pátio o melhor que pude e a discussão que se seguiu. Não me pareceu que isso pudesse prejudicar a sra. Linton, a menos que ela depois defendesse Heathcliff.

Foi evidente a dificuldade que teve em ouvir meu relato até o fim, e as primeiras palavras que proferiu mostravam bem que não isentava a esposa de qualquer culpa.

– Isto é intolerável! – exclamou. – É uma vergonha que ela insista em tê-lo por amigo e queira obrigar-me a suportar sua presença! Ellen, vai lá fora chamar dois homens. Que esperem lá embaixo. Catherine não vai continuar a discutir com aquele biltre... já fui tolerante demais com ela.

Edgar desceu as escadas e ordenou aos criados que aguardassem no vestíbulo. Eu o segui até a cozinha. Lá dentro havia recomeçado, violenta, a discussão; a sra. Linton, pelo menos, repreendia Heathcliff vigorosamente; ele tinha-se afastado para a janela, cabisbaixo, aparentemente envergonhado com a reprimenda.

Heathcliff foi o primeiro a ver Edgar e fez sinal a Catherine para que se calasse, ao que ela obedeceu imediatamente ao se dar conta da razão da intimação.

– Que vem a ser isto? – indagou Linton, dirigindo-se a Catherine. – Que noção tens tu do decoro para permaneceres aqui, depois das palavras que este maldito te dirigiu? Ou esse é o seu modo habitual de se exprimir, e já não achas errado? Talvez, por estares já habituada a essa linguagem grosseira, penses que vou também me habituar!

– Edgar, estiveste a escutar pela porta? – perguntou a senhora, mostrando desprezo e desinteresse pela irritação do marido, com o propósito evidente de o provocar.

Heathcliff, que entretanto levantara a cabeça enquanto o sr. Linton falava, deu uma gargalhada de escárnio ao ouvir as palavras de Catherine, aparentemente destinada a chamar a atenção do sr. Linton, no que foi bem-sucedido. Mas Edgar não estava disposto a envolver-se com ele em altercações.

– Até o momento, tenho tido muita paciência para aturá-lo – disse ele, calmamente. – Não porque ignorasse o seu caráter miserável e degradado, mas porque achava que o senhor só em parte era responsável por ele; e porque a Catherine quis continuar consigo, e eu consenti. Que insensato fui! A sua presença é moralmente tão pestilenta que envenena o mais virtuoso dos homens. Por essa razão, e a fim de evitar mais graves consequências, eu o proíbo, de hoje em diante, de pôr os pés nesta casa. Aproveito também para lhe ordenar que saia imediatamente. Três minutos mais tornarão a sua saída involuntária e ignominiosa!

Heathcliff mirou-o de alto a baixo, com desprezo.

– Cathy, o teu cordeirinho está bravo como um touro – disse. – Arrisca-se a partir a cabeça contra os meus punhos. Porém, sr. Linton, lamento muito, mas não o acho digno de tal honra.

O sr. Linton olhou para o vestíbulo e fez sinal a mim para mandar entrar os homens. Não arriscava qualquer contato físico.

Obedeci ao sinal, mas a sra. Linton, desconfiada, veio atrás de mim e, quando eu ia chamá-los, puxou-me para trás e fechou a porta a chave.

– Lindos métodos – disse ela, em resposta ao olhar surpreso e zangado do marido. Se não tens coragem de atacá-lo, pede-lhe desculpa ou, pelo menos, dá-te por vencido. Assim, aprendes a não ostentares qualidades que não possuis. Não, vou mais é engolir a chave, antes que consigas tirá-la de mim! Bela recompensa recebi pela minha bondade para com os dois. Depois de ter sido indulgente para com a fraqueza de um e a maldade do outro, recebo como recompensa duas provas da mais estúpida e absurda ingratidão! Edgar, eu estava a defender-te, a ti e aos teus; por isso, agora, gostaria que o Heathcliff te desse uma sova por teres pensado mal de mim!

Não foi preciso sova nenhuma para se obter o mesmo resultado. Edgar tentou arrancar-lhe a chave, mas Catherine arremessou-a com ímpeto para o fogo. Perante isto, Edgar foi sacudido por um arrepio nervoso, ficando pálido como a morte. Nem que a sua vida disso dependesse, teria sido capaz de dominar aquele arrepio. Um misto de angústia e de humilhação apoderou-se dele e, apoiando-se ao espaldar de uma cadeira, tapou o rosto.

– Oh, meu Deus, em outros tempos terias sido armado cavaleiro! – exclamou a sra. Linton. – Fomos derrotados! Fomos derrotados! Se Heathcliff levantasse um dedo contra ti, seria o mesmo que o rei lançar os seus exércitos contra um ninho de ratos. Anima-te, que ninguém te fará mal. Tu nem um cordeirinho és, pareces antes um coelho recém-nascido!

— Faça bom proveito desse covardão com água nas veias, Cathy! — disse Heathcliff. — Dou-te os meus parabéns pelo teu bom gosto. Com que, então, foi por essa coisa que baba e não para de tremer que tu me preteriste! Um murro não daria, mas um pontapé daria de boa vontade. Está chorando ou será que vai desmaiar de medo?

O valentão aproximou-se e deu um encontrão na cadeira em que o sr. Linton se apoiava. Bem melhor teria sido manter-se à distância. O meu patrão endireitou-se num repente e desferiu-lhe na garganta um golpe que o teria prostrado, fosse ele um homem de compleição mais fraca.

O soco deixou-o por momentos sem respiração. E, enquanto ele se recompunha, o sr. Linton saiu para o pátio pela porta dos fundos e dirigiu-se para a entrada principal.

— Pronto! Conseguiste pôr fim às visitas — choramingou Catherine. — E agora sai daqui antes que ele regresse com um par de pistolas e meia dúzia de ajudantes. Se ele realmente nos ouviu, jamais nos perdoará. Pregaste-me uma bela peça, Heathcliff! Mas agora vai... não percas tempo! Prefiro ver o Edgar em maus lençóis do que tu.

— Julgas porventura que ele me dá um soco e não leva o troco? — gritou Heathcliff. — Não! Nunca! Antes de sair por aquele portão vou amassar suas costelas como se ele fosse uma avelã chocha. Se não bater nele hoje, outro dia vou matá-lo. Por isso, se dás algum valor à vida dele, deixa-me bater agora!

— Ele não vai voltar — menti eu. — Lá vêm o cocheiro e dois jardineiros. Não vai, com certeza, ficar esperando que eles o escorracem! Vêm armados de cacetes, e o patrão deve estar observando da janela para ver se cumprem as ordens recebidas.

Os jardineiros e o cocheiro estavam de fato ali, mas o sr. Linton também, e já tinham chegado ao pátio. Heathcliff, após ponderar um pouco, achou melhor evitar uma luta com os três criados; pegou no atiçador, partiu a fechadura da porta de dentro e escapuliu enquanto os outros tentavam entrar.

A sra. Linton, muito nervosa, pediu-me que a acompanhasse ao andar de cima. Não desconfiava de minha contribuição para o desenrolar da situação e eu não pretendia contar-lhe.

— Estou às portas da loucura, Nelly! — exclamou, atirando-se para cima do sofá. — Sinto a cabeça latejando como se mil martelos me batessem! Avisa a Isabella para que não apareça; todo este rebuliço é culpa dela. Se ela, ou mais alguém me irrita, perco a cabeça de vez. E, se vires o Edgar ainda esta noite, diga-lhe que corro o risco de adoecer gravemente. Oxalá isso aconteça! Foi ele quem me pôs neste estado e, por isso, quero assustá-lo. Além disso, ele seria bem capaz de vir até aqui e desatar a recriminar-me ou a lamuriar-se. Sabe Deus onde isso acabaria. Darás o meu recado, minha boa Nelly? Sabes bem que eu não tenho culpa nenhuma do sucedido. O que o teria levado a escutar pela porta? O Heathcliff foi muito injurioso depois de nos deixares. Mas eu depressa arranjaria maneira de afastá-lo da Isabella, e o assunto ficaria por ali. Agora, a situação complicou-se por causa da mania que alguns têm de escutar o que se diz a seu respeito. Quando ele abriu a porta com aquele olhar tresloucado, depois de eu ter gritado com o Heathcliff, para defendê-lo, até ficar rouca, pouco me importou o que pudessem fazer um ao outro. Principalmente quando percebi que, terminasse a discussão como terminasse, ficaríamos separados ninguém sabe por quanto tempo. – Bem, se o Heathcliff não pode ser meu amigo, e se o Edgar vai se tornar mau e ciumento, vou dilacerar seu coração dilacerando o meu. Será a melhor forma de acabar com tudo, se for levada até os limites! Mas é algo que farei apenas em último recurso; o Edgar não será apanhado de surpresa. Até agora não tem me provocado muito. Tens de lhe mostrar o perigo de abandonar tal procedimento e lembrares a ele o meu temperamento impetuoso que, quando espicaçado, toca as raias do furor. Sabes, Ellen, gostaria que apagasses do rosto essa apatia e te mostrasses um pouco mais preocupada comigo!

O ar impassível com que recebi as suas instruções era sem dúvida exasperante, uma vez que haviam sido dadas com toda a sinceridade. Pensei, porém, que, quem conseguia prever tão bem os seus acessos de fúria, conseguiria também, exercitando a vontade, dominá-los. E também não era minha intenção "assustar" Edgar, como ela disse, e aumentar as suas preocupações apenas para lhe fazer a vontade.

Por isso, não comentei nada com o meu patrão ao cruzar-me com ele quando se dirigia para a sala. Contudo, tomei a liberdade de voltar atrás, a fim de saber se recomeçariam a discussão.

Foi Edgar quem falou primeiro:

– Deixa-te ficar onde estás, Catherine – disse, sem raiva, mas evidenciando alguma tristeza. – Não me demoro. Não vim para discutir, tampouco para fazer as pazes. Apenas quero saber se, após os acontecimentos de hoje, ainda pretendes dar continuidade a essa tua intimidade com...

– Oh, pelo amor de Deus! – interrompeu a senhora batendo o pé. – Pelo amor de Deus, não toquemos mais nesse assunto! O teu sangue-frio não consegue ficar febril; corre-te nas veias água gelada, mas nas minhas está o sangue a ferver, e ver tanta frieza à minha frente deixa-me desvairada.

– Se te queres ver livre de mim, tens de responder à minha pergunta – insistiu o sr. Linton. – Vá, responde! E essa tua violência não me assusta;

descobri que, quando queres, consegues ser tão estóica como qualquer outra pessoa. Escolhe: cortas relações com o Heathcliff ou comigo? Não é possível seres amiga dos dois ao mesmo tempo e exijo que me digas qual dos dois vais escolher.

– E eu exijo que me deixes – exclamou Catherine, furiosa. – Exijo-o! Não vês que mal paro em pé? Edgar, saia por favor!

Tocou a campainha com tanta impetuosidade que a quebrou. Eu acorri, serena. Aqueles ataques de fúria eram de fazer um santo perder a paciência! Lá estava ela batendo com a cabeça no braço do sofá e rangendo os dentes com tanta força que parecia querer estilhaçá-los!

O sr. Linton a fitava, tomado de súbito pavor. Mandou-me buscar água. Catherine, sem fôlego, não conseguia falar.

Trouxe-lhe um copo cheio e, uma vez que ela não queria beber, atirei umas gotas na sua cara. De repente, enrijeceu-se, revirou os olhos e ficou com as faces lívidas, cadavéricas.

O sr. Linton estava apavorado.

– Isto não deve ser nada – sussurrei. Não queria que ele se preocupasse, embora, para dizer a verdade, eu estivesse um pouco assustada.

– Tem sangue nos lábios – disse ele estremecendo.

– Não se preocupe – respondi. E contei-lhe da sua intenção de simular um ataque de nervos antes da chegada dele.

Sem querer, fiz este comentário em voz alta, e ela me ouviu, pois parou no mesmo instante, com o cabelo caindo pelos ombros, os olhos flamejantes, e os músculos do pescoço e dos braços inacreditavelmente retesados. Achei que não sairia dali sem algum osso partido. Porém, ela limitou-se a olhar em volta, e saiu da sala correndo.

O patrão fez-me sinal que a seguisse, ao que obedeci, mas apenas até a porta do quarto, pois ela impediu-me de avançar, fechando a porta na minha cara.

Como na manhã seguinte Catherine não descesse para o café da manhã, subi para perguntar se queria que o levasse a ela.

– Não – respondeu, peremptória.

Ouvi a mesma resposta no jantar, na hora do chá e na manhã seguinte.

O sr. Linton, por seu turno, passava o tempo na biblioteca e não me fazia quaisquer perguntas sobre as ocupações da esposa. Isabella e ele tiveram uma breve troca de palavras, durante a qual Edgar tentou fazer vir à tona alguns sentimentos de horror em relação às atitudes de Heathcliff. Mas não conseguiu saber nada de concreto, pois ela apenas dava respostas evasivas. Viu-se, assim, obrigado a terminar a conversa, insatisfeito. Contudo, acrescentou que, se ela fosse louca a ponto de encorajar aquele pretendente desprezível, cortaria todos os laços de parentesco com ela.

Capítulo XII

ENQUANTO A SRTA. LINTON VAGUEAVA pelo parque, sempre em silêncio e quase sempre a chorar, e o irmão se fechava na biblioteca com livros que nunca abria, na vã esperança, julgo eu, de que Catherine se arrependesse da sua conduta e se dispusesse a pedir desculpas e a procurar uma reconciliação, e Catherine continuava teimosamente a jejuar, convencida talvez de que Edgar morria de saudades sem a sua companhia durante as refeições e de que apenas o orgulho o impedia de jogar-se aos seus pés, eu continuava na minha lida, convencida de que a Granja albergava apenas uma única alma sensata entre as suas paredes e de que essa alma era a que habitava o meu corpo.

Não me dava ao trabalho de lastimar a menina, nem de repreender a minha patroa, nem tampouco ligava para os suspiros do meu patrão, que ansiava ouvir o nome da esposa, já que não podia ouvir a sua voz.

Decidi que as coisas deveriam seguir o seu rumo sem a minha interferência. Apesar de o processo se desenrolar com enfadonha lentidão, comecei a ter uma vaga esperança de que tudo se resolveria como eu a princípio imaginara.

Ao terceiro dia, a sra. Linton abriu a porta. E, como a água tivesse acabado de seu jarro e da garrafa, pediu-me que os enchesse de novo e pediu também uma chávena de caldo, pois julgava-se às portas da morte.

Pensei que só dizia aquilo para eu ir correndo contar ao marido e, como não acreditei numa só palavra, não disse nada a Edgar, limitando-me a levar uma chávena de chá e uma torrada.

Comeu e bebeu avidamente. Depois, desabou de novo sobre a almofada, gemendo e contorcendo as mãos.

– Ai, que vou morrer! Ninguém quer saber de mim! Quem me dera não ter comido isto! – exclamou.

Pouco depois, ouvi-a murmurar: – Não. Não vou morrer coisa nenhuma. Isso queria ele. Não me ama e não sentiria a minha falta.

– Quer alguma coisa, minha senhora? – perguntei, tentando manter-me impassível, apesar do seu aspecto assustador e dos seus modos estranhos e tresloucados.

– O que faz aquele ser patético? – indagou, afastando do rosto as madeixas emaranhadas. – Caiu em letargia ou já morreu?

– Nem uma coisa nem outra – respondi. – Se se refere ao sr. Linton, acho que está muito bem, embora as leituras lhe roubem mais tempo do que deviam. Passa o tempo enfronhado nos livros, já que não tem com quem falar.

Eu não teria dito aquilo se conhecesse o seu verdadeiro estado. Mas não conseguia deixar de pensar que parte da sua loucura era mera representação.

– Enfronhado nos livros! – repetiu, perturbada. – E eu às portas da morte! Meu Deus! Tens certeza de que ele sabe como estou transtornada? – continuou, enquanto contemplava o seu reflexo num espelho pendurado na parede oposta. – É esta a Catherine Linton? Julgará ele que é só mau gênio meu? Que estou fingindo, talvez? Não podes dizer-lhe que corro perigo, Nelly? Se não for tarde demais, assim que souber o que ele sente por mim, escolherei entre morrer de fome, o que apenas será castigo se ele tiver coração, e recuperar-me para sair do país. Estás mesmo dizendo a verdade? Não mintas! Ele é mesmo assim tão indiferente ao que me possa acontecer?

– Minha senhora – respondi –, o patrão desconhece o seu estado e é claro que nem sonha que está tentando morrer de fome.

– Achas que não? E não lhe podes dizer que o farei? – continuou. – Convence-o. Diz-lhe que tens certeza de que o farei!

– Não, sra. Linton. Esquece-se de que hoje à tarde já comeu alguma coisa, e que, por sinal, lhe soube muito bem, e que amanhã sentirá os seus bons efeitos.

– Se eu soubesse que isso o mataria – interrompeu –, suicidava-me já! Não preguei olho estas três noites e... Ah, como sofri! Fui perseguida por fantasmas, Nelly! Começo a pensar que não gostas de mim. É estranho! Julgava que, apesar de todos se odiarem e desprezarem uns aos outros, não conseguiam deixar de gostar de mim. E, em apenas algumas horas, tornaram-se todos meus inimigos. Isso é que se tornaram! Todos os que aqui moram. Que triste é morrer rodeada pelos seus rostos de gelo! A Isabella, com pavor de entrar neste quarto, pois seria terrível ver Catherine morrer. E o Edgar, solenemente, à espera de que tudo acabasse. Depois agradeceria a Deus por ter restituído a paz à sua casa e regressaria para o meio dos seus livros! Não me dirás, em nome de tudo o que tem sentimentos, para que vai ele agarrar-se aos livros, estando eu a morrer?

Catherine não conseguia compreender a resignação filosófica do marido. De tal forma se exaltou que agravou o seu estado de febril loucura e desfez o travesseiro com os dentes. Depois, levantando-se bruscamente, como se a cama estivesse em chamas, pediu-me que abrisse a janela. Estávamos em pleno inverno e o vento soprava forte de nordeste; recusei-me por isso a cumprir a sua ordem.

As múltiplas expressões que lhe perpassavam o rosto e as suas mudanças súbitas de personalidade começaram a preocupar-me seriamente. Traziam-me à lembrança a sua antiga doença e as recomendações do médico para que não fosse contrariada.

Momentos antes estava violenta. Agora, apoiada num dos braços e sem estar lembrada de que eu a contrariara, parecia divertir-se como uma criança tirando as penas pelos rasgões do travesseiro, alinhando-as no lençol segundo as suas diferentes espécies. A sua mente já não se encontrava ali.

– Esta é de peru – disse, falando sozinha – e esta de pato selvagem, e esta de pomba. Ah, com que então põem penas de pomba nos travesseiros; não admira que eu não consiga morrer! Vou ter de atirá-lo ao chão quando me deitar. E aqui está uma de lagópode; e esta eu iria reconhecer entre mil: é de pavoncino. Que linda ave! Esvoaçando por cima de nós nos brejos, de regresso ao ninho, pois as nuvens já tocavam os montes e pressentia a chuva. Esta pena foi apanhada de uma urze, a ave não foi alvejada. No inverno, encontramos o ninho cheio de esqueletos pequeninos. O Heathcliff montara uma armadilha por cima dele e os pais não se atreviam a aproximar-se. Obriguei-o a prometer que, depois daquilo, nunca mais atiraria em um pavoncino, e ele me obedeceu. Olha! Aqui tem mais! Ele atirou nos meus pavoncinos, Nelly? Alguma delas está vermelha? Ora, deixa ver.

– Pare com essa criancice! – interrompi, tirando-lhe o travesseiro das mãos e virando os rasgões para o colchão, pois ela tirava as penas aos montes. – Deite-se e tente dormir, a senhora está delirando. Que grande confusão! As penas voam como flocos de neve.

Apanhei algumas aqui e ali.

– Nelly, agora vejo-te muito velhinha, de cabelos brancos e toda curvada – continuou, como se estivesse sonhando. – Esta cama é a gruta das fadas, por baixo de Penistone Crag, e tu recolhes setas para matares os nossos vitelinhos, fingindo, enquanto estou por perto, que são apenas flocos de lã. É no que te vais tornar daqui a cinquenta anos. Sei que agora não és assim. Enganas-te. Não estou delirando, caso contrário acreditaria que eras mesmo a bruxa mirrada e que eu estava por baixo de Penistone Crag. Estou certa de que já é noite, e de que há duas velas acesas em cima da mesa que fazem brilhar como azeviche o armário negro.

– Que armário negro? – perguntei. – Está sonhando!

– Está encostado à parede, como sempre – respondeu. – Tem um aspecto estranho e vejo lá uma cara!

— Não há armário nenhum no quarto, nem nunca houve – disse eu, voltando para o meu lugar e levantando as cortinas da cama para poder vigiá-la.

— Não vês aquela cara? – perguntou, olhando fixamente para o espelho.

Por mais que eu tentasse, não conseguia convencê-la de que o seu próprio rosto que ela estava vendo, e acabei por cobrir o espelho com um xale.

— Continua ali escondida! – prosseguiu inquieta. – Mexeu-se. Quem será? Espero que não saia dali quando fores embora! Oh! Nelly, o quarto está assombrado! Tenho medo de ficar sozinha!

Peguei-lhe a mão e tentei acalmá-la, pois uma série de estremecimentos sacudiram-lhe o corpo, e os seus olhos não paravam de fitar o espelho.

— Não tem ninguém ali! – insisti. – Era a sua imagem refletida, sra. Linton. Já lhe disse.

— Era a minha imagem – murmurou – e o relógio bate as doze badaladas! Então, é verdade. É assustador!

Seus dedos agarraram o lençol e cobriu os olhos com ele. Tentei sair sem fazer barulho para chamar o sr. Linton, mas um grito lancinante obrigou-me a voltar para trás.

O xale caíra do espelho.

— Então, que se passa? – exclamei. – Que medrosa! Veja se percebe que isso é um espelho e que o que vê é o seu reflexo. E quem está a seu lado ali sou eu.

Trêmula e assustada, abraçou-me com força, e o terror foi-se dissipando a pouco e pouco e a palidez deu lugar a um rubor de vergonha.

— Meu Deus! Pensei que estava em casa – suspirou. – Pensei que estava deitada no meu quarto, no Morro dos Ventos Uivantes. Como estou fraca, o meu cérebro ficou confuso e gritei inconscientemente. Não digas nada, mas não me deixes. Tenho medo de dormir por causa dos pesadelos.

— Um bom sono só lhe faria bem, minha senhora – respondi. – E espero que, depois de todo este sofrimento, não mais deseje morrer de fome.

— Oh, se eu, pelo menos, estivesse na minha cama na minha antiga casa! – continuou amargamente, contorcendo as mãos. – Com o vento a uivar por entre os abetos, rente à janela. Deixa-me senti-lo, vem direitinho do brejo, deixa-me respirá-lo!

Entreabri a janela por momentos, a fim de a acalmar. Uma rajada fria invadiu o quarto. Voltei a fechar a janela e regressei ao meu lugar.

Agora estava sossegada, com o rosto banhado em lágrimas. O cansaço físico havia dominado a mente. A nossa impetuosa Catherine não passava agora de uma criança chorona!

— Há quanto tempo me fechei aqui? – perguntou, com uma energia repentina.

– Foi no domingo, ao fim da tarde – respondi. – E hoje é quinta-feira, ou melhor, sexta de madrugada.

– Como? Da mesma semana? – exclamou. – Só passou tão pouco tempo?

– O suficiente para quem vive apenas de água fria e mau humor – observei.

– Bom, a mim pareceu um número de horas infinito – resmungou, em dúvida. – Deve ter passado mais tempo. Lembro-me de estar na sala de visitas depois da discussão e de o Edgar me ter provocado cruelmente e eu ter fugido desesperada para este quarto. Assim que tranquei a porta, uma escuridão total envolveu-me e caí no chão. Não conseguiria explicar a Edgar que me sentia a desfalecer, ou a enlouquecer, se ele persistisse em me aborrecer! Não conseguia controlar o que dizia nem o que pensava, e ele talvez não se tenha apercebido da minha agonia. Tive apenas o bom senso de fugir dele e da sua voz. Quando recuperei a consciência era já madrugada. Nelly, vou contar-te o que pensei, e o que me ocorreu e me obcecou, a ponto de temer pela minha sanidade mental. Enquanto estava ali deitada com a cabeça encostada na perna da mesa, e os meus olhos discerniam com dificuldade o vão escuro da janela, pensei que estava em minha casa, fechada na minha cama de painéis de madeira de carvalho e doía-me o coração por alguma razão que não conseguia descortinar. Refleti e afligi-me na tentativa de arranjar uma explicação para a angústia que eu sentia e, o que é mais estranho ainda, os últimos sete anos da minha vida foram varridos da memória. Não me lembrava absolutamente de nada. Era de novo criança. O meu pai acabara de falecer e a minha dor advinha do fato de o Hindley ter ordenado que eu e o Heathcliff nos separássemos. Via-me só pela primeira vez e, despertando de um sono sobressaltado após uma noite de choro, estendi a mão para desviar os cortinados da cama e toquei na mesa de cabeceira! Arrastei a mão pelo tapete e, então, a minha memória regressou. O meu último sofrimento transformou-se num acesso de desespero. Não sei explicar por que razão me senti tão infeliz. Deve ter sido um acesso momentâneo de loucura, uma vez que não há razão que o justifique. Imaginei que tinha sido arrancada do Morro aos doze anos, de tudo o que era querido para mim naquela altura, como o Heathcliff, para me converter em sra. Linton, a senhora da Granja dos Tordos, esposa de um estranho, exilada e proscrita desde então do que fora o meu mundo. Podes imaginar o abismo em que afundei! Abana a cabeça se quiseres, Nelly, mas tu contribuíste para me pores neste estado! Devias ter falado com o Edgar, isso sim, para obrigá-lo a me deixar em paz! Oh, estou ardendo de febre! Quem me dera estar ao ar livre. Quem me dera ser de novo aquela criança meio selvagem, audaciosa e livre... e rir das ofensas em vez de me preocupar com elas! Por que estou tão mudada? Por que ferve o

meu sangue com tanta facilidade com umas míseras palavras? Estou certa de que voltaria a ser eu própria outra vez entre as urzes daqueles montes... Abre a janela, escancara-a! Depressa, por que não te mexes?
— Porque não quero vê-la morrer de frio — respondi.
— Não queres é dar-me chance de viver, isso sim! — disse ela, obstinada. — Contudo, ainda não estou incapaz de me mexer. Eu mesma a abrirei.

Escorregando da cama, antes que a pudesse impedir, atravessou o quarto a cambalear, abriu a janela e debruçou-se, sem querer saber do vento gélido que lhe cortava os ombros, afiado como uma lâmina.

Implorei-lhe que voltasse para a cama e, como a minha tentativa não surtisse efeito, tentei obrigá-la. Mas depressa descobri que, com o delírio, a sua força era muito superior à minha; o delírio apoderara-se dela. As suas ações e desvarios não me deixavam sobre isso qualquer dúvida.

Não havia luar, e tudo estava imerso em escuridão. Não se via luz em qualquer casa, nem perto nem longe; todas as luzes haviam sido apagadas há muito e as do Morro dos Ventos Uivantes não eram visíveis... Contudo, a sra. Linton assegurava que as conseguia ver brilhar.

— Olha! — disse ela ansiosa. — Lá está o meu quarto e as árvores em frente a balançar; e a outra vela é do sótão do Joseph. O Joseph deita-se sempre muito tarde. Está à minha espera para fechar a cancela. Pois vai ter muito que esperar. A caminhada é longa e é preciso atravessar o cemitério de Gimmerton! Muitas vezes provocamos os fantasmas e nos desafiamos mutuamente a andar e chamar os mortos por entre as sepulturas. Mas tu, Heathcliff, se te desafiar agora, ainda terás coragem de fazê-lo? Se tiveres, ficarei contigo. Não quero jazer ali sozinha. Podem enterrar-me a sete palmos de profundidade e fazer desabar a igreja sobre mim, mas não descansarei enquanto não estivermos juntos. Jamais!

Fez uma pausa e prosseguiu, com um sorriso estranho: — Estás ponderando a questão... Preferias que eu fosse falar com ele! Pois então procura um caminho! Mas não pelo meio do cemitério... Oh, como és lento! Alegra-te! Afinal, tu sempre me seguiste!

Percebendo que era impossível argumentar contra a sua insanidade, procurei uma maneira de colocar um agasalho nos seus ombros sem largá-la, pois não me atrevia a deixá-la sozinha na janela. Nesse instante, para meu grande pesar, ouvi rodar a maçaneta da porta e o sr. Linton entrou. Só agora saíra da biblioteca e, ao passar pelo corredor, escutara as nossas vozes e fora atraído pela curiosidade, ou pelo medo, de saber o que poderia estar acontecendo àquelas horas.

— Oh, meu senhor! — gritei eu, antecipando-me à exclamação que ele soltaria ao deparar com aquele espetáculo e ao sentir a atmosfera gélida do quarto. – A pobre senhora está muito mal e faz o que quer de mim. Não consigo controlá-la. Peço-lhe que a convença a voltar para a cama. Ponha de lado a sua raiva, pois é difícil fazê-la desistir do que mete na cabeça.

– A Catherine está doente? – disse ele, correndo para nós. – Ellen, fecha a janela! Catherine, por que...

Calou-se. O rosto desfigurado da sra. Linton prostrou-o sem fala. Conseguia apenas olhar para mim, com um esgar de horror e surpresa.

– Está há dias nesta consumição – prossegui. – Sem comer quase nada e sem se queixar. Só esta noite abriu a porta, e, por isso, não pudemos informá-lo mais cedo do seu estado, uma vez que nós também não sabíamos. Mas não é nada de grave!

Avaliando bem a estupidez das minhas afirmações, o sr. Linton franziu as sobrancelhas, mostrando desagrado.

– Como não é nada de grave, Ellen Dean? – retrucou. – Hás de explicar por que não me avisaste do seu estado! – Abraçou a esposa e olhou-a com ansiedade.

A princípio, ela parecia não reconhecê-lo... ele era invisível para o seu olhar abstrato. Contudo, o delírio tinha intermitências. Gradualmente, desviando os olhos da escuridão, centrou a atenção em Edgar e descobriu quem a abraçava.

– Ah, afinal, sempre vieste, Edgar Linton! – disse ela, com animosidade... – És daquelas coisas que, quando se querem, nunca aparecem e, quando não se querem... Presumo que agora vamos ter choradeira... Vejo que sim... Mas nem isso pode me afastar da minha exígua morada lá adiante... O meu lugar de repouso, para onde partirei antes de a primavera acabar! Lá está ele; mas não será entre os Linton, sob a abóbada da capela; será ao ar livre, debaixo de uma lápide. Depois, podes escolher o que preferires: ficares com eles ou comigo!

– Que fizeste, Catherine? – começou Edgar. – Então, eu já não significo nada para ti? Amas aquele malvado do Heath...

– Cala-te! – bradou a sra. Linton. – Cala-te imediatamente! Se pronuncias esse nome, acabo já com tudo. Atiro-me desta janela! O meu corpo pode pertencer-te, mas a minha alma estará no alto daqueles montes, antes que voltes a tocar-me. Já não te desejo, Edgar. Volta para os teus livros. Alegra-me que tenhas essa consolação, pois tudo o que de mim possuías desapareceu para todo o sempre.

– Está delirando, meu senhor – intervim. – Só tem dito disparates. Mas, se descansar e receber os cuidados necessários, depressa se curará. Daqui em diante não devemos irritá-la.

– Dispenso os teus conselhos – respondeu o sr. Linton. – Conhecias o temperamento da tua senhora e incitaste-me a contrariá-la. E não me avisaste de como ela tem passado estes três dias! Foi uma desumanidade! Nem meses de doença conseguiriam provocar uma mudança destas!
Comecei a defender-me, pois achava errado ser censurada por causa de mais um capricho maldoso!
– Eu já sabia que o comportamento da sra. Linton era obstinado e arrogante, mas o que eu não sabia é que o senhor desejava alimentar o seu gênio feroz! Não sabia que, para agradar à senhora, deveria fechar os olhos ao que o sr. Heathcliff fez. Procedi como uma criada de confiança ao avisá-lo, e levei a paga de uma criada de confiança! Pois bem, aprendi que, na próxima vez, deverei ter mais cuidado. Na próxima, descubra o senhor sozinho o que se passa!
– Da próxima vez que me vieres com histórias, Ellen Dean, estás despedida – respondeu.
– Então o senhor prefere ficar na ignorância, sr. Linton! – disse eu. – Heathcliff tem a sua permissão para cortejar a menina e vir aqui sempre que o senhor não estiver, para envenenar a sua relação com a senhora?
Catherine, apesar de muito confusa, escutava a nossa conversa.
– Ah! Então a Nelly traiu-me! – exclamou. – É a Nelly o meu inimigo misterioso. Sua bruxa! Afinal, é verdade que sempre procuravas flechas para nos ferires! Larga-me, que vou fazê-la arrepender-se! Hás de me pagar!
Nos seus olhos acendeu-se uma fúria flamejante e começou a debater-se desesperadamente para se livrar dos braços do sr. Linton. Achei melhor não me demorar ali mais tempo, e, resolvida a procurar ajuda médica por minha conta e risco, saí do quarto. Ao atravessar o quintal, a caminho da estrada, passei num sítio onde havia uma argola de amarrar cavalos e vi algo branco balançando descompassadamente, impelido por outra coisa que não o vento. Apesar de estar com pressa, parei para ver o que era, não fosse eu, depois, ficar com a impressão de que se tratava de alguma alma do outro mundo.
Foi com grande surpresa e perplexidade que descobri, mais pelo tato do que pela visão, a cadelinha perdigueira da menina Isabella, a Fanny, enforcada com um lenço e quase sufocada.
Soltei o animal o mais depressa que pude e deixei-o no quintal. Eu tinha visto a cadelinha seguir a dona para o quarto e admirei-me por encontrá-la ali. Não fazia ideia de quem poderia ter cometido uma malvadeza daquelas.
Enquanto desapertava o nó da argola, pareceu-me ouvir ao longe o galope de cavalos, mas eu tinha já tanto em que pensar que não dei muita importância àquilo. Na verdade, porém, era estranho ouvir cavalos naquele lugar às duas da madrugada.

Por sorte, o dr. Kenneth preparava-se para sair, a fim de visitar um doente, quando eu subia a rua. Contei-lhe o que se passava com Catherine, e ele veio comigo imediatamente.

Era um homem simples e rude, e, portanto, não teve qualquer escrúpulo em me dizer que tinha fortes dúvidas de que Catherine escapasse a este segundo ataque, a menos que seguisse as suas instruções melhor do que fizera até então.

– Nelly Dean – começou ele –, estou certo de que alguma coisa provocou esta recaída. O que foi que se passou na Granja? Correm certos boatos... Uma moça forte como Catherine não adoece sem mais nem menos. Apenas algo de muito grave lhe provocaria essa febre. Como é que principiou?

– O sr. Edgar lhe dirá – respondi. – O senhor doutor está a par do gênio violento dos Earnshaw, e a sra. Linton excede-os a todos. Posso adiantar-lhe apenas que tudo começou com uma discussão. Foi durante um acesso de cólera que ela teve uma espécie de desmaio. Pelo menos, é o que ela diz, porque no auge da discussão, trancou-se no quarto. Depois, recusou-se a comer e agora tem delírios e vive meio a dormir. Conhece as pessoas, mas tem a mente cheia de pensamentos estranhos e ilusórios.

– O sr. Linton deve estar preocupadíssimo! – exclamou o médico interrogativamente.

– Preocupadíssimo? Se lhe acontecer o pior, não vai resistir! – respondi. – Não o alarme mais do que o necessário.

– Bom, eu disse-lhe para ter cuidado – observou. – Agora tem de arcar com as consequências por não me ter levado a sério! Ele ultimamente não se tem encontrado com o sr. Heathcliff?

– O sr. Heathcliff visita a Granja com frequência, mas por ser amigo de infância da senhora e não porque o sr. Linton preze a sua companhia. E, agora, essas visitas terminaram, pois o sr. Heathcliff manifestou umas certas pretensões a respeito da srta. Linton, e julgo que não voltará à Granja.

– E a menina mostrou interesse nele? – foi a pergunta seguinte.

– Ela não me faz confidências – respondi, relutante em dar continuidade à conversa.

– Sim, de fato ela é reservada – e meneou a cabeça, aquiescente. – Guarda para si as suas opiniões! Mas é uma tontinha! Sei de fonte segura que a noite passada (e que linda noite esteve!) ela e o sr. Heathcliff passearam pela plantação por trás da vossa casa por mais de duas horas. E que ele tentou convencê-la a não voltar para casa e a fugir com ele a cavalo! Disseram-me também que ela conseguiu dissuadi-lo apenas dando a sua palavra de honra de que estaria preparada no próximo encontro. Para quando estava marcado esse encontro, não conseguiram ouvir, mas avisa o sr. Linton para que tenha cuidado!

Essas notícias só me vieram apoquentar ainda mais. Passei à frente do dr. Kenneth e desatei a correr durante quase todo o caminho de regresso. A cadelinha continuava a ladrar no jardim. Abri-lhe o portão, mas, em vez de ir para casa, começou a andar de cá para lá, farejando a relva. Teria fugido para a estrada se eu não a agarrasse e a levasse comigo.

Quando subi ao quarto da srta. Isabella, as minhas suspeitas se confirmaram. O quarto estava vazio. Se eu tivesse chegado umas horas mais cedo e tivesse lhe falado da doença de Catherine, isso a teria impedido de dar aquele passo insensato. Que poderia fazer eu agora? Tinha ainda uma vaga esperança de os alcançarmos, se agíssemos sem demora. Contudo, não podia ir no seu encalço e não me atrevia a acordar a criadagem e pôr a casa em polvorosa. Também não podia contar o sucedido ao sr. Edgar, pois já tinha problemas de sobra, e o seu coração não ia aguentar essa nova aflição!

A única coisa a fazer era ficar calada e deixar que as coisas seguissem o seu rumo. Quando o dr. Kenneth chegou, fui anunciá-lo, ainda com as roupas em desalinho.

Catherine dormia um sono perturbado. O sr. Linton havia conseguido acalmar o seu acesso de loucura e debruçava-se agora sobre o travesseiro, observando todas as suas mudanças e expressões de dor.

Ao examiná-la, o médico mostrou-se bastante seguro de que melhoraria, se houvesse à sua volta tranquilidade absoluta. Confidenciou-me que o perigo real que a ameaçava não era a morte, mas sim uma alienação permanente do cérebro.

Nem eu nem o sr. Linton pregamos olho toda a noite. De fato, nem chegamos a ir para a cama, e todos os criados se levantaram muito antes da hora habitual. Andavam pela casa nas pontas dos pés e falavam uns com os outros em segredo, enquanto cumpriam as suas obrigações. Todos estavam acordados, exceto a srta. Isabella, cujo sono profundo começou a provocar comentários. O irmão perguntou-me se ela já se havia levantado, parecendo inquieto com a sua ausência e magoado por ela mostrar tão pouco interesse pela cunhada.

Eu tremia só de pensar que ele podia mandar-me acordá-la. Mas fui poupada do sofrimento de ser eu a anunciar que ela fugira. Uma das criadas, uma moça irrefletida, que fora bem cedo a Gimmerton para dar um recado, subiu as escadas ofegante e precipitou-se no quarto chorando.

– Meu Deus, meu Deus! Que mais poderá acontecer? Meu senhor, meu senhor, a menina...

– Faz menos barulho! – atalhei eu, irritada com tanto espalhafato.
– Fala mais baixo, Mary! Que se passa? – perguntou o sr. Linton. – Que aconteceu à menina?
– Fugiu... Fugiu com o tal Heathcliff! – disse, ofegante.
– Não pode ser! – exclamou o sr. Linton, levantando-se, perturbado. – Não pode ser! Onde foste buscar tal ideia? Ellen Dean, vai procurá-la. É impossível! Não pode ser!

Enquanto falava, foi com a criada até a porta e perguntou-lhe outra vez de onde ela havia tirado aquela ideia.

– Encontrei na estrada um rapaz que entrega leite aqui – gaguejou – e que me perguntou se nós não estávamos preocupados aqui na Granja. Pensei que se referisse à doença da senhora e, por isso, disse-lhe que sim. E, depois, ele perguntou-me se "foi alguém atrás deles". Fiquei espantada. O rapaz viu logo que eu não sabia do que ele estava falando e contou-me então que vira um cavalheiro e uma senhora no ferreiro arrumando a ferradura de um cavalo, a duas milhas de Gimmerton, pouco depois da meia-noite. A filha do ferreiro levantou-se para ver quem era e os reconheceu imediatamente. Garantiu que era o sr. Heathcliff. Ninguém tinha como confundi-lo com outro. Ainda mais tendo colocado na mão do pai dela uma libra como pagamento. A senhora trazia um manto na cabeça, mas o manto caiu quando ela bebeu água, deixando-lhe o rosto descoberto. Heathcliff agarrou nas duas rédeas e partiram o mais rápido que a estrada pedregosa permitia. Naquela altura, a moça não disse nada ao pai, mas esta manhã contou a toda a gente!

Corri para espreitar o quarto de Isabella, apenas por desencargo de consciência, e, quando regressei, confirmei as declarações da criada. O sr. Linton sentara-se de novo na cama. Ergueu os olhos quando entrei e adivinhou a verdade na lividez do meu rosto. Tornou a baixar os olhos, sem proferir palavra.

– Devo tomar alguma providência para interceptá-lo e trazer a menina de volta? – perguntei. – Que podemos fazer?

– Ela foi de sua livre vontade. Estava no seu direito. Não falemos mais no assunto, pois de hoje em diante ela só é minha irmã de nome. Não fui eu que a reneguei, foi ela que renegou a mim!

Foi tudo o que disse acerca desse assunto. Não voltou a fazer qualquer pergunta nem a mencionar o nome da menina, exceto quando me ordenou que enviasse todos os seus pertences para a nova morada, logo que se soubesse onde era.

Capítulo XIII

DURANTE DOIS MESES, NADA se soube dos fugitivos. E, nesses dois meses, a sra. Linton sofreu e venceu o seu pior contato com a doença denominada febre cerebral. Nenhuma mãe teria cuidado de um filho único mais extremosamente do que Edgar cuidou de Catherine. Vigiava-a noite e dia, sofrendo pacientemente todos os aborrecimentos que os nervos alterados e uma razão abalada podem causar. Apesar de o médico o ter avisado de que o gesto de a salvar da morte apenas teria como recompensa uma permanente ansiedade no futuro, uma vez que a saúde e as forças tinham de ser sacrificadas à preservação desse mero farrapo humano, Edgar só descansou e ficou mais animado quando a soube livre de perigo. Passava horas seguidas à cabeceira da mulher, acompanhando as suas melhoras físicas e acalentando esperanças ilusórias de que Catherine se recuperasse também mentalmente, para voltar a ser o que era.

A primeira vez que saiu do quarto, estávamos já no princípio de março. De manhã, o sr. Linton havia colocado um punhado de açafrão dourado sobre o travesseiro. Os olhos de Catherine, indiferentes a qualquer vislumbre de prazer, brilharam deliciados quando, ao acordar, viram o açafrão e apressou-se a juntá-lo avidamente.

– São as primeiras flores do Morro! – exclamou. – Lembram-me a brisa suave e relaxante e o sol ameno e a neve há pouco derretida. Diz-me, Edgar, o vento não sopra agora do sul e a neve não está quase derretida?

– A neve já derreteu toda, minha querida – respondeu Edgar. – Só consigo ver duas manchas brancas em todo o brejo. O céu é azul, as cotovias cantam e os arroios correm cheios. Catherine, na primavera passada, desejava ter-te debaixo deste teto. Agora, desejava que pudesses estar no alto daqueles montes. A brisa sopra tão doce que estou certo de que ficarias curada.

– Só voltarei lá mais uma vez! – disse a enferma. – E será para sempre. Na próxima primavera desejarás de novo ter-me debaixo deste teto, e então verás como hoje eras feliz.

O sr. Linton a tratava com o maior carinho, tentando animá-la, mas ela olhava indiferente para as flores, as lágrimas a correr-lhe pelas faces, sem lhes prestar a mínima atenção.

Sabíamos que estava bastante melhor e achamos, por isso, que se ver confinada ao quarto faria aumentar decerto o seu desânimo, e que poderíamos melhorar a situação se ela mudasse de ambiente.

O sr. Linton mandou-me acender a lareira e colocar uma cadeira ao sol, perto da janela, na sala onde há muitas semanas ninguém entrava. Trouxe a senhora para baixo e sentou-a, para desfrutar do calor do sol e da lareira. Como era de prever, os objetos à sua volta deram-lhe novo alento. Apesar de lhe serem familiares, não estavam associados a lúgubres recordações como os do seu odiado quarto de enferma. Ao pôr do sol, via-se que estava exausta, mas não havia argumentos que a convencessem a voltar para cima. Por conseguinte, vi-me obrigada a fazer-lhe a cama no sofá da sala, até se lhe arranjar um outro quarto.

Para lhe poupar a canseira de subir e descer as escadas, preparamos este, onde o senhor está agora, no mesmo andar da sala. Depressa Catherine se sentiu com forças suficientes para se deslocar de um lado para o outro apoiada ao braço de Edgar.

Na minha opinião, a senhora ia se recuperar, e eu tudo fazia por isso. E tinha duas razões para desejar que assim fosse, pois da sua vida dependia uma outra; nutríamos a esperança de que, dentro em breve, o coração do sr. Linton se alegrasse e de que as suas terras ficassem a salvo das mãos gananciosas de um estranho com o nascimento de um herdeiro.

Devo dizer-lhe que cerca de seis semanas após a fuga, Isabella enviou um bilhete ao irmão anunciando o seu casamento com Heathcliff. Era um bilhete seco e frio, mas trazia no fim, escritos a lápis, uma vaga desculpa e um pedido de reconciliação, caso o seu procedimento o tivesse ofendido. Assegurava que não pudera evitar fazer o que fizera e que agora era tarde para voltar atrás.

Julgo que o sr. Linton não respondeu a esse bilhete. Passados quinze dias, recebi uma longa carta que achei estranho ter sido escrita pela pena de uma recém-casada, e logo após a lua-de-mel. Vou lê-la, pois ainda a tenho em meu poder. As relíquias dos mortos são para nós preciosas, se os estimamos em vida.

"Querida Ellen:
Cheguei ontem ao Morro dos Ventos Uivantes e ouvi dizer pela primeira vez que a Catherine tem estado, e ainda está, muito doente. Julgo que não lhe devo escrever, e o meu irmão ou está muito zangado ou muito desgostoso para me responder. Mas eu tinha de escrever a alguém, e tu foste o meu último recurso.

Diz a Edgar que eu daria tudo para voltar a vê-lo, e que o meu coração regressou à Granja dos Tordos passadas vinte e quatro horas da minha partida, e que aí continua, cheio de amor por ele e por Catherine! No entanto, não posso fazer o que o meu coração manda (estas palavras estão sublinhadas). Escusam, portanto, de esperar por mim e podem tirar as conclusões que quiserem, mas não julguem que é por falta de vontade ou de afeto.

O resto da carta é dirigida apenas a ti. Quero fazer-te duas perguntas. A primeira é a seguinte:

Como conseguiste preservar os sentimentos próprios da natureza humana enquanto aqui viveste? Eu não partilho qualquer sentimento com os que aqui me rodeiam.

A segunda pergunta interessa-me muito: diz-me, Heathcliff é mesmo um ser humano? Se é, deve ser louco. Se não é, deve ser um demônio. Não te vou dizer porque faço estas perguntas, mas gostaria que me explicasses, se puderes, como é o homem com quem me casei. Farás isso quando vieres visitar-me. Por favor, vem visitar-me o mais depressa possível, Ellen. Não escrevas, vem visitar-me e traz notícias do Edgar!

E, agora, vou contar como fui recebida no meu novo lar, isto é, no Morro dos Ventos Uivantes. Quando me referir à falta de comodidades, não quer dizer que isso seja o que mais me preocupa. Só me lembro delas quando sinto a sua falta. Pularia de contente se fosse essa a causa de toda a minha infelicidade, e tudo o mais não passasse de um sonho bizarro!

O sol punha-se por detrás da Granja quando viramos em direção ao brejo. Deviam ser umas seis horas. O meu companheiro fez uma parada de cerca de meia hora para inspecionar o parque, os jardins e, provavelmente, a própria casa. Era, portanto, já de noite quando nos apeamos no pátio. O teu velho colega, o Joseph, veio ao nosso encontro com uma vela de luz tênue. A cortesia com que me recebeu confirmou a sua reputação. O seu primeiro gesto foi colocar a vela ao nível do meu rosto, olhar-me com ar hostil, espetar o lábio inferior em sinal de desdém e virar-me as costas.

Depois, levou os dois cavalos para os estábulos. Em seguida reapareceu, a fim de fechar o portão, como se estivesse num castelo medieval.

O Heathcliff continuou a falar com ele e eu entrei na cozinha, um buraco imundo e desarrumado. Aposto que não a reconhecerias. Mudou muito desde que deixou de ser cuidada por ti.

À lareira estava um garoto de ar rufião, robusto e malvestido. A boca e os olhos pareciam-se muito com os da Catherine.
Pensei que deveria ser o sobrinho de Edgar e, de certa forma, meu também. Tive de cumprimentá-lo e, claro, dar-lhe um beijo. É aconselhável causar boa impressão logo de início.
Aproximei-me dele, tentei pegar-lhe a mão e perguntei:
– Como estás, meu querido?
Devolveu-me a saudação com um palavrão que não compreendi.
– Vamos ser amigos, Hareton? – disse eu, tentando manter conversa.
Praguejou e ameaçou açular o cão contra mim se eu não me afastasse.
– Eh, Throttler! – chamou o patife. E, vindo de um canto qualquer, surgiu um canzarrão de aspecto feroz. – E, agora, vais ou não vais sair daqui? – disse ele, num tom de voz autoritário.
Concordei, por amor à pele. Tornei a sair e esperei que os outros voltassem. Do Heathcliff nem sombra, e o Joseph, a quem segui até os estábulos para lhe pedir que me acompanhasse, olhou-me muito sério e resmungou: – Que é que vossemecê disse? Nunca um cristão ouviu tal linguajar! Vossemecê fala como se tivesse a boca cheia de batatas quentes. Como é que quer que eu entenda?
– Estava dizendo que desejava que me acompanhasse até lá dentro! – gritei, julgando que ele era surdo, e já bastante ofendida com a sua falta de maneiras.
– Eu, não! Tenho mais que fazer! – respondeu enquanto continuava os seus afazeres, andando com a lanterna para cima e para baixo, de forma a examinar bem o meu vestido e a minha aparência (aquele bom demais, e esta, sem dúvida, tão triste quanto seria de esperar).
Contornei o pátio, passei por uma cancela e dei com uma outra porta, à qual tomei a liberdade de bater, na esperança de encontrar algum criado mais civilizado.
Após um momento de ansiedade, surgiu na porta um homem alto e esquelético, sem laço ao pescoço e muito mal-arranjado. As suas feições escondiam-se por trás dos cabelos desgrenhados que lhe chegavam aos ombros, e os olhos dele eram como espectros dos de Catherine, com toda a sua beleza aniquilada.
– O que deseja daqui? – perguntou com agressividade. – Quem é a senhora?
– O meu nome era Isabella Linton – respondi. – O senhor já me viu antes. Casei há pouco com o sr. Heathcliff e ele trouxe-me para cá, julgo que com o seu consentimento.

– Então já regressaram? – perguntou o eremita, olhando-me com olhos penetrantes, qual lobo esfomeado.
– Sim, acabamos de chegar – respondi. – Mas ele me deixou na porta da cozinha e, quando me preparava para entrar, o seu filho pôs-se de sentinela e afugentou-me com a ajuda de um cão.
– Então o maldito cumpriu a promessa! – rosnou o meu futuro anfitrião, procurando o Heathcliff por trás de mim, na escuridão. Em seguida, deu início a um solilóquio de imprecações e ameaças do que tencionava fazer se aquele "demônio" o ludibriasse.
Arrependi-me de ter batido à porta e quase dei de costas antes de ele terminar as blasfémias. Contudo, e antes que eu o pudesse fazer, mandou-me entrar e fechou a porta, trancando-a.
Na sala ampla havia uma grande lareira, a única fonte de luz naquele compartimento. O chão era num tom cinzento uniforme. Os pratos de estanho, outrora reluzentes e que me chamavam a atenção quando eu era criança, partilhavam da mesma obscuridade, todos cobertos de manchas e de pó.
Perguntei se podia chamar uma criada que me conduzisse ao quarto, mas o sr. Earnshaw não me respondeu. Pôs-se a andar de cá para lá, com as mãos nos bolsos, e parecia ter esquecido a minha presença. A sua abstração era de tal modo profunda, e o seu aspecto tão misantropo, que eu tremia só de pensar em importuná-lo de novo.
Decerto não te admirarás, Ellen, de eu me ter sentido tão infeliz ao ver-me sozinha num lugar tão hostil. E pensar que a quatro milhas estava a minha casa, com as únicas pessoas que eu amo. Tanto fazia que entre nós estivesse o Atlântico ou estas quatro milhas, pois não era possível para mim transpô-las!
Perguntava a mim própria onde poderia encontrar consolo (não contes nada disto ao Edgar nem à Catherine) e, além de toda esta tristeza, havia ainda o desespero de não ter nenhum aliado contra o Heathcliff!
Foi quase contente que procurei abrigo no Morro dos Ventos Uivantes, para não ter de viver sozinha com ele, mas ele conhecia bem as pessoas que aqui vivem e não temia que elas se intrometessem.
Fiquei, pois, sentada sozinha, na companhia dos mais lúgubres pensamentos. O relógio bateu as oito e depois as nove, e o sr. Earnshaw sempre a andar para trás e para a frente, cabisbaixo e em silêncio. Só de quando em vez deixava escapar um gemido ou uma exclamação azeda.
Fiquei à escuta, vendo se detectava alguma voz feminina dentro daquela casa, enquanto preenchia o tempo com remorsos amargos e previsões sinistras que, por fim, se exprimiram em lágrimas e soluços.

Só percebi quão alto manifestava o meu sofrimento, quando o sr. Earnshaw, interrompendo o seu vaivém compassado, parou na minha frente e me olhou com surpresa. Aproveitando a atenção que me dispensava, exclamei: – Estou exausta da viagem e desejava deitar-me. Onde posso encontrar uma criada? Vou procurá-la, já que não aparece nenhuma!
– Não temos criadas – respondeu. – Terá de se virar sozinha!
– Então, diga-me onde posso dormir! – volvi, entre soluços. O cansaço e a angústia haviam-me feito perder toda a dignidade.
– O Joseph vai levá-la ao quarto do Heathcliff – disse ele. – Abra essa porta. Ele está lá dentro.
Quando me preparava para obedecer, o sr. Earnshaw agarrou meu braço bruscamente e acrescentou num tom sinistro: – Recomendo que feche a porta a chave e corra as trancas. Não se esqueça de fazê-lo!
– Está bem – disse eu. – Mas por quê, sr. Earnshaw? – Não me agradava nada a ideia de me fechar deliberadamente no quarto com o Heathcliff.
– Veja isto! – respondeu, tirando do bolso uma pistola de formato assaz singular, pois do cano saía uma navalha de ponta e mola, de dois gumes. – A tentação é grande demais para um homem desesperado, não acha? Não resisto ir lá em cima todas as noites ver se ele se esqueceu de fechar a porta. Se isso acontecer, é um homem morto! Faço-o todas as noites; e, ainda que um minuto antes me ocorram mil razões para não fazê-lo, tenho aqui no peito um demônio que me aconselha a matá-lo. Hei de lutar contra esse demônio enquanto puder, mas, quando chegar o momento, nem todos os anjos do céu conseguirão me deter!
Examinei a arma pormenorizadamente e tive uma ideia terrível: como eu seria poderosa se possuísse aquele instrumento! Tirei-o da sua mão e toquei na lâmina. Ele ficou surpreendido com a expressão que detectou no meu rosto: não de horror, mas de cobiça. Pegou a pistola, cioso, fechou a navalha e voltou a guardá-la no bolso.
– Não me importo que lhe conte tudo – disse ele. – Ele que se prepare, e a senhora trate de velar por ele. Pelo que vejo, está a par do que se passa entre nós, pois o perigo que ele corre não a choca.
– Que lhe fez o Heathcliff? – indaguei. – Que patifaria lhe fez, para odiá-lo tanto? Não seria melhor obrigá-lo a deixar esta casa?
– Não! – trovejou Earnshaw, – Ele que não pense em sair daqui, ou será um homem morto. Convença-o a fazê-lo, e será uma assassina! Te-

rei eu de ficar sem todos os meus bens, e sem hipótese de reavê-los? Terá o Hareton de ser um vagabundo? Maldição! Hei de reaver tudo o que é meu e ficarei também com o seu ouro e depois com o seu sangue. O diabo que fique com a sua alma! O inferno será dez vezes mais tenebroso com tal hóspede!

Ellen, tu já tinhas falado dos hábitos do teu antigo patrão. Não há dúvida de que está ficando louco. Pelo menos, ontem à noite, estava. Toda eu tremia só de estar perto dele, e achava que, apesar da grosseria do criado, a sua companhia era bem mais agradável.

Earnshaw recomeçou o seu vaivém. Abri o ferrolho e escapuli para a cozinha.

Fui encontrar o Joseph debruçado sobre o fogo, espreitando dentro de uma grande panela periclitante. Ao lado, em cima de um banco, estava uma tigela de madeira cheia de farinha de aveia. A panela começou a ferver e o Joseph voltou-se para colocar a mão na tigela. Imaginei que aquilo fosse a nossa refeição e, uma vez que estava com fome, decidi tornar a gororoba comestível.

– Eu faço o mingau! – propus de imediato, colocando a tigela fora do alcance do Joseph. Tirei o chapéu e a saia de montar. – O sr. Earnshaw disse para eu cuidar de mim mesma. Pois é o que vou fazer. Se ficar esperando que me sirvam, morrerei de fome – prossegui.

– Deus do céu! – murmurou ele, sentando-se e cofiando as meias listradas que chegavam aos seus joelhos. – Se eu vou ter de andar às ordens de uma patroa, agora que já estava acostumado a dois patrões, está na hora de andar daqui pra fora. Nunca *pensei ver o dia* de abandonar este buraco, mas vejo que esse dia não tarda!

Sem fazer caso das suas lamúrias, meti mãos à obra, suspirando ao relembrar o tempo em que aquilo era para mim uma alegre brincadeira. Contudo, tentei afugentar o pensamento. Recordar alegrias passadas me afligia e, para afastar tais pensamentos, mexia cada vez mais depressa com a colher enquanto lançava para a água punhados de farinha.

O Joseph observava as minhas artes culinárias com crescente indignação.

– Pronto! – exclamou. – Ai, Hareton, Hareton, esta noite num podes comer o mingau de tão encaroçado que vai ficar! Olhem só pra isto! Já agora, por que é que vossemecê não atira longe a tigela e tudo? Pimba, pimba. É milagre o fundo inda num ter caído.

Devo confessar que o mingau não tinha lá muito bom aspecto quando colocado nos pratos. Enchemos quatro pratos e fomos buscar um jarro de leite fresco no estábulo. O Hareton tomou logo conta do jarro e começou a beber sofregamente, deixando escorrer o leite pelo queixo.

Repreendi-o e disse-lhe que devia ter uma caneca só para ele, pois não estava disposta a beber o leite depois de conspurcado. Mas o cínico do velho mostrou-se indignado com este meu preconceito de higiene e tratou de me dizer que "o garoto era tão bom como eu e ainda mais saudável". Depois perguntou como é que eu podia ser tão presunçosa.

Entretanto, o malvado do garoto continuou a sorver o leite, olhando-me com ar de desafio e babando para dentro do jarro.

– Vou comer em outro lugar – disse eu. – Não há nenhum canto que se possa chamar de saleta?

– *Uma* sala de estar! – arremedou-me o Joseph – *Uma* sala de estar! Não, aqui num há salas de estar. Se não lhe agrada a nossa companhia tem a do patrão. E se num gosta da do patrão, tem de se contentar com a nossa.

– Então vou lá para cima – respondi. – Leve-me a um quarto qualquer. Pus o meu prato numa bandeja e fui eu própria buscar mais leite. Sempre resmungando, o Joseph levantou-se e subiu as escadas à minha frente. Subimos até o último andar. De vez em quando, o Joseph abria uma porta e espreitava.

– Aqui está um quarto! – disse por fim, empurrando uma velha porta desengonçada. – Serve muito bem pra vossemecê comer o mingau. Há um monte de grão já limpo ali no canto. Se tiver medo de sujar as suas roupas de seda, abra um lenço e assente-se.

O quarto *era* uma espécie de depósito com um forte cheiro de malte e cereais. Havia sacos empilhados em toda a volta e um grande espaço livre no meio.

– Deve estar louco! – exclamei, olhando furibunda para o velho indecente. – Isto é lá lugar onde se durma! Leve-me para um quarto decente.

– *Um* quarto decente – arremedou ele, trocista. – Vossemecê já viu todos os quartos decentes *que temos*. Olhe, este aqui é o meu. – E mostrou-me um outro compartimento que só se diferenciava do primeiro por ter as paredes mais nuas e uma cama larga e baixa sem cortinas e com um cobertor azul aos pés.

– Quero lá saber do seu quarto? – retorqui. – Suponho que o sr. Heathcliff não durma nas águas-furtadas, ou será que dorme?

– Ah! É o quarto do patrão que vossemecê quer? – gritou ele, como se tivesse feito uma descoberta. – Não podia ter dito isso há mais tempo? Já lhe teria dito que esse é o único quarto que num lhe posso mostrar porque está sempre fechado a chave, e só o sr. Heathcliff é que entra lá.

– Que bela casa esta, Joseph! – não pude deixar de exclamar. – E que simpáticos os seus ocupantes! Eu devia estar doida varrida no dia em que me liguei a um deles. Mas isso agora não interessa. Deve haver mais quartos. Pelo amor de Deus, dê-me um qualquer!

Ele não respondeu à minha súplica. Limitou-se a descer os degraus de madeira e a parar em frente à porta de um quarto que, pela qualidade superior da mobília, devia ser o melhor da casa.

Tinha no chão um tapete de boa qualidade, mas o desenho mal se distinguia por baixo das camadas de poeira; havia também uma lareira orlada com uma cercadura de papel recortado caindo aos pedaços, uma imponente cama de carvalho com amplas cortinas carmesins de um tecido caro e modelo atual. Mas era óbvio que tinham tido muito uso, pois as sanefas pendiam em festões, arrancadas das argolas, e o varão de ferro estava descaído para um dos lados, fazendo o tecido arrastar-se no chão. As cadeiras estavam também muito maltratadas e as paredes apresentavam manchas profundas. Preparava-me já para entrar, quando o palerma do meu guia anunciou: – Este é o quarto do patrão.

Nesta altura, a minha refeição já tinha esfriado, o meu apetite desaparecera e eu perdera a paciência. Insisti para que me mostrasse um lugar qualquer onde eu pudesse repousar.

– Deus nos acuda! – resmungou o velho. – Onde diabo quer que a meta? Sabe que é muito maçante? Já viu tudo menos o cubículo do Hareton. Num há mais buraco nenhum nesta casa.

Estava tão enervada que atirei o prato ao chão. Depois, sentei-me no alto das escadas, escondi a cara entre as mãos e desatei a chorar.

– Bonito serviço! – exclamou o Joseph. – Quando o patrão vir esta louça quebrada, vamos ouvir das boas! Que maldade a sua! Devia fazer penitência até o Natal por estragar as dádivas de Deus Nosso Senhor com os seus ataques de mau gênio! Mas, ou muito me engano, ou vossemecê depressa vai amansar! Julga que o sr. Heathcliff vai perdoar tais desmandos? Só queria que ele a pegasse fazendo isso... Só queria...

E, depois, foi de volta para a cozinha, deixando-me na escuridão.

O período de reflexão que se seguiu a essa cena patética levou-me a admitir a necessidade de dominar o meu orgulho e a minha raiva e de fazer desaparecer todos os vestígios do meu impensado ato de desespero. Uma ajuda inesperada apareceu sob a forma de Throttler, que reconheci como sendo filho do nosso velho Skulker. Fora criado na Granja e o meu pai o oferecera ao sr. Hindley. Creio que me reconheceu. Encostou o focinho no meu nariz para me cumprimentar e depois *apressou-se em comer a papa enquanto eu apanhava os cacos e limpava os pingos de leite do corrimão com o meu lenço.*

Mal tínhamos terminado a nossa tarefa, ouvi os passos do sr. Earnshaw. O meu ajudante meteu o rabo entre as pernas e foi para o canto. Eu me escondi no quarto mais próximo. Os esforços do cão para passar despercebido foram inúteis, conforme depreendi pela sua corrida escada abaixo, depois de umas ganidelas. Eu tive mais sorte. Earnshaw passou, entrou no seu quarto e fechou a porta. Logo a seguir, o Joseph subiu com o Hareton para colocá-lo na cama. Eu tinha me refugiado no quarto do garoto, e o velho, ao me ver, disse: – Já há lugar pra si e pro seu orgulho lá embaixo. A sala está vazia. Fica toda pra si e pro seu orgulho, além de Deus Nosso Senhor, que será o terceiro e muito mal há vossamecê de se sentir na sua companhia!

Aceitei a sugestão, toda contente. Atirei-me para cima de uma cadeira perto da lareira e não tardei a adormecer. Foi um sono profundo e tranquilo, mas de pouca duração. O Heathcliff acordou-me. Acabara de entrar e perguntou-me, com a já costumeira "delicadeza", o que eu fazia ali. Expliquei-lhe a razão por que estava de pé tão tarde: ele tinha a chave do nosso quarto no bolso. O possessivo "nosso" foi para ele uma grave ofensa. Jurou que aquele quarto não era, nem nunca seria, meu e que... Não. Não me atrevo a repetir as suas palavras, nem a descrever o seu comportamento habitual. O Heathcliff é incansável em fazer crescer o ódio que eu sinto por ele. Por vezes assusta-me de tal maneira que me sufoca de medo. Garanto-te que um tigre ou uma serpente venenosa não me assustariam mais. Contou-me da doença da Catherine e disse que a culpa era do meu irmão e que se vingaria em mim enquanto não pudesse colocar as mãos nele.

Como eu o odeio! Sou uma desgraçada! Que tola fui! Não contes nada disto na Granja. Espero-te a todo o momento. Não me desiludas!

Isabella"

Capítulo XIV

ASSIM QUE ACABEI DE LER esta carta, fui informar o patrão de que a irmã chegara ao Morro dos Ventos Uivantes e tinha me escrito uma carta dizendo o quanto lamentava o estado em que se encontrava a sra. Linton e que desejava muito vê-lo; mostrava-se ainda esperançosa de que ele lhe enviasse por mim, o mais depressa possível, um sinal de perdão.
– Perdão?! – exclamou Linton. – Não tenho nada a perdoar, Ellen. Se quiseres, podes ir ainda esta tarde ao Morro dos Ventos Uivantes e diz-lhe que não estou zangado, apenas triste por tê-la perdido: acima de tudo, porque acho que ela jamais será feliz. Ir vê-la está, porém, completamente fora de questão, uma vez que estamos separados para sempre. E, se quiser realmente fazer-me um favor, tente persuadir o patife com quem se casou a deixar esta região.
– E o senhor não quer ao menos escrever-lhe um bilhetinho? – perguntei, quase implorando.
– Não – respondeu. – É desnecessário. O nosso contato com a família de Heathcliff deverá ser tão raro como o da família dele com a minha. Nem sequer deve existir!
A frieza do sr. Edgar deprimiu-me por demais e, no caminho da Granja para o Morro dos Ventos Uivantes, dei voltas à cabeça para descobrir uma maneira de, ao repetir o recado, colocar mais sentimento nas palavras dele e suavizar a sua recusa em escrever algumas linhas para confortar a irmã.
Era capaz de jurar que estava à minha espera desde manhã. Vi-a espreitar por detrás da janela e acenei ao atravessar o jardim, mas ela afastou-se como se receasse estar sendo observada.
Entrei sem bater à porta. Nunca tinha visto aquela sala, outrora tão alegre, tão sinistra e tão sombria! Confesso que, se estivesse no lugar da jovem senhora, teria pelo menos varrido o chão e espanado o pó das mesas. Mas o espírito de desleixo já tinha se apoderado dela. O seu lindo rosto estava pálido e tinha um ar de indiferença; as madeixas de cabelo comprido e liso caíam pela sua cara, mantendo-se outras atabalhoadamente enroladas em volta da cabeça. Provavelmente ainda não tinha mudado de roupa desde que chegara.

Hindley não estava. O sr. Heathcliff, sentado a uma mesa, folheava alguns papéis. Quando cheguei, levantou-se e perguntou como tinha passado, mostrando-se afável e oferecendo-me uma cadeira. Era o único que tinha um ar decente; julgo mesmo que nunca o vira com melhor aspecto. As circunstâncias haviam alterado tanto a situação, que um estranho o tomaria por um cavalheiro de nascimento e educação e à mulher por uma desleixada. Isabella correu para me cumprimentar, de mão estendida para receber a desejada carta.

Abanei a cabeça negativamente, mas ela não percebeu e foi atrás de mim até o guarda-louça onde pousei a minha touca. E, num sussurro, pediu-me que lhe desse o bilhete que trouxera. Heathcliff, apercebendo-se do que se passava, disse: – Nelly, se trouxeste alguma coisa para Isabella, entregue a ela. Não precisam fazer segredo. Entre nós não há segredos.

– Lamento, mas não trouxe nada! – disse, pensando que seria melhor dizer logo a verdade de uma vez por todas. – O meu patrão ordenou-me que dissesse à irmã que não esperasse da parte dele qualquer carta ou visita. Minha senhora, o seu irmão deseja-lhe a maior felicidade e perdoa-lhe todo o sofrimento que a senhora lhe causou, mas acha que, daqui em diante, o melhor será cortar as relações entre as duas famílias, pois nada de bom advirá daí se forem mantidas.

O lábio da sra. Heathcliff tremeu ligeiramente, e ela voltou a sentar-se junto da janela. O marido encostou-se no rebordo da chaminé, perto de mim, e começou a interrogar-me a respeito de Catherine. Contei-lhe o que achei que podia contar, fatos relacionados com a origem da sua doença, e culpei-a, como merecia, por atrair a desgraça sobre si própria; terminei dizendo que esperava que ele seguisse o exemplo do sr. Linton, evitando daí em diante futuras intromissões na família dele.

– A sra. Linton está se recuperando, mas nunca mais será a mesma. Contudo, a sua vida já não corre perigo. Se realmente ainda tem algum respeito por ela, não ouse atravessar seu caminho. Desapareça de vez das redondezas. Não tenha pena de partir. Desde já o aviso de que Catherine Linton está tão diferente da sua amiga Catherine Earnshaw como esta jovem é diferente de mim. Se a sua aparência mudou radicalmente, mais ainda mudou o seu caráter. E aquele que por força da necessidade é seu companheiro só manterá o seu afeto por ela doravante em nome do que ela foi outrora, do sentido de humanidade e do dever!

– É possível – retorquiu Heathcliff, esforçando-se por parecer calmo. – É possível que o teu patrão não sinta por ela mais do que sentido de dever e humanidade; e acaso julgas que vou deixar Catherine entregue ao sentido da humanidade e do dever do marido? Achas possível comparar o que eu sinto por ela com o que ele sente? Antes de saíres desta casa, preciso que prometas que vais conseguir arranjar-me um encontro com ela. Quer ela concorde, quer não, tenho de vê-la! Que dizes, Nelly?

– Eu digo que o senhor não deve fazer tal coisa, e muito menos por meu intermédio. Outro encontro entre o senhor e o meu patrão poderá ser fatal para a minha senhora!

– Com a tua ajuda, isso poderá ser evitado – prosseguiu. – E, se isso acarretar algum perigo, se ele lhe causar mais preocupações, então todos os meus atos extremos estarão justificados. Quero que me digas, com toda a sinceridade, se Catherine sofreria muito se o marido morresse. Este é o meu único receio e, por isso, me abstenho de qualquer ato: assim se pode ver a diferença entre os nossos sentimentos. Se eu estivesse no lugar dele e ele no meu, embora o odeie profundamente, jamais levantaria um dedo que fosse contra esse homem. Acredita, se quiseres! Eu nunca o teria banido da vida dela, se isso fosse contra a sua vontade. No momento em que o interesse dela acabasse, eu iria arrancar-lhe o coração e beber seu sangue. Mas, por ora... Se não acreditas em mim é porque não me conheces. Porém, enquanto tal não acontecer, prefiro morrer a tocar num só fio de cabelo seu que seja!

– E, no entanto – interrompi-o –, não tem quaisquer escrúpulos em deitar por terra todas as nossas esperanças numa completa recuperação da senhora, avivando-lhe recordações, agora que ela quase o esqueceu, reacendendo angústias, discórdias e escândalos.

– Nelly, achas que a senhora me esqueceu mesmo? – perguntou ele. – Sabes bem que não! Sabes tão bem como eu que, por cada minuto que ela perde a pensar no Linton, gasta mil a pensar em mim! No período mais infeliz da minha vida, ou seja, no verão passado, tive a sensação de que ela me esquecera, temor que me perseguiu desde que vim morar aqui. Porém, somente a sua confissão me faria admitir esta ideia hedionda. E, se assim fosse, que importância teriam Linton, Hindley e todos os sonhos que construí? Só duas palavras poderiam descrever o meu futuro: *morte* e *inferno*. A minha vida depois de perdê-la seria um inferno. Todavia, cheguei a pensar que ela desse mais valor à amizade de Edgar do que à minha. Que loucura! Nem que ele a amasse com toda a força da sua vil existência, seria capaz de amá-la tanto em oitenta anos como eu num só dia. Catherine tem um coração tão profundo como o meu. Seria mais fácil colocar o mar dentro de uma vasilha, que toda a afeição dela ser monopolizada por ele. O sentimento que ela nutre pelo marido é pouco mais intenso que o que ela nutre pelo cão ou pelo cavalo. Não faz parte da natureza dele ser amado, como eu sou. Como pode Catherine amar o que esse homem não possui?

— Catherine e Edgar sentem um pelo outro o que qualquer casal sente! – gritou Isabella, inesperadamente. – Ninguém tem o direito de falar assim do meu irmão, e muito menos na minha presença, sem que eu me manifeste.

— O teu irmão também é muito teu amigo, não é? – observou Heathcliff com desdém. – Deixou-te sozinha no mundo com surpreendente desenvoltura.

— Ele não sabe o quanto sofro – respondeu ela. – Nunca disse a ele.

— Mas deves ter dito alguma coisa, pois tens a ele escrito, não tens?

— Escrevi para lhe comunicar que tinha casado. Tu viste o bilhete.

— E nunca mais lhe escreveste desde então?

— Não.

— A menina tem um ar mais triste desde que casou – acrescentei. – Desconfio que há aqui alguém que não a ama como devia. Claro que sei quem esse alguém é, mas talvez não deva dizê-lo.

— Só pode ser ela própria – retrucou Heathcliff. – Está tornando-se insuportável! Depressa se cansou de tentar me agradar. Podes não acreditar, mas na própria noite de núpcias chorou para voltar para casa. Contudo, e não sendo demasiado bonita, enquadra-se melhor nesta casa modesta, e tomarei as providências necessárias para que não me deixe ficar mal, andando por aí na vadiagem.

— Bem, o senhor lembre-se de que a sra. Heathcliff está habituada a ter criados e foi criada como filha única, uma menina de quem todos faziam as vontades. O senhor devia arranjar-lhe uma criada para manter suas coisas arrumadas e devia tratá-la com delicadeza. Seja qual for a sua opinião sobre o sr. Edgar, não pode pôr em dúvida a capacidade da sua esposa em alimentar sentimentos profundos. Caso contrário, não teria abandonado os amigos e o conforto da sua antiga casa para se instalar consigo neste ermo de livre vontade.

— Abandonou tudo para ir atrás de uma ilusão – respondeu ele. – Fez de mim um herói romanesco, esperando condescendência ilimitada da minha devoção e cavalheirismo. Não consigo imaginá-la como uma criatura racional, já que tão obstinadamente se agarrou a uma ideia fantasiosa do meu caráter, agindo de acordo com as falsas imagens em que acreditava. Mas penso que começa finalmente a conhecer-me. Já não vislumbro os sorrisos idiotas e os trejeitos que, a princípio, tanto me irritavam; nem a sua insensata incapacidade para discernir sinceridade nas minhas palavras, quando lhe dava a minha opinião sobre ela própria e a sua paixão doentia. Ela precisou de um rasgo de perspicácia para descobrir que eu não a amava. A dada altura, cheguei a acreditar que nada a faria entender isso; mesmo assim, aprendeu mal a lição, pois esta manhã informou-me, num rasgo de inteligência, que, finalmente, eu tinha conseguido que ela me odiasse! Um verdadeiro trabalho de Hércules, podes crer! Se conseguir isso, tenho de lhe agradecer. Posso confiar em ti, Isabella? Tens certeza de que me odeias? Se eu te deixasse sozinha por meio dia, não voltarias para mim com suspiros e lamentos? Bem sei que ela preferiria que eu fosse afetuoso na tua frente; fere seu orgulho ver a verdade assim exposta. Mas eu não me importo que se saiba que a paixão não é recíproca, e nunca lhe ocultei a verdade. Ela não pode acusar-me de simular uma falsa gentileza, pois a primeira coisa que me viu fazer, quando saí da Granja, foi enforcar a sua cadelinha; e, quando me suplicou que não fizesse aquilo, as primeiras palavras que proferi foram que desejava poder enforcar todos os membros da sua família, exceto um: talvez tenha pensado que era ela a exceção. Todavia, nenhuma brutalidade a impressionou. Suponho que possui uma admiração inata pela brutalidade, desde que ela própria se sinta em segurança! Não é o cúmulo do absurdo e da estupidez que esta criatura servil e mesquinha pudesse pensar que eu a amava? Nelly, diz ao teu patrão que eu nunca, em toda a minha vida, conheci uma pessoa tão abjeta quanto ela: é a vergonha do bom nome da família Linton; e que, às vezes, só por pura falta de imaginação me abstenho de continuar as minhas experiências para ver até que ponto ela é capaz de suportar humilhações e, não obstante, voltar para mim a rastejar com o rabinho entre as pernas. Diz-lhe também que aquiete o seu coração de irmão e de magistrado, pois vou manter-me dentro dos limites da lei. Até o momento, evitei dar qualquer pretexto para ela requerer a separação, e, além disso, ela não agradeceria a ninguém que viesse separar-nos. Se ela quiser partir, é livre para fazê-lo. O incômodo da sua presença é bem maior que o prazer de poder atormentá-la?

– Sr. Heathcliff – disse eu –, depois de tudo que me disse, não posso crer que esteja no seu perfeito juízo, e a sua esposa, provavelmente, está convencida de que o senhor está louco. Só por essa razão tem ela suportado tudo pacientemente; mas, agora que tem autorização para ir embora, sem dúvida alguma o fará. A senhora não está assim tão enfeitiçada a ponto de ficar com este homem de livre vontade, ou será que está?

– Cuidado, Ellen! – respondeu Isabella com os olhos cintilantes de raiva; pela expressão do seu rosto, não restavam dúvidas do total sucesso do marido em conseguir que ela o odiasse. – Não acredites numa só palavra que ele diz. Ele não é um ser humano. É uma criatura maquiavélica e mentirosa, um autêntico monstro. Já me disseram que podia tê-lo deixado há mais tempo; cheguei a tentar, mas não me atrevo a repetir a experiência! Só te peço que prometas, Ellen, que não vais contar uma única palavra desta conversa ao meu irmão ou à Catherine. Por mais que ele queira esconder as suas intenções, o que realmente deseja é levar Edgar ao desespero. Diz que casou comigo só para ter poder sobre ele; mas não vai conseguir, nem que eu morra primeiro! Só espero, e rezo, para que ele descuide de sua prudência diabólica e me mate! Os únicos desejos que consigo albergar são morrer ou vê-lo morto!

– Aí está, já chega por agora! – disse Heathcliff. – Se fores chamada a depor em tribunal, lembra-te das palavras dela, Nelly! E repara bem na expressão do seu rosto. É a mais adequada para o que me convém. Não, Isabella, tu não estás em condições de seres independente; e eu, sendo o teu tutor legal, tenho de te manter sob a minha custódia, por mais desagradável que essa obrigação possa ser. Vai lá para cima, que eu tenho de falar em particular com a Ellen Dean. Não é por aí. É lá para cima, já te disse! Então é esse o caminho para o andar de cima?

Agarrou-a e empurrou-a para fora da sala, posto o que regressou a resmungar.

– Não tenho um pingo de compaixão! Não tenho um pingo de compaixão! Quanto mais os vermes se enroscam, mais me divirto em esmagá-los! É semelhante a uma dentição moral: quanto mais força faço para ranger os dentes, tanto maiores as dores que sinto.

– O senhor sabe o significado da palavra compaixão? – perguntei-lhe, apressando-me em ir buscar a minha touca. – Alguma vez na vida sentiu compaixão por alguém?

– Deixa isso aí! – atalhou ele, percebendo minha intenção de partir. – Não te vás já, Nelly, vem cá. Tenho de persuadir-te a ajudares a mim e à Catherine o mais rapidamente possível. Juro que não tenho más intenções. Não quero causar mais problemas a ela nem exasperar ou insultar o sr. Linton. Só quero ouvir da boca dela como se sente e por que razão ficou enferma; e perguntar-lhe se posso ser útil em alguma coisa. A noite passada passei seis horas no jardim da Granja. E esta noite vou voltar lá. E todas as noites seguintes, até conseguir entrar. Se cruzar com o Edgar Linton, não hesitarei em dar-lhe um murro com toda a força, de forma que ele não me incomode enquanto eu lá estiver. E, se os criados oferecerem resistência, vou mostrar-lhes esta pistola. Mas, diz lá, não seria preferível evitar o confronto com os criados e com o patrão? Tu poderias consegui-lo facilmente! Vou te avisar quando chegar e tu me deixas entrar, escondido, assim que ela estiver sozinha, e ficas de sentinela até eu ir embora. Fica com a consciência tranquila, pois assim evitarás muitos conflitos.

Protestei, novamente, recusando desempenhar um papel de traidora na casa do meu patrão, além de que estaria, com o meu gesto, alimentando sua crueldade e egoísmo, deixando-o perturbar a tranquilidade da sra. Linton por mero capricho.

– Até as coisas mais corriqueiras lhe causam angústia e sofrimento – disse eu. – Ela está muito nervosa e tenho certeza de que não aguentaria a surpresa. Não insista, sr. Heathcliff! Senão, serei obrigada a alertar o meu patrão quanto às suas intenções. E ele tomará as devidas precauções para proteger a casa e os que lá moram de intrusões não autorizadas!

– Nesse caso, tomarei também as devidas providências para me proteger de ti! – exclamou Heathcliff. – Não sairás daqui até amanhã de manhã. A história que me contaste é completamente descabida. Com que então, Catherine não suportaria ver-me! Como não desejo surpreendê-la, deves prepará-la para o nosso encontro. Pergunta-lhe se posso ir visitá-la. Dizes que nunca menciona o meu nome e que ninguém o profere na sua presença. A quem deveria ela mencioná-lo, se eu sou assunto proibido naquela casa? Ela acha que são todos espiões do marido. E não tenho qualquer dúvida de que todos vós lhe fazeis a vida um inferno! Posso adivinhar pelo seu silêncio o que ela sente. Dizes que está muitas vezes inquieta e ansiosa... É isso prova de tranquilidade? Falas-me do seu espírito perturbado... E como raio querias que estivesse, se vive num isolamento aterrador? E aquela criatura insípida e mesquinha a tratar dela por dever e humanidade! Por compaixão e caridade! Mais lhe valia plantar um carvalho num vaso de flores e esperar que ele crescesse, que imaginar que lhe podia restituir a vitalidade com os seus carinhos! Vamos combinar tudo muito bem: ficas tu aqui e vou eu bater-me pela minha Catherine contra Linton e os seus lacaios? Ou continuas a ser minha amiga, como até agora, e fazes o que te peço? Vá, decide-te! Não há motivo para eu perder nem mais um minuto, se continuares a ser teimosa!

Olhe, sr. Lockwood, eu queixei-me, discuti e recusei cinquenta vezes o que ele me pedia. Mas, depois de tanto me negar, acabei por ceder. Comprometi-me a levar uma carta dele à minha senhora e, se ela consentisse, prometi-lhe que o avisaria da próxima ausência do sr. Linton e de quanto tempo demoraria longe, para Heathcliff tentar entrar como pudesse. Eu não estaria presente e os meus colegas estariam igualmente fora do caminho. Estaria isto certo ou errado? Eu temia que estivesse errado, mas era necessário, pois com a minha cumplicidade evitavam-se mais conflitos, e poderia ainda contribuir para uma evolução favorável da doença mental de Catherine. Lembrei-me, então, da repreensão severa do sr. Edgar por eu lhe ter contado certas histórias, e tentei afastar a inquietação, repetindo a mim mesma frequentemente que seria esta a última vez que eu trairia a sua confiança.

Não obstante, o meu regresso foi mais triste do que a ida. E hesitei muito antes de entregar a carta à sra. Linton.

– Aí vem o dr. Kenneth, sr. Lockwood. Vou para baixo dizer-lhe que o senhor melhorou bastante. A minha história já vai longa, como se costuma dizer, e o melhor é deixar o resto para amanhã.

"Longa e triste!", pensei eu, enquanto aquela boa alma descia a escada para receber o médico; não era exatamente o tipo de história que eu escolhesse para me distrair, mas não importa! Extrairei remédios balsâmicos das ervas amargas da sra. Dean. Porém, tenho antes de tomar cuidado com o fascínio que espreita nos olhos cintilantes de Catherine Heathcliff. Iria meter-me numa linda confusão, se o meu coração sucumbisse aos encantos dessa jovem senhora e a filha se revelasse a segunda edição da mãe!

Capítulo XV

OUTRA SEMANA SE PASSARA... e eu cada dia mais perto da saúde e da primavera! Já ouvi inteirinha a história da vida do meu vizinho, contada em várias sessões sempre que a governanta fazia uma pausa nos seus afazeres mais importantes. Continuarei a contar a história pelas suas próprias palavras, apenas um pouco mais resumida. Ela é na verdade uma excelente narradora, e eu não sou capaz de melhorar o seu estilo.

– Nessa tarde – recomeçou ela –, na tarde do dia em que fui ao Morro dos Ventos Uivantes, sabia, como se o visse, que o sr. Heathcliff estava rondando a casa. Por isso evitei sair, pois tinha ainda em meu poder a carta que ele me incumbira de entregar, e não queria ser ameaçada de novo.

Tinha decidido não dá-la à senhora enquanto o meu patrão estivesse em casa, uma vez que não podia imaginar qual seria a reação dela. Por essa razão, a carta só foi entregue ao fim de três dias. O quarto dia era domingo, e só quando já toda a família tinha saído para a missa subi ao quarto da senhora e lhe entreguei a carta.

Ficara apenas um criado guardando a casa comigo e, durante as horas da missa, era costume mantermos as portas trancadas. Naquele dia, porém, o tempo estava tão ameno e agradável que resolvi deixá-las abertas para cumprir a minha promessa. E, para afastar o outro serviçal, disse-lhe que a senhora desejava comer laranjas e que era necessário que ele fosse à vila para comprá-las e que eu no dia seguinte iria até lá pagar. Assim que ele saiu, subi as escadas.

A sra. Linton estava, como de costume, sentada à janela. Trajava um largo vestido branco e, sobre os ombros, um leve xale. Quando ficara de cama, tinham-lhe cortado grande parte do cabelo espesso e longo e, agora, penteava-o com simplicidade, com os caracóis soltos sobre as têmporas e a nuca.

A aparência de Catherine, como eu dissera a Heathcliff, tinha mudado bastante. Todavia, quando estava mais calma, parecia que dessa mudança irradiava uma beleza sobrenatural.

O brilho cintilante dos seus olhos dera lugar a um olhar sonhador e melancólico que dava a impressão, não de fitar os objetos à sua volta, mas de se fixar além, muito mais além, quem sabe se fora deste mundo. Também a palidez do seu rosto, se bem que já sem os traços escavados da magreza e com as faces mais compostas, e a expressão própria do seu estado mentalmente conturbado, contribuíam para acentuar o interesse comovedor que a sua imagem suscitava, embora revelassem dolorosamente as suas causas. Eu não tinha quaisquer dúvidas, e penso que qualquer outra pessoa que a visse não as teria, de que o seu aspecto refutava qualquer prova tangível de convalescença e a condenava ao definhamento.

À sua frente, pousado no parapeito da janela, estava um livro cujas folhas se agitavam à passagem da brisa que corria quase imperceptível. Creio ter sido Linton quem ali o deixara, pois Catherine não se distraía com a leitura nem com qualquer outra ocupação semelhante; era ele quem passava horas a fio tentando cativar a sua atenção para assuntos que outrora a interessavam. Ela tinha consciência do esforço que ele fazia e, quando a boa disposição lho permitia, suportava tudo com serenidade, mostrando apenas a inutilidade de tais esforços ao suspirar de vez em quando, desmotivando-o, por fim, com beijos e melancólicos sorrisos. Outras vezes, voltava-lhe as costas, petulante, e escondia o rosto entre as mãos, chegando mesmo a mandá-lo embora. Ele apercebia-se então de que seria melhor deixá-la sozinha, pois a sua presença de nada lhe valia.

Os sinos da capela de Gimmerton repicavam ainda, e os murmúrios suaves das águas da ribeira, correndo no vale, chegavam-me aos ouvidos. Eram aprazíveis substitutos dos murmúrios musicais da folhagem estival, ainda ausentes, que, quando as árvores se cobriam de folhas, abafavam os restantes sons que ecoavam pela Granja. Era a música das tardes calmas no Morro dos Ventos Uivantes, depois dos grandes degelos ou das chuvas torrenciais. E era no Morro que Catherine pensava, se é que pensava ou escutava alguma coisa; tinha aquele ar vago e distante que não denunciava qualquer reconhecimento das coisas materiais, fosse com os olhos ou com os ouvidos.

– Sra. Linton, tenho uma carta para a senhora – disse eu, colocando-a gentilmente numa das mãos, a que estava pousada no joelho. – Deve lê-la imediatamente, pois espera uma resposta. A senhora deseja que eu quebre o selo?

– Quebra, sim – respondeu ela, sem desviar o olhar. Abri a carta. Era muito breve.

– Agora, leia-a, por favor! – insisti.

Ela moveu a mão e deixou cair a carta. Coloquei-a novamente no regaço e esperei que se dignasse a olhá-la, mas demorou tanto a fazê-lo que achei por bem insistir.

– A senhora quer que a leia? É do sr. Heathcliff.

Ao ouvir esse nome, Catherine estremeceu e o seu olhar brilhante refletiu perturbadoras recordações, e um esforço evidente para coordenar as ideias. Pegou a carta, percorreu os olhos pelas esparsas linhas e, quando chegou à assinatura, suspirou. Contudo, vi que não tinha compreendido o seu verdadeiro significado, pois, quando a instei a dar-me uma resposta, limitou-se a apontar para o nome, ao mesmo tempo que me questionava com o olhar triste e ansioso.

– Sabe, ele deseja vê-la – disse eu, reparando na necessidade de um intérprete. – Neste momento, já deve estar no jardim, impaciente, à espera de uma resposta.

Enquanto falava, reparei que o enorme cão deitado ao sol no relvado arrebitou as orelhas como se fosse ladrar, mas logo voltou a baixá-las, suavemente, anunciando pelo abanar da cauda que alguém conhecido se aproximava.

A sra. Linton inclinou-se ligeiramente para a frente, sustendo a respiração. Daí a instantes, ouvimos passos no vestíbulo. A porta aberta era tentação demasiada para Heathcliff não entrar. Supusera talvez que eu tinha faltado à minha palavra e, por essa razão, resolvera confiar na sua própria audácia.

Catherine, não conseguindo conter a ansiedade, fixou o olhar na porta do quarto. O sr. Heathcliff não encontrou logo o quarto que procurava, e Catherine fez-me sinal para que o ajudasse. Contudo, isso não foi necessário, pois ele logo o encontrou e, com duas passadas largas, chegou junto dela e tomou-a nos braços.

Durante mais de cinco minutos não falou nem afrouxou o abraço, e atrevo-me a dizer que aproveitou esse tempo para lhe dar mais beijos do que jamais lhe dera em toda a sua vida. No entanto, foi a minha patroa quem o beijou primeiro, e era evidente que enfrentar o olhar dela era para ele uma agonia. Desde o primeiro momento em que a viu, ficou convicto, tal como eu, de que não havia qualquer esperança de recuperação e de que ela estava condenada à morte.

– Oh! Cathy! Oh, minha vida! Como posso suportar esta dor? – foram as primeiras palavras que proferiu, num tom que não realçava o desejo de mascarar o desespero.

Os olhos dele fixavam-na com tanta intensidade que julguei esse olhar capaz de lhe encher os olhos de água. Porém, as lágrimas nem tempo tiveram para rolar, pois a angústia secou-as primeiro.

– E agora? – perguntou Catherine, recostando-se na cadeira e retribuindo-lhe o olhar com um súbito endurecer da expressão. O seu humor era como um cata-vento, sempre ao sabor dos caprichos.

Tu e o Edgar destroçaram-me o coração, Heathcliff! E vêm agora lamentar-se ambos junto de mim, como se fossem as vítimas! Não terei compaixão de vós! Não eu, a quem os dois deram a morte. Penso que lucraste com a situação; olha como estás forte! Quantos anos pensas ainda viver depois de eu morrer?

Heathcliff tinha posto um joelho em terra para abraçá-la, mas, ao tentar levantar-se, ela o agarrou pelos cabelos, obrigando-o a manter-se na mesma posição.

– Gostaria de poder abraçar-te até morrermos os dois! – prosseguiu ela, amargamente. – Não importa o que sofresses. Não me preocupo com os teus sofrimentos! Por que não hás de sofrer, se eu sofro tanto! Será que vais me esquecer? E ficarás muito contente quando eu estiver debaixo da terra? E, daqui a vinte anos, dirás junto à minha sepultura: Aqui jaz Catherine Earnshaw. Amei-a há muitos anos e perdê-la dilacerou-me o coração; mas tudo isso são coisas do passado. Depois dela, já amei outras mulheres... os meus filhos são mais caros para mim do que ela foi, e, quando morrer, não me sentirei feliz por ir para junto dela; muito pelo contrário, vou me lamentar por abandonar os meus filhos. Não será assim, Heathcliff?

– Não me tortures até eu ficar tão louco como tu! – gritou ele, libertando-se, e rangendo os dentes de raiva.

Para um espectador imparcial, formavam os dois um quadro bizarro e assustador. Catherine bem podia acreditar que o céu seria a sua pátria de exílio, mas só se ao perder o corpo ela perdesse também o caráter. O seu rosto empalidecido tinha agora um ar selvagem e vingativo, com os lábios descorados e os olhos cintilantes. Mantinha a mão fechada e, por entre os dedos, espreitavam as madeixas de cabelo que ela lhe tinha arrancado. Quanto ao companheiro, enquanto se levantava com a ajuda de uma mão, com a outra agarrava-a por um braço. A falta de consideração pelo estado em que ela se encontrava era tanta que, quando a largou, pude ver quatro marcas vermelhas na sua pele esmaecida.

– Deves estar possuída pelo diabo – continuou ele, desvairado, – para falares comigo nesse tom, quando estás à beira da morte! Já pensaste bem que todas essas palavras vão ficar gravadas na minha memória, consumindo-me a alma eternamente depois de tu morreres? Sabes que mentes quando afirmas que fui eu quem te levou a esse estado deplorável. E tu também sabes, Catherine, que, enquanto eu viver, nunca te esquecerei! Não será suficiente para o teu egoísmo atroz saberes que, enquanto descansas em paz, eu sofrerei os tormentos do inferno?

– Não terei paz! – gemeu Catherine, debilitada pela fraqueza física, devida ao batimento acelerado e desigual do coração, visível e audível neste acesso de exacerbada agitação.

Enquanto o paroxismo durou, nada mais disse. Depois, continuou, mais docilmente.

— Heathcliff, eu não te desejo os tormentos que passei. Só quero que nunca mais nos separemos, e, se algum dia as minhas palavras te angustiarem, lembra-te de que sentirei a mesma angústia debaixo da terra. E, pelo que sentes por mim perdoa-me, por favor! Chega-te perto de mim e ajoelha-te outra vez! Tu nunca na tua vida me fizeste mal algum. Se algum rancor ainda guardas, será pior recordá-lo que às minhas palavras ásperas! Vem, aproxima-te outra vez.

Heathcliff colocou-se atrás das costas da cadeira e inclinou-se para ela, mas de maneira a que Catherine não pudesse ver-lhe o rosto, pálido de emoção. Ela voltou a cabeça para olhar para ele, mas ele não a deixou, afastando-se bruscamente para junto da lareira, onde permaneceu em silêncio e de costas para nós duas.

O olhar da sra. Linton seguiu-o com desconfiança; cada movimento despertava nela um novo sentimento. Após uma pausa e um prolongado olhar, Catherine prosseguiu, dirigindo-se agora a mim, num tom de desapontamento e indignação:

— Vês, Nelly! Ele não tenta, nem por um momento, salvar-me da sepultura! É assim que ele me ama! Mas não faz mal. Este não é o Heathcliff que eu amo. A esse continuo a amar e irei levá-lo comigo. Esse faz parte da minha alma. E, acima de tudo – disse ela, pensativa –, o que me aflige mais é esta prisão. Estou cansada, cansada de estar aqui encarcerada. Só desejo fugir para esse mundo glorioso e não mais sair de lá. Não quero vê-lo turvado pelas lágrimas, nem desejá-lo entre as paredes de um coração dolorido, mas sim estar com ele, e nele, na verdadeira acepção das palavras.

— Olha, Nelly, tu pensas que tens mais sorte que eu porque tens saúde e forças; e, por isso, tens pena de mim. Mas não tenhas, pois em breve tudo mudará. Serei eu a ter pena de ti, pois estarei incomparavelmente muito além e muito acima de todos vós. Admira-me que ele não queira estar junto de mim! – e continuou a falar sozinha. – Pensei que era isso que ele queria. Heathcliff, meu querido, não fiques zangado, vem para junto de mim!

Num impulso, Catherine levantou-se, apoiando-se nos braços da cadeira. Ele voltou-se para ela, em resposta a tão resoluto apelo, com o semblante toldado pelo desespero. Os olhos dela, desmedidamente abertos e umedecidos pelas lágrimas, lançaram-lhe, por fim, um olhar ameaçador, e o seu peito arfou em convulsões. Nem um segundo eles se mantiveram afastados; de tal sorte que mal pude observar o reencontro. Catherine deu um salto e Heathcliff recebeu-a nos braços, enlaçando-se os dois num abraço do qual pensei que a minha senhora jamais se libertaria com vida. De fato, aos meus olhos, ela parecia inanimada.

Ele deixou-se cair no sofá mais próximo e, quando me aproximei para me certificar de que Catherine não tinha desmaiado, ele rosnava e espumava como um cão raivoso, apertando-a contra o peito, possuído pela avidez e pelo ciúme. Senti que essa criatura não pertencia à minha espécie, pois parecia não me compreender enquanto falava com ele. Por isso, afastei-me, perplexa, abstendo-me de emitir qualquer opinião.

Quando Catherine moveu a mão para agarrar o pescoço de Heathcliff e encostar o seu rosto ao dele, sosseguei um pouco mais. Entretanto, ele retribuía o gesto dela com frenéticas carícias, dizendo furiosamente:

– Mostraste-me agora o quão cruel tens sido. Cruel e falsa! Por que me desprezaste, Cathy? Por que traíste o teu próprio coração? Não tenho sequer uma palavra de conforto para dar. Tu mereces tudo aquilo por que estás passando. Mataste a ti própria. Sim, podes beijar-me e chorar o quanto quiseres. Arrancar-me beijos e lágrimas. Mas eles vão te queimar e serás amaldiçoada. Se me amavas, por que me deixaste? Com que direito? Responde-me! Por causa da mera inclinação que sentias pelo Linton? Pois não foi a miséria, nem a degradação, nem a morte, nem algo que Deus ou Satanás pudessem enviar, que nos separou. Foste tu, de livre vontade, que o fizeste. Não fui eu que despedacei teu coração, foste tu própria. E, ao despedaçares o teu, despedaçaste o meu também. Tanto pior para mim, que sou forte e saudável. Se eu desejo continuar a viver? Que vida levarei quando... Oh! Meu Deus! Gostarias tu de viver com a alma na sepultura?

– Deixa-me em paz! Deixa-me... – suplicou Catherine, a soluçar. – Se errei, vou morrer por isso! Não achas o suficiente? Tu também me abandonaste, mas eu não te censuro! Eu te perdoo. Perdoa-me também!

– Não é fácil perdoar, olhar para esses olhos e agarrar essas mãos mirradas – respondeu ele. – Beija-me e não me deixes ver os teus olhos! Perdoo-te o mal que me fizeste. Eu amo quem me mata. Mas... como poderei perdoar quem te mata?

Quedaram-se os dois em silêncio, com as faces encostadas, lavadas pelas mesmas lágrimas. Creio que choravam ambos, pois Heathcliff só choraria em ocasiões como essa.

Entretanto, a inquietação começou a atormentar-me: a tarde escoara-se num instante e o homem que eu havia mandado às laranjas já tinha regressado e dava para ver ao longe, à luz do sol poente que iluminava todo o vale, a multidão de fiéis no adro da capela de Gimmerton.

– A missa já terminou – anunciei. – O meu patrão estará de volta em menos de meia hora.

Heathcliff resmungou qualquer coisa, apertando contra o peito uma Catherine que continuava inerte.

Pouco tempo depois, reparei num grupo de criados que vinha subindo a estrada, a caminho da área da cozinha. O sr. Linton já não devia estar longe. Ele próprio abriu o portão e continuou paulatinamente o seu percurso, como se saboreasse aquela tarde esplendorosa, tão semelhante às de verão.

– Ele já chegou! – exclamei. – Pelo amor de Deus, apressem-se! Ainda pode ir embora sem cruzar com ninguém nas escadas. Seja rápido, e se esconda entre as árvores até ele entrar.

– Tenho de ir, Cathy – disse Heathcliff, tentando libertar-se dos braços da companheira. – Mas, se eu não morrer, voltarei outra vez antes de adormeceres. Não me afastarei mais de cinco jardas da tua janela.

– Não vás! – pediu ela, agarrando-se a ele com a convicção que as suas débeis forças permitiam. – Tenho certeza de que não devias ir!

– É só por uma hora – suplicou ele.

– Nem que fosse por um minuto!

– Tenho de ir, daqui a pouco o Linton aparece aqui em cima – insistiu o intruso, denunciando alguma preocupação. E teria levantado se tivesse conseguido libertar-se dos dedos que o prendiam. Mas Catherine agarrou-o ainda com mais força. Dava para notar pela expressão do rosto dela que tinha tomado uma decisão irracional.

– Não! – gritou ela. – Oh! Não vás, não vás! Esta é a última vez! Edgar não nos fará mal. Se fores, eu morrerei, Heathcliff!

– Maldição! Aí vem ele! – gritou Heathcliff, voltando a sentar-se. – Não digas nada, Catherine, e não te preocupes, que eu fico aqui contigo. E, se ele me matar, exalarei o último suspiro com uma bênção nos lábios.

Tornaram a abraçar-se. Ouvi o patrão subir as escadas. Suores frios escorriam-me pela fronte; eu estava apavorada.

– O senhor vai dar ouvidos aos desvarios dela? – perguntei, indignada. – Ela não sabe o que diz. Vai arruiná-la, só porque ela não tem capacidade para ajudar a si própria! Levante-se! Ainda está em tempo de fugir. Este é o ato mais diabólico que o senhor cometeu em toda a sua vida. Estamos todos perdidos... o senhor, a senhora e a criada.

Eu contorcia as mãos e gritava tanto que o sr. Linton apressou o passo ao ouvir os meus gritos. No meio da minha agitação, fiquei, apesar de tudo, mais tranquila, quando percebi que os braços e a cabeça de Catherine pendiam inertes.

"Desmaiou ou morreu. Tanto melhor", pensei. "Antes morrer que ser um fardo de infelicidade para quantos a rodeavam."

Edgar atirou-se contra o hóspede indesejável, lívido de raiva e estupefação. O que ele se preparava para fazer, isso eu não sei. Contudo, o outro pôs fim a quaisquer ímpetos, depondo em seus braços o corpo aparentemente sem vida de Catherine.

– Calma, homem! – disse ele. – A não ser que seja um demônio, trate dela primeiro e depois ajuste contas comigo! – e retirou-se para a sala, onde se sentou.

O sr. Linton chamou-me, e foi com grande dificuldade, e só após grandes esforços, que conseguimos reanimá-la. Mas ela delirava, gemia e suspirava, e não reconhecia ninguém. O sr. Edgar, preocupado com o estado dela, esqueceu-se do odiado hóspede. Mas eu, não. Na primeira oportunidade, fui avisá-lo de que Catherine já estava melhor e supliquei-lhe que partisse, prometendo-lhe que na manhã seguinte o informaria de como ela havia passado a noite.

– Não me recuso a sair por aquela porta – respondeu ele. – Mas não arredarei pé do jardim; vê lá, Nelly, amanhã não te esqueças do que prometeste. Lembra-te de que estarei debaixo daqueles abetos. Se não aparecer, vou fazer outra visita a ela, quer o Linton esteja lá, quer não.

Lançou um olhar rápido à porta entreaberta, para se certificar de que eu dissera a verdade, e livrou a casa da sua presença nefasta.

Capítulo XVI

NAQUELA NOITE, POR VOLTA da meia-noite, nasceu a Catherine que o senhor viu no Morro dos Ventos Uivantes: uma criaturinha débil, prematura de sete meses. E, duas horas mais tarde, a mãe morria sem nunca ter recuperado a consciência o suficiente para conhecer a srta. Heathcliff ou reconhecer Edgar.

A reação deste último ao golpe sofrido foi dolorosa demais para descrever por palavras. Só os efeitos mostraram quão profunda era a sua dor. E, a meu ver, o que agravou ainda mais o seu desgosto foi o fato de não ter nascido um herdeiro varão. Assim que olhei para a frágil orfãzinha, senti o mesmo e, em pensamento, censurei o velho Linton pelo que, afinal, era apenas sintoma de um favoritismo natural e compreensível: ter legado a propriedade à sua própria filha, e não à descendente do seu filho.

Pobre criança, que mal acolhida foi! Bem podia ter chorado até morrer, durante aquelas primeiras horas de existência, que ninguém teria se importado. Redimimo-nos posteriormente dessa negligência, mas a menina foi tão mal-amada no começo da sua vida como provavelmente o será no fim dos seus dias.

No dia seguinte, a claridade radiosa da manhã, filtrada pela persiana, invadiu docemente o quarto silencioso, iluminando o leito e o seu ocupante, com um brilho terno e jovial. Edgar Linton estava de cabeça deitada na almofada e olhos fechados. As suas belas e serenas feições estavam quase tão imóveis e cadavéricas como o corpo que jazia à sua frente. Porém, enquanto a sua quietude era fruto da angústia e da exaustão, a dela era de uma paz absoluta, visível na fronte serena e no leve sorriso dos seus lábios. Nenhum anjo no céu era tão belo como ela. Eu partilhava a infinita tranquilidade do seu eterno repouso. Nunca o meu espírito experimentara elevação tão sagrada como agora, ao contemplar aquela imagem imperturbada do divino descanso. Instintivamente, vieram-me ao pensamento as palavras que ela proferira poucas horas antes de morrer:

"Eu estou, incomparavelmente, muito além e muito acima de todos vós!". Ainda na terra, ou já no céu, o seu espírito está com Deus!

Não sei se scrá impressão minha, mas, desde que não tenha de ouvir o pranto das carpideiras, quase me sinto feliz quando velo um morto. Sinto uma paz de espírito que nem terra nem inferno podem perturbar; sinto a segurança e certeza de que a vida se prolonga sem fim e sem mácula para além da morte, até uma eternidade onde a vida não tem limites para o amor nem para a alegria. E foi mergulhada nestas reflexões que, ao ver como ele se lamentava da abençoada libertação de Catherine, atentei em quanto egoísmo pode haver até num amor como o do sr. Linton.

Para dizer a verdade, até se poderia duvidar, depois da existência atribulada que levara, se ela mereceria estar finalmente em paz no Paraíso. Poderíamos duvidar em momentos de fria reflexão, mas não naquele momento, e na presença do cadáver. A tranquilidade que dele emanava era uma promessa de paz silenciosa para o seu antigo ocupante.

O senhor acredita que as pessoas sejam felizes no outro mundo? Eu daria tudo para saber!

Evitei responder à pergunta da sra. Dean, a qual me chocou pela sua heterodoxia. Ela continuou.

Recordando a vida de Catherine Linton, receio que não tenhamos o direito de pensar que ela o seja. Mas o Criador dirá.

O patrão parecia ter adormecido. Mal o sol nasceu, esgueirei-me do quarto para ir respirar o ar puro e fresco do jardim. Os criados julgaram que me tinha vindo refazer da vigília prolongada, mas na verdade o meu motivo era outro: encontrar o sr. Heathcliff. Se ele tivesse passado a noite nos abetos, não teria ouvido nada do tumulto que agitara a Granja, a não ser, talvez, o galope do mensageiro que enviamos a Gimmerton. Mas, se ele tivesse se aproximado, teria percebido que alguma coisa se passava pelas luzes que corriam de um lado para o outro e pelo constante abrir e fechar de portas. Queria encontrá-lo, mas temia a sua reação. Contudo, achei que uma notícia como esta devia ser dada o mais depressa possível, e o problema era não saber como.

Lá estava ele, no parque, a curta distância da casa, encostado a um velho freixo, sem chapéu, com o cabelo ensopado pelo orvalho que se depositara nos ramos novos que a brisa agitava à sua volta. Devia estar há muito tempo na mesma posição, pois vi um casal de melros passeando de um lado para o outro a escassas polegadas dos seus pés, tão atarefados na construção do seu ninho que nem davam importância à presença daquele homem; era como se ele fosse apenas mais um tronco. Quando me aproximei, os pássaros voaram, e ele, erguendo os olhos, perguntou:

– Ela morreu, não morreu? Não preciso que me digas. E guarda o lenço, que não quero choraminguices na minha frente. Raios vos partam a todos! Ela não precisa das vossas lágrimas!

Eu chorava tanto por ele como por ela. Por vezes, sentimos compaixão por criaturas que não têm pena de si nem dos outros. Logo que olhei para o rosto dele, percebi que já estava ao corrente da catástrofe e tive a sensação inusitada de que o seu coração se acalmara e ele rezava, pois os seus lábios moviam-se e o seus olhos estavam pregados no chão.

– Sim, está morta! – respondi, sufocada pelos soluços e enxugando as lágrimas. – Foi para o céu, e tenho esperança de que um dia, um por um, todos nós possamos ir para junto dela, se nos acautelarmos e nos desviarmos do caminho do mal para seguir o do bem!

– E ela... soube acautelar-se? – perguntou Heathcliff, procurando ser sarcástico. – Como morreu ela? Como uma santa, não? Vá, conta-me como tudo aconteceu. Como é que a...

Esforçou-se para pronunciar o nome dela, mas não foi capaz e comprimiu os lábios num combate interior com a agonia, desafiando ao mesmo tempo a minha compaixão, com um olhar feroz e resoluto.

– Como é que ela morreu? – disse por fim, forçado a procurar apoio, pois, apesar de toda a sua resistência, este duelo interior deixara-o a tremer dos pés à cabeça.

"Pobre diabo!", pensei, "tens coração e nervos como os de toda a gente! Por que desejas tanto ocultá-los? Não é esse teu orgulho que vai iludir Deus! Ao reagir dessa maneira, obriga-o a fazer-te sofrer, até que saibas ser humilde!"

– Teve o fim sereno de um anjo! – respondi. – Exalou um suspiro e espreguiçou-se como uma criança que desperta e volta a cair no sono. Cinco minutos mais tarde senti seu coração estremecer, e nada mais!

– E alguma vez mencionou o meu nome? – perguntou ele hesitante, como se receasse que a resposta não fosse a que desejava.

– A senhora nunca mais recuperou os sentidos, nem reconheceu fosse quem fosse depois de o senhor sair – disse eu. – Jaz com um doce sorriso nos lábios e, certamente, os seus últimos pensamentos foram para os dias felizes do passado. A sua vida acabou como um sonho sereno. Assim ela possa despertar no outro mundo!

– Pois que desperte em tormento! – bradou ele com assustadora veemência, batendo o pé e soltando um grito, num súbito paroxismo de cólera incontrolada. – Por que ela mentiu até o fim? Onde está ela? Não está aqui, nem no céu, nem morta! Onde está então? Oh! Disseste que não te importavas que eu sofresse! Pois o que eu te digo agora, vou repetir até que a minha língua paralise: Catherine Earnshaw, enquanto eu viver não descansarás em paz! Disseste que te matei. Pois então assombra-me a existência! Os assassinados costumam assombrar a vida dos seus assassinos, e eu tenho certeza de que os espíritos andam pela terra. Toma a forma que quiseres, mas vem para junto de mim e me enlouquece! Não me deixes só, neste abismo onde não te encontro! Oh! Meu Deus! É indescritível a dor que sinto! Como posso eu viver sem a minha vida?! Como posso eu viver sem a minha alma?!

Bateu com a cabeça contra o tronco nodoso e, levantando os olhos, bramiu, não como um ser humano, mas como um animal selvagem aguilhoado de morte por lanças e facas. Reparei que a casca da árvore tinha alguns salpicos de sangue e que as mãos e a testa dele estavam também manchadas. Provavelmente, a cena que eu presenciei fora a repetição de outras decorridas durante a noite. Não me comovi; estava, isso sim, apavorada, mas ao mesmo tempo relutante em abandoná-lo naquele estado. Todavia, mal se recompôs o suficiente para notar minha presença, ordenou aos berros que eu fosse embora, e obedeci. Não estava ao meu alcance acalmá-lo ou consolá-lo!

O funeral da sra. Linton foi marcado para a sexta-feira que se seguiu ao seu passamento, e o caixão permaneceu aberto, até esse dia chegar, na maior sala da casa, coberto de flores e folhas aromáticas. Linton passou os dias e as noites junto à urna, em permanente vigília. Nas mesmas circunstâncias, apenas conhecidas por mim, passou Heathcliff as noites ao relento, desconhecendo o sabor do repouso. Não estive em contato com ele, mas estava consciente da sua intenção em entrar logo que fosse possível. Na terça-feira, mal o sol se pôs, o meu patrão, compelido pela fadiga, retirou-se para repousar algumas horas. Comovida com a perseverança de Heathcliff, abri uma das janelas para lhe dar a oportunidade de dizer o seu último adeus à imagem empalidecida do seu ídolo. Ele entrou, cauteloso, sem fazer o mínimo ruído que pudesse denunciar a sua presença e privá-lo dessa breve e derradeira despedida. Na verdade, nem eu própria teria descoberto que ele lá estivera, não fosse o rosto da defunta deixado a descoberto e a madeixa loura amarrada ao fio de prata, a qual, após minucioso exame, tive certeza de ter sido retirada de um medalhão que Catherine trazia no pescoço. Heathcliff tinha-o aberto e retirado a madeixa que lá estava, substituindo-a por uma madeixa dos seus cabelos negros. Entrelacei as duas e fechei-as dentro do medalhão.

É claro que o sr. Earnshaw foi convidado a acompanhar os restos mortais da irmã. Todavia, não compareceu, nem apresentou qualquer desculpa. Assim, além do marido, assistiram ao funeral apenas os caseiros e os criados, já que Isabella não fora informada.

Para surpresa das pessoas de Gimmerton, a sepultura de Catherine não ficava nem junto à capela, no jazigo dos Linton, nem junto às campas dos seus familiares. Catherine foi enterrada numa encosta relvada no extremo do cemitério, onde o muro era tão baixo que as urzes e as silvas da charneca passaram para dentro, e cobriram a campa, misturando-se com a relva. O marido jaz agora no mesmo local. À cabeceira de cada um deles foi colocada uma simples lápide e, no extremo oposto, um bloco de pedra cinzenta, apenas para demarcar as sepulturas.

Capítulo XVII

AQUELA SEXTA-FEIRA FOI o último dia de bom tempo do mês. Ao anoitecer, o tempo mudou: o vento começou a soprar de sul para nordeste e trouxe consigo a chuva e, depois, granizo e neve.

No dia seguinte, dificilmente se diria que havíamos tido três semanas de verão: as buganvílias e o açafrão vergavam-se agora às ventanias de inverno; calaram-se as cotovias, amareleceram e caíram as folhas das árvores temporãs; fria, soturna e sombria, a manhã arrastava-se, preguiçosa! O meu patrão não saiu dos seus aposentos. Assenhoreei-me da sala vazia e transformei-a num quarto de bebé. E ali estava eu, sentada, com a bebé chorona ao colo, embalando-a de um lado para o outro e contemplando os flocos de neve que não paravam de cair e se acumulavam no peitoril da janela sem cortinas, quando a porta se abriu e alguém entrou, rindo e ofegante.

Por momentos, a minha fúria suplantou o meu espanto; pensando que fosse uma das criadas, gritei:

– Cala-te! Como te atreves a entrar aqui nesse despropósito? Que diria o sr. Linton, se te ouvisse?

– Desculpa – respondeu uma voz que eu bem conhecia. – Mas sei que o Edgar já está recolhido e não me contive.

Dizendo isto, a minha interlocutora aproximou-se do fogo, ofegante, e com a mão fincada na cintura.

– Vim correndo desde o Morro dos Ventos Uivantes... – prosseguiu após uma pausa – sem contar com as vezes que tropecei e caí; foram tantas que até perdi a conta. Dói-me o corpo todo! Mas não te assustes! Vais ter a explicação, logo que eu possa dar. Por agora, faz-me o favor de mandar preparar a carruagem para me levar a Gimmerton, e diz a uma criada que arrume algumas roupas para mim.

A intrusa era a sra. Heathcliff. O seu estado não era para risos: o cabelo caía-lhe sobre os ombros, desmanchado e a pingar; trazia o mesmo vestido de moça, de sempre, mais adequado à sua idade do que à sua condição de senhora casada; era curto e de mangas igualmente curtas; na cabeça e no pescoço não trazia nada. O vestido era de seda leve e colava-se no seu corpo de tão encharcado que estava. Nos pés, apenas chinelas. Um golpe profundo por baixo de uma orelha, que só o frio impedia de sangrar profusamente, um rosto empalidecido, arranhado e ferido, e um corpo que mal se aguentava em pé devido ao cansaço contribuíam ainda para o seu aspecto lastimável. Assim, é fácil imaginar que o meu susto não tivesse passado por completo quando tive a oportunidade de examiná-la melhor.

– Minha querida menina – exclamei –, não irá a parte alguma e não escutarei nada do que me disser antes de ter trocado de roupa, e nem pense em partir ainda esta noite para Gimmerton. Por isso, é desnecessário mandar preparar a carruagem.

– Ai, vou sim! – disse ela. – Nem que seja a pé. Quanto a mudar de roupa, não ponho objeção. Olha, vê como o sangue corre agora; é o calor do fogo que o atiça!

Não deixou que a tocasse sem primeiro ter cumprido as suas ordens: só depois de eu ter dado as devidas instruções ao cocheiro e mandado a criada colocar algumas peças de roupa numa mala, é que me deixou tratar da ferida e ajudá-la a mudar de vestido.

– Agora, Ellen – disse, quando terminei as minhas incumbências e ela já se encontrava sentada num cadeirão junto à lareira com uma chávena de chá na sua frente –, leva a filhinha da pobre Catherine lá para dentro e vem sentar-te perto de mim; não gosto de vê-la! Não penses que por ter entrado aqui rindo daquela maneira sou insensível à morte dela. Eu também chorei, e muito... Sim, mais do que ninguém, eu tinha motivos para chorar. Como deves estar lembrada, separamo-nos sem termos nos reconciliado, e disso jamais me perdoarei. Mas, seja como for, não vou ter pena dele... desse bruto! Passe-me o atiçador. Esta é a última coisa dele que ainda tenho – tirou a aliança do dedo e arremessou-a ao chão. – Hei de esmagá-la – prosseguiu, calcando-a com fúria pueril – e depois queimá-la! – E, pegando a aliança toda amassada, atirou-a ao fogo. – Pronto, aí está! Agora, se me obrigar a voltar para ele, tem de me comprar outra. Ele é bem capaz de vir procurar-me aqui, só para irritar o Edgar; não me atrevo a ficar, não vá aquela mente perversa lembrar-se disso. Por outro lado, o Edgar não tem sido simpático comigo, não é mesmo? Não quero pedir-lhe ajuda nem causar-lhe mais aborrecimentos. Foi a necessidade que me levou a procurar abrigo aqui em casa; porém, se não soubesse que ele não estava aqui, teria entrado apenas na cozinha para lavar o rosto, aquecer-me um pouco, pedir-te que trouxesses o que precisava e, depois, partiria imediatamente para bem longe do maldito do meu... desse demônio encarnado! Ah, como ele estava furioso! Se tivesse me apanhado... É uma pena que o Earnshaw não tenha a sua corpulência! Se assim fosse, eu não teria partido sem primeiro ver Heathcliff derrotado. Ah! Tivesse o Hindley força para tal!

— Está muito bem, menina, mas não fale tão depressa — atalhei —, senão desfaz o nó do lenço que amarrei no seu pescoço e o golpe volta a sangrar. Beba o seu chá, descanse um pouco e veja se para de rir. Infelizmente, o riso é inoportuno debaixo deste teto, ainda mais na sua situação.

— Ora, aí está uma verdade inegável! — replicou. — Ai, aquela criança não para de chorar! Manda-a para onde eu não possa ouvi-la; é só por uma hora, não vou ficar mais do que isso.

Toquei a campainha e entreguei a menina aos cuidados de uma criada; em seguida, perguntei à srta. Isabella o que a tinha levado a fugir com tanta pressa do Morro dos Ventos Uivantes e para onde é que tencionava ir, já que se recusava a ficar conosco.

— Quem me dera ficar aqui — respondeu — para consolar o Edgar e cuidar da criança e também porque a Granja é a minha verdadeira casa. Mas o Heathcliff jamais consentiria. Julgas que ele ia suportar ver-me feliz? Que, sabendo que levamos uma vida tranquila e regalada, não trataria logo de envenenar a nossa alegria? Agora posso afirmar com toda a certeza que ele me odeia a ponto de não suportar sequer ouvir a minha voz; quando estou na sua presença, vejo como os músculos do seu rosto se contraem involuntariamente, tornando-lhe dura a expressão; isto provém, por um lado, do fato de conhecer os motivos que eu tenho para sentir o que sinto por ele e, por outro, da sua aversão natural por mim. O seu ódio é tão intenso que estou certa de que não iria percorrer a Inglaterra à minha procura, se soubesse que eu tinha planejado fugir; por isso, devo escapar para o mais longe possível. Já me recuperei do desejo inicial de morrer pelas suas mãos; agora preferia que fosse ele a morrer pelas suas próprias mãos! Acabou com todo o meu amor e, portanto, estou tranquila. Todavia, ainda recordo como o amei, e penso que poderia amá-lo ainda, se... Não, não, nem pensar! Mesmo que ele tivesse me amado loucamente, a sua natureza diabólica teria acabado por se manifestar. A Catherine devia ter os gostos pervertidos para tratá-lo com tanto carinho depois de conhecê-lo tão bem! Monstro! Se ao menos ele pudesse ser apagado do rol dos vivos e da minha memória!

— Mas, menina, ele é um ser humano como os outros — disse eu. — Seja mais benevolente; olhe que existem bem piores!

— Ele não é humano — retorquiu. — Nem a minha piedade ele merece. Entreguei-lhe o meu coração e ele se apoderou dele, destroçou-o e, depois, o devolveu. As pessoas sentem com o coração, Ellen, e, uma vez que ele destruiu o meu, não posso sentir nada por ele; e não sentiria, nem que ele me suplicasse até a hora da morte ou chorasse lágrimas de sangue pela Catherine! Não, de maneira alguma! – Neste momento, Isabella começou a chorar; mas logo enxugou as lágrimas e prosseguiu:

– Perguntaste o que me levou a fugir desta maneira? Fui obrigada a fazê-lo, porque consegui que a sua raiva ultrapassasse a sua malvadez. Fazer explodir os seus nervos com tenazes em brasa requer mais sangue-frio do que desferir golpes na sua cabeça. A sua fúria foi tanta que se esqueceu da habitual prudência satânica de que tanto se vangloriava e passou à violência homicida. Senti um prazer desmedido em deixá-lo completamente fora de si, e foi esse mesmo prazer que acordou o meu instinto de autopreservação, libertando-me das suas garras. Se alguma vez eu voltar a cair nelas, decerto se vingará de forma memorável. Ontem, como sabes, o sr. Earnshaw tinha de ir ao funeral e, como tal, manteve-se sóbrio... Enfim, razoavelmente sóbrio; pelo menos, não foi para a cama às seis da manhã, como de costume, caindo de bêbado, nem se levantou ao meio-dia ainda no mesmo estado. Resultado: acordou com uma depressão suicida, tão apropriada para a igreja como para ir ao baile, e, em vez de ir ao enterro, ficou sentado perto da lareira encharcando-se de gim e aguardente. O Heathcliff... estremeço só de pronunciar o seu nome... desde domingo é como se não vivesse lá em casa; se são os anjos a alimentá-lo ou o seu parente das profundezas, isso não sei. Só sei que já não faz uma refeição conosco há quase uma semana. Chegava de madrugada e ia diretamente para o quarto, aí se trancando, como se alguém pudesse cobiçar a sua companhia! E lá ficava, rezando como um metodista; porém, a divindade que ele invocava não passava de pó e cinzas, e, quando se dirigia a Deus, confundia-o curiosamente com o seu pai dos infernos. No fim das suas preciosas preces, que duravam geralmente até ficar rouco e com a voz presa na garganta, voltava a sair e vinha direto à Granja. Admira-me que o Edgar não tenha chamado a polícia para prendê-lo! Quanto a mim, triste como estava com a morte da Catherine, era-me impossível não aproveitar a ocasião para me libertar daquela opressão aviltante.

– Consegui recuperar o ânimo suficiente para suportar sem lágrimas as intermináveis arengas do Joseph, e para subir e descer as escadas daquela casa sem cautelas de ladrão, como anteriormente. Não penses que chorava com tudo o que o Joseph me dizia, mas ele e o Hareton são na verdade uma companhia detestável; antes ficar ao lado do Hindley ouvindo os seus impropérios do que com o "patrãozinho" e o seu guardião, aquele velho horrendo! Quando o Heathcliff se encontra em casa, sou muitas vezes obrigada a refugiar-me na cozinha e a conviver com a criadagem para não morrer de frio lá em cima nos quartos úmidos e vazios; mas, quando ele não está, como aconteceu esta semana, coloco uma mesa e uma cadeira num canto da lareira e não me interessa saber como o sr. Earnshaw passa o seu tempo, e ele, por sua vez, também não interfere nas minhas ocupações: se ninguém provocá-lo, anda até mais calmo do que antes, mais taciturno e deprimido e menos irascível. O Joseph diz que ele se converteu, que o Senhor tocou o seu coração e o salvou do "fogo eterno". Eu não consigo descortinar sinais dessa mudança tão benéfica, mas isso também não me diz respeito. Ontem à noite fiquei no meu canto lendo alguns livros velhos até cerca da meia-noite; era desoladora a perspectiva de ir para cima com toda aquela neve a rodopiar lá fora e o pensamento voando teimosamente para o cemitério e para a sepultura ainda fresca! Mal ousava levantar os olhos da página que tinha à minha frente, tão lúgubres eram as imagens que haviam se apoderado de mim. O Hindley estava sentado do outro lado, com a cabeça apoiada entre as mãos, talvez a meditar no mesmo; só tinha parado de beber quando já estava completamente embriagado e assim se mantinha havia duas ou três horas, sem se mexer e sem falar. Dentro de casa, o silêncio era total, cortado apenas pelos gemidos do vento que de vez em quando fustigava as janelas, o crepitar amortecido do fogo e o estalido do espevitador, quando eu de tempos em tempos retirava o morrão da vela. O Hareton e o Joseph já deviam estar dormindo. Estava tudo tão soturno que eu lia e suspirava ao mesmo tempo, pois parecia que toda a alegria tinha se extinguido da face da terra para sempre. Aquele silêncio arrepiante foi quebrado finalmente pelo barulho do ferrolho da porta da cozinha: era Heathcliff que regressava da sua ronda mais cedo do que o costume, devido, suponho eu, à súbita tempestade. Mas a porta estava trancada e ouvimo-lo, por isso, dar a volta no pátio para entrar pela outra. Levantei-me, sem conseguir esconder a minha emoção, o que levou o meu companheiro, que tinha estado a olhar para a porta, a olhar na minha direção.

– "Vou deixá-lo ficar lá fora cinco minutos", comunicou. "Não se importa, não é verdade?"

– "Por mim, pode deixá-lo ficar lá a noite inteira!", respondi. "Dê a volta na chave e corra o ferrolho." E o sr. Earnshaw assim fez, antes que o seu hóspede alcançasse a porta da frente; depois, veio para junto de mim e sentou-se numa cadeira na outra extremidade da mesa onde eu estava, deitando-se sobre o tampo e procurando encontrar nos meus olhos um sinal de solidariedade para com o ódio que ardia nos seus; não a encontrou totalmente, já que havia algo de homicida no seu ódio, mas o que viu nos meus foi o suficiente para se animar a dizer:

– "Tanto eu como a senhora temos contas a ajustar com aquele homem, e, se nenhum de nós for covarde, podemos aliar-nos. Ou será tão fraca como o seu irmão? Quer resignar-se a sofrer até o fim, sem tentar ao menos pagar-lhe na mesma moeda?"

– "Já chega o que sofri até agora", retorqui. "E bem me agradaria uma retaliação que não recaísse sobre mim. Mas a traição e a violência são uma faca de dois gumes: ferem mais os que a elas recorrem do que os seus inimigos."

– "Traição e violência pagam-se com traição e violência!", vociferou Hindley. "Peço-lhe somente uma coisa, sra. Heathcliff: que fique quieta e calada. Posso contar com a senhora? Tenho certeza de que sentirá tanto prazer como eu em presenciar o fim daquele demônio. Se não se antecipar a ele, será a *tua* morte... e a *minha* ruína. Maldito seja o patife! Repare... Bate na porta como se já fosse o dono da casa! Prometa-me que se calará, e antes que o relógio dê as próximas badaladas... faltam só três minutos para a uma... estará livre dele para sempre!"

– Tirou do peito a arma de que te falei na minha carta, e preparava-se para apagar a vela, mas eu consegui desviá-la, ao mesmo tempo que agarrava o seu braço.

– "Não, não ficarei calada", exclamei. "O senhor não tocará nele. Deixe a porta fechada e fique onde está."

– "Não! A minha decisão está tomada e juro por Deus que a porei em prática", bradou a criatura em desespero. "Vou prestar-lhe um favor, mesmo contra a sua vontade, e farei justiça pelo Hareton. E não precisa se preocupar em proteger-me; a Catherine morreu... Já não resta ninguém para chorar por mim ou se envergonhar do que faço, mesmo que eu corte o pescoço neste instante. Está na hora de pôr fim a tudo isto."

– Era como lutar com um urso ou argumentar com um louco. A minha única saída era correr para uma janela e avisar a vítima da sorte que o esperava.

– "É melhor procurares abrigo em outro lugar por esta noite!", gritei-lhe, em tom triunfal. "O sr. Earnshaw está decidido a dar-te um tiro se teimares em entrar."

– "Vai mais é abrir a porta, minha grande...", vociferou o Heathcliff, dirigindo-me palavras tão "delicadas" que nem me atrevo a repeti-las.

– "Não tenho nada com isso", repliquei. "Entra e leva um tiro, se é isso que queres! O meu dever está cumprido."

– Dito isto, fechei a janela e voltei para o meu lugar junto à lareira. Como não sou hipócrita, não fingi ansiedade perante o perigo que o ameaçava. Earnshaw desatou a praguejar encarniçadamente, clamando que eu ainda amava aquele vilão, e cobriu-me dos piores insultos pela minha manifesta falta de dignidade. E eu, lá no fundo, sem peso na consciência, pensava em como seria bom para ele se o Heathcliff o livrasse daquela existência ignóbil e como seria bom para mim se despachasse o Heathcliff para onde ele merecia. Enquanto assim cogitava, o caixilho da janela saltou com uma pancada seca e caiu ao chão, e o rosto sinistro do Heathcliff assomou no buraco. Este, porém, era demasiado estreito para permitir sua passagem; sorri, exultando de alegria por me sentir em segurança. Ele estava com o cabelo e a gola do casaco cobertos de neve, e os seus dentes aguçados de canibal, arreganhados pelo frio e pela raiva, brilhavam na escuridão.

– "Isabella, deixa-me entrar ou irás te arrepender!", rosnou ele, como diz o Joseph.

– "Não quero ser responsável por um crime!", respondi. "O sr. Hindley está à tua espera com uma navalha e uma pistola carregada."

– "Então abre a porta da cozinha", sugeriu.

– "O Hindley chega lá antes de mim. Bem pouco amor é o teu que não resiste a uma nevasca! Enquanto a lua brilhou durante o verão, deixaste-nos dormir sossegados, mas, assim que chega o inverno, corres a procurar abrigo! Se eu estivesse no teu lugar, Heathcliff, ia deitar sobre a campa dela, para aí morrer como um cão fiel. O mundo certamente já não tem valor para ti: fizeste questão de deixares bem claro que a Catherine era toda a tua alegria; nem sei como vais conseguir sobreviver à sua perda..."

– "Ele está aí, não está?", vociferou o meu companheiro, precipitando-se para a abertura. "Se conseguir enfiar o braço por esta nesga, sou capaz de alcançá-lo!"

– Receio, Ellen, que me consideres cruel, mas tu não sabes tudo, e, portanto, não me condenas. Longe de mim instigar ou colaborar num atentado, mesmo que fosse contra a vida *dele*. Desejar que morresse, isso eu desejei, e, por isso, fiquei tão desalentada, e aterrada também, pelas consequências do meu sarcasmo, quando o Heathcliff pegou a arma do Earnshaw e a arrebatou. A pistola disparou e a navalha, com o impacto, fechou-se sobre o punho do seu detentor; Heathcliff a puxou com violência, dilacerando a carne dele, e a colocou no bolso ainda pingando sangue. Em seguida, pegou uma pedra, quebrou o que restava da janela e saltou para dentro da sala. O seu adversário caíra inanimado com a intensidade da dor: de uma artéria, ou de uma veia grossa, jorrava sangue em abundância.

– O malvado espezinhou-o e bateu repetidamente sua cabeça contra as lajes, enquanto me agarrava com a mão livre para me impedir de chamar o Joseph.

– Deve ter feito um esforço sobre-humano para resistir à tentação de aniquilá-lo por completo. Parou, por fim, exausto, e arrastou o corpo aparentemente sem vida para cima do banco.

– Rasgou então a manga do casaco de Earnshaw e atou-lhe a ferida com tanta energia como a que anteriormente aplicara ao espancá-lo.

– Sentindo-me liberta, não perdi tempo e fui à procura do velho criado que, quando enfim compreendeu o significado da minha atabalhoada narrativa, se apressou a descer os degraus de dois em dois, em alvoroço.
– "Que que foi que aconteceu? Que que foi que aconteceu?"
– "Aconteceu que o teu patrão está doido varrido e, se chegar a durar um mês, vou interná-lo no manicômio!", respondeu Heathcliff. "E que ideia foi essa de trancares as portas enquanto eu estava fora, meu cão velho e desdentado? Não fiques aí parado a arengar; vem cá, ou queres que seja eu a tratar dele? Limpa esta sujeira toda, e cuidado com a vela, olha que metade do sangue dele é álcool."
– "Então o senhor o matou?", exclamou o Joseph, erguendo as mãos e os olhos ao céu, horrorizado. "Já se viu semelhante coisa! Que o Senhor..."
– O Heathcliff o fez cair de joelhos com um empurrão e atirou-lhe uma toalha; mas o Joseph, em vez de limpar o chão, colocou-se de mãos postas a rezar uma oração que me deu vontade de rir pela sua estranha fraseologia. Eu estava tão insensível que já nada me chocava; na verdade, aparentava a indiferença de alguns malfeitores perante a forca.
– "Ah! Já me esquecia de ti!", disse o tirano. "Tu mesma vais limpar as lajes. De joelhos! Conspiraste com ele contra mim, não foi, víbora? Agora tens um trabalhinho perfeito para ti."
– Sacudiu-me com tanta força que até meus dentes bateram uns nos outros; depois, empurrou-me para junto do Joseph, que concluiu imperturbável as suas preces e, levantando-se, declarou que iria sem demora à Granja. O sr. Linton era um magistrado, e, nem que tivessem morrido cinquenta esposas, haveria de averiguar o sucedido. Era tal a sua obstinação, que Heathcliff achou melhor fazer-me recapitular tintim por tintim tudo o que ali se passara, sem arredar pé do meu lado e com o olhar tão carregado de ódio que não pude recusar. Não foi fácil convencer o velho de que Heathcliff não tinha sido o agressor, ainda mais que ele via como as explicações eram arrancadas de mim quase à força. No entanto, Earnshaw não tardou a convencê-lo de que ainda estava vivo; Joseph apressou-se em ministrar-lhe uma boa dose de aguardente e, com isso, ele não tardou a recompor-se. Ciente de que Earnshaw ignorava os maus-tratos que recebera enquanto estava sem sentidos, o Heathcliff o insultou de bêbado e de louco e disse que estava preparado para esquecer tão atroz procedimento, mas que o aconselhava a ir para a cama. Para grande alegria minha, o Heathcliff nos deixou a sós, após tão judicioso conselho, e o Hindley foi estender-se sobre a pedra da lareira. Subi para o meu quarto, admirada por ter escapado tão facilmente à fúria do Heathcliff.
– Esta manhã, quando desci, por volta das onze e meia, o sr. Earnshaw encontrava-se sentado ao pé do fogo, mais morto que vivo. O seu gênio do

mal, quase tão esvaído e lívido como ele, estava de pé, encostado na ponta da lareira. Nenhum deles parecia disposto a comer, pelo que eu, depois de esperar até a comida já estar fria, resolvi começar sozinha. Não havia nada que me tirasse o apetite e era até com certa sensação de gozo e superioridade que olhava para os meus companheiros vez por outra, sentindo o conforto de uma consciência tranquila. Assim que terminei, tomei a rara liberdade de ir para junto da lareira, passando por trás da cadeira de Earnshaw e ajoelhando-me ao seu lado num cantinho. O Heathcliff nem olhou para mim. Mas eu, erguendo os olhos, fitei-o demoradamente, quase com tanta tranquilidade como se ele tivesse se transformado numa estátua: a sua fronte, que outrora me parecera tão viril e agora se afigurava diabólica, ensombrada por nuvens de tempestade; os seus olhos de basilisco apresentavam-se mortiços, das noites maldormidas e, quem sabe, talvez do pranto, pois tinha as pestanas umedecidas; os seus lábios, sem o sarcasmo e a ferocidade habituais, comprimiam-se numa expressão de indizível tristeza. Fosse ele outro, e eu teria coberto os olhos perante tanto sofrimento; mas, tratando-se de Heathcliff, regozijei-me, e, por mais vil que possa parecer humilhar um inimigo em desvantagem, não podia perder a ocasião de aferroá-lo; aquele seu momento de fraqueza era a única oportunidade que eu tinha para saborear o prazer de pagar na mesma moeda todo o sofrimento que havia me causado.

– A menina não tem vergonha? – atalhei. – Até parece que nunca abriu uma Bíblia na sua vida. Não basta que Deus castigue seus inimigos? É presunção e malvadez juntar as suas torturas às d'Ele.

– Concordo que geralmente assim seja, Ellen – prosseguiu ela. – Mas que desgraça acontecida ao Heathcliff poderia me satisfazer, se eu não tivesse contribuído para ela? Até nem me importaria que ele sofresse *menos*, se fosse eu que provocasse o sofrimento e ele ficasse sabendo que era eu a causadora. Ah! Quantas ofensas tenho a devolver-lhe! Só com uma condição poderia perdoá-lo: seria olho por olho, dente por dente; retribuir-lhe cada momento de agonia, fazê-lo descer até o nível em que me encontro. E, como ele foi o primeiro a ofender-me, que fosse ele também o primeiro a implorar o meu perdão; e depois... bem, depois, Ellen, talvez eu pudesse então mostrar alguma generosidade. É, porém, absolutamente impossível que algum dia possa sentir-me vingada, e, assim sendo, não posso perdoá-lo. Então, o Hindley pediu água e eu fui buscar um copo e perguntei-lhe como se sentia.

– "Não tão mal quanto desejaria", respondeu. "Mesmo sem falar no braço, sinto o corpo todo dolorido, como se tivesse enfrentado uma legião de demônios."

– "Não é para admirar...", observei. "A Catherine costumava dizer que era ela quem zelava pela sua integridade física: queria ela dizer que certas pessoas, receando ofendê-la, evitavam agredi-lo. Graças a Deus que os mortos não se levantam das sepulturas, senão ontem à noite ela teria presenciado uma cena deveras humilhante. O senhor, por acaso, não está com o peito e os ombros cheios de nódoas negras?"

– "Não sei. Mas por que pergunta? Teria ele se atrevido a bater em mim enquanto eu estava sem sentidos?"

– "Espezinhou-o, deu-lhe pontapés e bateu com a sua cabeça no chão", segredei-lhe eu. "Até estava com água na boca, tal era a vontade de despedaçá-lo com os dentes, porque só uma metade dele é humana, ou talvez nem tanto."

– Earnshaw ergueu os olhos, tal como eu, para o rosto do nosso inimigo, que parecia alheio a tudo o que o rodeava e absorto na sua angústia, um rosto que refletia cada vez mais a escuridão que ia na sua alma.

– "Oh, concedesse-me Deus, ainda que somente na hora derradeira, a força suficiente para estrangulá-lo, e iria com todo o gosto para o inferno!", gemeu, impaciente, contorcendo-se e tentando levantar-se, mas caindo de novo para trás, desesperado e convencido da sua impotência.

– "Não, já chega que ele tenha sido a causa da morte de um dos nossos", disse eu, falando bem alto. "Na Granja, todos sabem que, se não fosse ele, a sua irmã ainda estaria viva. Portanto, é preferível ser odiado por ele a ser amado. Quando me lembro de como éramos felizes, de como a Catherine era alegre antes da sua chegada, não posso deixar de amaldiçoar esse dia."

– Provavelmente o Heathcliff atentou mais para a veracidade do que era dito do que nas razões de quem falava. Reparei que tínhamos despertado sua atenção, pois as lágrimas rolavam dos seus olhos para as cinzas e a respiração era entrecortada por sufocantes suspiros. Olhei-o nos olhos e desatei a rir, trocista; as frestas enevoadas do inferno relampejaram por um instante, mas o demônio que geralmente surgia estava tão abatido que não receei lançar outra gargalhada de escárnio.

– "Levanta-te e desaparece da minha vista", ordenou, das profundezas do desgosto, ou pelo menos foi isso o que eu entendi, pois falou num tom de voz quase imperceptível.

– "Como!?", retorqui. "Eu também gostava muito da Catherine e o irmão dela precisa de assistência, que eu, por respeito à sua memória, lhe concederei. Agora que está morta, parece que a revejo em Hindley; os seus olhos são iguais aos dela, olhos que tu tentaste arrancar, pisando e ensanguentando. E a sua..."

– "Levanta-te, miserável, antes que eu te calque com os pés!", bradou, esboçando um movimento ameaçador que mereceu outro da minha parte.

– "Mas então", continuei eu, já pronta para fugir, "se a pobre Catherine tivesse confiado em ti e adotado o nome ridículo, desprezível e degradante de sra. Heathcliff, não teria tardado a descer ao estado em que o irmão se encontra agora. Mas ela não teria suportado em silêncio o teu comportamento abominável e teria dado voz ao ódio e à repulsa."

— O espaldar do banco e o próprio Earnshaw interpunham-se entre mim e o Heathcliff, pelo que ele, em vez de tentar agarrar-me, empunhou uma faca que estava em cima da mesa e arremessou-a contra mim. A faca se espetou abaixo da minha orelha, cortando-me a palavra. Arranquei-a e corri para a porta, lançando na sua cara uma outra frase que espero o tenha ferido mais fundo do que o seu projétil.

— A última coisa de que me apercebi foi da sua arremetida furiosa, sustida pelo peito do seu anfitrião, e de rolarem os dois para cima da lareira.

— Ao fugir pela cozinha, gritei ao Joseph que viesse acudir o patrão, depois, esbarrei com o Hareton, que brincava na soleira da porta com uma ninhada de cachorrinhos, tentando pendurá-los nas costas de uma cadeira, e, finalmente, como uma alma liberta do purgatório, corri, saltei e voei encosta abaixo. Depois, cansada de tanto serpentear, entrei à direita pelo brejo em direção à luz que brilhava na Granja. Antes ser condenada às penas do inferno do que passar mais uma noite que seja sob aquele teto, no Morro dos Ventos Uivantes.

Isabella calou-se e bebeu um golinho de chá. Em seguida, pôs-se de pé, pediu que a ajudasse a pôr a touca e um grande xale que eu tinha trazido e, fazendo orelhas moucas aos meus pedidos insistentes para que ficasse por mais uma hora, trepou numa cadeira, beijou os retratos de Edgar e de Catherine, honrou-me com idêntica despedida e dirigiu-se para a carruagem, acompanhada pela Fanny, que não parava de ladrar de satisfação por haver reencontrado a sua dona. E foi para não mais voltar. No entanto, quando as coisas se acalmaram, ela e o meu patrão passaram a corresponder-se com regularidade.

Creio que se instalou no sul, perto de Londres. Aí deu à luz um filho, poucos meses depois da sua fuga, que foi batizado com o nome de Linton e que, desde o início, segundo dizia a mãe, se revelou uma criança doentia e rabugenta.

Um dia encontrei o sr. Heathcliff na vila, e ele perguntou onde é que ela vivia. Como me recusasse a responder, contrapôs que isso não o interessava, mas ela que não se aproximasse do irmão. Não era com o irmão que ela devia viver, mas sim com ele.

Embora eu não tenha dado qualquer informação, o certo é que acabou por descobrir através de algum criado tanto o seu paradeiro como a existência da criança. Contudo, não a importunou, graças, suponho eu, ao ódio que lhe votava.

Pedia notícias do filho, sempre que me encontrava e, quando soube que nome haviam dado a ele, comentou com um sorriso sinistro:
– Querem que também o odeie, não é?
– Acho que o que querem é que o deixe em paz – respondi.
– Ele será meu quando me aprouver, podem ter certeza! – retrucou Heathcliff.

Felizmente, a mãe faleceu antes de isso acontecer, cerca de treze anos após a morte de Catherine, quando o pequeno Linton tinha doze anos ou talvez um pouco mais.

No dia seguinte ao da inesperada visita de Isabella, não tive oportunidade de falar com o meu patrão: esquivava-se de qualquer conversa e não estava em condições de discutir fosse o que fosse. Quando, finalmente, consegui que prestasse atenção em mim, notei que estava satisfeito pela irmã ter abandonado o marido, a quem ele odiava com uma intensidade que não julgaria possível numa natureza tão branda como a sua. Tão profunda e visceral era essa aversão, que evitava frequentar quaisquer lugares onde pudesse ver ou ouvir falar de Heathcliff. O seu desgosto, aliado a esse impedimento, fez dele um perfeito eremita: abdicou das suas funções de magistrado, deixou até de ir à igreja, evitava o mais possível ir à vila e passou a levar uma existência de completa reclusão entre os muros da sua propriedade. Só saía para dar passeios solitários pelos campos e para visitar a sepultura da mulher, quase sempre ao cair da noite ou logo ao raiar da aurora, para não ter de cruzar com ninguém. Mas ele era bom demais para ser completamente infeliz por muito tempo. *Este*, pelo menos, não pedira que a alma de Catherine o perseguisse: o tempo trouxe-lhe a resignação e uma melancolia mais doce ainda que a alegria. Recordava-a com um amor terno e ardente, ansiando esperançado pelo momento de partir para um mundo melhor onde ela sem dúvida se encontrava.

Além disso, tinha também afeições e consolações terrenas.

Durante uns dias pouca atenção prestou à pequenina sucessora da falecida, mas essa frieza derreteu-se como neve em abril e, antes mesmo de a criaturinha dar os primeiros passos ou balbuciar as primeiras palavras, já ela lhe subjugara o coração com o cetro do despotismo.

Chamava-se Catherine, mas ele nunca a tratava pelo nome completo, tal como nunca havia abreviado o nome da primeira Catherine, talvez porque Heathcliff tivesse por hábito fazê-lo. Para ele, a menina era a Cathy, o que a distinguia da mãe ao mesmo tempo que a associava a ela. O seu amor pela criança provinha mais dessa ligação que dos laços de sangue que os uniam.

Eu costumava compará-lo a Hindley Earnshaw, mas tinha dificuldade em explicar por que motivo os comportamentos de um e de outro eram tão diferentes em circunstâncias tão parecidas. Ambos haviam sido maridos extremosos e eram ambos dedicados aos filhos. Por isso, não percebia por que não haviam trilhado um caminho semelhante, fosse ele o do bem ou o do mal. Hindley, aparentemente o de caráter mais forte, revelou-se infelizmente o mais degenerado e o mais fraco: quando o barco encalhou, o capitão abandonou o seu posto e a tripulação, em vez de tentar salvar o infortunado barco, amotinou-se, eliminando quaisquer esperanças de recuperação. Linton, pelo contrário, mostrou toda a coragem de uma alma com fé: acreditou em Deus, e Deus confortou-o. Um esperou, e o outro desesperou. Cada um escolheu o seu destino, condenado a cumpri-lo até o fim.

Mas o senhor, sr. Lockwood, não há de querer ficar aqui a ouvir-me moralizar. O senhor pode julgar por si, tão bem quanto eu, ou pelo menos acreditará que o faz, o que é a mesma coisa. A sorte de Earnshaw foi a que era de prever. Em menos de seis meses foi juntar-se à irmã. Na Granja, nunca se soube ao certo qual era o seu estado; tudo o que se soube foi o que me contaram quando fui chamada para ajudar nos preparativos do funeral. Foi o dr. Kenneth quem veio trazer a notícia ao meu patrão.

– Ouve, Nelly – disse ele, entrando a cavalo pelo pátio certa manhã, cedo demais para que eu não adivinhasse logo más notícias –, chegou a nossa vez de chorar. Sabes quem nos deixou agora?

– Quem? – perguntei alvoroçada.

– Vê se adivinhas! – retorquiu, apeando-se do cavalo e prendendo as rédeas na argola junto a porta. – Podes ir pegando a ponta do avental, pois vais precisar...

– Certamente não foi o sr. Heathcliff!? – exclamei.

– O quê! E tu verterias lágrimas por ele? – admirou-se o médico. – Não, não foi ele. Esse é um jovem vigoroso, vende saúde. Ainda há pouco o vi; acho-o até mais gordo desde que a esposa o deixou.

– Quem foi então, sr. doutor? – insisti, impaciente.

– Foi Hindley Earnshaw, o teu amigo de infância – respondeu – e meu amigo íntimo, se bem que ultimamente levasse uma vida desregrada demais para o meu gosto. Ora vês? Não te dizia que havias de chorar? Mas consola-te, morreu sem atraiçoar a sua natureza: bêbado como um lorde. Pobre rapaz! Também me faz pena. Um velho amigo deixa sempre saudades, mesmo quando era capaz das piores trapaças que se possa imaginar. E a mim pregou-me bastantes. Parece que andava pelos vinte e sete anos; a tua idade, Nelly. Quem diria que tu e ele nasceram no mesmo ano!

Devo confessar que este golpe foi mais duro do que o choque causado pela morte da sra. Linton. Assaltaram-me velhas recordações. Sentei-me a chorar na soleira da porta, como se da morte de um parente se tratasse, e pedi ao médico que chamasse outro criado para levá-lo à presença do patrão.

    Não conseguia deixar de fazer-me a seguinte questão: teria a morte sido natural? Por mais que tentasse evitar, esta ideia não me saía da cabeça; e era de tal modo persistente que resolvi pedir licença para ir ao Morro dos Ventos Uivantes prestar as últimas homenagens ao defunto.

    O sr. Linton mostrou-se relutante, mas evoquei com eloquência o abandono em que o sr. Earnshaw devia estar e afirmei que o meu ex-patrão e meu irmão de leite tinham tanto direito aos meus serviços como ele próprio. Além disso, lembrei-lhe que o filho de Hindley, o pequeno Hareton, era sobrinho da sua falecida mulher, e que, na ausência de parentes mais próximos, era ele quem deveria criá-lo; deveria também, ou melhor, tinha de averiguar também em que situação se encontrava a propriedade e tomar conta dos negócios do cunhado. Não se encontrando em condições de tratar de todos esses assuntos naquela altura, o sr. Linton encarregou-me de ir falar com o tabelião e acabou por me deixar partir. Esse tabelião era o mesmo de Earnshaw: fui à vila e pedi-lhe que me acompanhasse. Mas ele abanou a cabeça e aconselhou-me que deixasse Heathcliff em paz, pois se toda a verdade fosse descoberta, ficariam sabendo que Hareton estava praticamente na miséria.

    – O pai morreu cheio de dívidas – declarou. – A propriedade está toda hipotecada, e a única esperança do herdeiro natural é apelar para a compaixão e benevolência do credor.

    Ao chegar ao Morro, expliquei que estava ali para me certificar de que tudo o que era necessário estava sendo feito. Joseph, que parecia bastante pesaroso, mostrou-se satisfeito com a minha presença. Quanto ao sr. Heathcliff, disse que não achava que minha presença fosse necessária, mas que, se quisesse, podia ficar e tratar dos preparativos do enterro.

    – O que ele merecia era ser enterrado numa encruzilhada, sem cerimônia religiosa nem nada – afirmou. – Ontem deixei-o sozinho dez minutos e, nesse intervalo, trancou as duas portas para eu não poder entrar e bebeu durante toda a noite, no firme propósito de se matar. Hoje de manhã tivemos de arrombar a porta da sala, quando o ouvimos resfolegar como um cavalo, e o encontramos estirado no banco; podíamos tê-lo esfolado ou escalpelado vivo que não perceberia nada. Mandei chamar o Kenneth, mas, quando ele chegou, o animal já tinha esticado as pernas: estava morto, rígido e gelado. Hás de convir que não valia a pena incomodar-me mais por sua causa!

    Joseph confirmou a descrição, mas resmungou:

    – Seria melhor que tivesse ido ele buscar o médico... eu ficava aqui cuidando melhor do patrão... a verdade é que ainda não estava morto quando eu saí de casa!

Insisti para que o sr. Earnshaw tivesse um enterro digno. Heathcliff disse-me que fizesse o que entendesse, mas que não me esquecesse de que era do bolso dele que saía o dinheiro para as despesas.

A sua atitude manteve-se fria e distante, sem denotar alegria nem tristeza; se alguma emoção exprimia, era a satisfação cruel de haver alcançado uma vitória difícil. Uma só vez detectei nele um certo ar triunfal: precisamente quando estavam levando o caixão. Ainda teve a hipocrisia de se vestir de luto; e, antes de seguir com o Hareton para o cemitério, ergueu a pobre criança até a altura da mesa e segredou-lhe com refinado prazer:

– Agora és meu, meu menino! E veremos se uma árvore não cresce tão torta como a outra, quando o mesmo vento a faz vergar.

O pobre inocente pareceu contente com a tirada: pôs-se a brincar com as suíças e a afagar-lhe o queixo, mas eu, adivinhando o verdadeiro significado daquelas palavras, disse sem peias:

– O menino tem de ir comigo para a Granja. Ninguém no mundo lhe pertence menos do que ele.

– É isso o que diz o Linton? – inquiriu.

– Naturalmente que sim. E deu-me ordens para levá-lo – repliquei.

– Está bem – disse o canalha. – Não vamos discutir isso agora. Sempre sonhei educar uma criança. Diz, por isso, ao teu patrão, que, se me levar este, quero o meu de volta para preencher o seu lugar. Não me oponho a que o Hareton vá contigo, mas podem estar certos de que mandarei buscar o outro. Não te esqueças de avisá-lo.

Essa ameaça era o suficiente para nos deixar de mãos atadas. Quando voltei, dei o recado ao sr. Linton, que, mostrando-se pouco interessado, não mais falou em interferir. E, ainda que fosse esse o seu desejo, custa-me a crer que teria sido bem-sucedido.

O hóspede era agora o dono do Morro dos Ventos Uivantes, seu proprietário de direito, do que deu provas ao tabelião, que, por sua vez, as deu ao sr. Linton: o sr. Earnshaw havia hipotecado cada hectare de terra para satisfazer o vício do jogo, e o seu credor era Heathcliff. Desse modo, Hareton, que poderia ter sido o maior proprietário das redondezas, tinha ficado reduzido a um estado de completa dependência do inimigo mortal de seu pai e era tratado como um criado dentro da sua própria casa, sem salário e sem poder reivindicar os seus direitos, desamparado e ignorante da injustiça de que era vítima.

Capítulo XVIII

OS DOZE ANOS QUE SE SEGUIRAM àquela época tão triste – prosseguiu a sra. Dean – foram os mais felizes da minha vida. As minhas maiores preocupações durante esse tempo foram as doenças sem importância da nossa menina, como acontece, aliás, com todas as crianças, ricas ou pobres. De resto, e passados que foram os primeiros seis meses, ela cresceu a olhos vistos e aprendeu a andar e a falar, à sua maneira, antes que a urze florisse pela segunda vez sobre a campa da sra. Linton. Era o raio de sol mais resplandecente que jamais brilhara numa casa enlutada: um rostinho lindo, com os belos olhos dos Earnshaw, mas a pele clara, as feições delicadas e os cabelos louros e encaracolados dos Linton. Um espírito vivo, mas sem aspereza, coroado por um coração sensível e caloroso até demais nas suas afeições. Nessa sua propensão para afetos profundos fazia lembrar a mãe. Todavia, não se parecia com ela, pois era capaz de ser terna e meiga como uma pomba, e a voz era doce, e a expressão, melancólica; a sua ira nunca era exacerbada, nem o seu amor devastador, mas antes terno e profundo.

Há que reconhecer, no entanto, que tinha alguns defeitos a par dessas qualidades: um deles era um certo atrevimento; outro era a teimosia perversa de que as crianças mimadas invariavelmente dão mostra, tenham elas bom ou mau gênio. Se algum criado a contrariava, dizia logo: "Vou fazer queixa ao papai!". E, se este a admoestava, nem que fosse só com o olhar, ficava sentida que só visto; até parecia que lhe tinham feito mal. E não acredito que ele alguma vez lhe tenha dirigido alguma palavra mais áspera.

Foi ele quem tomou sozinho a seu cargo a educação da filha, fazendo disso o seu entretenimento: afortunadamente, a sua curiosidade e inteligência perspicaz faziam dela uma excelente aluna: aprendia depressa e com vontade, fazendo justiça ao mestre.

Cathy chegou aos treze anos sem nunca ter transposto sozinha, uma vez que fosse, os limites da propriedade. Ocasionalmente, o sr. Linton levava-a a dar um passeio mais longo, de uma milha ou coisa assim, mas nunca a confiava à guarda de ninguém. Gimmerton não passava para Cathy de um nome sem qualquer significado, e a capela era o único lugar onde entrara para além da sua própria casa. O Morro dos Ventos Uivantes e o sr. Heathcliff não existiam para ela. Era uma verdadeira reclusa, aparentemente satisfeita com o tipo de vida que levava. Às vezes, porém, quando da janela do seu quarto espraiava os olhos pelas cercanias, perguntava-me:

– Ellen, quando poderei subir ao topo daqueles montes? Gostaria tanto de saber o que se estende para além deles. É o mar?

– Não, srta. Cathy – respondia eu. – São outros montes iguais àqueles.

– E como são aquelas escarpas douradas pelo sol quando estamos perto delas? – perguntou ela uma vez.

As encostas abruptas de Penistone Crag e dos outros montes mais altos atraíam-lhe particularmente a atenção, em especial quando a luz do poente banhava os picos mais elevados, mergulhando na sombra todo o resto. Expliquei-lhe que eram simples penedos cuja terra que lhes enchia as fendas dificilmente daria para alimentar uma árvore raquítica.

– E por que continuam iluminados depois de já ter anoitecido? – insistia.

– Porque estão muito acima do lugar onde moramos – respondi. – A menina não vai conseguir chegar lá; são muito altos e escarpados. No inverno o gelo os cobre, antes de chegar aqui e, mesmo no pino do verão, já cheguei a ver neve naquele côncavo escuro do lado nordeste.

– Ah! Já estiveste lá! – exclamou, radiante. – Então também posso ir até lá quando for crescida. E o papai, já esteve lá, Ellen?

– O seu pai vai dizer-lhe – atalhei eu apressadamente – que esses montes não valem a visita. Os brejos por onde a menina costuma passear com ele são muito mais bonitos, e o nosso parque é o lugar mais lindo do mundo.

– Mas a nossa propriedade eu já conheço, e aqueles montes, ainda não – disse, falando sozinha. – E gostava tanto de olhar a toda a volta do cume mais alto! Um dia hei de ir até lá com a Minny.

A Gruta das Fadas, a que uma criada tinha se referido em conversa, fez sua cabeça girar e não descansou enquanto não concretizou esse sonho: tanto pediu ao pai que ele prometeu que a levaria lá quando fosse mais crescida. Mas, para Cathy, a idade contava-se pelos meses e, por isso, perguntava constantemente: "Já posso ir a Penistone Crag?". Mas como uma das últimas curvas do caminho sinuoso que levava até lá passava muito perto do Morro dos Ventos Uivantes, o sr. Edgar, sem ânimo para lá passar, dava-lhe invariavelmente a mesma resposta: "Não, meu amor, ainda não".

Como já disse, a sra. Heathcliff viveu pouco mais de doze anos depois de se separar do marido. As pessoas da sua família eram de constituição delicada: nem ela nem Edgar tinham os ares saudáveis e corados que se veem por estes sítios. Já não sei dizer que doença a levou, mas penso que morreram ambos do mesmo mal, uma febre; coisa de pouca monta no começo, mas incurável e devastadora no final.

Escreveu ao irmão comunicando-lhe o possível desfecho da doença que já durava quatro meses, e pedia-lhe que fosse visitá-la, pois tinha muitas disposições a fazer, e queria, sobretudo, despedir-se dele e confiar o Linton à sua guarda. A sua grande esperança era que o filho pudesse ficar com o tio daí em diante, tal como até então tinha ficado com ela, pois estava convencida de que o pai dele não se mostraria interesse em assumir o seu sustento e educação.

O meu patrão nem por um momento hesitou em aceder ao pedido da irmã: apesar da sua habitual relutância em sair de casa, acorreu prontamente ao seu chamado, mas não sem antes entregar Cathy durante a sua ausência à minha exclusiva vigilância, com insistentes recomendações de que ela não deveria em caso algum ultrapassar os limites do parque, mesmo acompanhada; não pensou sequer na hipótese de ela fazê-lo sozinha.

O sr. Linton esteve fora três semanas: a minha pupila passou os dois primeiros dias sentada num canto da biblioteca, tão tristonha que não queria ler nem brincar. Durante esse tempo de calmaria não me deu trabalho nenhum; mas seguiu-se um período de grande impertinência e inquietação. Não podendo, com a minha idade e com tudo o que tinha para fazer, andar de um lado para o outro a entretê-la, inventei uma maneira de ela se distrair sozinha: passei a mandá-la dar passeios pela propriedade, ora a pé, ora a cavalo, e, quando ela voltava, escutava com toda a atenção as aventuras reais e imaginárias que tinha para me contar.

Estávamos no pino do verão e ela tomou tanto gosto por esses passeios solitários, que arranjou sempre maneira de sair desde o café da manhã até a hora do chá. Depois, passava o resto do dia contando-me as histórias mais fantásticas que se possa imaginar. Nunca receei que ela se afastasse para mais longe, porque os portões da propriedade geralmente ficavam fechados à chave e achava que não seria capaz de se aventurar sozinha pelos matos afora, mesmo que os portões estivessem abertos.

Infelizmente, a minha confiança provou ser desmedida. Catherine veio falar comigo uma manhã, às oito horas, e comunicou-me que nesse dia ela era um mercador árabe que se preparava para atravessar o deserto com a sua caravana, e que eu tinha de fornecer-lhe os mantimentos necessários para ela e para os seus animais; a saber, um cavalo e três camelos, estes últimos personificados por um grande galgo e um casal de perdigueiros.

Meti uma boa provisão de guloseimas na cestinha que pendurei na sela e ela partiu a bom trote, ligeira e folgazã como uma fada, protegida do sol de julho por um grande chapéu de aba larga envolto num véu de tule, a rir e a troçar dos meus conselhos para que evitasse grandes cavalgadas e voltasse cedo para casa.

Porém, na hora do chá, aquela marota ainda não tinha aparecido. Entretanto, chegou um dos viajantes, o galgo que, já velho, gostava de sossego. Mas de Catherine, do cavalo e dos perdigueiros, nem sinal! Enviei criados em todas as direções e, por fim, fui eu própria procurá-la.

Num dos extremos da propriedade estava um trabalhador consertando a cerca de uma plantação e perguntei-lhe se vira a nossa menina.

– Vi-a esta manhã – respondeu. – Até me pediu que lhe fizesse uma chibata com um ramo de aveleira. E depois fez a montada saltar aquela sebe, além, na parte mais baixa, e desapareceu a galope.

O senhor pode imaginar como eu fiquei com estas notícias. Mas logo me pareceu que devia ter ido para Penistone Crags.

"Que será que lhe aconteceu?", exclamei, passando pela abertura que o homem estava consertando e dirigindo-me para a estrada principal. Percorri milhas e milhas como se quisesse ganhar uma corrida, até que, ao fazer uma curva, avistei o Morro dos Ventos Uivantes; mas de Catherine nem sinal, nem perto nem longe.

Os Crags ficam a cerca de milha e meia para lá da propriedade do sr. Heathcliff, ou seja, a quatro milhas da Granja, e comecei a recear que a noite caísse antes de eu alcançá-los.

"E se ela escorregou quando escalava pelo meio das escarpas?", pensei eu. "E se morreu ou quebrou alguma coisa?"

Era na verdade angustiante; por isso, foi a princípio com reconfortante alívio que, ao passar pelo Morro dos Ventos Uivantes, vi o Charlie, o mais aguerrido dos dois perdigueiros, deitado debaixo de uma janela, com a cabeça inchada e uma orelha sangrando. Abri a cancela, corri para a porta e bati com toda a força. Veio abri-la uma mulher que eu conhecia de Gimmerton, mas que agora servia no Morro desde a morte do sr. Earnshaw.

– Já sei! – disse ela. – Vem à procura da sua menina! Não se aflija, que ela está aqui. Não lhe aconteceu nada... Ainda bem que não era o patrão.

– Então, ele não está em casa? – disse eu, ofegante, não só da caminhada, mas também da aflição.

– Não está, não. Saiu com o Joseph, e acho que ainda devem demorar uma hora ou mais. Entre e descanse um bocadinho.

Entrei e vi a minha ovelhinha desgarrada a balançar-se diante da lareira, toda refestelada numa cadeira de balanço que pertencera à mãe quando pequena. Tinha pendurado o chapéu na parede e parecia perfeitamente à vontade e muito bem-disposta, a rir e a tagarelar com o Hareton, agora um rapagão de dezoito anos, que não tirava os olhos dela, num misto de espanto e curiosidade, sem entender a interminável sucessão de comentários e interrogações que ela não parava de fazer.

– Sim, senhora! – exclamei, tentando mascarar a minha alegria com severidade e contenção. – Este foi o seu último passeio a cavalo enquanto o seu pai não voltar! Não põe mais os pés fora de casa, ouviu, sua grandessíssima marota!

– Oh, Ellen! – gritou ela, rejubilante, saltando para o chão e vindo falar comigo. – Esta noite é que tenho uma história bem bonita para te contar... Como é que me encontraste? Já tinhas estado aqui alguma vez?

– Ponha o chapéu e vamos já para casa! – ordenei. – Estou muito zangada consigo, srta. Cathy, a menina portou-se muito mal; e escusa de fazer beicinho e choradeiras, que isso não me poupa a canseira de andar por aí tudo à sua procura. Quando penso nas recomendações do sr. Linton para não deixá-la sair de casa... e a menina vai e desaparece assim, desta maneira! Já vi que é uma raposinha matreira, e daqui em diante mais ninguém vai confiar em si.

– Mas que foi que eu fiz? – perguntou ela, sentida, a soluçar. – O papai não recomendou nada disso e não vai ralhar comigo. Ele não é mau como tu.

– Então, menina! – disse eu. – Deixe-me atar-lhe as fitas do chapéu. Onde já se viu tanto atrevimento?! Que vergonha! Com treze anos e portando-se como um bebé.

Esta minha última exclamação deveu-se a ela ter arrancado o chapéu da cabeça e se ter escapado para junto da chaminé.

– Deixe lá, sra. Dean – interveio a criada. – Não se zangue com uma menina tão linda. A gente é que a atrasou. Ela queria ir logo embora, para não afligi-la. Mas o Hareton ofereceu-se para acompanhá-la e eu achei que ele fazia muito bem, porque a estrada do monte é muito traiçoeira.

O Hareton manteve-se de mãos nos bolsos durante toda a discussão, com acanhamento de falar, embora não parecesse nada contente com a minha intromissão.

– Quanto tempo ainda a menina quer que eu espere? – insisti, fazendo orelhas moucas aos pedidos da mulher. – Daqui a dez minutos é noite. Onde está o cavalo, srta. Cathy? E onde está o Phenix? Ou a menina se despacha, ou deixo-a aqui ficar. A menina escolha!

– O cavalo está no pátio – respondeu. – E o Phenix está fechado ali dentro... foi mordido... e o Charlie também. Eu ia contar-te tudo, mas, como te zangaste comigo, não mereces que te conte nada.

Peguei no chapéu e tentei colocá-lo novamente. Ela, porém, percebendo que as outras pessoas estavam do seu lado, desatou a correr em volta da sala; tentei agarrá-la, mas ela parecia um rato, esgueirando-se por cima e por baixo dos móveis e escondendo-se atrás deles, tornando ridícula a situação. A criada e o Hareton davam boas risadas, e ela também, cada vez mais desatinada, até que gritei, já fora de mim:

– Se a srta. Cathy soubesse de quem é esta casa, iria querer ir embora já!

– É do teu pai, não é? – perguntou ela, voltando-se para o Hareton.

– Não, senhora – respondeu ele, timidamente, ficando muito corado e baixando os olhos. Não conseguia encarar Cathy, embora os olhos dela fossem iguaizinhos aos dele.

– Então de quem é? Do teu patrão? – insistiu ela.

O Hareton corou ainda mais, agora por outro motivo, e virou-lhe as costas, remoendo pragas.

– Afinal, quem é o patrão dele? – continuou a menina, impertinente, voltando-se para mim. – Ele falava da "nossa casa", dos "nossos criados", e eu julguei que fosse filho do dono... nem me tratou por "srta. Cathy" nem nada. Se fosse mesmo um criado devia fazê-lo, não devia?

Perante tanta tagarelice, o rosto do rapaz fechou-se como o céu em dia de trovoada. Pela minha parte, dei uns safanões naquela língua de trapo, para ver se ela se calava, e, finalmente, consegui aprontá-la para sair.

– Agora vai buscar o meu cavalo – disse ela ao rapaz, que nem suspeitava ser seu parente, como se se dirigisse a um dos moços de estrebaria da Granja. – E, se quiseres, podes vir comigo. Quero ver o lugar onde o duende caçador sai do pântano e ouvir sobre as fadas... mas tens de andar rápido! Então? Vais ou não vais buscar o meu cavalo?

– Eu não sou seu criado, ouviu? Vá pro diabo – praguejou ele.

– Vou para onde? – perguntou ela, apanhada de surpresa.

– Para o diabo, bruxa de uma figa! – respondeu Hareton.

– Está vendo, srta. Cathy, que bela companhia a menina arranjou? – atalhei. – Bonitas palavras para se dizerem a uma menina! Por favor, não discuta com ele... Venha comigo, vamos nós mesmas procurar a Minny e ir embora daqui.

– Ellen! – exclamou ela, fitando-me, boquiaberta. – Como ele se atreve a falar comigo desta maneira? Não é sua obrigação fazer o que eu lhe peço? Seu grande malcriado! Vou contar ao papai... e depois vais ver?

O Hareton não se mostrou nada preocupado com a ameaça, o que deixou Catherine com os olhos rasos de lágrimas de raiva. – Vai tu buscar o cavalo – exclamou, virando-se para a mulher – e solta imediatamente o meu cão!

— Calma, menina — respondeu a sua interlocutora. — Não perde nada em ser bem-educada. O sr. Hareton não é filho do patrão; mas é primo da menina, e eu não fui contratada para servi-la.

— Aquele? Meu primo?! — exclamou Cathy, com desdém, soltando uma gargalhada.

— Isso mesmo! — corroborou a outra.

— Oh, Ellen! Não os deixes dizer uma coisa destas — disse ela, confusa.

— O meu primo foi o papai buscá-lo a Londres e é filho de um homem de bem. Agora este... — e desatou a chorar, chocada com a ideia de ser parente de semelhante caipira.

— Pronto, pronto! — disse eu para consolá-la. — As pessoas podem ter muitos primos e de todas as espécies, srta. Cathy; mas isso não quer dizer nada; se forem ruins ou mal-educados, é só não se dar com eles, e pronto!

— Ele não pode ser meu primo, Ellen, não pode! — repetia Catherine, com renovada indignação, à medida que ponderava a questão, vindo refugiar-se nos meus braços, como para se proteger dos seus próprios pensamentos.

Eu estava aborrecida com a troca de revelações havida entre ela e a criada, pois não tinha dúvidas de que o sr. Heathcliff seria posto ao corrente do regresso de Linton, anunciado pela primeira, nem de que o primeiro pensamento de Catherine ao reencontrar o pai seria pedir-lhe explicações para a afirmação feita pela segunda sobre o seu parentesco com aquele rústico.

Hareton, já refeito do desgosto de ter sido tomado por um serviçal, pareceu comover-se com o desgosto da menina: trouxe-lhe o cavalo até a porta e, para lhe agradar, foi buscar no canil um lindo cachorrinho *terrier* de pernas bambas que entregou a Cathy, rogando-lhe que não chorasse mais, pois não tivera intenção de a ofender.

Cathy engoliu as lágrimas, mirou-o com um misto de pasmo e horror e recomeçou a choradeira.

Eu mal pude conter um sorriso perante tamanha antipatia pelo pobre rapaz, que era por sinal um jovem atlético, bem constituído e muito bem-parecido, a vender saúde, mas vestido com roupas apropriadas para as suas ocupações diárias na propriedade e para andar pelos descampados atrás de coelhos e outras espécies. Pareceu-me, no entanto, entrever-lhe na fisionomia um espírito dotado de qualidades que o pai dele jamais possuíra. Pérolas perdidas, decerto, por entre as ervas daninhas que lhe minaram o desenvolvimento; notava-se, não obstante, que aquele solo era fértil e capaz de produzir colheitas abundantes em circunstâncias mais favoráveis. Não creio que o sr. Heathcliff lhe tenha infligido maus-tratos físicos, graças à sua natureza destemida, que desaconselhava esse tipo de opressão, e à inexistência daquela tímida passividade que, na opinião de Heathcliff, tornaria gratificantes os maus-tratos. A sua malevolência parecia visar sobretudo fazer dele um bruto. Hareton nunca aprendera a ler nem a escrever, nunca fora repreendido pelos seus maus hábitos, desde que o seu tutor não se sentisse incomodado com eles, nunca lhe haviam ensinado o caminho da virtude nem os mais simples preceitos para se proteger do vício. E, pelo que ouvi dizer, Joseph contribuíra muito para estragá-lo, com aquela sua mentalidade conservadora que o levara a adulá-lo e a mimá-lo em excesso enquanto criança, só pelo fato de ser o herdeiro da velha família. E, tal como fora seu costume acusar Catherine Earnshaw e Heathcliff, quando eram pequenos, de esgotarem a paciência do patrão, levando-o com os seus "desmandos", como ele lhes chamava, a procurar refúgio na bebida, também agora lançava sobre os ombros do usurpador o peso das faltas de Hareton. Nunca o repreendia, por mais palavrões que ele dissesse ou por pior que se portasse. Joseph parecia até gostar de vê-lo ir longe demais. Para ele, o rapaz estava irremediavelmente perdido, sem vislumbre de salvação para a sua alma, apesar de, lá no fundo, achar que quem devia pagar por isso tudo era Heathcliff: o sangue de Hareton recairia sobre ele, e esta ideia enchia-o de consolação.

Joseph havia incutido no rapaz o orgulho do nome e da linhagem e teria, se a tal houvesse se atrevido, alimentado nele o ódio pelo atual proprietário do Morro dos Ventos Uivantes; porém, o medo que tinha de Heathcliff tocava as raias da superstição e limitava-se, por isso, a expressar os seus sentimentos através de veladas ameaças e insinuações.

Não pretendo com isto dizer que eu soubesse o que se passava no Morro dos Ventos Uivantes, mas era o que constava, pois pessoalmente pouco presenciei. As pessoas da vila afirmavam que o sr. Heathcliff era muito avarento e um senhorio desapiedado para com os seus rendeiros. Contudo, a casa, governada por mão de mulher, recuperara por dentro o ar confortável de outrora, e as cenas desbragadas, típicas dos tempos de Hindley, já não tinham assento entre aquelas paredes. O patrão era demasiado taciturno para procurar a companhia de outras pessoas, fossem elas boas ou más, e assim continua a ser...

Mas nada disto tem a ver com a minha história. Continuemos, pois: Cathy não aceitou o cachorrinho e exigiu que soltassem os seus dois cães, o Phenix e o Charlie, que apareceram a coxear, de focinho no chão, após o que tomamos todos o caminho de casa, bastante mal-humoradas, diga-se de passagem. Não consegui arrancar da menina uma só palavra sobre como passara o dia, exceto que, como já calculava, a meta da sua peregrinação fora Penistone Crags e que a viagem decorrera sem novidade até chegar à cancela da propriedade, no preciso momento em que Hareton vinha saindo com uns cães que se atiraram aos de Catherine, envolvendo-se todos numa luta renhida antes que os respectivos donos os conseguissem separar, e que esse incidente funcionara como uma espécie de apresentação. Catherine disse a Hareton quem era e para onde ia e pediu-lhe que lhe indicasse o caminho, acabando por persuadi-lo a acompanhá-la. Ele, por seu turno, revelou-lhe os mistérios da Gruta das Fadas e de muitos outros lugares assombrosos; no entanto, e como estava ressentida, não me brindou com a descrição das coisas interessantes que encontrara.

Percebi, contudo, que se dera muito bem com o seu guia até o momento em que o ofendeu, tratando-o como um criado, e em que a governanta de Heathcliff a ofendeu, dizendo-lhe que ele era seu primo.

Além disso, sentia-se ainda vexada pela linguagem usada por Hareton: ela, que na Granja era para toda a gente "meu amor", "minha querida", "minha princesa" e "meu anjo", ver-se agora insultada de forma tão chocante por um estranho! Não podia admitir tal coisa; e bom trabalho me deu fazê-la prometer que não levaria a ofensa ao conhecimento do pai.

Expliquei-lhe que o sr. Linton se opunha a quaisquer contatos com todos os que viviam no Morro dos Ventos Uivantes e que ficaria deveras aborrecido quando descobrisse que a filha lá estivera; insisti sobretudo em que, se ela mencionasse a minha desobediência às ordens que ele me dera, o pai era capaz de ficar tão zangado que eu teria de ir embora, ideia essa que Cathy não podia suportar. Deu-me por isso a sua palavra e cumpriu-a em nome da amizade que me tinha. Afinal, era uma boa menina.

Capítulo XIX

UMA CARTA TARJADA DE NEGRO anunciou o dia do regresso do meu patrão. Isabella morrera, e ele escreveu-me pedindo que mandasse fazer vestidos de luto para a filha e preparasse um quarto e o mais que fosse necessário para receber o sobrinho.

Catherine ficou louca de alegria com a ideia de ter o pai de volta, e entregou-se às mais esperançosas conjeturas sobre as inúmeras qualidades do seu primo "de verdade".

Chegou enfim o anoitecer, a hora do tão desejado regresso. Ela andara atarefadíssima durante todo o dia, desde muito cedo, a arrumar as suas coisas e agora, para terminar, apareceu-me muito bem ataviada no seu novo vestido preto (coitadinha, a morte da tia não era para ela mais que um sentimento indefinido) e obrigou-me à viva força a ir com ela até o fundo da propriedade, ao encontro deles.

— O Linton é só seis meses mais novo do que eu — tagarelava ela enquanto caminhávamos calmamente à sombra das árvores por socalcos e valados cobertos de musgo. — Como vai ser bom ter um companheiro para brincar! A tia Isabella mandou uma vez ao papai um cacho do cabelo dele. Era mais claro do que o meu... e muito mais fino e sedoso. Tenho-o muito bem guardado numa caixinha de vidro. Quantas vezes quis ver o dono desse cabelo! Estou tão contente... E vou ver também o papai, o meu querido papai! Vamos, Ellen, mais depressa! Corre!

Correu, voltou para trás e pôs-se de novo a correr, vezes e vezes sem conta, antes que eu, mais lenta, tivesse tempo de chegar ao portão. Depois, sentou-se no talude relvado à beira do caminho, esforçando-se por esperar, com toda a paciência. Mas era impossível; não podia ficar quieta um só momento.

— Por que demoram tanto?! — exclamava. — Ah! Parece-me que vejo poeira no ar lá longe na estrada... Lá vêm eles! Não... nunca mais chegam! E se nós fôssemos até ali mais à frente? Só mais um bocadinho, Ellen. Diz que sim, por favor. Só até aquela moita de vidoeiros junto à curva.

Recusei veementemente. Por fim, a sua ansiedade chegou ao fim: já se avistava a carruagem. Cathy deu um grito e abriu os braços, assim que viu o rosto do pai emoldurado na janela. O sr. Linton apeou, quase tão emocionado como a filha, e só daí a pouco se lembraram os dois de que estava ali mais alguém.

Enquanto trocavam beijos e abraços, espreitei para dentro da carruagem, para ver Linton. Estava dormindo num canto, embrulhado numa capa forrada de pele, como se estivéssemos no inverno. Era um rapazinho pálido, franzino, efeminado, que bem poderia passar por irmão mais novo do meu patrão, tão acentuada era a parecença. Havia, contudo, no seu aspecto uma impertinência doentia que Edgar Linton jamais possuíra.

Este último, ao ver-me espreitando, veio cumprimentar-me e pediu-me que fechasse a porta da carruagem e não perturbasse o sono do sobrinho, pois a viagem o tinha deixado muito fatigado.

A Cathy queria por força olhar, mas o pai disse-lhe que o acompanhasse e subiram juntos até o parque, enquanto eu corria à frente deles, para avisar os criados.

— Presta atenção, meu tesouro — disse o sr. Linton à filha quando pararam junto aos degraus da entrada. — O teu primo não é tão saudável nem tão vivo como tu, e lembra-te de que perdeu a mãe há pouco tempo. Por isso, não esperes que se ponha já a correr de um lado para o outro e a brincar contigo. E não o aborreças muito com as tuas tagarelices; deixa-o sossegado pelo menos esta tarde, está bem?

— Sim, papai — respondeu Catherine. — Mas eu queria tanto vê-lo, e ele não veio à janela nem uma só vez!

A carruagem parou, e o dorminhoco, agora já acordado, foi tirado para fora com a ajuda do tio.

— Linton, esta é a tua prima, a Cathy — disse o meu patrão, juntando-lhes as mãos. — Ela gosta muito de ti e espero que não a desgostes chorando a noite toda. Vá, anima-te. A viagem terminou e tudo o que tens a fazer é descansares e distraíres-te como achares melhor.

— Então deixe-me ir para a cama — respondeu o rapaz, furtando-se ao beijo de Catherine e levando as mãos aos olhos para limpar duas lágrimas inconsequentes.

— Então, então! Um menino tão bonito! — disse eu brandamente, levando-o para dentro. — Assim, vai fazer a sua prima chorar também. Veja como ela está triste por sua causa.

Não sei se era por pena, mas Cathy mostrava-se tão acabrunhada como o primo e voltou para junto do pai. Entraram os três e subiram para a biblioteca, onde o chá já estava à espera deles.

Tirei o boné e a capa de Linton e sentei-o no seu lugar à mesa. Porém, mal se sentou, começou de novo a chorar. O meu patrão perguntou-lhe o que tinha.

— Não consigo ficar sentado na cadeira – respondeu entre soluços.

— Nesse caso, vai deitar-te no banco, e a Ellen vai levar-te o chá – disse o tio, cheio de paciência. (Bem devia ter precisado dela durante a viagem para aturar aquele chorão!)

Linton arrastou-se vagarosamente até o banco e estendeu-se ao comprido. Cathy pegou um banquinho para os pés e a sua chávena e foi sentar-se junto dele.

A princípio, manteve-se em silêncio, mas claro que isso não podia durar muito: depressa resolveu transformar o primo em bichinho de estimação e como tal começou a tratá-lo. Afagava-lhe os caracóis, beijava-lhe as faces e dava-lhe chá pelo pires, como se ele fosse um bebê. E ele, que pouco mais era do que isso, estava gostando: enxugou as lágrimas e um breve sorriso iluminou-lhe o rosto.

— Ele vai se dar bem por aqui – disse o patrão, depois de observá-los durante alguns minutos. – Vai se dar até muito bem... se pudermos ficar com ele, Ellen. A companhia de uma criança da mesma idade vai lhe dar uma alma nova e, à força de querer ser forte, acabará mesmo sendo.

"Tudo isso está muito bem, se pudermos ficar com ele", pensei comigo mesma; mas tinha um pressentimento de que havia motivo para não ter muitas esperanças. E, depois, perguntei-me como poderia aquela criatura tão frágil viver no Morro dos Ventos Uivantes, com o pai e o Hareton... Belos companheiros e belos professores, não havia dúvida!

Mas as nossas incertezas cedo desapareceram, bem mais cedo do que eu esperava. Depois de terminado o chá, levei as crianças para os quartos, esperei que Linton adormecesse, pois não me deixou sair antes, e voltei para baixo. Estava eu junto à mesa do vestíbulo acendendo uma vela para o sr. Edgar levar para o quarto, quando da cozinha saiu uma criada correndo, para me avisar que Joseph estava na porta e desejava falar com o patrão.

— Em primeiro lugar, vou ver se ele está fora de si – disse eu, manifestamente perturbada. – Isto são lá horas de vir incomodar uma pessoa, ainda por cima quando ela acaba de regressar de uma viagem tão estafante. Não me parece que o patrão possa recebê-lo. – Mas, enquanto eu dizia essas palavras, o Joseph já tinha entrado para a cozinha e vindo até o vestíbulo. Envergava o seu terno domingueiro, exibia a expressão mais beata e carrancuda que eu já vira, de chapéu numa mão e bengala na outra, e estava ocupado limpando os pés no tapete.

— Boa noite, Joseph – disse eu, com frieza. – O que o traz aqui a estas horas?

— É com o sr. Linton que eu venho falar – retorquiu, ignorando-me com um gesto de enfado.

– O sr. Linton está indo deitar-se e tenho certeza de que não vai atendê-lo, a menos que tenha alguma coisa muito importante para dizer. O melhor é sentar-se e dizer a razão pela qual veio.

– Onde fica o quarto dele? – continuou o velho, percorrendo com o olhar a quantidade de portas fechadas.

Percebendo que ele não estava disposto a aceitar a minha mediação, foi com relutância que entrei na biblioteca e anunciei o inoportuno visitante, mas não sem aconselhar o sr. Linton a mandá-lo voltar no dia seguinte. Ele, porém, nem tempo teve para me dar essa ordem, pois Joseph viera atrás de mim e, entrando na sala, foi colocar-se no extremo oposto da mesa, com as mãos cravadas no castão da bengala, e disse, elevando a voz como se já esperasse oposição:

– O sr. Heathcliff mandou-me buscar o menino, e eu não posso ir sem levá-lo.

Edgar Linton manteve-se em silêncio por um momento: uma profunda tristeza toldou-lhe o semblante; o garoto, por si só, já seria razão suficiente; mas, ao recordar as esperanças e os receios de Isabella, a sua inquietação quanto à sorte do filho e as recomendações que lhe fizera ao confiá-lo à sua guarda, era com grande amargura que encarava a sua partida, procurando com afinco um meio de evitá-la. Mas não encontrava solução: a simples manifestação do desejo de manter o sobrinho junto de si mais força daria às pretensões do pai do rapaz, e não lhe restava outra solução senão resignar-se a deixá-lo partir. Opôs-se, contudo, a ir acordar o garoto.

– Diz ao sr. Heathcliff – respondeu, falando calmamente – que o filho dele estará amanhã no Morro dos Ventos Uivantes. Neste momento, está dormindo e demasiado cansado para empreender nova viagem. Podes dizer-lhe também que a mãe do Linton desejava que ele ficasse sob minha guarda, e que a sua saúde é atualmente muito precária.

– Não, senhor! – exclamou Joseph, afivelando um ar autoritário e batendo com a bengala no chão. – Não, senhor! Isso não interessa. O sr. Heathcliff não quer saber o que a mãe disse ou o que o senhor disse. O que ele quer é o menino e eu tenho de levá-lo, compreendeu?

– Mas não esta noite – replicou Edgar Linton, peremptório. – Põe-te daqui para fora imediatamente e repete ao teu patrão o que acabei de dizer. Leva-o daqui, Ellen. Vá!

E, agarrando o velho tratante pelo braço, expulsou-o da sala e fechou a porta a chave.

– Pois muito bem! – berrou Joseph, enquanto se afastava. – Amanhã virá ele em pessoa e depois veremos se o senhor se atreve a mandá-lo embora!

Capítulo XX

PARA EVITAR QUE A AMEAÇA SE concretizasse, o sr. Linton encarregou-me de levar o garoto até a casa do pai logo pela manhã no cavalo de Catherine, recomendando:

— Como de agora em diante não teremos qualquer influência sobre o seu destino, seja ela boa ou má, não digas à minha filha para onde ele foi. Já que a convivência entre ambos deixou de ser possível, é preferível ocultar a sua proximidade, pois, caso contrário, ela não descansará enquanto não for ao Morro dos Ventos Uivantes. Diz-lhe apenas que o pai mandou buscá-lo inesperadamente e que, por isso, ele teve de nos deixar.

Linton mostrou-se muito relutante em sair da cama às cinco da manhã e ficou boquiaberto quando lhe disseram que se preparasse para nova viagem. Mas consegui acalmá-lo, dizendo-lhe que iria passar algum tempo com o pai, o sr. Heathcliff, que estava tão ansioso por conhecê-lo que não podia protelar esse prazer até que ele se recompusesse da viagem do dia anterior.

— O meu pai?! — exclamou, perplexo. — A mamã nunca me disse que eu tinha um pai. E onde é que ele vive? Preferia ficar aqui com o meu tio.

— Vive a pouca distância da Granja — respondi. — Logo por detrás daqueles montes... não é muito longe, e o menino pode vir a pé até aqui quando estiver mais fortezinho. Até devia estar contente por ir para a sua casa e conhecer o seu pai. Procure gostar dele como gostava da sua mãe, e verá como ele também vai gostar de si.

— Mas por que não me falaram dele há mais tempo? — perguntou Linton. — Por que é que ele e a mamã não viviam juntos, como todo mundo?

— Porque os negócios o retinham no norte, e a saúde da sua mãe a obrigava a viver no sul — expliquei.

— Mas por que razão é que a mamã não falava nele? — insistiu o garoto.

— No tio, ela falava muitas vezes, e eu me habituei a gostar dele há muito tempo. Como é que hei de gostar do meu pai, se nem o conheço?

— Ora essa, como todos os filhos gostam dos seus pais — disse eu. — Talvez a sua mãe pensasse que, se falasse nele muitas vezes, o menino iria querer viver com ele. Vá lá, temos de nos apressar! Um passeio a cavalo numa manhã bonita como esta vale bem uma hora de sono.

– E ela também vem conosco? – perguntou. – Aquela menina que eu vi ontem?

– Não, hoje não vem – retorqui.

– E o meu tio? – continuou.

– Também não. Quem vai levá-lo sou eu.

Linton afundou-se de novo na almofada, com cara de poucos amigos.

– Sem o meu tio, não vou – disse, amuado. – Nem sei para onde me leva!

Tentei convencê-lo de que era uma tolice mostrar-se tão relutante em ver o pai. Mas ele resistia com tal obstinação que tive de chamar o meu patrão para arrancá-lo da cama.

Por fim, o pobrezinho partiu, convencido de que a sua ausência seria curta, de que o sr. Edgar e a prima iriam visitá-lo e de que cumpririam outras promessas que fui inventando ao longo de todo o caminho.

O ar puro e perfumado pela urze, o sol radioso e o trotar suave da Minny não tardaram a animá-lo. Começou então a fazer perguntas sobre o seu novo lar e os que lá moravam, cheio da mais viva curiosidade.

– É tão bom viver no Morro dos Ventos Uivantes como na Granja dos Tordos? – perguntou, enquanto se voltava e lançava um último olhar ao vale, de onde se elevava uma fina neblina que vestia de branco véu o horizonte anilado.

– A casa do Morro não tem tantas árvores em volta, nem é tão grande como a da Granja, mas de lá avista-se tudo em redor, é uma beleza! – disse eu. – E os ares são mais saudáveis para o menino, mais frescos e mais secos. Talvez no início ache a casa velha e escura, mas é uma casa cheia de tradições, a segunda melhor das redondezas. E que belos passeios que o menino vai poder dar pelos brejos. O Hareton Earnshaw, o outro primo da srta. Cathy e, de certa forma, seu também, vai levá-lo aos lugares mais bonitos que já viu, e, quando o tempo estiver bom, o menino pode ir ler um livro naquele vale tão verdinho e tão agradável, e talvez uma vez por outra o seu tio lhe faça companhia, pois ele costuma vir muitas vezes passear por estes montes.

– Como é o meu pai? É assim novo e bonito como o meu tio? – perguntou, curioso.

– É tão novo como ele, mas o cabelo e os olhos são pretos e o rosto é mais severo; é também mais alto e mais entroncado. A princípio, não vai achá-lo tão gentil, nem tão bondoso, porque não é esse o seu feitio, mas trate de se mostrar franco e cordial, e ele será certamente mais carinhoso consigo do que qualquer tio, pois o menino é do seu sangue.

– Cabelos e olhos pretos! – repetiu Linton, pensativo. – Não consigo imaginá-lo. Isso quer dizer que não sou parecido com ele?

— Não é lá muito — concordei. "Nem um bocadinho", pensei eu, penalizada, enquanto observava, saudosa, o rosto pálido e o corpo franzino do meu pequeno companheiro; os olhos grandes e lânguidos, iguaizinhos aos da mãe, mas com uma única diferença: a menos que uma súbita morbidez os animasse num lampejo, não se vislumbravam neles quaisquer vestígios da inteligência efervescente de Isabella.

— É tão estranho que ele nunca tenha ido visitar-nos, a mim e à minha mãe! — disse, a meia-voz. — Ele já me viu alguma vez? Se viu, eu devia ser ainda muito pequeno, porque não me lembro de nada!

— Sabe, *Master* Linton, trezentas milhas é uma grande distância, e dez anos parecem muito menos tempo a um adulto do que ao menino. É bem possível que o sr. Heathcliff fosse adiando a sua visita de um verão para o outro, sem nunca ter encontrado o momento oportuno para fazê-la; e agora é tarde demais. Mas não o importune com demasiadas perguntas sobre esse assunto, pois iria aborrecê-lo a troco de nada.

O garoto passou o resto do trajeto entregue às suas cogitações, até que nos detivemos em frente à cancela. Não pude deixar de observar a sua reação: mirava e remirava a casa, a fachada trabalhada e as janelas de vidrinhos, salientes, as groselheiras descarnadas e os abetos alquebrados, e abanava a cabeça, em total desaprovação da aparência exterior da casa. Teve, no entanto, o bom senso de deixar as queixas para depois; talvez o interior da casa contrabalançasse o exterior.

Antes de ele desmontar, fui abrir a porta. Eram seis e meia e tinham acabado de tomar o café da manhã: a criada estava limpando a mesa, Joseph, de pé por detrás da cadeira do patrão, contava uma historieta qualquer acerca de um cavalo manco, e Hareton preparava-se para ir segar feno.

— Bons olhos te vejam, Nelly! — exclamou o sr. Heathcliff assim que me viu. — Estava achando que tinha de ir eu mesmo buscar o que me pertence. Trouxeste-o, não é verdade? Vamos lá ver que tal é!

Levantou-se e dirigiu-se para a porta. Hareton e Joseph seguiram-nos, cheios de curiosidade. O pobrezinho do Linton olhava assustado para aqueles três.

— Ai, patrão, que o outro o enganou! — disse Joseph ao cabo de aturado exame. — Ele mandou a moça!

Heathcliff, depois de olhar prolongadamente para o filho com manifesta perplexidade, soltou uma gargalhada escarninha.

— Meu Deus! Mas que beleza! Que criatura adorável e encantadora! — exclamou. — Deve ter sido alimentado com caracóis e leite azedo, não achas, Nelly? Diabos me levem. É bem pior do que eu esperava. E olha que não esperava grande coisa. O diabo que o diga.

O garoto tremia, assustado e confuso. Disse-lhe que desmontasse e entrasse. Não tinha entendido nada das palavras do pai, nem que lhe eram dirigidas. Na verdade, não estava ainda bem certo de que aquele desconhecido sarcástico e mal-encarado fosse o seu pai. Agarrou-se a mim, cheio de medo, tremendo cada vez mais, e, quando o sr. Heathcliff sentou e lhe disse "vem cá", o pequeno escondeu o rosto no meu pescoço e desatou a chorar.

– Para com isso! – ordenou Heathcliff, agarrando-o e puxando-o bruscamente, prendendo-o entre as pernas, ao mesmo tempo que lhe segurava o queixo para manter sua cabeça levantada. – Deixa de tolices! Ninguém te fez mal, Linton. É assim que te chamas, não é? És mesmo igualzinho à tua mãe! Onde é que está a minha contribuição, não me dizes, ó frangote?

Tirou o boné do garoto, puxou para trás os densos caracóis loiros e, a seguir, apalpou os braços magrinhos e os dedos esguios. Enquanto durou a inspeção, Linton conteve as lágrimas e até ergueu os seus lindos olhos azuis para, por sua vez, examinar o examinador.

– Sabes quem eu sou? – perguntou Heathcliff, depois de se certificar de que todos os membros inspecionadas eram igualmente frágeis e delicados.

– Não! – respondeu Linton, olhando-o, receoso.

– Mas já ouviste falar de mim?

– Também não! – replicou.

– Ah, não? Que vergonha a tua mãe nunca ter despertado teu amor filial! Pois fica sabendo que és meu filho e que a tua mãe procedeu como uma megera ao deixar-te na ignorância de quem era o teu pai. Vai, para de tremer, e não é preciso corar! Pelo menos já não é mau de todo saber que o teu sangue não é branco. Porta-te bem e nada te faltará! E tu, Nelly, se estás cansada, podes sentar-te; caso contrário, volta para casa. Deves estar com pressa de voltar para a Granja e contar ao idiota do teu patrão o que aqui viste e ouviste. Além disso, este rapaz aqui não sossega enquanto cá estiveres.

– Bem – disse eu –, espero que trate o menino como deve ser, sr. Heathcliff, senão não ficará com ele por muito tempo; e lembre-se de que ele é tudo o que o senhor tem no mundo.

– Serei *muito* bom para ele, não te aflijas – disse Heathcliff rindo. – Só que mais ninguém poderá ser bom para ele; sou muito ciumento e tenciono monopolizar o seu afeto. E vou começar agora mesmo. Joseph, traz o café da manhã ao rapaz. E tu, Hareton, meu asno endemoninhado, já para o teu trabalho! – Pois é, Nell – acrescentou, depois de os outros terem saído –, o meu filho é o futuro dono do sítio onde tu moras e eu não quero que ele morra antes de me fazer seu herdeiro. Além do mais, é *meu filho*, e quero ter o prazer de ver o meu descendente dono das terras deles, e os filhos deles trabalhando para o meu como assalariados nas terras dos próprios pais. Essa é a única razão que me faz aturar o rapaz. Por ele não sinto senão desprezo, e odeio-o pelas recordações que acorda em mim! Mas essa razão é suficiente; comigo, ele está tão seguro e vou tratá-lo tão bem quanto o teu patrão trata a filha. Tenho lá em cima um quarto mobiliado para recebê-lo, contratei um professor a vinte milhas daqui, para vir três vezes por semana ensinar-lhe o que ele quiser aprender, e dei ordens ao Hareton para obedecer-lhe. Em suma, preparei tudo para que ele se torne um cavalheiro, com uma educação superior a todos os que o rodeiam. Lamento, no entanto, que ele seja tão pouco merecedor do trabalho que me dá. Se alguma graça eu desejava neste mundo, era ver nele um motivo de orgulho; mas estou mesmo desiludido com este sonso choramingas!

Enquanto Heathcliff falava, Joseph voltou com uma tigela de mingau de aveia e colocou-a diante de Linton. Este, porém, empurrou o mingau para longe com ar enojado e disse que não podia comer aquilo. Percebi que o velho servidor partilhava com o patrão o mesmo desprezo trocista pelo garoto, embora fosse obrigado a esconder os seus sentimentos, pois Heathcliff deixara bem claro que os seus subordinados deviam respeitar o filho.

– Num pode comer? – repetiu o criado a meia-voz para que o patrão não o ouvisse, chegando-se mais para Linton e fitando-o de perto. – Pois olhe que *Master* Hareton nunca comeu de outra coisa quando era pequeno, e se era bom pra ele, também há de ser bom para si. É o que eu acho!

– Não como e não como! – respondeu Linton de imediato. – Tire isto da minha frente!

Joseph pegou a tigela, todo agastado, e veio mostrar-nos.

– Patrão, diga-me se este mingau tem defeito? – perguntou, metendo a bandeja debaixo do nariz de Heathcliff.

– Que defeito? – disse ele.

– Ora! – retorquiu Joseph. – O manhoso do seu menino diz que num pode comê-lo! Também não me admiro, a mãe também era assim: achava-nos muito sujos pra semear o pão que ela comia.

– Não me fales na mãe dele! – exclamou o patrão, irritado. – Arranja outra coisa para ele comer, e não se fala mais nisso. O que é que ele costuma comer, Nelly?

Sugeri leite fervido, ou chá, e a governanta recebeu ordens nesse sentido. Afinal, pensei eu, o egoísmo do pai é bem capaz de contribuir para o conforto do filho. Já percebeu sua constituição frágil e a necessidade de tratá-lo com paciência. Para consolar o sr. Edgar, vou lhe informar dessa mudança de humor de Heathcliff.

Sem pretexto para ficar por mais tempo, saí em silêncio enquanto Linton estava ocupado repelindo timidamente as demonstrações de afeto de um simpático cão pastor, mas de sentidos bem alertas para não se deixar enganar: mal fechei a porta, ouvi-o dar um grito e repetir em desesperado frenesi:
– Não me abandones! Não quero ficar aqui! Não quero ficar aqui!

Logo a seguir, a aldraba foi levantada, mas caiu de novo: eles não tinham deixado que Linton saísse. Montei na Minny e saí a trote pela estrada afora. E assim chegou ao fim o meu breve papel de guardiã.

Capítulo XXI

NAQUELE DIA TIVEMOS TRABALHO dobrado com a Cathy: levantou-se toda entusiasmada, ansiosa por encontrar-se com o primo; porém, quando soube da sua partida, foi tal o pranto que o próprio sr. Edgar se viu obrigado a acalmá-la, prometendo-lhe que Linton em breve estaria de volta, mas não sem acrescentar "se isso estiver ao meu alcance", o que não deixava grandes esperanças de vir a acontecer.

A promessa não a acalmou, mas o tempo tudo apaga, e, apesar de ela continuar a perguntar ao pai, de vez em quando, se ainda faltava muito para o primo voltar, os traços dele foram se apagando de tal modo da lembrança, que não o reconheceu no dia em que tornou a encontrá-lo.

Quando eu, por acaso, encontrava a outra governanta nas nossas andanças por Gimmerton, costumava perguntar-lhe pelo menino, pois levando ele uma vida tão isolada como a da própria Catherine, ninguém lhe punha a vista em cima. Pelas palavras da mulher, percebia que a saúde dele continuava periclitante, e que dava muito trabalho a todos. Dizia ela que o sr. Heathcliff parecia gostar cada vez menos dele, embora se esforçasse por ocultar tais sentimentos. Não suportava ouvir a sua voz, e não conseguia ficar sentado com ele na mesma sala mais do que uns escassos minutos.

Raramente conversavam um com o outro. Linton passava as tardes a estudar as suas lições numa pequena divisão a que chamavam a *saleta* ou então deixava-se ficar na cama o dia todo, pois andava constantemente resfriado, com tosse, dores e todo o tipo de achaques.

– Nunca vi criatura mais medrosa! – acrescentava a mulher. – Nem ninguém mais preocupado com a sua saúde. Se deixo a janela aberta até mais tarde, põe-se logo a protestar. Meu Deus! Como se a aragem da noite o matasse! E o fogão tem de estar aceso todo o dia mesmo no pino do verão, e o cachimbo do Joseph é para ele pior do que veneno. E tem de ter sempre à mão guloseimas e leite; leite e mais leite. Esquece-se de que no inverno há muito pouco e não chega para todos. Quem o quiser ver é sentado na frente da lareira bebendo água, ou outro líquido qualquer, que põe a aquecer ao lado da lareira. E se o Hareton, condoído, tenta distraí-lo (o Hareton não é mau rapaz, mas é bruto que não acaba mais), não tarda que se separem, um praguejando e o outro chorando. Acho que, se ele não fosse seu filho, o patrão até gostaria que o Earnshaw lhe desse uns cascudos, e estou certa de que o poria para fora se soubesse de metade dos paparicos de que ele é rodeado. Mas isso não acontece porque nunca entra na saleta, e quando o Linton faz tolices na sua frente, manda-o imediatamente para o quarto.

Deduzi de todas essas conversas que a falta de carinho transformara o pequeno Heathcliff num ser egoísta e antipático, se é que não era já esse o seu feitio. Isto, porém, fez diminuir o meu interesse pelo garoto, embora continuasse a sentir pena por ele não ter ficado conosco.

O sr. Edgar insistia para que eu obtivesse mais informações; aqui para mim, tinha sempre o sobrinho no pensamento, e estou certa de que estaria até disposto a correr riscos para vê-lo. Uma vez, chegou a mandar-me perguntar à governanta se ele costumava ir à vila.

Ela disse que ele só fora duas vezes, a cavalo e na companhia do pai, e que em ambas as vezes passara três ou quatro dias queixando-se de ter ficado todo derreado.

Se a memória me não falha, essa tal governanta foi embora dois anos após a chegada de Linton e foi substituída por outra que eu não conhecia e que ainda está lá.

Na Granja, o tempo foi correndo placidamente na forma do costume, até a srta. Cathy completar dezesseis anos. O seu aniversário nunca era acompanhado de manifestações de alegria, por coincidir com o aniversário da morte da minha antiga patroa. O pai passava invariavelmente esse dia fechado na biblioteca e, ao anoitecer, ia até o cemitério de Gimmerton, onde se demorava geralmente até depois da meia-noite. Por conseguinte, Catherine tinha de festejar sozinha.

Nesse ano, o dia 20 de março estava radioso, um verdadeiro dia de primavera, e, quando o pai se retirou, a minha jovem patroa desceu do quarto preparada para sair, dizendo que lhe tinha pedido licença para ir comigo dar um passeio pela orla do brejo e que o sr. Linton tinha consentido, mas só na condição de não nos afastarmos muito e de voltarmos daí a uma hora.

— Apressa-te, Ellen! — gritou ela, entusiasmada. — Sei muito bem onde quero ir, é ao lugar onde se instalaram uns lagópodes; quero ver se já fizeram ninho.

— Mas isso deve ficar muito longe! — disse eu. — Essas aves não procriam na orla do brejo.

— Não fica nada — argumentou ela. — Estive lá uma vez com o papai, e era muito perto.

Pus a touca na cabeça e saí, sem pensar mais no assunto. A menina saltitava à minha frente, voltava a correr para perto de mim e fugia de novo, como um pequeno galgo. A princípio, distraí-me ouvindo as cotovias, ora longe, ora perto, saboreando o calor ameno do sol, e vigiando a minha querida menina, com os seus caracóis loiros a cair soltos, as faces coradinhas, puras e macias como rosas bravas, e os olhos radiantes de descuidados prazeres. Nesses tempos, ela era feliz como um anjo. Pena é que isso não lhe tenha bastado.

– Então, onde estão os seus lagópodes, srta. Cathy? – disse eu. – Já os devíamos ter encontrado. Olhe que já nos afastamos muito da Granja.

– É logo ali adiante, logo ali adiante, Ellen! – repetia a menina. – É só subir aquele monte, passar para lá daquele talude e, quando chegares ao outro lado, já terei feito as aves levantarem.

No entanto, eram tantos os montes e os taludes que tínhamos de subir e de passar, que comecei a ficar cansada. Achei, por isso, que o melhor era ficarmos por ali e voltarmos.

Como ela já ia longe, gritei o mais que podia, mas ela ou não ouviu ou não fez caso, pois continuou a saltitar em frente, obrigando-me a ir atrás. Finalmente, desceu correndo em direção ao vale, desaparecendo por detrás de um morro, e, quando tornei a avistá-la, já ela estava umas duas milhas mais perto do Morro dos Ventos Uivantes do que da sua própria casa. Foi nessa altura que vi duas pessoas agarrarem-na, uma das quais eu estava convencida tratar-se do próprio sr. Heathcliff.

Cathy tinha sido apanhada roubando ovos ou, pelo menos, rondando os ninhos. Aqueles montes eram propriedade de Heathcliff, que naquele momento repreendia a caçadora furtiva.

– Não roubei nada, nem mexi em nada! – asseverava Cathy, enquanto eu me aproximava, mostrando as mãos para provar o que dizia. – Não tinha a intenção de apanhá-los, mas o papai disse que havia muitos por aqui e eu só queria ver os ovos.

Heathcliff olhou para mim, com um sorriso sarcástico, mostrando saber de quem se tratava, e perguntou à menina quem era o papai dela.

– É o sr. Linton, da Granja dos Tordos – foi a resposta. – Pensei que não tivesse me reconhecido, senão não falaria comigo nesse tom.

– Julga então que seu pai é muito estimado e respeitado? – disse ele, trocista.

– E o senhor quem é? – inquiriu Catherine, observando atentamente o seu interlocutor. – Aquele eu já vi uma vez; *é* seu filho? – e apontou para Hareton, o segundo indivíduo, que agora, dois anos mais velho, nada mais ganhara durante esse tempo a não ser força e corpulência, já que continuava o mesmo brutamontes desajeitado de sempre.

— Senhorita Cathy — intervim —, vai fazer três horas, e não uma, que estamos fora. Temos de regressar!

— Não, aquele não é meu filho — respondeu Heathcliff, empurrando-me para o lado. — Mas eu tenho um filho, e a menina já o viu. E, embora a sua ama esteja cheia de pressa, acho que seria melhor as duas descansarem um bocadinho. Não quer vir até minha casa? É logo ali, por detrás daquele urzal. O regresso será mais fácil depois de descansar, e terá à sua espera uma calorosa recepção.

Segredei a Catherine que de forma alguma deveria aceitar o convite. Nem pensar nisso era bom.

— Por quê? — perguntou ela em voz alta. — Estou cansada de tanto correr, e o chão está todo molhado... Não posso sentar. Vamos, Ellen! Além disso, ele diz que eu já conheço o filho; está enganado, com certeza. Mas acho que sei onde ele mora... deve ser naquela casa onde entrei quando vinha de Penistone Crags. É aí que o senhor mora, não é?

— É sim. E tu, Nelly, fica calada e vem logo! Ela vai gostar de nos fazer uma visita. Hareton, tu vais à frente com a menina. E tu, Nelly, vens comigo.

— Não, senhor, ela não vai a lugar nenhum — exclamei, tentando libertar meu braço que ele agarrava. Cathy, porém, tinha contornado a encosta em louca correria e já estava chegando aos degraus do alpendre. Quanto ao seu acompanhante, nem se deu ao trabalho de fingir que o era: entrou por um atalho e desapareceu.

— Senhor Heathcliff, isto não pode ser! — insisti. — O senhor sabe tão bem como eu quais são as suas intenções: ela vai encontrar *Master* Linton e depois contará tudo ao pai quando chegar em casa, e quem vai ficar com a culpa serei eu.

— Mas eu quero que ela se encontre com o Linton! — retorquiu Heathcliff. — Ele tem andado com melhor aspecto nestes últimos dias e olha que isso só muito raramente acontece. E nós vamos convencê-la a manter a visita em segredo. Que mal há nisso, diga?

— O mal é que o pai ficaria furioso comigo se descobrisse que eu a deixara entrar em sua casa. Além disso, estou convencida de que não a convidou com boas intenções.

— As minhas intenções são as melhores, e vou já revelá-las sem subterfúgios — disse ele. — Espero que os dois primos se enamorem e se casem. E olha que estou sendo até muito generoso para com o teu patrão. A descendente dele não tem futuro nenhum, mas, se satisfizer os meus desejos, terá desde já a garantia de vir a ser minha herdeira, com o Linton.

— Então, se o Linton morresse — repliquei, — sim, porque a sua saúde é muito instável, a Catherine seria a única herdeira.

– Não, isso é o que ela não seria! – contrapôs. – Não existe nenhuma cláusula no testamento que determine isso. Os bens dele reverteriam a meu favor. Mas... Acabemos com a discussão... Quero que esta união aconteça, e estou disposto a consegui-lo.

– E eu estou disposta a nunca mais deixá-la aproximar-se da sua casa enquanto estiver comigo – respondi, quando já estávamos perto da cancela onde a srta. Cathy se encontrava à nossa espera.

Heathcliff mandou-me ficar calada e foi à frente abrir a porta.

A minha jovem patroa não tirava os olhos dele, como se não soubesse bem o que pensar. Ele, porém, sorria-lhe quando os seus olhos se cruzavam e amaciava a voz quando falava com ela, e eu fui suficientemente tola para pensar que a memória da mãe dela pudesse dissuadi-lo de lhe querer mal.

Linton estava de pé junto à lareira. Via-se que voltara de um passeio, pois conservava ainda o boné na cabeça e chamava pelo Joseph, para que lhe trouxesse um par de sapatos enxutos.

Era muito alto para a idade, pois só daí a alguns meses completaria os dezesseis anos. As feições mantinham-se ainda muito bonitas, e os olhos e a pele eram mais brilhantes do que eu me lembrava, embora esse brilho talvez fosse apenas temporário, conseguido à custa de bons ares e luz do sol.

– Sabe quem é este? – perguntou Heathcliff, virando-se para Cathy. – É capaz de adivinhar?

– O seu filho? – arriscou ela, em dúvida, olhando ora para um, ora para o outro.

– Sim, sim, é o meu filho. Então, foi esta a única vez que o viu? Pense bem! Ai, mas que memória tão fraca! E tu, Linton, lembraste da tua prima? O que tu nos fizeste passar para te deixarmos ir visitá-la!

– És mesmo tu, Linton? – exclamou Cathy, saltando de espanto e de alegria ao ouvir pronunciar o nome dele. – É mesmo o Linton? Está mais alto do que eu. És mesmo tu, Linton?

O jovem aproximou-se e confirmou que era de fato o Linton. Cathy beijou-o com fervor e ambos contemplaram admirados as mudanças que o tempo operara em cada um. Catherine já havia crescido tudo o que tinha a crescer: o seu corpo era roliço, mas elegante, flexível como o aço, e irradiava saúde e vivacidade. A expressão e os modos de Linton eram muito lânguidos, e o seu corpo excessivamente magro; havia, no entanto, nos seus gestos uma graciosidade que compensava os defeitos e o tornava até uma pessoa agradável.

Depois de terem trocado amplas manifestações de afeto, a prima foi encontrar-se com o sr. Heathcliff, que, entre portas, dividia a atenção entre o que se passava aqui dentro e o que se passava lá fora, isto é, fingia observar o exterior para melhor se concentrar no interior.

– Então o senhor é meu tio?! – exclamou Cathy, esticando-se para beijá--lo. – Bem me parecia que simpatizava consigo, apesar de a princípio se mostrar muito zangado. – Por que não vai visitar-nos na Granja com o Linton? É muito estranho sermos vizinhos há tantos anos e nunca ter ido visitar-nos. Por que não foi?

– Fui a sua casa uma ou duas vezes, antes de a Cathy ter nascido – disse ele. – Pare, menina! Se tem assim tantos beijos para dar, dê-os ao Linton, não os desperdice em mim.

– Oh, Ellen! – disse Catherine, atirando-se a mim e cobrindo-me de beijos. – Com que então, minha menina, querias impedir-me de entrar aqui! No futuro, darei este passeio todas as manhãs. Posso, tio? E de vez em quando trago o papai comigo. O tio vai gostar de vê-lo, não vai?

– Claro que sim! – respondeu o tio, procurando, em vão, disfarçar um esgar de repulsa. – Mas, espera lá... Pensando bem, acho melhor dizer-lhe uma coisa: o sr. Linton não gosta de mim. Uma vez envolvemo-nos numa discussão encarniçada com uma violência bem pouco cristã e, se lhe disser que veio aqui em casa, tenho certeza de que porá fim às suas visitas. Será, portanto, melhor não lhe contar nada, a menos que prefira não voltar a ver o seu primo. Pode vir sempre que quiser, srta. Linton, mas não diga nada ao seu pai.

– E por que é que discutiram? – perguntou Cathy, muito pesarosa.

– Ele achava-me demasiado pobre para casar com a irmã – respondeu Heathcliff –, e não se conformou quando eu casei com ela; feri-lhe o orgulho, e ele jamais me perdoará.

– Mas isso não está certo! – exclamou Catherine. – Um dia destes ainda vou lhe dizer. Eu e o Linton não temos culpa das vossas desavenças. Nesse caso, em vez de eu vir até aqui, vai o Linton até a minha casa.

– É muito longe para mim! – queixou-se Linton. – Uma caminhada de quatro milhas vai acabar comigo. Não, a menina precisa vir até aqui, srta. Catherine! Mas não precisa ser todas as manhãs, bastam duas vezes por semana.

O pai lançou-lhe um olhar de amargo desprezo.

– Parece que vou perder meu tempo, Nelly – voltou a segredar Heathcliff. – A srta. Catherine, como o sonsinho a chama, depressa descobrirá o que ele vale e vai mandá-lo para o diabo. Ai, se fosse o Hareton! Sabes que o invejo mais de vinte vezes ao dia, apesar de toda a sua brutalidade? Era até capaz de gostar dele, se ele fosse outro qualquer; mas acho que do amor dela ele está livre. Hei de fazê-lo medir forças com aquela criatura desprezível, a menos que o Linton resolva sair da letargia em que tem vivido. Parece que nem vai chegar aos dezoito anos. Raios partam tanta falta de estofo! Ele ali todo entretido à espera de que os pés lhe sequem, e nem se digna a olhar para ela. Ó, Linton!

– Sim, pai – respondeu o rapaz.
– Não há nada que queiras mostrar à tua prima? Nem ao menos um coelho ou uma toca de doninhas? Leva-a até o quintal antes de trocares de sapatos. E vai ao estábulo mostrar-lhe o teu cavalo.
– Não achas melhor ficarmos aqui? – perguntou Linton a Catherine, num tom que denunciava bem a sua relutância em voltar a sair.
– Não sei... – respondeu ela, deitando um olhar esperançado para a porta, cheia de vontade de ir fazer qualquer coisa.

Ele, porém, chegou mais perto do fogo, todo encolhido.

Heathcliff levantou-se e foi para a cozinha e daí para o pátio, chamando o Hareton. O rapaz acorreu ao chamado e voltaram ambos para a sala. Hareton acabara de se lavar, como era visível pelas faces lustrosas e o cabelo molhado.

– Tio, tenho de lhe fazer uma pergunta – disparou Cathy, lembrando-se da informação da governanta. – Esse aí não é meu primo?

– É, sim. É sobrinho da tua mãe. Por quê? Não gostas dele?

Catherine ficou embaraçada.

– Não o achas um belo rapaz? – continuou ele.

A atrevida pôs-se nas pontas dos pés e segredou qualquer coisa ao ouvido do tio.

Heathcliff deu uma gargalhada, e Hareton baixou a cabeça. Percebi que o rapaz era muito sensível à mais pequena desconsideração e que tinha, obviamente, uma noção muito vaga da sua inferioridade. Mas o patrão, ou o tutor, depressa o animou, dizendo:

– Tu serás entre todos nós o preferido, Hareton! Ela diz que tu és... como é? Bem, qualquer coisa muito lisonjeira. Olha, vai tu dar uma volta com ela pela propriedade. Mas, vê lá, porta-te como um cavalheiro! Nada de palavrões nem de ficar embasbacado olhando para a tua prima quando ela não estiver olhando para ti, e prepara-te para baixares os olhos quando estiver; e, quando falares, articula as palavras devagar e não fales com as mãos nos bolsos. E, agora, vai e distrai-a o melhor que puderes.

Heathcliff ficou vendo o par passar debaixo da janela. A expressão de Earnshaw era completamente diferente da de sua companheira: parecia observar aquela paisagem tão sua conhecida com a atenção de um estranho ou de um artista.

Catherine olhou-o de soslaio, com bem pouca admiração. Mas logo desviou a atenção, pondo-se à procura de coisas que a distraíssem, continuando alegremente o seu passeio e trauteando uma cantiga para suprir a falta de assunto.

— Pronto, cortei-lhe a língua! — comentou Heathcliff. — Agora é que ele não se atreve a dizer uma palavra! Nelly, tu, que te lembras de mim com esta idade... com esta idade, não... até uns anos mais novo, diz lá a verdade: alguma vez fui assim tão estúpido, tão bronco, como o Joseph costuma dizer?
— Era muito pior! — respondi eu. — Porque andava sempre mal-humorado.
— Tenho um certo orgulho dele — disse, continuando a pensar em voz alta. — Satisfez todas as minhas expectativas. Se já tivesse nascido idiota, não acharia nem metade da graça; mas de idiota ele não tem nada, e eu sou capaz de compreender todos os seus sentimentos, porque já os experimentei; avalio, por exemplo, muito bem o que ele está sentindo neste momento. Claro que isto é só uma amostra do que ele vai sofrer mais tarde; nunca será capaz de se libertar das garras da grosseria e da ignorância. Prendi-o melhor do que o velhaco do pai dele prendeu a mim, e o degradei mais, pois este tem orgulho de sua brutalidade. Ensinei-o a desprezar tudo o que não seja grosseiro como sinal de fraqueza e pieguice. Não te parece que o Hindley se orgulharia do filho, se o visse agora? Quase tanto como eu me orgulho do meu. Há, no entanto, uma diferença: um é ouro usado para pavimentar o chão e o outro é lata polida imitando prata. O *meu* não vale nada, mas eu terei o mérito de ajudá-lo a chegar tão longe quanto pode ir um sujeito sem préstimo. O *dele* possuía excelentes qualidades que se perderam, que eu soube tornar piores do que se ele já fosse destituído de valor. Não tenho nada a lamentar; ele sim, e só eu sei o quanto. A ironia máxima é que o Hareton é doido por mim. Tens de reconhecer que neste ponto superei Hindley: se o patife pudesse erguer-se da sepultura para me insultar pelo mal que causei ao filho, eu teria a satisfação de ver esse filho mandá-lo de volta para a cova, indignado por o pai se atrever a injuriar o único amigo que ele tem no mundo.

Heathcliff soltou uma gargalhada. Não respondi, pois percebi que não esperava resposta.

Entretanto, o nosso jovem companheiro, que estava algo distante para nos ouvir, começou a dar sinais de inquietação, provavelmente arrependido de ter sido privado da agradável companhia de Catherine só por medo de se fatigar.

O pai, reparando nos olhares ansiosos que ele lançava pela janela e na mão hesitante que estendia para o boné, interveio:

— Mexe-te, preguiçoso! — gritou-lhe, com afetado entusiasmo. — Vai atrás deles. Ainda só estão na esquina, junto às colmeias.

Linton fez das fraquezas forças e deixou a lareira para trás. A janela estava aberta e, quando ele ia saindo, ouvi Cathy perguntar ao seu lacônico companheiro qual o significado da inscrição gravada por cima da porta. Hareton ergueu os olhos, embasbacado, e coçou a cabeça como um verdadeiro caipira.

– Que letras tão esquisitas! – murmurou. – Não consigo ler nada.
– Não consegues ler? – exclamou Catherine. – Ler consigo eu, pois está escrito em inglês... O que eu quero é saber por que estão lá.

Linton deixou escapar uma risadinha – sua primeira manifestação de alegria.

– Pois ele não sabe ler nem o nome! – disse, virando-se para a prima. – Alguma vez imaginou que pudesse existir um burro assim?

– Ele tem o juízo todo, ou é um pouco simplório e não bate lá muito bem? – perguntou Cathy, muito séria. – Já lhe fiz duas perguntas e, a cada vez, ele fez cara de estúpido... até parece que não entende o que eu digo. Palavra que não o entendo!

Linton riu de novo e lançou um olhar furtivo a Hareton, que não parecia entender nada do que se passava.

– Isso é tudo preguiça, não é verdade, Earnshaw? A minha prima julga que és um idiota. Ora, aí tens no que dá dizeres que "letras são tretas"... já reparou, Catherine, no horroroso sotaque do Yorkshire que ele tem?

– Pra que diabo prestam as letras? – resmungou Hareton, agora disposto a dar troco ao companheiro. E não teria ficado por ali se os outros dois não tivessem desatado a troçar dele: a tonta da minha menina estava radiante por descobrir que podia se divertir à custa do palavreado dele.

– Que tem o diabo a ver com o que disseste? – perguntou Linton. – O meu pai já te avisou para não dizeres asneiras, e tu, mal abres a boca, soltas logo um monte. Vá lá! Tenta portar-te como um cavalheiro!

– Se não fosses mais moça que rapaz, rachava-te de alto a baixo, seu chorão! – respondeu o brutamontes, fora de si, afastando-se com o rosto a escaldar de raiva e humilhação, pois sabia que tinha sofrido uma agressão, mas não sabia como defender-se.

O sr. Heathcliff, que, tal como eu, ouvira a discussão, sorriu ao vê-lo afastar-se, mas, logo a seguir, lançou um olhar de refinado ódio ao parzinho petulante que estava tagarelando na porta: o rapaz, todo feliz, apontando os defeitos e as limitações de Hareton e contando anedotas acerca dele, e a menina saboreando toda aquela maledicência, sem pensar na má índole que isso revelava. E eu, nessa altura, comecei a sentir por Linton menos compaixão e mais antipatia, dando até certa razão ao pai de desprezá-lo.

Ficamos até a tarde, pois não consegui arrancar a srta. Cathy de lá mais cedo. Por sorte, o meu patrão não tinha saído dos seus aposentos e, assim sendo, não deu pela nossa prolongada ausência.

No regresso, tentei falar a Cathy sobre o caráter das pessoas com quem tínhamos estado, mas ela havia metido na cabeça que eu tinha má vontade contra elas.

– Ai, ai, Ellen! Tomaste o partido do papai! Tenho certeza. Se não, por que me enganarias tu durante tantos anos, fazendo-me crer que o Linton vivia muito longe daqui? Estou muito zangada contigo, mas estou também tão contente que não consigo mostrá-lo. E vê lá como falas do meu tio. Não te esqueças de que ele é meu tio. Hei de também ralhar com o papai por ter cortado relações com ele.

E continuou a arengar, até eu desistir de convencê-la de que estava cometendo um erro.

Nessa noite, não falou ao pai na visita porque não chegou a vê-lo. Mas no dia seguinte, para mal dos meus pecados, pôs tudo em pratos limpos. Por um lado, não achei mau, pois cabia mais a ele do que a mim a tarefa de prevenir e aconselhar a filha. O sr. Linton, porém, mostrou-se muito titubeante a apresentar as razões que o levavam a não querer que a filha se desse com os vizinhos do Morro dos Ventos Uivantes, e ela queria saber sempre os motivos de tudo o que lhe cerceasse os seus caprichos de menina mimada.

– Papai – começou Catherine depois de cumprimentá-lo pela manhã –, adivinhe quem eu encontrei ontem no meu passeio pela charneca? Oh, papai, o senhor estremeceu! Não procedeu nada bem, sabia? Eu que o diga... Mas escute-me e já vai ficar sabendo como eu descobri tudo... e que a Ellen também era sua aliada, fingindo ter muita pena de mim, quando eu, sem grandes esperanças, lhe perguntava quando Linton voltaria.

A menina fez um relato pormenorizado do passeio e o mais que se seguiu, e o meu patrão, embora me dirigisse por mais de uma vez olhares de censura, não abriu a boca até ela terminar. Chegada ao fim, puxou-a para perto e perguntou se sabia a razão pela qual ele lhe ocultara a existência de tais vizinhos. Ou julgaria ela que fora apenas para privá-la de um prazer que ela poderia desfrutar sem inconvenientes?

– Foi porque o pai não gosta do sr. Heathcliff – disse ela.

– Então tu pensas que prezo mais os meus sentimentos do que os teus, Cathy? Não, não foi por isso, mas sim porque o sr. Heathcliff não gosta de mim e é uma criatura diabólica, que se compraz em desgraçar os que ele odeia, assim que eles lhe dão a menor oportunidade. Sabia que não podias conviver com o teu primo sem acabares por encontrar o pai dele, o qual, por minha causa, iria detestar-te. Assim, e somente para teu bem, tomei as precauções necessárias para que não tornasses a ver o Linton. Tinha a intenção de te contar tudo um dia mais tarde, quando fosses mais crescida, mas agora lamento tê-lo protelado tanto!

– Mas, papai, o sr. Heathcliff foi até muito cordial – contrapôs Cathy, pouco convencida. – E não levantou qualquer objeção a que nos encontrássemos outra vez. Disse-me que podia ir lá sempre que quisesse, mas que não lhe contasse nada, porque o senhor estava zangado com ele e não lhe perdoava por ele ter se casado com a tia Isabella; e percebe-se que não o perdoou. Quem deve ser censurado é o papai; ele, pelo menos, consente que eu e o Linton sejamos amigos, e o senhor, não.

O meu patrão, ao perceber que a filha não acreditava no que ele lhe havia dito sobre as más intenções do tio, descreveu-lhe em traços largos a conduta de Heathcliff para com Isabella e o modo como o Morro dos Ventos Uivantes fora parar nas suas mãos. Era penoso para ele alongar-se muito sobre esse assunto, pois, embora raramente aflorasse, continuava a sentir pelo seu arqui-inimigo o mesmo horror e o mesmo ódio que haviam inundado seu coração desde a morte da sra. Linton. "Se não fosse ele, ela ainda poderia estar viva!": esta era a sua constante e amarga obsessão; a seus olhos, Heathcliff era um assassino.

A srta. Cathy que, no tocante a más ações só possuía a experiência das suas próprias desobediências, injustiças e arrebatamentos, motivados pelo seu temperamento fogoso e irrefletido, e dos quais se arrependia logo no mesmo dia, estava abismada com tal frieza de espírito, capaz de ruminar vinganças durante anos a fio, seguindo deliberadamente um plano estabelecido, sem sombra de remorso. Ficou de tal maneira chocada e impressionada com essa nova faceta da natureza humana, tão fora até aí das suas cogitações, que o sr. Edgar achou melhor não insistir na questão, limitando-se a acrescentar:

– Agora, minha querida, já sabes a razão pela qual desejo que te mantenhas afastada da casa dele e da família dele. Volta para as tuas ocupações e para as tuas brincadeiras e não penses mais naquela gente!

Catherine deu um beijo no pai e passou horas entregue às suas lições, como de costume. Depois, foi dar um passeio com o pai pela propriedade, e o dia decorreu como qualquer outro. Quando à noite, porém, se retirou para o quarto e fui ajudá-la a despir-se, encontrei-a chorando ajoelhada aos pés da cama.

– Que vergonha! Não seja tontinha! – exclamei. – Se soubesse o que é ter um desgosto, não gastaria lágrimas por tão pouco; a menina nunca teve nada que se parecesse com um desgosto. Imagine que eu e o seu pai morríamos, e a menina ficava sozinha no mundo; como é que se ia sentir? Compare o que se passou agora com uma aflição dessas e dê graças a Deus pelos amigos que tem, em vez de querer sempre mais e mais.

– Não é por mim que choro, Ellen – respondeu. – É por ele; ele está à minha espera amanhã, lá em casa, e vai ter uma desilusão; vai ficar à espera, e eu não apareço!

— Ora, menina, julga que ele pensa tanto em si como a menina pensa nele? E então ele não tem o Hareton para lhe fazer companhia? Ninguém chora por deixar de ver uma prima que só viu duas vezes, em duas tardes. O Linton vai entender o que se passou e não se preocupará mais com o assunto.

— Mas não posso ao menos escrever-lhe um bilhete para explicar a razão por que não vou? – perguntou, pondo-se de pé. – E mandar só estes livros que prometi emprestar-lhe? Os livros do Linton não são tão bons como os meus, e ele ficou cheio de vontade de lê-los quando eu lhe disse como eram interessantes. Posso, não posso, Ellen?

— Não, não pode. De maneira nenhuma! – disse eu, peremptória. – E depois ele ia responder-lhe e nunca mais acabava. Não, srta. Catherine, têm de cortar relações completamente. É isso que o seu pai quer e eu zelarei para que assim seja.

— Mas como é que um simples bilhetinho podia... – recomeçou ela, com súplicas no olhar.

— Silêncio! – atalhei. – Não vamos voltar a essa história dos bilhetes. Vá, já para a cama!

Lançou-me um olhar furioso, tão furioso que a princípio nem lhe dei o habitual beijo de boa-noite; cobri-a e saí do quarto, bastante aborrecida. Porém, arrependi-me no meio do caminho e voltei atrás sem fazer barulho; e que vejo eu? A minha menina de pé, junto ao toucador, com uma folha em branco à sua frente e de lápis na mão, coisas que tentou esconder muito atrapalhada, assim que me ouviu entrar.

— Não conte com ninguém para lhe levar isso, Catherine – observei. – E agora vou apagar a vela.

Ia colocar o apagador sobre a vela quando levei uma palmada na mão, acompanhada de um petulante "sua velha rabugenta!". Retirei-me e ela veio correndo trancar a porta, num dos seus piores ataques de mau gênio.

A carta foi escrita e feita chegar ao destinatário por intermédio de um rapaz da vila que vinha à Granja buscar leite, mas isso só mais tarde eu descobri. As semanas foram passando, e Cathy recuperou o seu bom humor, embora mostrasse cada vez mais tendência para se refugiar pelos cantos. E, muitas vezes, quando estava a ler e eu aparecia de surpresa, tinha um sobressalto e inclinava-se sobre o livro com a intenção evidente de o esconder; mas não sem que eu detectasse umas pontinhas de papel a espreitar por entre as folhas.

Apanhou o tique de vir passear de manhã cedo nas imediações da cozinha, como se estivesse à espera de alguma coisa, e havia também uma gavetinha do armário da biblioteca que ela passava horas vasculhando, muito entretida, e cuja chave tinha sempre o cuidado de levar consigo.

Um dia, quando ela estava mexendo na gaveta, reparei que os brinquedos e as bugigangas que anteriormente constituíam o seu conteúdo, haviam sido substituídos por papelinhos dobrados, o que me despertou a curiosidade e a desconfiança, pelo que decidi dar uma vista de olhos a tão misteriosos tesouros.

Nessa noite, depois de todos já estarem recolhidos, procurei no meu molho de chaves uma que servisse na fechadura da dita gaveta; abri-a e despejei para o avental tudo quanto encontrei ali, levando as coisas para o meu quarto para examiná-las mais à vontade.

Embora já tivesse suspeitas, fiquei surpreendida ao descobrir que se tratava da já volumosa correspondência enviada quase diariamente por Linton Heathcliff em resposta aos bilhetes que ela lhe mandava. As primeiras cartas eram breves e envergonhadas, mas iam-se mostrando gradualmente mais afoitas, até se tornarem longas cartas de amor repletas de tolices, como era próprio da idade do seu autor, mas com alguns toques aqui e ali dados por mão mais experiente.

Algumas delas impressionaram-me pela forma singular como nelas se misturavam o arrebatamento e a sensaboria, abrindo com manifestações do mais genuíno amor e terminando num estilo palavroso e afetado, próprio de um colegial dirigindo-se a uma namorada imaginária.

Se faziam as delícias de Cathy, isso não sei, mas cá para mim não passavam de um monte de baboseiras.

Após ter lido as que achei que devia ler, embrulhei-as num lenço e guardei-as bem guardadas, voltando em seguida a fechar a gaveta vazia.

Como era seu hábito, a menina levantou-se muito cedo e foi para a cozinha: vi-a chegar perto da porta quando chegou um certo rapaz e, enquanto a criada da estrebaria enchia a vasilha, Cathy colocou alguma coisa no bolso do casaco do dito rapazote, tirando de lá outra.

Dei a volta no quintal e apanhei o rapaz; ele lutou tão desesperadamente para defender o que lhe havia sido confiado que entornou quase todo o leite, mas acabei por me apoderar da carta e, depois de ameaçá-lo de que lhe sairia muito caro se não voltasse direto para casa, fiquei encostada no muro e li a carta de amor da srta. Cathy. Era mais simples e mais eloquente que a do primo, muito bonita e muito tonta. Abanei a cabeça e fui para casa pensar. Estando o dia chuvoso como estava, e não podendo ir passear no parque, a menina, mal terminou de estudar as lições daquela manhã, foi procurar consolo na gaveta. O pai estava sentado à mesa lendo e fui de propósito consertar umas franjas dos cortinados da janela, para poder seguir todos os seus movimentos.

Nunca ave alguma, ao regressar ao ninho devassado que havia deixado repleto de filhinhos chilreantes, exprimiu maior desespero, com os seus pios angustiados, do que ela com aquele simples "Oh!" e com a transfiguração que se operou no rosto alegre que a acompanhava ultimamente. O sr. Linton ergueu os olhos.

– Que foi, minha filha, machucaste-te? – inquiriu. Pelo seu tom de voz e expressão do olhar, Cathy teve certeza de que não fora ele quem descobrira o tesouro.

– Não, papai – balbuciou. – Ellen, Ellen, vem comigo lá para cima, não estou me sentindo muito bem.

Obedeci e acompanhei-a ao quarto.

– Oh, Ellen, foste tu, não foste? Foste tu que as pegaste! – disparou, de chofre, caindo de joelhos quando ficamos sozinhas no quarto. – Oh, Ellen, devolve-as, e eu não repito mais! Não digas nada ao papai. Ainda não disseste, não foi? Sei que me portei muito mal, mas não vou mais repetir, prometo.

Com o semblante carregado, mandei-a ficar de pé e disse-lhe, zangada:

– Sim, senhora, srta. Catherine, desta vez a menina foi longe demais, não lhe parece? Devia ter vergonha! Que lindas baboseiras a menina lê nas horas vagas! Até valia a pena mandá-las imprimir! E o que pensa a menina que o senhor vai dizer quando eu mostrá-las a ele? Não o fiz ainda, mas não julgue que vou guardar esse seu segredo ridículo. Que vergonha! E deve ter sido a menina quem começou a escrever todos estes disparates; o Linton não se atreveria a ser o primeiro.

– Não, não fui! – volveu Cathy, soluçando. – Nem me passava pela cabeça que pudesse vir a amá-lo, até que...

– Vir a amá-lo! – repeti, articulando as palavras da maneira mais trocista possível. – Amá-lo! Onde já se viu tal disparate? Então eu também podia dizer que amava o moleiro que vinha pegar o nosso cereal uma vez por ano. Lindo amor, não há dúvida! Pois se a menina, das duas vezes que o vira, não chegou a estar com ele ao todo nem quatro horas! Ora, aqui está o monte de disparates; vou levá-lo para a biblioteca e veremos o que o seu pai tem a dizer sobre esse amor.

Catherine tentou surrupiar as suas preciosas cartas, mas eu as levantei no ar, bem acima da cabeça, e ela começou então a implorar-me que as queimasse, que fizesse qualquer coisa menos entregá-las ao pai. Para ser franca, e perante tamanha criancice, tinha vontade tanto de rir quanto de ralhar; por fim, acabei cedendo e perguntei:

– Se eu concordar em queimá-las, promete que não volta a escrever nem a receber mais cartas, nem mais livros, pois desconfio que tem mandado a ele; nem mais madeixas de cabelo, nem anéis, nem brinquedos?

– Nunca lhe mandei brinquedos! – disse Catherine, toda ofendida.

– Seja lá o que for – repliquei. – Se não prometer, vou imediatamente mostrar isto tudo ao sr. Linton.

– Prometo, sim, Ellen, eu prometo! – E chorava, agarrada ao meu vestido. – Queima-as, por favor!

Mas, quando me viu pegar o atiçador para abrir uma cova na lareira, não suportou o suplício e implorou que guardasse uma ou duas cartas.

– Uma ou duas, Ellen, para ficar com uma recordação do Linton!

Desamarrei o lenço e comecei a atirá-las uma a uma para a chama, que recrudesceu, subindo pela chaminé.

– Deixa-me ficar pelo menos com uma, sua malvada! – implorou Cathy, metendo a mão nas brasas, sem se importar de queimar os dedos, para retirar alguns pedaços de papel chamuscado.

– Muito bem, guardarei então algumas para mostrar ao seu pai! – disse eu, embrulhando no lenço as que restavam e encaminhando-me para a porta.

Ela lançou à fogueira os pedaços chamuscados que de lá havia tirado e fez sinal para que eu queimasse o resto. Assim fiz, deitando por cima mais carvão. E enquanto ela, silenciosa e ofendida, se retirava para o quarto, desci para informar o meu patrão de que a indisposição da menina já tinha passado, mas que me parecera conveniente que ficasse deitada por mais algum tempo.

Catherine não quis vir jantar e só apareceu na hora do chá, muito pálida e com os olhos vermelhos, mas tentando disfarçar o mais possível. Na manhã seguinte, respondi à carta de Linton com um papel onde escrevi: "Peço a *Master* Heathcliff o favor de não mandar mais bilhetes à srta. Linton, pois ela não os receberá". E, daí em diante, o tal rapaz passou a vir de bolsos vazios.

Capítulo XXII

O VERÃO ESTAVA CHEGANDO ao fim com os primeiros alvores do outono. O dia de são Miguel já tinha passado, mas nesse ano as colheitas estavam atrasadas e havia searas ainda por ceifar.

O sr. Linton costumava ir muitas vezes com a filha assistir à ceifa, por lá se demorando até o anoitecer, até o carregar dos últimos molhos, e, como a noite chegava fria e úmida, o meu patrão acabou por apanhar uma forte gripe, persistente e teimosa, que lhe atacou os pulmões, retendo-o em casa todo o inverno quase ininterruptamente.

A pobre Cathy, afastada de seu pequeno romance, andava consideravelmente mais triste e melancólica desde o sucedido, pelo que o pai a aconselhara a ler menos e a fazer mais exercício. Vendo-a privada da companhia do pai, achei ser meu dever substituir a sua ausência; mas revelei-me bem fraca substituta, pois se, por um lado, os meus afazeres do dia a dia não me deixavam mais que duas ou três horas para lhe fazer companhia, por outro, era óbvio que a minha presença lhe agradava menos que a do pai.

Foi numa tarde de outubro, ou talvez dos começos de novembro, uma tarde fria e chuvosa, em que os prados e as veredas gemiam com a restolhada das folhas mortas e molhadas, e o glacial céu azul se cobriu subitamente de esguias nuvens negras, vindas do poente, que pressagiavam borrasca; pedi à minha menina que desistisse do passeio, pois decerto a chuva não tardaria a chegar, mas ela não me atendeu. Bem contra minha vontade, vesti o capote e peguei o guarda-chuva para acompanhá-la num passeio até o fundo do parque, como era seu hábito, sempre que se sentia deprimida, o que invariavelmente acontecia quando o pai piorava; não que ele se queixasse, mas era fácil de adivinhar pelo seu crescente mutismo e semblante melancólico.

Cathy caminhava acabrunhada, sem querer saber de saltos nem correrias, embora o vento gelado a convidasse a ensaiar uma corrida. Por diversas vezes, olhando-a dissimuladamente, a vi erguer a mão e passá-la pelo rosto.

Olhei em redor à procura de alguma coisa que pudesse distraí-la. De um lado do caminho erguia-se uma barreira de terra orlada de aveleiras e carvalhos raquíticos em instável equilíbrio, com as raízes meio descobertas: a terra estava demasiado solta para prender os carvalhos, e o vento fizera vergar alguns quase na horizontal. Durante o verão, a srta. Cathy adorava trepar nestas árvores e sentar-se nos ramos, balançando a vinte pés do chão, enquanto eu, apesar de achar graça na sua agilidade e alegria de criança, repreendia-a sempre que a via empoleirada, dando-lhe no entanto a entender, ao mesmo tempo, que não precisava descer. E ela ficava até a hora do jantar naquele berço embalado pela brisa, entoando velhas canções que eu lhe ensinara ou vendo os passarinhos darem de comer aos filhos e ensinarem-nos a voar, ou, então, aninhava-se de olhos fechados na ramada, entre o sonho e a meditação, tão feliz que não sei exprimir por palavras.

– Olhe, menina! – exclamei, apontando para uma reentrância por debaixo da raiz de uma árvore retorcida. – Ainda não chegou o inverno. Estou vendo ali uma flor, a última daquele manto lilás de campainhas que em julho cobria os socalcos verdejantes. Não quer ir lá apanhá-la, para mostrar ao seu pai?

Cathy contemplou demoradamente a florzinha solitária que estremecia no seu esconderijo e, por fim, respondeu:

– Não, não vou tirá-la dali. Tem um ar tão triste, não achas, Ellen?

– Tem mesmo... quase tão frágil e definhada como a menina, com esse seu rosto tão descoradinho. – Dê sua mão e vamos fazer uma corrida. Está tão fraquinha que até eu consigo acompanhá-la.

– Não quero – disse ela, continuando a caminhar vagarosamente, apenas se detendo aqui e além a olhar pensativa ora para o musgo, ora para algum tufo de erva seca, ora para algum cogumelo alegremente alaranjado que despontava entre o amontoado de folhas amareladas. E, volta e meia, ela levava a mão ao rosto.

– Catherine, por que chora a minha lindinha? – perguntei, aproximando-me dela e enlaçando-a. – Não vale a pena chorar, só porque o seu pai está gripado. Devia dar graças a Deus por não ser coisa pior.

Ela, ao ouvir estas palavras, não conseguiu reter as lágrimas e respondeu, com a voz embargada pelos soluços:

– Vai ser muito pior, eu sei – lamentou-se. – E que vai ser de mim quando o papai e tu me deixarem, e eu ficar sozinha? Não consigo esquecer as tuas palavras, Ellen, não me saem da cabeça: como toda a minha vida se modificará, como será triste o mundo quando tu e o papai morrerem.

– Sabe-se lá se não é a menina que morre primeiro! – atalhei. – Não se deve pensar nas coisas más. Vamos é desejar que passem ainda muitos e muitos anos até um de nós morrer: o patrão é novo e eu sou forte e ainda não cheguei aos quarenta e cinco anos. A minha mãe viveu até os oitenta, sempre rija até o fim. Suponha que o sr. Linton dura até os sessenta: para isso ainda faltam mais anos do que os que a menina tem de idade. Então não é uma tolice chorar por uma desgraça que só vai acontecer daqui a mais de vinte anos?

— Mas a tia Isabella era mais nova que o papai! — argumentou, voltando para mim os olhos, esperançada, à procura de nova consolação.

— A tia Isabella não tinha a nós duas para cuidarmos dela — expliquei. — Não era feliz como o patrão e, por isso, não tinha tantas razões para viver. O que a menina tem de fazer é cuidar bem do seu pai e alegrá-lo, mostrando-se também alegre, e evitar dar-lhe desgostos; preste atenção, Cathy, não vou mentir: o que poderia matá-lo seria a menina ser rebelde e leviana e alimentar uma afeição tonta e fantasiosa pelo filho de um homem que ficaria radiante se visse o seu pai na sepultura, ou deixá-lo perceber que a menina não se conformou com a separação que ele achou por bem impor-lhe.

— A única coisa com que eu não me conformo é com a doença do papai — replicou a minha companheira. — O resto não tem comparação. Ouve bem, Ellen, nunca, nunca mais, enquanto estiver no meu juízo perfeito, eu farei ou direi alguma coisa que o magoe. Amo-o mais do que a mim mesma. Sei que assim é, porque rezo todas as noites para que Deus o leve primeiro, para lhe poupar o sofrimento; prefiro ser eu a sofrer. Isto prova que o amo mais do que a mim mesma.

— Bonitas palavras — volvi eu. — Mas é preciso que os atos lhes correspondam. E, quando ele se restabelecer, lembre-se de que não devemos nos esquecer das promessas feitas nas horas de aflição.

Enquanto assim conversávamos, fomo-nos aproximando de um portão que dava para a estrada. A minha menina, de novo transbordante de alegria, trepou no muro, sentou-se lá no alto e começou a colher as bagas vermelhas dos ramos mais elevados das roseiras-bravas que sombreavam a beira do caminho; dos ramos mais baixos, as bagas haviam já desaparecido, e nos de cima só os pássaros conseguiam chegar; isto é, os pássaros e a minha Cathy, na posição em que se encontrava. Porém, ao esticar-se mais para apanhá-las, deixou cair o chapéu e, como o portão estava trancado, resolveu saltar para a estrada para ir apanhá-lo. Recomendei-lhe que tivesse cuidado para não cair, e ela desapareceu num abrir e fechar de olhos. Contudo, o regresso revelou-se tarefa bem mais espinhosa: as pedras eram lisas e cimentadas e os ramos das roseiras e das silvas não facilitavam a subida. Eu, feito tola, só me apercebi disso quando a ouvi rir e gritar do lado de lá.

— Ellen, tens de ir buscar a chave, senão tenho de ir até a casa do caseiro. Por este lado não consigo escalar o muro.

– A menina não saia daí – respondi. – Tenho aqui o molho de chaves e talvez alguma destas sirva. Se não servir, então vou buscar a outra.

Catherine entretinha-se a dançarilhar para trás e para a frente diante do portão, enquanto eu ia experimentando, uma a uma, todas as chaves grandes; mas cheguei à última e nenhuma abriu. Assim, voltei a recomendar-lhe que não saísse de onde estava, e preparava-me já para correr até em casa, quando um som me fez parar. Era o trote de um cavalo.

Cathy parou de dançar e, no mesmo minuto, o cavalo parou também.

– Quem é? – perguntei, baixando a voz.

– Ai, Ellen, quem me dera que pudesses abrir o portão – respondeu ela, aflita, falando também baixinho.

– Olá, srta. Linton! – bradou uma voz, a do cavaleiro. – Bons olhos a vejam! Não tenha pressa de entrar, pois quero pedir-lhe uma explicação que decerto não se furtará a dar.

– Eu não falo com o senhor, sr. Heathcliff – retorquiu Catherine. O papai diz que o senhor é diabólico e que nos detesta a todos, e a Ellen diz o mesmo.

– Isso agora não vem ao caso – vociferou Heathcliff (pois era dele que se tratava). – Eu não detesto o meu filho, que eu saiba, e é por ele que lhe peço um pouco de atenção. Sim, sim, bem pode corar! Não é verdade que há dois ou três meses costumava mandar cartinhas de amor ao Linton? Era só para se divertir, não era? Deviam apanhar os dois uma boa sova, especialmente a menina, por ser a mais velha e a menos ajuizada, ao que parece. Tenho todas as suas cartas em meu poder e, se começar com impertinências, mando entregá-las ao seu pai. Presumo que tenha se fartado e deixado o devaneio para trás, não é assim? Pois fique sabendo que atirou também o Linton para a rua da amargura. Ele está seriamente apaixonado e, tão certo como eu estar vivo, não tarda a morrer por sua causa; está com o coração despedaçado, não em sentido figurado, mas de uma forma bem real. E embora o Hareton o tenha tentado alegrar nestas últimas seis semanas, e eu tenha tomado medidas mais drásticas para ver se o faço sair do torpor em que se encontra, o certo é que piora de dia para dia e estará debaixo dos torrões antes do próximo verão. A menos que a menina o cure!

– Como pode o senhor mentir tão descaradamente à pobre criança? – gritei eu do lado de dentro. – Siga o seu caminho! Não sei como pode inventar tantas mentiras! Olhe, srta. Cathy, eu vou é arrombar a fechadura com uma pedra. Não acredite nesse monte de disparates. Julgue a menina por si mesma, se é possível alguém morrer de amor por uma estranha.

– Não sabia que havia ouvidos à escuta! – resmungou o velhaco, vendo-se desmascarado. – Minha cara sra. Dean, gosto muito de ti, mas desagrada-me esse teu jogo duplo – acrescentou em voz alta. – Como pudeste afirmar que eu detestava a "pobre criança"? E inventar histórias mirabolantes para afastá-la da minha casa? Catherine Linton... só o nome já me enternece... Minha querida... estarei ausente durante toda esta semana. Vá lá e verá se falei ou não a verdade. Faça isso por mim, minha querida! Imagine o seu pai no meu lugar e o Linton no seu, e pense que ideia faria do seu namorado, se ele se negasse a dar um passo para consolá-la, mesmo depois de seu próprio pai ter-lhe pedido. E, por favor, não faça a asneira de cair no logro dela. Juro pela minha salvação que o Linton acabará por morrer e que ninguém a não ser a menina poderá ajudá-lo!

A fechadura cedeu finalmente e eu saí para a estrada.

– Juro que o Linton está morrendo – repetiu Heathcliff, fitando-me duramente. – O desgosto e a desilusão vão levá-lo à morte. Se não queres que ele se vá, vai lá tu, Nelly. Só volto daqui a uma semana, e creio que nem mesmo o teu patrão se oporá a que ela vá visitar o primo.

– Entre, menina! – disse eu a Cathy, puxando-a pelo braço, e tendo quase de obrigá-la a entrar, pois estava parada, olhando perplexa para o seu interlocutor, que dissimulava toda a sua perfídia num semblante austero e imperturbável. Aproximando-se com o cavalo, inclinou-se e disse:

– Devo admitir, Catherine, que tenho muito pouca paciência para o Linton, e que o Hareton e o Joseph ainda têm menos. Tenho de reconhecer que ele não ficará nas melhores mãos. E o Linton precisa tanto de bondade como de amor. Uma palavra de conforto da sua parte seria o melhor dos remédios. Não dê ouvidos aos conselhos perversos da sra. Dean, seja generosa e vá visitá-lo. Ele sonha consigo dia e noite e não há nada que o convença de que a menina não o odeia, pois deixou de escrever e de aparecer.

Fechei o portão e encostei-lhe um pedregulho, para substituir a fechadura partida. Abri o guarda-chuva e puxei Cathy para debaixo dele, porque a chuva já caía em grossos pingos por entre os ramos que se agitavam, mandando-nos para casa sem demora.

A pressa impediu-nos de comentar o encontro com Heathcliff durante o percurso, mas eu sentia que o coraçãozinho de Catherine estava agora carregado de redobrada tristeza. Era tanta a amargura do seu rosto que nem parecia a mesma – era evidente que tinha acreditado piamente em tudo o que ouvira.

Antes de chegarmos, o meu patrão tinha-se recolhido ao quarto para descansar. Cathy foi logo até o pai para saber como ele se sentia, mas o encontrou dormindo. Voltou então para baixo e pediu-me para sentar perto dela na biblioteca. Tomamos chá juntas e, em seguida, ela estendeu-se no tapete e pediu-me que ficasse calada, pois estava muito cansada.

Peguei um livro e fingi ler; ela, assim que me julgou absorvida na leitura, recomeçou a chorar baixinho, que era pelo visto o seu passatempo favorito nos últimos tempos. Deixei-a chorar à vontade, mas daí a pouco não me contive e comecei a fazer troça do que o sr. Heathcliff dissera a respeito do filho, convencida de que ela concordaria comigo. Mas não tive como evitar o efeito produzido pelas palavras dele. E era isso mesmo que ele queria.

– Pode ser que tenhas razão, Ellen – respondeu Cathy. – Mas não fico sossegada enquanto não souber a verdade. Tenho de dizer ao Linton que não é por minha culpa que não lhe escrevo e que os meus sentimentos não mudaram.

Que podiam ralhos e protestos perante tão inocente credulidade? Nessa noite despedimo-nos aborrecidas. Mas, no dia seguinte, dei por mim a caminho do Morro dos Ventos Uivantes, ao lado do pônei da minha voluntariosa menina. Não suportando contemplar o seu desgosto, aquela palidez e aquela tristeza no olhar, acabara por ceder, na vaga esperança de que o próprio Linton provasse, pelo modo como nos recebesse, como era falha de fundamento a história que o pai contara sobre ele.

Capítulo XXIII

A NOITE CHUVOSA DEU LUGAR a uma manhã de nevoeiro, geadas e chuviscos, e o nosso caminho era atravessado pelos regatos de água das chuvas, que escorriam das terras altas. Tinha os pés completamente encharcados e sentia-me zangada e deprimida, que era precisamente o humor ideal para tirar o melhor partido dessas tarefas ingratas.

Entramos no casarão pela porta da cozinha para nos certificarmos de que o sr. Heathcliff não estava realmente em casa, pois não acreditava muito na sua palavra.

Joseph parecia estar no paraíso, sozinho junto a um fogo crepitante; perto dele, em cima da mesa, estava uma caneca de cerveja e grandes nacos de pão de aveia torrado; e, na boca, o seu cachimbo preto e curto.

Catherine aproximou-se da lareira para se aquecer. Perguntei se o patrão estava em casa.

A minha pergunta ficou tanto tempo sem resposta que pensei que o velho tinha ficado surdo, e repeti-a mais alto.

– Não! – resmungou ele, ou melhor, respondeu, com a sua voz anasalada. – Não! E vossemecê volte pro sítio donde veio.

– Joseph! – gritou uma voz impaciente lá de dentro. – Quantas vezes tenho de te chamar? O fogo está apagado, Joseph! Venha cá imediatamente.

As vigorosas baforadas do cachimbo e um olhar que não arredava da parede mostravam que ele era surdo a esse apelo. Da governanta e do Hareton, nem sinais: ela tinha ido dar uns recados, e ele talvez estivesse trabalhando. Reconhecemos a voz de Linton e entramos.

– Oh, espero que morras de fome fechado num sótão! – disse o rapaz, confundindo os nossos passos com os do criado negligente.

Calou-se, porém, mal percebeu o seu erro. A prima correu para ele.

– É você, srta. Linton? – disse, levantando a cabeça do braço do cadeirão onde estava recostado. – Não, não me beije que me sufoca. Ai, meu Deus! O meu pai disse que viria – continuou, depois de ter se recomposto do abraço de Catherine, enquanto ela continuava de pé, ao lado dele, mostrando-se contrita. – Não se importa de fechar a porta, por favor? Deixou-a aberta; e aquelas criaturas *detestáveis* nunca mais trazem carvão para a lareira. Está tanto frio aqui!

Remexi as cinzas e fui eu própria buscar um balde cheio de carvão, e logo o enfermo se queixou de que estava todo coberto de poeira; mas como tinha uma tosse feia e parecia febril e doente, não o repreendi pelo seu mau humor.

– Então, Linton – disse Catherine baixinho, quando o viu menos tenso. – Estás contente por me ver? Há alguma coisa que eu possa fazer?

– Por que não veio há mais tempo? – perguntou. – Devia ter vindo, em vez de escrever. Cansava-me muito escrever-lhe aquelas longas cartas. Teria preferido mil vezes falar pessoalmente. Agora, não tenho mais vontade de conversar nem de fazer mais nada. Onde estará a Zillah? Importa-se de ir à cozinha ver se a encontra? – E olhou para mim.

Como não tinha me agradecido pelo outro serviço que lhe prestara e como não estava disposta a andar de um lado para o outro, respondi:

– Só o Joseph está lá.

– Tenho sede – protestou, irritado, virando-se para o outro lado. – Desde que o meu pai se foi, a Zillah passa a vida indo para Gimmerton. É uma vergonha! Sou obrigado a ficar aqui embaixo, pois, lá em cima, ninguém me ouve.

– O seu pai é atencioso consigo, *Master* Heathcliff? – perguntei, percebendo que Catherine não estava se mostrando um modelo de solicitude.

– Atencioso? Pelo menos obriga-os a serem um pouco mais atenciosos comigo – exclamou. – Os patifes! A srta. Linton sabe que o bruto do Hareton ri de mim? Odeio-o... na verdade, odeio a todos eles... são criaturas detestáveis.

Cathy foi em busca de água; descobriu um jarro no aparador, encheu um copo e o trouxe. Ele pediu que misturasse uma colher de vinho da garrafa que estava em cima da mesa e, depois de ter bebido um pouco, pareceu mais calmo e disse-lhe que ela era muito simpática.

– E estás feliz por me ver? – perguntou a srta. Catherine, reiterando de novo a pergunta, satisfeita por detectar o leve esboçar de um sorriso.

– Estou, não é costume ouvir uma voz como a sua! – respondeu ele. – Mas tenho andado muito aborrecido por não me querer vir visitar, e o meu pai disse que a culpa era minha e até me chamou criatura mesquinha, desonesta, sem préstimo, e disse que a Cathy me desprezava e que, se estivesse no meu lugar, já seria nesta altura mais dono da Granja do que o seu pai. Mas você não me despreza, não é verdade, srta.?

– Preferia que me tratasses por tu! – atalhou a minha menina. – Desprezar-te? Não! Depois de meu pai e da Ellen, és a pessoa de quem mais gosto.

No entanto, não gosto do sr. Heathcliff e não me atrevo a voltar aqui quando ele regressar; ele vai estar fora muitos dias?

— Não muitos — respondeu Linton. — Mas, desde que começou a temporada da caça, vai muitas vezes para os brejos, e tu podias vir aqui passar uma hora ou duas comigo quando ele não está. Anda! Diz que sim! Acho que contigo não me tornarei insuportável; e tu não me provocarás e estarás sempre pronta a ajudar-me, não é verdade?

— É — disse Catherine, acariciando-lhe o cabelo longo e macio —, se conseguisse, ao menos, que o papai me deixasse, passaria metade do tempo contigo, querido Linton! Quem me dera que fosses meu irmão.

— E assim gostarias tanto do teu pai como de mim? — observou ele, mais contente. — Mas o meu pai diz que gostarias mais de mim do que do teu pai, se fosses minha mulher. Quem me dera que fosses!

— Não, nunca gostarei de ninguém como gosto do meu pai — replicou ela gravemente. — E as pessoas às vezes detestam as suas mulheres, mas não os irmãos e as irmãs e, se fosses meu irmão, ias viver conosco, e o meu pai ia gostar tanto de ti como gosta de mim.

Linton negou que as pessoas pudessem detestar as suas mulheres, mas Cathy afirmou que podiam, sim senhor, e citou o caso da aversão do pai dele em relação a sua tia.

Tentei fazer calar aquela tagarela, mas em vão, e ela só se calou depois de contar tudo o que sabia. *Master* Heathcliff, irritadíssimo, afirmou que tudo aquilo era mentira.

— Foi o meu pai que me contou, e o meu pai não mente — retrucou Catherine, peremptória.

— E o meu pai despreza o teu — gritou Linton. — E até o chama de completo idiota.

— O teu pai é muito mau — retrucou Catherine — e tu não devias repetir o que ele diz; ele deve ser mesmo muito mau para a tia Isabella tê-lo deixado como deixou.

— Ela não o deixou — contrapôs o rapaz —, não me contradigas!

— Deixou sim! — insistiu a minha menina.

— Pois fica sabendo que a tua mãe odiava o teu pai. Ora essa!

— Oh! — exclamou Catherine, furiosa demais para lhe dar troco.

— E amava o meu! — acrescentou ele.

— Mentiroso! Detesto-te — disse ela ofegante, vermelha de raiva.

— Amava! Amava! — cantarolou Linton, enterrando-se na poltrona e recostando a cabeça para melhor apreciar o desatino da adversária, que continuava de pé, atrás dele.

– Fique calado, *Master* Heathcliff! – disse eu. – Isso são coisas que o seu pai lhe meteu na cabeça, tenho certeza.
– Não, não são, e cale-se – retorquiu Linton. – Amava, sim, Catherine, amava, amava.

Catherine, descontrolada, empurrou violentamente a poltrona, fazendo o primo cair sobre um braço, o que lhe provocou um ataque de tosse tão sufocante que logo terminou com aquele seu ar de triunfo.

Foi um ataque de tosse tão prolongado que até eu fiquei assustada. Quanto à prima, desatou a chorar, arrependida do mal que lhe fizera, embora não o admitisse.

Amparei-o até que a tosse passasse. Depois, ele empurrou-me e recostou a cabeça, sempre calado. Também Catherine pôs fim às suas lamentações, indo sentar-se em frente dele e fixando o fogo com um ar compenetrado.

– Como se sente agora, *Master* Heathcliff? – inquiri ao fim de dez minutos.
– Só queria que ela se sentisse como eu me sinto – respondeu. – Criatura cruel e malvada! O Hareton nunca me tocou, nunca me bateu na vida, e logo hoje que eu estava melhor, e afinal... – a sua voz esmoreceu.
– Eu não te bati – contrapôs Catherine, mordendo o lábio para evitar novo ataque de choro.

Linton pôs-se a suspirar e a gemer como se estivesse em grande sofrimento, e assim continuou durante um quarto de hora, aparentemente com o objetivo de afligir a prima, pois, sempre que ela deixava escapar um soluço, ele gemia ainda mais.

– Desculpa ter-te magoado, Linton – disse Catherine finalmente, não se contendo mais. – Mas um empurrãozinho daqueles não faz mal a ninguém, e nunca me passou pela cabeça que fizesse. Não te machuquei muito, foi, Linton? Não me deixes voltar para casa pensando que sim! Anda, responde, fala comigo.

– Não posso falar contigo – murmurou –, machucaste-me muito e vou ficar acordado tossindo a noite inteira. Se tivesses esta tosse, saberias dar-lhe valor; mas tu vais dormir regaladamente, enquanto eu vou ficar aqui nesta aflição e sem ninguém perto de mim. Gostaria de saber como seria se tivesses de passar umas noites tão pavorosas como as minhas! – E começou a gemer muito alto, num alarde de autocomiseração.

– Uma vez que o menino está habituado a passar noites horríveis – disse eu –, não será a srta. Catherine quem as tornará piores; isso aconteceria, mesmo que ela não estivesse aqui. Mas fique descansado que a menina não voltará a incomodá-lo, e talvez o menino se sinta melhor, assim que formos embora.

– Tenho mesmo de ir embora? – perguntou Catherine tristemente, inclinada sobre ele. – Queres que eu vá embora, Linton?

— Agora já não podes modificar o que está feito – replicou ele mal-humorado, afastando-a. – A não ser que modifiques a situação para pior, conseguindo irritar-me até eu ficar com febre.

— Então queres que eu vá? – voltou a perguntar.

— Deixa-me em paz – disse ele –, não suporto ouvir a tua voz!

Ela foi ficando, resistindo às minhas insistências para partirmos, mas, como o primo não dizia nada, nem para ela olhava, decidiu finalmente vir embora, e eu a segui.

Um grito fez-nos retroceder. Linton tinha deslizado da poltrona para a pedra da lareira e contorcia-se em convulsões, como uma criança birrenta, empenhada em irritar e afligir o outros o mais possível.

Percebi logo qual era a sua verdadeira intenção e que, por isso, era inútil tentar animá-lo. Mas a srta. Catherine assim não o entendeu e voltou para dentro, aterrorizada, ajoelhando-se e chorando, confortando-o e implorando até que ele se recompôs da falta de ar, mas não da sua determinação em afligi-la.

— Vou deitá-lo no banco – disse eu –, e assim poderá rebolar-se à vontade. Não podemos estar aqui a vigiá-lo eternamente. Espero que tenha percebido, srta. Cathy, que a menina em nada o beneficia e que o estado do seu primo não é ocasionado pelo que ele sente por si. Olhe, lá está ele outra vez! Vamos embora, que, assim que ele perceber que não ficou ninguém para aturar os seus disparates, sossegará!

Ela colocou uma almofada debaixo de sua cabeça, e ofereceu-lhe água. A água ele rejeitou; quanto à almofada, mexeu-se tanto que mais parecia que lhe tinham dado uma pedra ou um cepo.

Ela tentou acomodá-lo melhor.

— Não está bem – disse ele. – Não é suficientemente alta!

Catherine foi buscar outra e colocou-a em cima da primeira.

— Agora ficou alto demais – queixou-se a quizilenta criatura.

— Então como é que a queres? – perguntou ela, desesperada.

Ele soergueu-se e inclinou-se para ela, que estava meio ajoelhada junto ao banco e apoiou-se no seu ombro.

— Não, nem pense nisso! – disse eu. – Contente-se com as almofadas, *Master* Heathcliff! A menina já perdeu tempo demais consigo, e não podemos ficar aqui nem mais cinco minutos.

— Podemos, claro que podemos – replicou Catherine. – A birra já lhe passou. Ele já percebeu que sou capaz de ficar muito pior do que ele hoje à noite se pensar que ele piorou por minha causa e, se assim for, não me atreverei mais a voltar aqui. Diz-me se é assim, Linton, pois se te tiver magoado, não voltarei.

— Tens de vir, para tratares de mim – respondeu ele. – É a tua obrigação porque me magoaste, e muito. Tu sabes muito bem! Quando entraste, eu não estava tão mal como estou agora, não é verdade?

— Mas ficou pior porque chorou e se enervou. A culpa não foi minha – disse Catherine. – Contudo, ficaremos amigos. Queres que eu... Gostarias realmente que eu viesse te visitar de vez em quando?

— Já te disse que sim! – respondeu, impaciente. – Senta-te aqui no banco e deixa-me deitar a cabeça no teu colo: era assim que a mamã costumava fazer tardes inteiras. Senta-te e não fales, mas podes cantar uma cantiga, se souberes cantar, ou então recitar uma balada que seja longa e interessante, uma daquelas que prometeste ensinar-me, ou uma história... no entanto, eu prefiro a balada. Podes começar.

Catherine recitou uma das maiores baladas de que se conseguia lembrar. O entretenimento agradou muito aos dois. Linton quis ouvir outra, e mais outra, apesar dos meus mais enérgicos protestos; e assim continuaram até que o relógio bateu as doze horas e ouvimos o Hareton no pátio, de regresso para o jantar.

— E amanhã, Catherine, voltas aqui outra vez? – perguntou o jovem Heathcliff, agarrando-lhe o vestido quando ela se levantou, ainda que contrariada.

— Não! – respondi eu. – E depois de amanhã também não. – Ela, porém deve ter-lhe dado uma resposta diferente, pois a testa enrugada do menino desanuviou-se quando ela se inclinou e lhe segredou qualquer coisa ao ouvido. – A menina não se esqueça de que amanhã não poderá vir – observei, quando já nos encontrávamos fora de casa. – Não está pensando em vir, está?

Ela sorriu.

— Deixe, que eu me arranjo! – continuei. – Vou mandar consertar aquela fechadura e, assim, não vai poder fugir.

— Posso saltar a cerca – disse, rindo. – A Granja não é uma prisão, Ellen, e tu não és a minha carcereira. E, além disso, tenho quase dezessete anos. Sou uma mulher e tenho certeza de que o Linton se restabeleceria muito mais rapidamente se fosse eu a cuidar dele: sou mais velha e mais ajuizada e menos infantil, não sou? Não tarda nada e ele fará tudo o que lhe mando, com um pequeno estímulo da minha parte... Ele é um amor quando se porta bem. Se fosse meu, estragava-o com mimos, e nunca haveríamos de discutir, depois de nos afeiçoarmos um ao outro. Não gostas dele, Ellen?

— Gostar dele? – exclamei. – É a criatura mais mal-humorada e quizilenta que eu já vi com aquela idade! Felizmente não chegará aos vinte anos, como o sr. Heathcliff previu! Duvido mesmo que chegue à primavera... E pouca falta fará aos dele quando se for. Foi uma sorte para nós o pai ter ficado com ele. Quanto mais carinhosamente o tratássemos, mais enfadonho e egoísta se havia de tornar! Ainda bem que não há hipótese nenhuma de ele vir a ser seu marido, srta. Catherine!

A minha companheira pôs-se muito séria a escutar todo esse meu arrazoado: ouvir falar da morte do primo com tanta frieza magoou-a profundamente.

– É mais novo do que eu – protestou, após uma prolongada pausa de reflexão. – Tem de viver muito mais. Vai viver tanto como eu. Está tão forte agora como estava quando veio para o Norte, disso tenho certeza! Aquilo é só uma gripe, como a do papai. Disseste que o papai ia ficar bom; então, por que é que ele também não há de ficar?

– Bem, bem – disse eu –, afinal de contas não temos necessidade de nos preocuparmos; ouça, menina, olhe que eu cumprirei a minha promessa. Se tentar ir ao Morro dos Ventos Uivantes outra vez, sozinha ou comigo, informarei o sr. Linton e, a não ser que ele dê o seu consentimento, a convivência com o seu primo não será reatada.

– Já foi reatada – murmurou Cathy, zangada.

– Então, não deve continuar – afirmei.

– Isso é o que veremos! – foi a sua resposta, desatando a correr desenfreadamente e deixando-me ficar para trás.

Chegamos ambas a casa antes da hora de jantar. O meu patrão pensava que tínhamos passeado pelo parque e, por isso, não pediu explicações sobre a nossa ausência. Assim que entrei, apressei-me a ir trocar de sapatos e de meias. Mas a longa permanência no Morro ia ter graves consequências. Na manhã seguinte fiquei de cama e durante três semanas estive incapacitada de cumprir as minhas obrigações – uma calamidade jamais sofrida antes e que, graças a Deus, nunca mais se repetiu.

A minha menina portou-se como um anjo, vindo tratar de mim e alegrar a minha solidão: o isolamento abateu-me por demais – era algo de insuportavelmente fastidioso para uma pessoa tão viva e ativa como eu –, mas pouca gente devia ter menos razões para se queixar do que eu. Mal Catherine saía do quarto do sr. Linton, vinha sentar-se à minha cabeceira. Repartia o seu tempo entre nós dois e não perdia um só minuto com distrações: negligenciou as refeições, os estudos e as brincadeiras. Era a enfermeira mais zelosa que eu já vi; devia ter um coração deveras generoso para ainda lhe sobrar tanto carinho para me dar depois de todo o amor que dedicava ao pai.

Como já disse, os seus dias eram repartidos entre nós: o patrão recolhia-se cedo, e eu geralmente não precisava de nada depois das seis horas, pelo que ela tinha a noite livre.

Coitadinha! Nunca pensei no que ela fazia depois do chá, apesar de, frequentemente, lhe notar um certo rubor nas faces e uma certa vermelhidão nos dedos finos, quando me vinha dar boa-noite. E, em vez de pensar numa cavalgada ao frio através dos brejos, atribuía as culpas ao calor da lareira da biblioteca.

Capítulo XXIV

AO FIM DE TRÊS SEMANAS, PUDE enfim sair do quarto e movimentar-me pela casa. E, na primeira vez que fiquei de pé até a noitinha, pedi a Catherine que me lesse qualquer coisa, porque os meus olhos ainda estavam fracos. O senhor já se tinha ido deitar e estávamos as duas na biblioteca. Acedeu ao meu pedido, embora com bastante relutância, e eu, imaginando que o meu tipo de livros não lhe agradava, disse-lhe para escolher o que mais gostasse.

Escolheu um dos seus favoritos e leu-o ininterruptamente durante quase uma hora, altura em que começou a fazer perguntas.

– Ellen, não estás cansada? Não será melhor ires deitar-te? Vais piorar, se ficares acordada até muito tarde, Ellen.

– Não, menina, não estou cansada – respondi. Vendo que eu não arredava pé, lançou mão de outro estratagema para mostrar o tédio que aquela ocupação lhe causava. Começou a bocejar e, espreguiçando-se, disse:

– Ellen, estou cansada.

– Então pare de ler e conversemos – respondi. Pior ainda: ficou inquieta e a suspirar, e não parou de olhar para o relógio até as oito horas, altura em que se retirou finalmente para o quarto, cheia de sono, a julgar pela sua cara sonolenta e pelas vezes que tinha esfregado os olhos.

Na noite seguinte parecia ainda mais impaciente e na terceira disse que tinha dores de cabeça e retirou-se.

Achei o seu procedimento muito estranho e, depois de ter ficado sozinha alguns minutos, resolvi ver se ela estava melhor e dizer-lhe para vir se estender no sofá, em vez de ficar lá em cima no escuro.

Não a encontrei em parte alguma e os criados também não a tinham visto. Escutei pela porta do sr. Edgar, mas o quarto estava silencioso. Voltei para o quarto dela, apaguei a vela e sentei-me à janela.

Estava uma bela noite de luar. Uma finíssima camada de flocos de neve cobria o chão, e pensei que talvez ela tivesse ido passear no jardim para espairecer. Cheguei mesmo a detectar um vulto movendo-se lentamente do lado de dentro da cerca, mas não era ela; quando saiu da sombra, reconheci um dos moços da estrebaria.

Ele ficou durante muito tempo vigiando a estrada, que se perdia além dos campos, e depois começou a correr como se tivesse avistado alguma coisa, reaparecendo em seguida segurando o cavalo da srta. Catherine pelas rédeas, e ela ao lado dele, como se tivesse acabado de desmontar.

O rapaz levou o cavalo para a estrebaria, passando por cima da relva para não fazer barulho. Cathy entrou em casa pela janela da varanda da sala de estar e subiu na ponta dos pés até o quarto, onde eu estava à espera dela.

Abriu a porta muito devagar, tirou os sapatos cobertos de neve, desapertou as fitas do chapéu, e ia começar a tirar a capa, sem saber que eu a observava quando, de repente, me levantei e apareci. A surpresa deixou-a petrificada por instantes: balbuciou uma explicação desarticulada e não se mexeu.

– Minha querida srta. Catherine – comecei eu, demasiado impressionada pela sua recente bondade para ser ríspida com ela. – Por onde é que andou a passear a uma hora destas? E por que tentou enganar-me com as suas mentiras? Onde esteve? Diga lá!

– No fundo do parque – gaguejou. – Eu não menti.

– E não foi mais a lugar nenhum? – perguntei.

– Não – respondeu baixinho.

– Oh, menina! – exclamei eu, desgostosa. – Sabe bem que tem andado a portar-se mal, ou então não me teria mentido. Isso entristece-me. Preferia ficar três meses de cama a ouvi-la mentir com essa desfaçatez.

Ela avançou para mim e, irrompendo em lágrimas, lançou-se ao meu pescoço.

– Sabes, Ellen, tenho tanto medo de que te zangues. Promete que não te zangas e conto toda a verdade. Detesto ter de mentir.

Sentamos nos poiais da janela. Assegurei-lhe que não a repreenderia, fosse qual fosse o segredo, embora já suspeitasse qual era. E, então, ela começou:

– Tenho ido ao Morro dos Ventos Uivantes, todos os dias, desde que adoeceste, exceto três: uma antes, e duas depois, de teres saído do teu quarto. Dei ao Michael livros e estampas para me selar a Minny todas as noites e para que, depois de eu voltar, a levasse de novo para a estrebaria. Não te esqueças de que também não deves repreendê-lo. Chegava ao Morro por volta das seis e meia e geralmente ficava lá até as oito e meia e depois voltava para casa. Não era para me divertir que ia até lá: a maior parte das vezes sentia-me mal comigo mesma. Só de vez em quando me sentia feliz, talvez uma vez por semana. De início, ainda pensei em dar-me ao trabalho de te persuadir a me deixar cumprir a promessa que fizera ao Linton, uma vez que tinha me comprometido a visitá-lo no dia seguinte, mas, como adoeceste logo a seguir, não tive a mínima dificuldade e, enquanto o Michael reparava a fechadura do parque, apoderei-me da chave e contei-lhe como o meu primo queria que eu o visitasse, porque era doente e não podia vir à Granja e as objeções que o meu pai levantava à minha ida até lá. Foi então que negociei com ele para me arranjar o cavalo. Ele gosta de ler e pensa em ir embora para casar e, por isso, ofereceu-se para fazer o que eu quisesse se eu lhe emprestasse alguns livros da nossa biblioteca. Mas preferi dar-lhe alguns dos meus, o que lhe agradou ainda mais.

– Na minha segunda visita, o Linton parecia muito mais animado, e a Zillah, a governanta, limpou a sala, acendeu a lareira e disse-nos para ficarmos à vontade, já que o Joseph tinha ido a uma reunião religiosa e o Hareton Earnshaw saíra com os cães para roubar faisões nas nossas moitas, como soube mais tarde.

– Ela trouxe ainda um pouco de vinho quente e alguns pães de gengibre e pareceu-me uma pessoa extremamente afável. O Linton sentou-se no cadeirão e eu sentei-me na cadeira de balanço perto da pedra da lareira. O que nós rimos e conversamos! Tínhamos tanto para contar. Fizemos planos para o verão. Não vou repetir o que planejamos, pois acharias ridículo.

– Certa vez, porém, quase nos zangamos. Ele teimou que a melhor maneira de passar um dia quente de verão era numa encosta coberta de urzes, no meio do brejo, ouvindo o zumbido das abelhas nas flores e o canto das cotovias lá no alto, deitado sob o céu azul e o sol resplandecente. Esta era a sua ideia de felicidade paradisíaca. A minha, pelo contrário, consistia em balançar nos galhos sussurrantes de uma árvore, embalada pela brisa, com as nuvens brancas lá no alto correndo velozmente. E eu gosto não só de cotovias, mas também de tordos, melros, milheiros e cucos chilreando à nossa volta, com os brejos no fundo, recortados por vales frios e sombreados, mas orlados de grandes tufos de erva alta, ondulando ao sabor da brisa, e bosques, e cursos de água a cantarolar e o mundo inteiro acordado e rejubilante. Ele queria que tudo permanecesse num êxtase passivo, enquanto eu queria que tudo brilhasse e bailasse em jubilosa glória.

– Disse-lhe que o paraíso dele seria para mim quase a morte, e ele retorquiu que o meu seria um paraíso embriagado; afirmei que o dele me daria sono, e ele garantiu que não conseguiria respirar no meu e, a partir daí, começou a ficar muito resmungão. Por fim, concordamos em experimentar os dois paraísos assim que o tempo o permitisse e, então, beijamo-nos e ficamos amigos novamente. Depois, ficamos em silêncio durante uma hora, até que reparei naquela sala esplêndida, no chão polido e sem carpetes, e pensei como seria bom brincar ali se retirássemos a mesa; pedi então ao Linton que chamasse a Zillah para nos ajudar e para brincar conosco de cabra-cega.

Ela teria de nos apanhar como tu costumavas fazer, lembras-te, Ellen? Ele não queria, disse que não tinha graça nenhuma, mas acabou por concordar em jogar bola comigo. Encontramos duas no armário, no meio de um monte de brinquedos velhos, peões, arcos, raquetes e penas. Uma tinha um C. e a outra um H. Eu quis ficar com a que tinha um C. porque poderia ser um C. de Catherine e o H. poderia ser de Heathcliff, o nome dele. Mas a dele estava rasgada, deitava farelo pelo H., e por isso não quis ficar com ela.

– Ganhei quase sempre: ele se zangava, engasgava, tossia e voltava para a sua cadeira. Contudo, naquela noite recuperou facilmente a boa disposição. Estava encantado com duas ou três canções – as tuas canções, Ellen – e, quando chegou a hora de vir embora, pediu e implorou que eu voltasse no dia seguinte, o que eu prometi. A Minny e eu regressamos para casa num ápice e passei a noite sonhando com o Morro dos Ventos Uivantes e com o meu querido e amoroso primo.

– No dia seguinte, acordei triste: em parte, porque tu estavas doente e, em parte, porque gostaria que o meu pai soubesse e aprovasse as minhas visitas; mas depois do chá estava um luar lindíssimo e, à medida que cavalgava, a tristeza dissipou-se.

– "Aproxima-se mais uma noite bem passada", pensei eu, mas o que mais me reconfortava era, acima de tudo, saber que o meu primo também teria uma noite feliz.

– Subi a trote pelo jardim e, quando me preparava para contornar a casa, apareceu o tal Earnshaw, que pegou as rédeas do cavalo e me obrigou a entrar pela porta principal. Afagou o pescoço da Minny, disse que era um excelente animal e pareceu esperar que eu conversasse com ele. Mas eu disse apenas que deixasse o cavalo em paz, senão ainda lhe dava um coice, ao que ele respondeu, com o seu sotaque boçal:

– "Não me magoaria muito se desse", ao mesmo tempo que olhava para as pernas do cavalo.

– Eu estava tentada a experimentar; contudo, ele se afastou para abrir a porta e, enquanto levantava o ferrolho, olhou para cima, para a inscrição que lá estava gravada, com uma expressão grotesca, misto de rudeza e orgulho.

– "Já sei ler, srta. Catherine!"

– "Ótimo!", exclamei. "Mostra lá, por favor, a tua sabedoria".

– Ele então soletrou, arrastando as sílabas, o nome *Hareton Earnshaw*.

– "E os números?", perguntei, ao perceber que tinha chegado ao fim.

– "Ainda não aprendi", respondeu.

– "Continuas muito burro!", disse eu, rindo do seu fracasso.

– O idiota olhou-me fixamente, por entre um esboço de sorriso e um franzir de sobrolho, como se hesitasse entre aderir ou não à minha chacota, como se estivesse indeciso, sem saber se ela provinha de uma certa sem-cerimônia ou do que realmente era: puro desprezo.

— Desfiz quaisquer dúvidas ao recuperar subitamente o meu ar compenetrado, pedindo-lhe que fosse embora, já que eu tinha ido ao Morro para ver o Linton e não a ele.

— Corou. Sei porque estava uma noite de luar. Depois, tirou a mão do ferrolho e retirou-se envergonhado, verdadeira imagem da vaidade mortificada. Acho que se considerava tão instruído como o Linton só porque conseguia soletrar o seu próprio nome, e estava deliciosamente desconcertado por eu não pensar o mesmo.

— Chega, srta. Catherine — disse eu, interrompendo-a. — Não vou repreendê-la, mas não gosto nada da forma como procedeu. Se tivesse se lembrado de que o Hareton é tão seu primo como *Master* Linton, teria dado conta da indelicadeza com que o tratou. Pelo menos, é louvável da parte dele desejar ser tão culto como Linton e, talvez, não tenha aprendido tudo isto só para se exibir; a menina já deve tê-lo feito sentir-se envergonhado da sua ignorância, disso não duvido, e ele só queria ultrapassar essa desvantagem e agradá-la. Zombar da sua tentativa fracassada foi uma crueldade; se a menina, por acaso, tivesse sido criada nas mesmas circunstâncias, acha que teria mais educação? Ele, quando criança, era tão vivo e inteligente como a menina, e custa-me vê-lo agora desprezado, só porque aquele miserável do Heathcliff o tratou tão injustamente.

— Bem, Ellen, não vais chorar, não é mesmo? — exclamou Catherine, surpreendida com a minha severidade. — Mas espera e já vais ver se foi ou não para me agradar que o Hareton aprendeu o abecê, e se teria valido a pena ser civilizada com aquele bruto.

— Entrei. O Linton estava deitado no cadeirão e sentou-se para me cumprimentar.

— "Hoje sinto-me muito mal, minha querida Catherine", disse ele, "e, por isso, a conversa fica por tua conta. Anda, senta aqui perto de mim. Tinha certeza de que cumpririas a tua palavra e, antes de ires embora, vou te obrigar de novo a prometer que voltas aqui amanhã".

— Eu já sabia que não devia aborrecê-lo quando estava indisposto, e, por isso, falei baixinho, não fiz perguntas e evitei irritá-lo fosse com o que fosse. Tinha levado alguns dos meus melhores livros e o Linton pediu que lesse um trecho de um deles; estava prestes a começar quando o Earnshaw abriu a porta de rompante e entrou como um furacão, depois de ter refletido sobre o que eu lhe dissera. Veio direto até nós, agarrou o Linton por um braço e o atirou debaixo do cadeirão.

– "Vai para o teu quarto!", gritou, com a voz embargada pela fúria, e o rosto transfigurado. "E a leva para lá quando ela vier te visitar. Não pensem que me impedem de estar aqui. Saiam daqui os dois!"

– Desatou a insultar-nos, sem dar tempo ao Linton de responder, levando-o à sua frente quase até a cozinha, ao mesmo tempo que me ameaçava de punho cerrado ao ver-me ir atrás deles, como se quisesse bater em mim. Por um momento tive medo e deixei cair um livro; ele deu um pontapé no livro e fechou a porta, deixando-nos do lado de fora da sala.

– Ouvimos uma gargalhada perversa vinda da lareira e, virando-nos, vimos o odioso do Joseph esfregando as mãos esqueléticas, a tremer de frio.

– "Eu sabia que ele punha vossemecês de lá pra fora! É um rapaz e tanto! Está se comportando à altura! Sabe tão bem como eu quem é que devia mandar aqui. Ah! Ah! Ah! Benfeito! Ah! Ah! Ah!"

– "Para onde vamos?", perguntei ao meu primo, ignorando as zombarias daquele velho atrevido.

O Linton estava branco e trêmulo. Não parecia nada bem, Ellen! Não parecia mesmo: o aspecto era péssimo! Seu rosto magro e os seus grandes olhos transbordavam de fúria desvairada e impotente. Agarrou a maçaneta da porta e girou-a com toda a força, mas estava fechada por dentro.

– "Se não me deixares entrar, mato-te! Se não me deixares entrar, mato-te!", gritou o Linton. "Com os diabos! Vou te matar! Vou te matar!"

– O Joseph emitiu mais uma das suas sonoras gargalhadas

– "Olha, é tal qual o pai!", disse ele. "É tal qual o pai! Temos sempre qualquer coisa de um lado e do outro. Não se preocupe, Hareton, ele não consegue pegá-lo."

– Peguei as mãos do Linton e tentei puxá-lo dali, mas ele fez tal gritaria que achei melhor largá-lo. Por fim, os seus gritos foram abafados por um avassalador ataque de tosse que o atirou ao chão, soltando sangue pela boca.

– Corri para o pátio, agoniada de pavor e gritei pela Zillah o mais alto que pude. Ela me ouviu logo, pois estava ordenhando as vacas num coberto atrás do celeiro e, vindo rápido, perguntou o que se passava.

– Eu não conseguia falar e, por isso, arrastei-a para dentro de casa e fui à procura do Linton. O Earnshaw tinha saído para ver a confusão que provocara e levava agora o pobrezinho para o andar de cima. A Zillah e eu subimos atrás deles, mas o Hareton me deteve quando cheguei ao alto das escadas e disse-me que eu não devia entrar, que devia era ir para casa. Respondi que ele tinha matado o Linton e que eu ia entrar.

– O Joseph trancou a porta e declarou que eu não ia entrar coisíssima nenhuma e perguntou-me se eu queria ficar tão doida como o Linton.

– Comecei a chorar e a gritar até a governanta aparecer e afirmar que ele ficaria bom num instante, mas que não conseguiria se recuperar com todo aquele barulho, levando-me quase arrastada para baixo, para a sala.

– Sabes, Ellen, eu seria capaz de arrancar todos os meus cabelos! Solucei e chorei tanto que os meus olhos incharam e quase não via nada, e o patife por quem sentes tanta compaixão, ali na minha frente, dando-se ao luxo de me mandar calar a boca de vez em quando, negando que a culpa fosse dele. Finalmente, assustado com as minhas ameaças de contar tudo ao papai, que o mandaria para a prisão para ser enforcado, começou a chorar e saiu precipitadamente, para que não testemunhássemos a sua covardia.

– Contudo, ainda não estava livre dele por completo: quando, por fim, conseguiram convencer-me a vir embora e eu já estava a umas cem jardas da casa, o Hareton saltou de repente da sombra, segurou a Minny e agarrou-me.

– "Srta. Catherine, lamento muito", começou. "Foi uma pena que..."

– Dei-lhe com o chicote, pensando talvez que ele quisesse me matar, mas ele me largou, soltando um dos seus horríveis palavrões, e eu vim a galope para casa, desatinada.

– Nessa noite não te dei boa-noite e, na noite seguinte, não fui ao Morro dos Ventos Uivantes, embora quisesse; mas estava estranhamente nervosa e, ora receava ouvir que o Linton estava morto, ora tremia perante a ideia de me encontrar com o Hareton.

– No terceiro dia me enchi de coragem ou, pelo menos, não pude suportar mais aquela espera e aquele jogo de esconde-esconde. Parti às cinco horas, e fui a pé, pensando que conseguiria esgueirar-me até o quarto do Linton sem ser vista. Todavia, os cães começaram a ladrar, mal me pressentiram, denunciando a minha presença: a Zillah veio ao meu encontro, dizendo que o menino estava convalescendo bastante bem e levou-me para um pequeno aposento, muito limpo e atapetado, onde, para minha grande alegria, vi o Linton deitado num pequeno sofá lendo um dos meus livros. Contudo, durante uma hora inteira não falou comigo nem olhou para mim, Ellen. Que mau humor o dele! O que me deixou ainda mais pasmada foi que, quando realmente abriu a boca, foi para dizer que a culpada de todo aquele burburinho fora eu e que o Hareton era inocente!

– Incapaz de responder, a não ser pela violência, levantei-me e saí do quarto. Quando ia saindo, ele me lançou um débil "Catherine", pois não esperava que eu reagisse daquela maneira. Mas não voltei, e o dia seguinte foi o segundo dia em que não fui para lá, sentindo-me quase tentada a não visitá-lo nunca mais.

– Mas ficou tão penoso para mim deitar e levantar daí em diante sem nunca mais ter notícias dele, que a minha decisão ficou sem efeito, antes mesmo de ser tomada. Parecia um erro fazer toda aquela caminhada, mas agora era impossível retroceder. O Michael veio perguntar se era preciso selar a Minny e eu disse que sim e, enquanto a Minny me levava através dos montes, eu me convencia de que não estava fazendo mais do que a minha obrigação.

– Como era obrigada a passar pelas janelas da frente para ir até o pátio, era inútil tentar ocultar a minha presença.

– "O menino está na sala", disse a Zillah quando me viu encaminhar-me para a saleta.

– Entrei. O Earnshaw também estava lá, mas saiu logo. O Linton estava sentado no cadeirão, meio adormecido. Aproximei-me da lareira e comecei a falar, muito séria, tentando fazer parecer que tudo o que eu dizia era verdade.

– "Como não gostas de mim, Linton, e como pensas que venho aqui só para te magoar, e insistes que é para isso que venho, este será o nosso último encontro. O melhor é dizermos adeus um ao outro. E podes dizer ao sr. Heathcliff que não me queres ver nunca mais e que não precisas inventar mais mentiras sobre este assunto."

– "Senta-te e tira o chapéu", respondeu ele. "És muito mais feliz do que eu, não deverias ser como eu. O meu pai já fala demais dos meus defeitos, já me despreza o suficiente e, assim, é natural que eu próprio duvide de mim. Chego até a pensar se não serei tão inútil como ele diz e, depois, fico tão irritado e tão azedo que detesto todo mundo! Não valho nada; estou quase sempre de mau humor e tenho má índole. Se quiseres, podes ir embora e ficarás livre de muitos aborrecimentos. Mas faz-me justiça, Catherine: acredita que, se eu pudesse ser tão doce, tão simpático e tão bom como tu, teria prazer em sê-lo, mais ainda do que ser saudável e feliz. E acredita que a tua amabilidade me fez gostar de ti ainda mais do que se merecesse o teu amor e, embora não pudesse nem possa deixar de te mostrar como verdadeiramente sou, acho uma pena ser assim; é algo de que me arrependerei até morrer."

– Senti que ele dizia a verdade e que devia perdoá-lo e que, mesmo que ele voltasse a discutir no minuto seguinte, deveria perdoá-lo novamente. Reconciliamo-nos e choramos o tempo todo que passei lá. Não só de tristeza, mas também porque senti pena de que o Linton tivesse aquela natureza tortuosa. Ele nunca deixará os seus amigos sossegados e nem ele próprio terá alguma vez sossego!

Desde aquela noite, passamos a encontrar-nos sempre na tal saleta, pois o pai dele regressou no dia seguinte. Só três vezes, salvo erro, estivemos contentes e felizes desde o nosso primeiro encontro; o resto das minhas visitas foram fatigantes e conturbadas, ora devido ao seu egoísmo e ódio, ora por causa dos seus sofrimentos. Mas uma coisa eu aprendi: a suportar o seu feitio com quase tão pouco ressentimento como a sua doença.

– O sr. Heathcliff evita-me propositadamente. Quase nunca o vi. No último domingo, cheguei mais cedo e ouvi-o injuriar o pobre do Linton de forma cruel, pela maneira como se tinha portado na noite anterior. Não vejo como é que ele pode ter sabido, a menos que tenha escutado atrás da porta. O Linton tinha-se portado de forma irreverente; contudo, o problema era só meu. Interrompi o sermão do sr. Heathcliff quando entrei e disse-lhe isso mesmo. O sr. Heathcliff soltou uma gargalhada e retirou-se, dizendo que se alegrava por eu encarar o assunto por esse prisma. A partir daí, disse ao Linton que deveria proferir em voz baixa as suas palavras mais azedas.

– Pronto, Ellen, agora já sabes tudo e não podem me impedir de ir ao Morro dos Ventos Uivantes, a não ser que queiram tornar duas pessoas infelizes e, se não contares nada ao papai, as minhas visitas não perturbarão a tranquilidade de ninguém. Não vais contar a ele, vais? Serias muito má se o fizesses.

– Amanhã lhe darei a resposta, srta. Catherine – disse eu. – Isto requer algum estudo, pelo que vou deixá-la repousar enquanto reflito sobre o que me pediu.

Refleti de fato, mas em voz alta e na presença do meu patrão, pois fui diretamente do quarto dela para o dele e contei-lhe toda a história, exceto as conversas da srta. Catherine com o primo, e também não mencionei o Hareton.

O sr. Linton ficou talvez mais alarmado e angustiado do que deixou transparecer. Na manhã seguinte, Catherine soube que eu a tinha traído e que as suas visitas secretas iam acabar.

Chorou e debateu-se em vão contra a interdição e implorou ao pai que tivesse piedade do Linton. Tudo o que conseguiu foi a promessa de que o sr. Linton escreveria ao sobrinho autorizando-o a vir à Granja sempre que desejasse e explicando-lhe que não veria nunca mais a srta. Catherine no Morro dos Ventos Uivantes. Tivesse ele conhecimento do caráter e do estado de saúde do sobrinho, e talvez tivesse achado conveniente nem sequer conceder a Catherine essa pequena consolação.

Capítulo XXV

– *TUDO ISTO ACONTECEU NO* inverno passado, sr. Lockwood – disse a sra. Dean –, há pouco menos de um ano. Nunca pensei nessa altura que um ano depois estaria entretendo uma pessoa estranha à família com o relato de todos esses fatos! Porém, não se sabe por quanto tempo o senhor permanecerá um estranho. O senhor é demasiado novo para ficar solteiro e acho que é quase impossível ver a srta. Catherine e não se apaixonar por ela. O senhor ri, mas por que será que se mostra sempre tão animado e interessado quando falo nela? E por que me pediu que pendurasse o retrato dela acima da sua lareira? E por que...

– Pare, minha boa amiga – pedi. – Pode ser que eu me apaixone por ela, mas irá ela se apaixonar por mim? Duvido muito que isso aconteça, para arriscar a minha tranquilidade caindo em tal tentação. Além disso, eu não sou daqui. Pertenço ao mundo atribulado da cidade e para os braços dela devo voltar. Mas continue. E Catherine, cumpriu os desejos do pai?

– Cumpriu, sim senhor – continuou a governanta. – O seu amor pelo pai era ainda o sentimento mais forte que ela guardava no coração. O sr. Linton conversou com ela com a ternura própria de quem está prestes a abandonar o seu tesouro entre perigos e inimigos, num mundo onde a memória das suas palavras seria a única ajuda, o único guia que ele podia legar.

Alguns dias mais tarde, disse-me:

– Quem me dera que o meu sobrinho escrevesse ou nos visitasse, Ellen. Diz-me sinceramente o que achas dele; achas que está mudado para melhor ou que ainda pode vir a melhorar à medida que se faz homem?

– Ele é muito débil – respondi. – E muito dificilmente chegará à idade adulta, mas uma coisa posso garantir: não é nada parecido com o pai e, se a srta. Catherine tiver a infelicidade de casar com ele, conseguirá controlá-lo, a não ser que se mostre extrema e ingenuamente indulgente. Contudo, sr. Linton, o senhor terá muito tempo para conhecê-lo e ver se ele está ou não à altura da sua filha. Ainda lhe faltam mais de quatro anos para atingir a maioridade.

O sr. Edgar suspirou e, aproximando-se da janela, olhou na direção da igreja de Gimmerton. Estava uma tarde de nevoeiro, mas o sol de fevereiro brilhava timidamente, permitindo distinguir os dois abetos do cemitério e as poucas e dispersas lápides.

– Rezei bastante para que ela viesse me buscar depressa – disse, como se falasse sozinho. – E, agora, começo a receá-la. Achava que a lembrança da hora em que desci aquela encosta recém-casado seria menos tolerável do que a antecipação de que, dentro de alguns meses ou, quem sabe, talvez apenas semanas, serei levado lá para cima e sepultado na encosta solitária! Ellen, sou tão feliz com a minha Cathy. Nas noites de inverno e nos dias de verão ela é sempre uma esperança viva ao meu lado; mas também fui feliz quando, sozinho, meditava entre as lápides, por baixo da velha igreja, nas longas noites de junho, deitado no verde montículo da sepultura da mãe, desejando e ansiando pelo momento em que me juntaria a ela. Que posso fazer pela Cathy? Como hei de deixá-la? Não me importaria que o Linton fosse filho do Heathcliff nem que a roubasse de mim, se ao menos a consolasse da minha perda. Não me importaria que o Heathcliff alcançasse os seus objetivos e conseguisse roubar o meu último tesouro. Mas, se o Linton for um inútil, se for apenas um instrumento nas mãos do pai, não posso consentir que fique com a minha filha! E, embora me custe reprimir uma alegria tão espontânea, devo resignar-me a entristecê-la enquanto for vivo e abandoná-la quando morrer. Querida Cathy! Prefiro entregá-la aos desígnios de Deus e enterrá-la antes de mim.

– Deixe-a estar como está, entregue à divina Providência – respondi. – E, se o senhor deixar... que Ele o permita... continuarei amiga e conselheira da menina até o fim. A srta. Catherine é uma boa alma e não creio que enverede pelo mau caminho de livre vontade. Todo aquele que cumpre a sua missão é sempre recompensado.

Estávamos na primavera, mas o meu amo continuava debilitado, embora tivesse retomado os seus passeios pelo campo com a filha. Para ela, inexperiente como era, isto era sinal de grandes melhoras, e, como o sr. Edgar tinha muitas vezes o rosto rosado e os olhos brilhantes, estava certa do seu restabelecimento.

No dia do seu décimo sétimo aniversário, o pai não visitou o cemitério. Estava chovendo e eu lhe disse:

– Certamente o senhor hoje não vai sair.

– Não, este ano vou adiar a visita um pouco mais – respondeu.

Voltou novamente a escrever ao Linton, expressando o desejo ardente de vê-lo e, se o doente estivesse bom, não tenho dúvidas de que o pai o teria deixado vir. Ele, porém, foi orientado, respondeu à carta dizendo que o pai o proibia de ir à Granja, mas que só o fato de o tio ter se lembrado dele o tinha deixado encantado e que ainda tinha esperança de vê-lo mais tarde ou mais cedo durante os seus passeios, para lhe pedir pessoalmente que ele e a prima não ficassem tanto tempo separados.

Aquela parte da carta era simples e, provavelmente, tinha sido escrita por ele. O sr. Heathcliff sabia que o filho tinha eloquência suficiente para solicitar a companhia da srta. Catherine. E continuava:

"Não peço que ela venha me visitar aqui, mas como poderei vê-la se o meu pai me proíbe de ir a casa dela e o pai dela a proíbe de vir à minha? Faça com ela um passeio a cavalo de vez em quando nas imediações do Morro e deixe que troquemos algumas palavras na sua presença! Não fizemos nada de mau para merecer esta separação. O tio não está zangado comigo e não tem razões para não gostar de mim, como já declarou. Querido tio! Mande-me uma resposta positiva amanhã e deixe que nos encontremos onde o senhor quiser, menos na Granja dos Tordos. Creio que uma conversa o convenceria de que não tenho o mesmo caráter do meu pai. Ele costuma dizer que sou mais seu sobrinho que filho dele e, embora tenha defeitos que me tornam indigno da Catherine, ela os aceitou e, para o bem dela, o tio deveria aceitá-los também. Perguntou-me como tenho passado de saúde: estou melhor, mas, enquanto viver sem esperança, confinado à solidão ou ao convívio daqueles que nunca gostaram nem nunca gostarão de mim, como poderei estar alegre e restabelecido?"

O sr. Edgar, embora tivesse pena do rapaz, não pôde satisfazer o seu desejo, pois não estava em condições de acompanhar a filha.

Mandou dizer que talvez no verão pudessem se encontrar, e que, entrementes, gostaria que o sobrinho continuasse a escrever regularmente e prometeu dar-lhe por carta todos os conselhos e todo o conforto de que fosse capaz, tendo em consideração a difícil posição do sobrinho na família.

Linton concordou e, se não tivesse sido impedido, teria possivelmente estragado tudo ao encher as cartas de queixas e lamentos, mas o pai o vigiava atentamente e, claro, exigiu que cada linha que o meu patrão escrevesse lhe fosse mostrada. Assim, em vez de descrever os seus sofrimentos e ansiedades, temas que lhe ocupavam o pensamento, só falava da cruel obrigação de estar separado da sua amiga e amada, sugerindo delicadamente que o sr. Linton deveria em breve permitir um encontro, caso contrário pensaria que o tio o estava enganando com vãs promessas.

Cathy era uma poderosa aliada e, entre os dois, conseguiram finalmente persuadir o meu patrão a consentir que dessem um passeio a cavalo ou a pé, um vez por semana, sob a minha vigilância, nos terrenos circundantes da Granja. No mês de junho, o sr. Linton estava ainda mais fraco e, embora tivesse posto de lado todos os anos uma certa percentagem do seu rendimento para aumentar a fortuna da filha, tinha o desejo compreensível de que ela pudesse conservar, ou pelo menos recuperar brevemente, a casa dos seus antepassados. Considerava que a única forma de consegui-lo era casando-a com o herdeiro: ignorava que este último se encontrava numa situação quase igual à sua; acho, aliás, que todo mundo ignorava isso. Nenhum médico ia ao Morro dos Ventos Uivantes e ninguém visitava *Master* Heathcliff, para que se pudesse saber como passava.

Eu, pela minha parte, comecei a imaginar que os meus pressentimentos estavam errados e que ele devia estar mesmo melhor, uma vez que mencionara passeios a cavalo ou a pé pelo brejo, parecendo deveras decidido a perseguir os seus objetivos.

Eu não era capaz de imaginar um pai tratando uma criança moribunda tão tirânica e maldosamente como mais tarde vim a saber que o sr. Heathcliff fizera, aparentemente só para satisfazer a sua ambição, redobrando os seus esforços à medida que os seus planos mesquinhos e calculistas se viam ameaçados de derrota pela morte.

Capítulo XXVI

O VERÃO IA PELA METADE, quando o sr. Edgar cedeu, ainda que com relutância, aos pedidos deles, e a srta. Catherine e eu fomos dar o nosso primeiro passeio para nos encontrarmos com o primo.

Estava um dia triste e carregado; o sol não brilhava, mas as nuvens que salpicavam o céu não ameaçavam chuva. Tínhamos marcado o encontro junto ao marco de pedra da encruzilhada. Contudo, ao chegarmos, um pastorinho enviado por ele nos disse:

– O sr. Linton está do lado de cá do Morro, e vai ficar muito agradecido se forem até ele.

– *Master* Linton ignorou a primeira recomendação do tio – disse eu –, o seu pai disse-nos para não sairmos da Granja e nós acabamos de sair dela.

– Não faz mal, viramos os nossos cavalos para este lado, assim que chegarmos perto dele – respondeu a minha companheira –, e damos o passeio em direção à casa.

Mas quando o encontramos, a pouco mais de um quarto de milha da casa dele, descobrimos que não tinha vindo a cavalo e fomos forçadas a desmontar e a deixar os cavalos pastando.

Estava deitado sobre a urze, à espera de que nos aproximássemos e só se levantou quando já estávamos muito perto dele. Caminhava com tanta dificuldade e estava tão pálido que exclamei de imediato:

– *Master* Heathcliff, o menino não está em condições de passear. Está com muito má aparência!

A menina olhou-o com tristeza e espanto, e a expressão de alegria que se desenhava nos seus lábios transformou-se em preocupação e a satisfação do reencontro deu lugar à pergunta ansiosa: – Estás pior?

– Não, estou melhor, muito melhor – disse ele, ofegante e trêmulo, segurando a mão dela como se precisasse de apoio, enquanto os seus grandes olhos azuis a miravam de alto a baixo; as fundas olheiras tinham transformado o olhar lânguido de outros tempos num olhar selvagem e vazio.

– Mas tu pioraste! – insistia a prima. – Pioraste desde a última vez que te vi: estás mais magro e...

— Estou cansado — interrompeu ele, precipitadamente. — Está muito calor para andar a pé; descansemos aqui um bocadinho. Muitas vezes, sinto-me mal de manhã. Meu pai diz que é de eu crescer muito depressa.

Pouco convencida, a menina sentou-se e ele deitou-se a seu lado.

— Isto aqui é parecido com o teu paraíso — disse ela, tentando simular alguma alegria. — Lembras-te dos dois dias que concordamos em passar juntos, no lugar e da forma que mais nos aprouvesse? Este parece quase o teu lugar; a não ser pelas nuvens, mas são tão vaporosas e suaves que ainda é melhor que um sol aberto. Na próxima semana, se puderes, iremos a cavalo até o parque da Granja e experimentarás o meu paraíso.

O primo parecia não fazer ideia do que a prima estava falando e tinha dificuldade evidente em manter uma conversa. O desinteresse mostrado por todos os temas que ela trazia à baila e uma igual incapacidade para distraí-la eram tão óbvios que Cathy não conseguia esconder o seu desapontamento. Tinha-se operado nele uma transformação completa. A rabugice, que poderia ter sido sublimada em afeto através de muito carinho, tinha-se tornado uma lânguida apatia. Tinha menos do temperamento rabugento da criança que se irrita e se aborrece para depois ser mimada e mais da melancolia do inválido inveterado que repele qualquer consolo e está sempre pronto a considerar o riso bem-humorado dos outros como um insulto.

Catherine, percebendo, tal como eu, que a nossa companhia era para ele mais um castigo do que uma bênção, não teve escrúpulos em sugerir a nossa partida.

Essa proposta inesperada tirou Linton da letargia em que se encontrava e provocou-lhe uma estranha agitação. Lançou um olhar receoso em direção ao Morro e implorou-lhe que ficasse pelo menos mais meia hora.

— Acho que estarias mais confortável em casa do que aqui sentado — disse Cathy. — Hoje não consigo distrair-te, nem contando histórias, nem cantando, nem conversando. Amadureceste mais do que eu nestes seis meses e agora não gostas das minhas brincadeiras. É claro que, se conseguisse te entreter, de bom grado ficaria.

— Fica, para descansares — sugeriu ele. — Olha, Catherine, não penses que estou muito doente. E não fales disto a ninguém. Estou assim porque o tempo e o calor me deixam mole; além disso, cansei de andar a pé muito antes de vocês chegarem. Diz ao tio Edgar que vou sobrevivendo, está bem?

— Vou dizer que foi isso que disseste, Linton, mas não sou da mesma opinião — observou a minha jovem patroa, sem entender o porquê da sua pertinaz insistência no que era obviamente uma mentira.

— Estarei aqui novamente na próxima quinta-feira — continuou ele, evitando o olhar perplexo da prima. — E agradece ao teu pai ter permitido que tu viesses; os meus mais sinceros agradecimentos, Catherine. E se, por acaso, encontrares o meu pai e ele perguntar por mim, não deixes que ele perceba como fiquei calado e amuado. Não te mostres triste e abatida como estás agora, senão ele fica zangado.

– Pouco me importo que ele se zangue – exclamou Cathy, supondo-se ela o alvo.

– Mas eu me importo! – disse o primo, estremecendo. – Não o provoques, Catherine, nem o ponhas contra mim, que ele é muito severo.

– Ai, ele é muito severo com o menino? – perguntei. – Já se fartou de ser indulgente e resolveu passar do ódio silencioso às ações?

Linton olhou para mim, mas não respondeu. E Cathy, depois de ter ficado sentada ao lado do primo por mais de dez minutos, durante os quais ele adormeceu encostado ao seu peito, abrindo apenas a boca para emitir gemidos de exaustão ou dor, começou a procurar distrações colhendo mirtilos e dividindo-os comigo. Não oferecia nenhum ao primo, pois sabia que ele ficaria aborrecido.

– Já passou meia hora, Ellen! – sussurrou por fim ao meu ouvido. – Não vejo razão para ficarmos aqui mais tempo. Ele adormeceu, e seu pai deve achar que são horas de voltarmos.

– Mas não podemos deixá-lo aqui dormindo – respondi. – Espere até ele acordar, tenha paciência. – A menina estava desejosa por este momento, mas a sua vontade de ver o pobre Linton desapareceu bem depressa.

– Por que é que *ele* quis me ver? – perguntou Catherine. – Gostava mais dele no auge do mau humor do que agora. Parece que este encontro é uma obrigação que tem de cumprir, com medo de que o pai reclame. Mas a verdade é que não vou voltar aqui só para agradar ao sr. Heathcliff, sejam quais forem as razões que ele tenha para obrigar o Linton a submeter-se a esta penitência. E, apesar de estar contente por ver que está melhor, acho ruim encontrá-lo muito menos simpático e muito menos afeiçoado a mim.

– Acha então que a saúde *dele* melhorou? – perguntei.

– Acho – respondeu. – Porque ele sempre fez questão de falar sobre o seu sofrimento. Talvez não esteja *muito* melhor, como me pediu para eu dizer ao papai, mas está melhor.

– Nesse ponto não estamos de acordo, srta. Cathy – sublinhei. – A mim parece-me muito pior.

Nessa altura, Linton acordou estremunhado e perguntou se alguém tinha chamado pelo seu nome.

– Não – respondeu a prima. – Só se tivesse sido em sonhos. Não consigo perceber como consegues adormecer ao ar livre e no meio da manhã.

– Parece que ouvi o meu pai – disse, respirando com dificuldade e erguendo o olhar para a encosta sombria. – Têm certeza de que ninguém chamou por mim?

– Certeza absoluta – assegurou a prima. – Só a Ellen e eu é que falávamos do teu estado de saúde. Sentes-te realmente mais forte do que quando nos separamos no inverno? Se assim é, tenho certeza de que uma coisa não melhorou: a tua consideração por mim. Mas diz lá, estás ou não estás melhor?

À medida que falava, as lágrimas corriam-lhe pelas faces:

– Estou melhor, sim!

E, ainda influenciado pela voz imaginária, ergueu os olhos para procurar o pai. A srta. Cathy levantou-se.

– Por hoje chega. Temos de partir e não vou esconder que fiquei extremamente desapontada com o nosso encontro, embora só diga isso a ti; e não penses que é por ter medo do sr. Heathcliff.

– Cala-te – murmurou o primo. – Cala-te, pelo amor de Deus! Ele vem aí. – E agarrou-se ao braço da menina, tentando detê-la; mas, quando esta o ouviu dizer que o pai vinha aí, libertou-se apressadamente da mão do rapaz e chamou a Minny que acorreu, obediente como um cão.

– Estarei aqui outra vez na próxima quinta-feira – disse ela, saltando para a sela. – Adeus. Depressa, Ellen!

E foi assim que o deixamos. Mal notou nossa partida, preocupado como estava com a aproximação do pai.

Antes de chegarmos em casa, o descontentamento de Catherine transformou-se numa sensação confusa e complexa, misto de piedade e desgosto, salpicada de incertezas e receios sobre a verdadeira situação de Linton, tanto física como familiar. Eu compartilhava as suas dúvidas, embora a tivesse convencido de não falar nesse assunto, uma vez que teríamos um segundo encontro para comprovar a verdade.

O meu patrão pediu que relatássemos o encontro: os agradecimentos do sobrinho foram-lhe devidamente transmitidos, a srta. Cathy contou o resto, sem entrar em grandes pormenores e eu também falei do passeio muito por alto, pois não sabia o que devia contar e o que devia omitir.

Capítulo XXVII

SETE DIAS SE PASSARAM, CADA qual marcado pelo acelerado agravamento do estado de saúde de Edgar Linton. A doença que, durante meses, o fora consumindo lentamente, apossara-se agora dele com avassaladora rapidez.

Se dependesse de mim, de bom grado teria iludido Catherine, mas a sagacidade do seu espírito não deixava que a enganasse. Instintivamente, pressentia a terrível probabilidade que pouco a pouco se avolumava em certeza, e nela cismava dia e noite.

Quando chegou a quinta-feira, não teve coragem para mencionar o passeio a cavalo; fui eu a fazê-lo e a obter permissão para a nossa saída; o quarto do pai e a biblioteca, onde ele passava os breves momentos em que conseguia estar em pé, eram agora todo o mundo de Catherine: lamentava cada momento que não pudesse estar à sua cabeceira ou sentada junto dele. Andava tão pálida e abatida, das vigílias e do sofrimento, que o meu patrão de bom grado a libertou para o que pensava ser uma agradável mudança de cenário e de companhia, servindo-lhe de algum conforto a esperança de que ela não ficaria completamente sozinha após a sua morte.

Agarrava-se à ideia (digo por vários comentários que deixou escapar) de que o sobrinho aliava à semelhança física que tinha com ele também uma semelhança moral; na verdade, as cartas de Linton pouco ou nada davam a conhecer do seu caráter arrevesado, e eu, por desculpável fraqueza, sempre me abstive de corrigir esse erro, perguntando a mim mesma de que serviria perturbar os seus últimos momentos com coisas que ele não tinha possibilidade nem oportunidade de verificar.

Adiamos a nossa excursão para a parte da tarde; uma tarde dourada de agosto: o ar das colinas chegava até nós tão cheio de vida que parecia que quem o respirasse, ainda que moribundo, ganharia novo alento.

O rosto de Catherine condizia com a paisagem de sombras e sol alternando-se em rápida sucessão; porém, as sombras demoravam-se mais que os fugazes raios de sol, e o seu pobre coração censurava-se até mesmo por se permitir esse breve alheamento dos seus cuidados.

Avistamos Linton à nossa espera no mesmo lugar que tinha escolhido da outra vez. A minha menina apeou-se e disse-me que, como estava disposta a demorar-se muito pouco tempo, seria melhor que eu ficasse segurando o cavalo e não desmontasse; não concordei, pois não me arriscaria perder de vista, por um minuto que fosse, aquela que me fora confiada. De modo que subimos juntas a encosta coberta de urzes.

Dessa vez, *Master* Heathcliff acolheu-nos com grande animação; não a animação própria da felicidade ou mesmo da alegria, mas algo mais parecido com o medo.

– Já é tão tarde! – censurou ele, com a voz entrecortada, custando-lhe a falar. – É verdade que o teu pai está muito doente? Até pensei que não viesses.

– *Por que* não és sincero? – exclamou Catherine, engolindo a sua saudação. – Por que não dizes de uma vez que não me queres? É estranho, Linton, que pela segunda vez me chames aqui propositadamente sem outra razão, ao que parece, que a de nos atormentarmos um ao outro!

Linton estremeceu e lançou-lhe um olhar meio suplicante, meio envergonhado, mas a prima não estava com paciência para tolerar um comportamento tão enigmático.

– O meu pai está muito doente – continuou. – Por que razão me fizeste sair do seu lado; por que não me desobrigaste da minha promessa, quando o teu desejo era que eu não a cumprisse? Vá, exijo uma explicação! Não estou com cabeça para brincadeiras ou frivolidades, nem hoje estou com disposição para aturar os teus caprichos!

– Os meus caprichos! – murmurou. – E quais são eles? Pelo amor de Deus, Catherine, não fiques tão zangada! Despreza-me quanto queiras; sou um desgraçado, um inútil e um covarde! Todo o desdém será pouco. Mas sou demasiado insignificante para tanta fúria. Odeia o meu pai e limita-te a desprezar-me!

– Só dizes disparates! – repontou Catherine, furiosa. – Que grande palerma! Vejam só! Treme como se eu fosse bater em ti! Não precisas pedir que te desprezem, Linton; é uma graça que todos te concederão espontaneamente. Desaparece! Vou mais é voltar para casa. É bobagem arrastar-te para longe da lareira e fingir... que fingimos nós, afinal? Larga-me o vestido! Se tivesse pena de ti por chorares e te mostrares tão assustado, deverias recusar semelhante piedade! Ellen, mostra-lhe como a sua conduta é vergonhosa. Levanta-te e não desças ao nível de um réptil abjeto. Isso não!

Banhado em lágrimas e com a agonia estampada no rosto, Linton atirou-se ao chão, sacudido por convulsões de refinado terror.

– Oh! – soluçou. – Não posso suportar isto por mais tempo! Catherine, Catherine, eu sou também um traidor, e não me atrevo a revelar a minha traição! Mas, se me abandonas, ele me mata! *Minha querida* Catherine, a minha vida está nas tuas mãos... E tu disseste que me amavas... Que mal poderia isso fazer? Não vais embora já, vais? Minha gentil, minha doce e generosa Catherine! E tu talvez *concordes*... e ele me deixe morrer contigo!

Perante tão exacerbada angústia, Catherine inclinou-se para ajudá-lo a pôr-se de pé. A velha ternura indulgente sobrepôs-se à irritação, deixando-a profundamente alarmada e comovida.

– Concordar com o quê? – quis ela saber. – Em ficar? Explica-me o significado desta estranha conversa e ficarei. Contradizes as tuas próprias palavras e confundes-me! Acalma-te, sê sincero e confessa de uma vez todos os teus pesares. Não serias capaz de me fazer mal, seria, Linton? Nem deixarias que nenhum inimigo me prejudicasse, se pudesses evitar? Acredito que sejas um covarde perante ti próprio, mas nunca um covarde, traidor da tua melhor amiga.

– Mas o meu pai ameaçou-me – balbuciou o rapaz, entrelaçando os dedos magros –, e eu tenho medo dele. Tenho medo dele! Não me *atrevo* a contar-te!

– Pois muito bem! – volveu Catherine, com desdenhosa compaixão. – Guarda o teu segredo, eu não sou covarde, salva-te tu. Eu não tenho medo!

Sua magnanimidade provocou as lágrimas do rapaz; chorava desenfreadamente, beijando as mãos dela, que o amparavam; porém, não conseguia ganhar coragem para falar.

Eu tentava descortinar qual seria o mistério, decidida que, se dependesse de mim, Catherine nunca iria sofrer para beneficiar a ele ou a quem quer que fosse. Nisso, escutei um rumor por entre as urzes, olhei para cima e deparei com o sr. Heathcliff, que se aproximava de nós, vindo do Morro dos Ventos Uivantes. Não se dignou sequer a olhar para os meus companheiros, embora estes estivessem demasiado próximos para que os soluços de Linton passassem despercebidos. Saudando-me num tom quase caloroso, que não dirigia a mais ninguém, e de cuja sinceridade eu não podia deixar de duvidar, disse:

– Que surpresa ver-te tão perto de minha casa, Nelly! Como vão as coisas na Granja? Corre o rumor – acrescentou, baixando o tom, – de que Edgar Linton está à beira da morte; talvez exagerem o seu mal?

– Não. É verdade. O meu patrão está morrendo – respondi-lhe. – Será uma tragédia para todos nós, mas uma bênção para ele!

– Quanto tempo achas que pode durar? – perguntou.

– Francamente, não sei – repliquei.

– Se faço a pergunta – continuou, olhando para os dois jovens, imóveis sob o seu olhar (Linton parecia não ousar mover-se ou levantar a cabeça sequer e, por sua causa, Catherine também não podia mexer-se) – é porque este rapaz parece disposto a contrariar-me e seria melhor que o seu tio se fosse antes dele. Então, este palerma comporta-se sempre assim? Mas eu já lhe dei uma boa correção por causa das suas choradeiras. Ele se mostra geralmente animado com a srta. Linton?

– Animado? Não, senhor, pelo contrário, está sempre muito abatido – respondi. – Basta olhar para ele para se ver que, em vez de vaguear pelos montes com a namorada, devia estar na cama, nas mãos de um médico.

– Para lá irá, daqui a um dia ou dois – murmurou Heathcliff. – Mas antes... Levanta-te, Linton! Levanta-te! – gritou-lhe. – Não fiques aí no chão! Levanta-te imediatamente!

Linton afundou novamente num paroxismo de terror incontrolável, causado pelo olhar do pai, creio eu. Nenhuma outra coisa poderia provocar semelhante humilhação. Fez várias tentativas para obedecer, mas a sua pouca resistência estava de momento aniquilada e voltou a tombar com um gemido.

O sr. Heathcliff avançou para ele e o ergueu, encostando-o num montículo relvado.

– Agora é que vou me zangar! – vociferou com contida ferocidade. – E se não dominares essa fraqueza de espírito... *Maldito* sejas! Levanta-te imediatamente!

– Vou me levantar, papai! – ofegou Linton. – Mas deixe-me em paz, senão desmaio! Juro que cumpri as suas ordens. Catherine, dá-me a tua mão.

– Apoia-te na minha – disse-lhe o pai – e põe-te de pé! Pronto! Apoia-te no braço da tua prima... isso, olha para *ela*. A menina há de pensar, srta. Linton, que sou o próprio diabo para provocar semelhante terror. Seja gentil e acompanhe-o até casa, sim? Todo ele treme se lhe toco.

– Linton, querido! – sussurrou Catherine. – Eu não posso ir contigo até o Morro dos Ventos Uivantes... O papai proibiu-me... O teu pai não te vai maltratar; de que tens tanto medo?

– Não posso voltar àquela casa... – explicou o rapaz. – Não posso voltar a entrar naquela casa sem ti!

– Acaba já com isso... – gritou o pai. – Respeitemos os escrúpulos filiais de Catherine. Nelly, leva-o para casa, que eu vou, sem demora, seguir o teu conselho e chamar o médico.

– Pois faz o senhor muito bem – respondi –, mas é minha obrigação ficar com a minha patroa. Cuidar do seu filho não é tarefa minha.

– Já sei que és muito teimosa! – resmungou Heathcliff. – Não me digas que vou ter de dar um beliscão no menino e fazê-lo gritar para despertar a tua caridade. Vamos lá, herói. Estás disposto a voltar escoltado por mim?

Aproximou-se dele outra vez e esboçou o gesto de agarrar a frágil criatura; mas, recuando, Linton agarrou-se à prima e implorou-lhe tão freneticamente que o acompanhasse, que não admitia recusa.

Por mais que discordasse, eu não podia impedi-la; na verdade, como poderia ela recusar-se? Não conseguíamos descortinar o que o enchia de pavor; mas ele ali estava, e tão impotente que a mais pequena contrariedade parecia capaz de levá-lo à loucura.

Quando chegamos à porta, Catherine entrou e eu fiquei à espera do lado de fora até que ela amparasse o inválido até uma cadeira e voltasse a sair; mas o sr. Heathcliff empurrou-me para dentro, dizendo:

– A minha casa não está empestada, Nelly; e hoje sinto-me muito hospitaleiro; senta-te e deixa-me fechar a porta.

Fechou a porta e trancou-a logo em seguida. Estremeci.

– Vão tomar chá antes de voltarem para casa – acrescentou. – Estou sozinho. O Hareton foi levar umas cabeças de gado aos Lee, e a Zilah e o Joseph saíram para gozar um dia de folga. Apesar de estar acostumado a ficar sozinho, quando posso, prefiro ter uma companhia interessante. Srta. Linton, sente-se ao lado *dele*. Dou-lhe aquilo que tenho; não é que o presente valha muito, mas é tudo o que tenho para lhe oferecer. Estou falando do Linton. Como ela me olha fixamente! É estranho o sentimento selvagem que me despertam todos os que parecem ter medo de mim! Se tivesse nascido num lugar onde as leis fossem menos severas e os gostos menos delicados, passaria uma noite bem divertida com a lenta dissecação daqueles dois.

Respirou fundo, deu um murro na mesa e praguejou para si mesmo:

– Que inferno. Como os odeio!

– Eu não tenho medo do senhor! – exclamou Catherine, que não pôde ouvir a última parte do discurso.

Avançou para ele com os olhos negros faiscando de cólera e resolução.

– Dê-me essa chave! Dê-me já! Nem que estivesse morrendo de fome, comeria ou beberia o que quer que fosse nesta casa.

O sr. Heathcliff segurava a chave com a mão que apoiara em cima da mesa. Ergueu os olhos, algo surpreendido pela ousadia de Catherine, ou talvez lembrando-se, pela voz e pelo olhar, de quem ela herdara essa tenacidade.

Ela, entretanto, agarrou a chave e quase conseguiu arrancá-la de seus dedos frouxos; mas esse gesto o trouxe de volta ao presente e ele recuperou a chave de imediato.

– Agora, Catherine Linton – advertiu ele –, saia da minha frente ou serei forçado a atirá-la ao chão, o que deixaria a sra. Dean furiosa.

Sem fazer caso do aviso, Catherine agarrou-lhe outra vez a mão fechada, tentando aliviá-la do seu conteúdo.

– Nós *vamos* embora! – repetia, fazendo os mais denodados esforços para afrouxar aqueles músculos de ferro; mas, vendo que as unhas não surtiam grande efeito, aplicou-lhe os dentes ferozmente.

O sr. Heathcliff lançou-me um olhar que, por momentos, me impediu de interferir. Catherine estava demasiado atenta à mão dele para dar conta da expressão do seu rosto. Subitamente, ele abriu a mão, libertando o objeto de disputa; porém, antes que Catherine conseguisse apanhá-lo, ele a agarrou com a mão livre e, puxando-a para cima dos joelhos, deu com a outra mão uma série de bofetadas nos dois lados de sua cabeça, das quais uma só seria suficiente para cumprir a ameaça de atirá-la ao chão, não estivesse ela firmemente segura entre as suas pernas.

Avancei para ele, furiosa perante violência tão demoníaca.

– Pare! – gritei-lhe. – Grande patife!

Um murro no peito fez-me calar (eu sou gorda e depressa perco o fôlego). Com o soco e a raiva, cambaleei entontecida, com a impressão de que estava prestes a sufocar ou que ia rebentar alguma veia minha.

A cena acabou em dois minutos. Catherine, já liberta, apertava as têmporas entre as mãos, como se não tivesse certeza de ainda possuir as orelhas. Tremia como vara verde, a pobrezinha, e apoiou-se na mesa, completamente aturdida.

– Como vê, sei como castigar as crianças... – disse o malvado, inclinando-se para apanhar a chave, que caíra ao chão. – Vá ver o Linton, como lhe ordenei e chore à vontade! Amanhã serei seu pai, o único pai que terá daqui a alguns dias... e, então, apanhará muito mais. Mas a menina aguenta, não é nenhuma fracote. Terá uma dose diária, se eu voltar a vislumbrar esse gênio diabólico no seu olhar!

Em vez de se refugiar junto do primo, Cathy correu para mim, ajoelhou-se e escondeu as faces ardentes no meu regaço, chorando alto. Linton encolhera-se num canto do banco, calado como um rato, congratulando-se decerto por o corretivo ter sido aplicado a alguém que não ele.

Vendo todos perturbados, o sr. Heathcliff levantou-se e fez rapidamente um bule de chá. As chávenas estavam já dispostas sobre a mesa. Encheu-as e trouxe-me uma.

– Toma e lava aí as tuas mágoas! – disse. – E vê se ajudas essas crianças malvadas, a tua e a minha. O chá não está envenenado, embora tenha sido eu que o fiz. Vou lá fora procurar os vossos cavalos.

Assim que ele saiu, o nosso primeiro pensamento foi tentar fugir dali imediatamente. Experimentamos a porta da cozinha, mas estava trancada por fora. Olhamos para as janelas, mas eram demasiado estreitas, até mesmo para o corpo esguio de Cathy.

– *Master* Linton – gritei, vendo-nos prisioneiras –, o menino sabe o que o diabólico do seu pai pretende, e vai dizer-nos o que é. Senão, deixo-lhe as orelhas tão quentes como ele deixou as da sua prima.

– Vá, Linton, tens de nos dizer... – implorou Catherine. – Foi por tua causa que vim aqui; e será uma grande maldade da tua parte se te recusares a dizer o que se passa.

– Tenho sede. Dá-me um pouco de chá e depois te direi – exigiu ele. – Afaste-se, sra. Dean. Detesto que se debruce sobre mim. Catherine, estás a deixar cair lágrimas dentro da minha chávena! Não vou beber isso. Traz-me outra!

Catherine obedeceu e enxugou as faces. Enojava-me o comportamento daquele infeliz a partir do momento em que se sentiu em segurança. O pavor que manifestara no urzal desaparecera, assim que entrara no Morro dos Ventos Uivantes. Depreendi que fora ameaçado com os mais terríveis castigos se não conseguisse atrair-nos até ali, e agora, conseguido o seu propósito, os medos haviam desaparecido.

– O meu pai quer que nos casemos... – começou ele, depois de bebericar um pouco de chá. – Mas ele sabe que o teu pai não consentirá que nos casemos já e receia que eu morra antes, se esperarmos. Por isso, vamos casar amanhã de manhã e, por isso, tens de passar a noite aqui. Se fizeres o que ele deseja, voltarás para casa em seguida levando-me contigo.

– Levá-lo com ela, seu infeliz? – exclamei. – *Casarem-se?* O homem está é doido! Ou pensa que somos todos tolos. E o menino imagina que esta menina tão linda, saudável e bondosa vai ligar-se a um macaco moribundo como o menino? Acredita de verdade que *alguém*, e muito menos a srta. Catherine, o quererá para marido? O menino merecia era uns açoites por nos ter atraído aqui com as suas intrujices. E não me olhe com esse ar apatetado! Sou bem capaz de lhe dar uns safanões pela sua traição desprezível e presunção imbecil.

Ainda o sacudi ligeiramente, o que lhe provocou um ataque de tosse e o fez recorrer aos habituais gemidos e prantos, o que me valeu um olhar de censura de Catherine.

– Ficar aqui toda a noite? Não! – exclamou ela, olhando em volta. – Ellen, nem que eu tenha de colocar fogo na porta, vou sair daqui.

E teria começado a cumprir de pronto essa ameaça, se Linton, alarmado, não se tivesse levantado temendo novamente pela sua segurança, prendendo-a nos seus braços débeis e soluçando:

– Não queres me salvar... não queres me levar para a Granja? Oh, querida Catherine! Não podes ir embora e deixar-me aqui. Tens de obedecer ao meu pai, *precisas* obedecer!

– Devo é obedecer ao *meu* pai – replicou ela. – E poupá-lo desta angústia cruel. Toda a noite! Que irá pensar? Já deve estar aflito. Nem que eu tenha de botar alguma coisa abaixo ou incendiar a casa para achar uma saída. Estás calado! Tu não corres perigo, mas, se me impedires, Linton... Olha que eu amo o meu pai mais do que amo a ti!

O terror mortal que a fúria do sr. Heathcliff nele despertava restituiu ao rapaz a eloquência da covardia. Catherine estava desnorteada; não obstante, continuava agarrada à ideia de voltar para casa e tentou, por seu turno, convencer o primo a dominar o seu pavor egoísta.

Enquanto assim altercavam, reapareceu o nosso carcereiro.

– Os vossos cavalos fugiram – anunciou. – Então, Linton! Choramingando de novo? O que ela fez? Acaba com isso e vai deitar. Dentro de um mês ou dois, meu rapaz, poderás devolver-lhe as tiranias de agora com mãos vigorosas. Anseias pelo amor verdadeiro, nada mais. Ela irá te receber! Agora, para a cama! A Zillah não está aqui hoje e terás de te despir sozinho. Fica quieto! Não quero caretas! Assim que estiveres no teu quarto, não te incomodarei mais e não precisas ter medo. Por sorte, te portaste menos mal. Agora eu trato do resto.

Proferiu essas palavras segurando a porta para o filho passar; este saiu, como um cachorro que desconfiasse que o propósito do dono naquele instante era esborrachá-lo.

A porta foi de novo trancada. O sr. Heathcliff aproximou-se da lareira, onde nós duas permanecíamos em silêncio. Catherine ergueu os olhos, levando instintivamente a mão ao rosto, como se aquela proximidade lhe reavivasse a sensação dolorosa. Qualquer pessoa seria incapaz de se insurgir com severidade contra aquele gesto infantil, mas ele lançou-lhe um olhar carrancudo e resmungou:

– Com que então não tem medo de mim? Disfarça bem a sua coragem, pois *parece* perfeitamente aterrorizada!

– Agora *tenho* – retorquiu Catherine –, porque, se eu continuar aqui, o papai vai ficar aflitíssimo; e como posso tolerar a ideia de afligi-lo quando ele... quando ele... Sr. Heathcliff, *deixe-me* voltar para casa! Eu prometo casar-me com o Linton. Papai assim o deseja e eu também, porque o amo. Por que razão há de me forçar a fazer algo que estou disposta a fazer de livre vontade?

– Ele que se atreva a obrigá-la! – gritei eu. – Ainda existem leis neste país, graças a Deus, embora a gente esteja no fim do mundo. Eu iria denunciá-lo mesmo que ele fosse meu filho. Isto é um crime de que ninguém pode ser absolvido!

– Basta! – vociferou o desalmado. – Estou farto dos teus estardalhaços! *Tu* estás proibida de falar. Srta. Linton, agrada-me deveras a ideia de o seu pai ficar aflito; nem vou dormir com tanta satisfação. Não poderia consolidar mais o meu propósito de retê-la em minha casa nas próximas vinte e quatro horas do que dizendo-me que o seu pai vai se afligir. Quanto à sua promessa de desposar o Linton, tomarei providências para que a cumpra, pois não deixará este lugar sem que o faça.

– Pelo menos deixe a Ellen ir avisar meu pai de que me encontro bem! – implorou Catherine, chorando amargamente. – Ou, então, case-me já. Pobre papai! Vai pensar que nos perdemos, Ellen. Que havemos de fazer?

– Não! Vai é pensar que a menina está farta de tratar dele e escapou para se distrair um pouco – respondeu Heathcliff. – Não pode negar que entrou em minha casa de livre vontade, desrespeitando as ordens dele em contrário. E é muito natural que na sua idade deseje divertir-se e que se cansasse de cuidar de um homem doente, sendo esse homem *apenas* o seu pai. Catherine, os dias mais felizes da vida dele acabaram quando os seus começaram. Suponho que deve tê-la amaldiçoado por ter vindo ao mundo. Eu, pelo menos, assim fiz. E há de amaldiçoá-la quando morrer. Nesse ponto, estou de acordo com ele. Não gosto de você! Por que haveria de gostar? Pode chorar. Pelo que vejo, será esse o seu passatempo favorito a partir de hoje, a menos que o Linton a compense das suas perdas. O seu previdente progenitor parece convencido de que ele o fará. As suas cartas cheias de conselhos e palavras de conforto divertiram-me bastante. Na última recomendava ao meu tesouro para cuidar bem do dele; e que fosse bondoso para com ele quando ele lhe pertencesse. Cuidadoso e bondoso. Que paternal! Mas o Linton gasta em proveito próprio todo o seu arsenal de cuidados e bondade. Sabe ser um perfeito tirano. Torturaria todos os gatos se não tivessem dentes e garras. Pode ter certeza de que terá belas histórias da sua *bondade* para contar ao tio dele, quando voltar para casa.

– Ora, isso é que é falar! – volvi eu. – Mostre o caráter do seu filho e as semelhanças que tem com o senhor. Talvez a srta. Cathy pense duas vezes antes de aceitar para marido semelhante réptil!

– Chega de falar das *louváveis* qualidades dele! – atalhou Heathcliff. – Ou ela o aceita ou fica aqui presa contigo até a morte do teu patrão. Posso manter as duas aqui perfeitamente ocultas. Se duvidas, incentiva-a a faltar à sua palavra e terás oportunidade de julgares por ti própria!

– Não faltarei à minha palavra! – disse Catherine. – Casarei com ele agora mesmo, se puder voltar à Granja dos Tordos em seguida. Senhor Heathcliff, o senhor é um homem cruel, mas não é nenhum demônio, e decerto não quererá, por *mera* maldade, destruir irremediavelmente toda a minha felicidade. Se o papai pensar que eu o abandonei de propósito e morrer antes do meu regresso, como poderei eu continuar a viver? Já sei que de nada serve chorar, mas vou ajoelhar-me aqui e não me levantarei nem desviarei o olhar do seu rosto sem que os seus olhos encontrem os meus! Não, não vá embora! *Olhe* para mim! Não verá nos meus olhos nada que o provoque. Eu não o odeio. Nem estou zangada por ter batido em mim. Nunca na sua vida amou *ninguém*, tio? *Nunca*? Olhe-me uma vez só. Estou tão aflita que não poderá deixar de ter pena de mim.

– Afaste de mim esses seus dedos de lagartixa e saia da minha frente se não quer levar um pontapé! – bradou Heathcliff, repelindo-a brutalmente. – Preferia ser abraçado por uma serpente. Como diabo pensou que pudesse bajular-me? Odeio-a!

Encolheu os ombros, ou melhor, estremeceu todo como se a pele ficasse arrepiada de aversão, e atirou a cadeira para trás, enquanto eu me levantei e abri a boca, preparando uma enxurrada de insultos. Emudeci, contudo, no meio da primeira frase, com a ameaça de que seria fechada num quarto sozinha se proferisse mais uma sílaba que fosse.

Lá fora, a noite principiava a cair. Ouvimos o som de vozes no portão do jardim. O nosso anfitrião precipitou-se para fora. Ele não perdera a serenidade; nós estávamos completamente desnorteadas. Escutamos uma conversa de alguns minutos, e ele voltou sozinho.

– Julguei que fosse o seu primo Hareton – observei para Catherine. – Quem me dera que ele chegasse! Quem sabe, talvez tomasse o nosso partido...

– Eram três criados da Granja, mandados à vossa procura. – disse Heathcliff, ouvindo o meu desabafo. – Deverias ter aberto uma janela e gritado; mas podia jurar que a pequena está contente por não o teres feito. Estou certo de que se sente feliz por ser obrigada a ficar.

Ao sabermos da oportunidade que havíamos perdido, demos largas ao nosso desgosto. Ele deixou-nos chorar à vontade até as nove horas; depois, ordenou-nos que subíssemos pela escada da cozinha até o quarto da Zillah. Segredei à minha companheira que obedecesse; talvez conseguíssemos fugir pela janela ou alcançar o sótão e sair pela clarabóia.

Contudo, a janela era estreita, como as do piso inferior, e ao alçapão do sótão não nos era possível chegar. De modo que continuávamos tão prisioneiras como antes.

Nenhuma de nós se deitou. Catherine sentou-se à janela e esperou ansiosa pela manhã. Em resposta às minhas constantes súplicas de que deveria tentar descansar um pouco, deu apenas um profundo suspiro.

Sentei-me numa cadeira e aí me deixei ficar, balançando para a frente e para trás e repreendendo-me severamente pelas muitas transgressões ao meu dever, das quais, como então verifiquei, haviam resultado todos os infortúnios dos meus patrões. Sei agora que não era assim, mas assim se afigurava à minha imaginação, naquela noite triste, de tal forma que cheguei a considerar o sr. Heathcliff menos culpado do que eu.

Ele apareceu às sete da manhã e perguntou se a srta. Linton já se levantara.

Ela correu para a porta e respondeu:

– Sim.

– Então, vamos lá! – ordenou ele, abrindo a porta e puxando a menina para fora.

Levantei-me para acompanhá-la, mas ele fechou a porta novamente, não fazendo caso das minhas reclamações.

– Sê paciente! – retorquiu-me. – Daqui a pouco mando-te o café da manhã. – Dei socos na porta e sacudi o ferrolho, furiosa. Catherine perguntou por que me encontrava ainda presa, ao que ele respondeu que eu ainda teria de esperar mais umas horas, e afastaram-se.

Esperei duas ou três horas; por fim, escutei passos e pude perceber que não eram os do sr. Heathcliff.

– Trouxe-lhe alguma coisa para comer – disse uma voz. – Pode dar a volta ao puxador!

Obedeci de pronto e deparei-me com Hareton, carregado de comida para todo o dia.

– Pegue – acrescentou, colocando-me a bandeja nas mãos.

– Espera um instantinho... – disse eu.

– Não! – esquivou-se ele, retirando-se, insensível a todas as súplicas com que tentei detê-lo.

E ali fiquei fechada todo aquele dia e toda a noite seguinte; e ainda outra e mais outra. Cinco noites e quatro dias ali permaneci, sem ver ninguém a não ser o Hareton, que aparecia todas as manhãs. Era um carcereiro exemplar: taciturno, mudo e surdo a todas as minhas tentativas de despertar seu sentido de justiça e compaixão.

Capítulo XXVIII

NA MANHÃ, OU MELHOR, NA TARDE do quinto dia, senti passos diferentes a aproximarem-se, mais leves e mais curtos, e dessa vez a pessoa em questão entrou no quarto. Era Zillah, envolta no seu xale vermelho, de touca de seda preta na cabeça e uma cesta no braço.

– Credo, sra. Dean! – exclamou ela. – Que falatório vai a seu respeito em Gimmerton! Eu pensava que a senhora se tinha afogado no pântano de Blackhorse, e a sua menina também, até o patrão me dizer que as tinha encontrado e trazido para aqui! Decerto conseguiram alcançar alguma ilha, não? E quanto tempo ficaram nas poças? Foi o meu patrão que a salvou, sra. Dean? Mas nem por isso está mais magra... podia ter sido pior, não é?

– O teu patrão é o pior patife que existe na face da Terra! – respondi. – Mas ele vai pagar pelo que fez. E nem precisava ter inventado essa história, pois todo mundo ficará sabendo a verdade!

– Que quer dizer com isso? – quis saber Zillah. – Ele não inventou nada. É a história que se conta na aldeia: que a senhora se perdeu no pântano. Eu, quando cheguei em casa, até disse ao sr. Earnshaw: "Ah, sr. Hareton, que coisas estranhas aconteceram enquanto andei fora! Tenho tanta pena daquela linda menina e da Nelly Dean". E ele olhou-me espantado e eu pensei que não soubesse de nada e contei-lhe os rumores que corriam em Gimmerton. O patrão ouviu, sorriu e disse: "Se elas estiveram no pântano, não estão mais, Zillah. A Nelly Dean está, neste preciso momento, no teu quarto. Quando subires, podes dizer-lhe que saia. Aqui tens a chave. A água do pântano mexeu com sua cabeça e ela ficou imaginando coisas; mantive-a aqui fechada até que recuperasse o juízo. Podes mandá-la para a Granja, se ela for capaz de andar, e leva-lhe um recado da minha parte: que a menina seguirá para lá em tempo de assistir ao funeral do pai".

– O sr. Edgar morreu? – balbuciei. – Oh, Zillah, Zillah!

– Não, não. Sente-se, sra. Dean. Vê-se que ainda está doentinha – disse ela. – O sr. Edgar não morreu. O dr. Kenneth pensa que ele pode durar ainda mais um dia; encontrei-o na estrada e perguntei-lhe.

Em vez de me sentar, peguei nas minhas coisas e saí, já que o caminho estava livre.

Ao entrar na sala, olhei em volta tentando encontrar alguém que me informasse do paradeiro de Catherine.

O aposento estava inundado de sol, e a porta, escancarada, mas não se via vivalma.

Enquanto hesitava entre sair dali de imediato ou voltar atrás para procurar a minha menina, a minha atenção foi atraída por uma tossidela vinda das bandas da lareira. Aproximei-me. Deitado no banco, Linton, a única presença na sala, chupava um pirulito e seguia os meus movimentos com um olhar apático.

– Onde está a srta. Catherine? – inquiri severamente, pensando que poderia assustá-lo a ponto de obter alguma informação, agora que o encontrava sozinho.

Ele continuou a chupar o doce, inocentemente.

– Ela foi embora? – insisti eu.

– Não – respondeu. – Está lá em cima. Ela não pode ir para casa; nós não deixamos.

– Qual não deixam, seu idiota! – exclamei. – Leve-me já ao quarto dela, ou vou lhe dar uma surra.

– O meu pai é que vai lhe dar uma surra se tentar entrar lá – replicou. – Ele diz que eu não devo ser brando com a Catherine, pois ela é minha mulher e é vergonhoso que queira abandonar-me! Ele diz que ela me odeia e quer que eu morra, para poder ficar com o meu dinheiro, mas isso ela não vai conseguir; e também não voltará para casa! Nunca mais! Pode chorar e adoecer à vontade!

E prosseguiu a sua ocupação anterior, fechando os olhos, como se tencionasse dormir.

– *Master* Heathcliff – tornei eu –, já se esqueceu de toda a bondade de Catherine para consigo, no inverno passado, quando o menino afirmou que a amava? E quando ela trouxe livros e cantou e mais de uma vez enfrentou o vento e a neve só para vir vê-lo? Chegava a chorar se falhasse uma única noite, pois sabia que o menino ficaria desapontado; nessa altura achava que ela era cem vezes melhor que o menino. E, agora, acredita nas mentiras que o seu pai lhe conta, mesmo sabendo que ele vos detesta a ambos? E o menino aliado ao seu pai contra ela! Bonita gratidão a sua, não há dúvida!

Os cantos da boca de Linton descaíram e ele afastou dos lábios o pirulito.

– Acha que Catherine veio ao Morro dos Ventos Uivantes porque o odiava? – continuei. – Ora, pense pela sua cabecinha! Quanto ao seu dinheiro, ela nem sabe se o menino alguma vez terá algum. Disse que ela está doente e, no entanto, deixou-a sozinha lá em cima numa casa estranha! E logo você, que sabe o que é sentir-se abandonado! Quando se queixava dos seus sofrimentos, ela sofria, e agora o menino não tem pena dela! Eu, que sou velha e não passo de uma criada, choro por ela, como vê... e o menino, depois de fingir uma grande afeição e tendo tantas razões para adorá-la, guarda todas as lágrimas e fica aí deitado, muito calmo. Ah, você é um egoísta sem coração!

– Não consigo ficar perto dela – afirmou contrariado. – Prefiro ficar sozinho. Ela chora tanto que não consigo suportar. E não se cala, nem que eu ameace chamar o meu pai. Uma vez chamei-o mesmo e ele ameaçou estrangulá-la se ela não se calasse, mas ela recomeçou no instante em que ele saiu do quarto. E chorou e gemeu toda a noite, embora eu gritasse que não me deixava dormir.

– O sr. Heathcliff saiu? – perguntei, percebendo que a desprezível criatura era incapaz de ter dó da tortura mental da prima.

– Está no pátio falando com o dr. Kenneth, que diz que o tio está à morte – respondeu. – Finalmente! Estou contente, pois serei eu o dono da Granja depois da morte dele. E Catherine sempre se referiu a ela como a sua casa. Mas não é dela. É minha! O meu pai diz que tudo o que ela possui é meu, todos os seus belos livros são meus. Ela até me disse que os daria a mim, mais os seus lindos pássaros e a Minny, se eu conseguisse pegar a chave do quarto e a deixasse fugir; mas eu lhe disse que ela não podia dar nada, porque tudo isso já era meu. Então, ela chorou e tirou um pequeno medalhão do fio que tinha no pescoço, dizendo que seria meu: dois retratos numa moldura dourada; de um lado a mãe e do outro o meu tio, quando eram novos. Isto passou-se ontem; disse-lhe que eram meus também e tentei pegá-los, mas ela, despeitada, não me deixou: empurrou-me e machucou-me. Desatei a gritar, o que a assusta sempre muito, e ela, ao ouvir os passos do meu pai, quebrou as dobradiças do medalhão, partindo-o em dois, e me deu o retrato da mãe, procurando esconder o outro. Mas o meu pai perguntou o que se passava e eu lhe contei tudo. Ele tirou-me o retrato que eu tinha na mão e ordenou-lhe que me desse o outro. Ela recusou e ele bateu nela e arrancou o retrato da corrente, calcando-o em seguida com o pé.

– E você ficou muito contente de vê-la espancada? – indaguei eu, com o propósito de incitá-lo a prosseguir.

– Fechei os olhos... – retrucou. – É o que faço quando vejo o meu pai batendo num cão ou num cavalo... E com que força ele bate! No entanto, a princípio fiquei contente, pois ela merecia ser castigada por me castigar; mas, quando o meu pai foi embora, a Catherine levou-me à janela e mostrou a face cortada pelo lado de dentro, contra os dentes, e a boca cheia de sangue. Depois, apanhou os pedaços do retrato e foi sentar-se virada para a parede e não voltou a falar comigo. Por vezes, penso que ela não pode falar por causa das dores. Não gosto de pensar nisso! Mas ela é muito má por chorar continuamente; está tão pálida e desvairada que chego a ter medo dela!

– Se você quisesse, poderia conseguir a chave, não podia? – quis eu saber.

– Poderia sim, quando estou lá em cima – retorquiu. – Mas agora não posso ir lá em cima.

– Em que quarto está ela? – inquiri.

– Oh! – exclamou. – Isso não posso dizer! É segredo. Ninguém sabe. Nem mesmo o Hareton ou a Zillah podem saber. Bem, já me cansou bastante; vá-se embora, vá-se embora! – e, dizendo isto, escondeu o rosto no braço e fechou os olhos novamente.

Achei melhor partir sem me encontrar com o sr. Heathcliff e ir à Granja buscar ajuda para a minha menina.

Ao verem-me chegar, os outros criados não cabiam em si de espanto e alegria. E quando souberam que a menina estava sã e salva, dois ou três prepararam-se logo para correrem escada acima e darem a boa nova ao sr. Edgar, mas não deixei: queria ser eu mesma a fazê-lo.

Como ele tinha mudado neste curto espaço de poucos dias! Jazia na cama, qual imagem da tristeza e resignação, esperando a morte. Parecia ainda tão novo! Apesar de já ter trinta e nove anos, tinha a aparência de dez anos mais novo, pelo menos. Pensava em Catherine, pois ouvi-o balbuciar o seu nome. Toquei sua mão e sussurrei:

– A srta. Catherine está chegando, meu querido senhor! A menina está viva e de boa saúde e estará aqui, se Deus quiser, ainda esta noite.

Estremeci ao ver o efeito que esta notícia produziu: o meu patrão soergueu-se, correu os olhos pelo quarto, ansioso, e voltou a cair para trás, sem sentidos.

Assim que recuperou o conhecimento, relatei-lhe a nossa visita forçada e posterior detenção no Morro dos Ventos Uivantes. Disse-lhe que o sr. Heathcliff me forçara a entrar, o que não era inteiramente verdade. Falei o menos possível contra Linton e não descrevi em pormenor a conduta brutal do pai, já que a minha intenção era, se possível, não acrescentar mais amargura à taça já tão cheia do meu patrão.

Ele adivinhava que um dos propósitos do seu inimigo era garantir ao filho, ou seja, a si próprio, a posse, não só dos seus bens móveis, mas também dos bens de raiz. Mas a razão por que o sr. Heathcliff não esperava pela sua morte era algo que o meu patrão não compreendia, pois ignorava que tanto ele como o sobrinho deixariam o mundo quase ao mesmo tempo.

Contudo, considerou que seria melhor alterar o seu testamento: em vez de deixar a fortuna de Catherine à disposição dela, pretendia deixá-la ao cuidado de testamenteiros, para seu usufruto, passando depois para os seus filhos, caso viesse a ter alguns. Desta forma, a herança não poderia ir parar às mãos do sr. Heathcliff, caso Linton morresse.

Obedecendo às ordens recebidas, mandei um homem buscar o tabelião e ordenei a mais quatro que se munissem de armas e fossem resgatar a menina à sua prisão. Tanto um como os outros se demoraram. O criado que tinha partido sozinho foi o primeiro a chegar.

Disse que o sr. Green, o tabelião, não se encontrava em casa quando ele lá chegara e que tivera de esperar duas horas até ele voltar e que, ao chegar, ele lhe dissera que tinha um assunto a tratar na vila, mas que passaria pela Granja dos Tordos antes do amanhecer.

Os quatro homens voltaram igualmente desacompanhados. Traziam o recado de que Catherine se encontrava demasiado doente para deixar o quarto e que o sr. Heathcliff não lhes havia permitido vê-la.

Ralhei com os idiotas por acreditarem em semelhante patranha, que não pude contar ao meu patrão. Resolvi então que, ao romper da manhã, levaria comigo um bando de gente até o Morro e tomaríamos a casa de assalto, se a prisioneira não nos fosse entregue de imediato.

Jurei e tornei a jurar que o pai veria a filha, nem que para isso tivéssemos de matar aquele demônio à sua própria porta, por nos impedir de entrar.

Felizmente, foi-me poupada a viagem e o incômodo.

Por volta das três horas, desci ao piso inferior para ir buscar um jarro de água e, ao passar pelo vestíbulo, já com o jarro na mão, ouvi umas pancadas na porta da frente que me fizeram sobressaltar.

"Oh! Deve ser o tabelião", pensei, recompondo-me. "Só pode ser o sr. Green", e continuei no meu caminho, tencionando mandar alguém abrir a porta; mas as pancadas continuaram, não muito fortes, mas insistentes. Pousei o jarro no corrimão e apressei-me em ir eu mesma abri-la.

Lá fora brilhava a lua cheia. Não era o tabelião. Era a minha querida menina que se atirou ao meu pescoço soluçando...

– Ellen, Ellen! O papai está vivo?

– Está, sim! – afirmei. – Está, sim, meu anjo! Deus seja louvado, a menina está conosco outra vez!

Ela quis logo correr escada acima e ir ao quarto do pai, mesmo ofegante como estava, mas eu a obriguei a sentar-se numa cadeira, fi-la beber um pouco de água e lavei seu rosto empalidecido, friccionando-o com o avental para trazer alguma cor às faces. Depois, disse-lhe que era melhor ir eu primeiro dizer ao sr. Edgar que ela chegara e implorei-lhe que se declarasse feliz com *Master* Heathcliff. Ela me olhou espantada, mas logo compreendeu o motivo pelo qual a aconselhava a mentir, e prometeu-me que não se queixaria.

Eu não suportei assistir àquele encontro. Esperei do lado de fora do quarto durante um quarto de hora e só então entrei, mal me atrevendo a aproximar-me do leito.

Mas tudo estava sereno: o desespero de Catherine era tão silencioso como a alegria do pai. Ela amparava-o, com aparente serenidade, e ele fixava no rosto da filha uns olhos que pareciam dilatados pelo êxtase.

E assim morreu em paz, sr. Lockwood. Morreu feliz. Beijou a face da filha e murmurou:

– Vou reunir-me a ela, e tu, minha querida filha, um dia te juntarás a nós. Não disse mais nada, não se mexeu mais; continuou com aquele olhar extasiado até que, imperceptivelmente, o seu coração deixou de bater e a sua alma se elevou. Ninguém poderia dizer o momento exato da sua morte, pois não houve um só estremecimento que o denunciasse.

Ou porque tivesse já esgotado todas as lágrimas, ou porque a dor fosse tão intensa que lhe refreava o pranto, Catherine ali ficou sentada de olhos enxutos até o romper da aurora; e no mesmo lugar permaneceu até o meio-dia, e ali teria ficado, meditando junto ao leito de morte, se eu não tivesse insistido para que ela descansasse um pouco.

Ainda bem que consegui tirá-la de lá, pois na hora do jantar apareceu o tabelião, que havia passado primeiro pelo Morro dos Ventos Uivantes, para receber instruções quanto às medidas a tomar. Tinha-se vendido ao sr. Heathcliff, e essa havia sido a causa da sua demora em acorrer ao chamado do meu patrão. Felizmente, essa preocupação não veio atormentá-lo na hora da sua morte, tão feliz estava com a chegada da filha.

O sr. Green assumiu a tarefa de dirigir tudo e todos. Despediu todos os criados, menos eu, e teria usado a autoridade que lhe fora delegada para ordenar que Edgar Linton fosse enterrado, não ao lado da mulher, mas sim na capela, junto da família. Havia, porém, o testamento para impedir tal propósito, bem como os meus protestos veementes contra qualquer transgressão a suas disposições.

O funeral foi realizado às pressas, e Catherine, agora sra. Linton Heathcliff, teve autorização para permanecer na Granja até a saída do féretro.

Segundo me contou depois, a sua angústia tinha finalmente levado Linton a correr o risco de libertá-la. Ela tinha ouvido os homens que eu enviara discutindo na porta e adivinhara a resposta do sr. Heathcliff, o que a deixara desesperada. Linton, que fora mandado lá para cima, para a saleta, logo que eu o deixara, ficou tão assustado que foi buscar a chave antes que o seu pai voltasse.

Teve a astúcia de abrir a porta e deixá-la encostada, tornando a dar a volta na chave; quando chegou a hora de deitar, pediu que o deixassem dormir no quarto de Hareton, o que lhe foi concedido, por essa vez.

Catherine escapuliu do quarto antes do amanhecer. Não se atrevera a tentar abrir as portas com medo de que os cães dessem o alarme. Percorreu os aposentos desocupados e experimentou as janelas. Por sorte, pôde passar com facilidade pela janela do antigo quarto da mãe, descendo pelo abeto que se encontra encostado à casa e num instante alcançou o jardim. Quanto ao seu cúmplice, acabou por ser castigado pela sua participação na fuga, apesar das manhas utilizadas.

Capítulo XXIX

NA NOITE SEGUINTE AO FUNERAL, a minha jovem patroa e eu estávamos sentadas na biblioteca, chorando tristemente a nossa perda e fazendo conjeturas para um futuro que se apresentava pouco risonho.

Tínhamos chegado à conclusão de que a melhor coisa que poderia acontecer a Catherine era ter permissão para continuar a residir na Granja, pelo menos enquanto Linton vivesse; isto, no caso de o pai dar autorização a ele para vir viver conosco e, a mim, para continuar como sua governanta. Essa solução parecia-me boa demais para depositar nela grandes esperanças, mas tinha fé que assim fosse, e comecei até a animar-me com a perspectiva de conservar o meu lugar e, acima de tudo, de poder continuar a cuidar da minha querida menina. Assim pensava, quando um dos criados que havia sido despedido, mas que não partira ainda, entrou apressado na sala dizendo que "aquele demônio do Heathcliff" estava atravessando o pátio e perguntava se deveria fechar a porta na sua cara.

Mesmo que fôssemos suficientemente loucas para fazê-lo, não teríamos tido tempo. O sr. Heathcliff não se deu ao trabalho de bater ou de se fazer anunciar; era dono e senhor de tudo e usou esse privilégio para entrar em casa sem dizer palavra.

O som da voz do criado guiou-o diretamente até a biblioteca. Entrou e, dando-lhe ordem para sair, fechou a porta.

Era esta a mesma sala onde ele, dezoito anos antes, entrara como visita; pela janela entrava o mesmo luar e, lá fora, estendia-se a mesma paisagem de outono. Não tínhamos ainda acendido as velas, mas todo o aposento se distinguia claramente, mesmo os retratos na parede: o rosto altivo da sra. Linton ao lado do do marido, mais afável.

O sr. Heathcliff avançou para a lareira. O tempo pouco havia modificado a sua aparência. Era o mesmo homem: o rosto escuro, talvez mais pálido e mais sereno agora, o corpo um pouco mais pesado; e as diferenças ficavam por aqui.

Ao vê-lo, Catherine levantara-se, obedecendo ao impulso de escapar.

– Espere! – ordenou ele, prendendo-a pelo braço. – Acabaram-se as fugas! Onde pensa que vai? Vim para levá-la para casa e espero que seja uma filha submissa e não encoraje o meu filho a mais desobediências. Quando descobri o papel dele nesta história, fiquei sem saber que castigo lhe aplicar: ele é tão frágil que um simples beliscão é capaz de matá-lo. Mas, como poderá avaliar pela cara dele, recebeu o que lhe era devido! Trouxe-o para baixo uma noite, antes de ontem, e sentei-o numa cadeira... Não toquei mais nele. Mandei o Hareton sair, para ficarmos a sós na sala. Ao fim de duas horas, chamei o Joseph para levá-lo para cima. Desde então, a minha presença tem um tal poder sobre os seus nervos como se eu fosse fantasma. Acho que me vê constantemente, mesmo que eu não me encontre por perto. O Hareton diz que ele acorda de noite em sobressalto, chamando-o para protegê-lo de mim. E, goste ou não do seu precioso marido, vai ter de voltar. É essa a sua obrigação. Transfiro para você todo o meu interesse nele.

– Por que não deixa a srta. Catherine ficar aqui? – implorei. – E manda *Master* Linton para junto dela? Já que detesta os dois, não sentirá muito a falta deles... Serão apenas um tormento diário para o seu coração desnaturado.

– Estou à procura de um inquilino para a Granja – explicou ele – e quero os meus filhos junto de mim, para estar seguro. Além disso, esta moça tem de trabalhar para ganhar o seu sustento. Não vou mantê-la no luxo e ociosidade depois de o Linton morrer. Apresse-se e vá se preparar. E não me faça usar a força!

– Eu vou – aquiesceu Catherine. – Linton é tudo quanto me resta neste mundo a quem amar e, apesar de o senhor ter feito tudo para torná-lo odioso aos meus olhos, e eu odiosa aos olhos dele, não *conseguirá* fazer com que nos odiemos! E o desafio a maltratá-lo na minha presença ou a tentar assustar-me!

– Quanta presunção! – retrucou Heathcliff. – Mas não gosto de você o suficiente para maltratá-lo. Enquanto ele durar, o privilégio do tormento será todo seu. Não serei eu que vou torná-lo odioso a seus olhos; o seu feitio *encantador* irá se encarregar disso. Depois da sua fuga e das consequências que isso lhe trouxe, está tão amargo que a aviso desde já para não esperar agradecimentos pela sua nobre devoção. Ouvi-o descrever à Zillah um quadro muito agradável do que lhe faria se fosse tão forte como eu; inclinação não lhe falta, e a própria fraqueza lhe aguçará o espírito para encontrar um substituto para a força.

– Eu sei que a natureza dele é ruim – argumentou Catherine. – Ele é seu filho; mas ainda bem que a minha é melhor, para poder perdoá-lo. Tenho certeza de que ele gosta de mim, o que é razão suficiente para que eu lhe corresponda. Sr. Heathcliff, o senhor não tem ninguém que o estime e, por mais infelizes que nos torne, teremos sempre a consolação de saber que a sua crueldade é apenas resultado da sua imensa infelicidade! O senhor é muito infeliz, não é? Solitário como o demônio e, como ele, invejoso. *Ninguém gosta do senhor, ninguém o chorará quando morrer!* Não queria estar na sua pele!

Catherine falou com uma espécie de triunfo melancólico. Parecia estar decidida a adaptar-se ao espírito da sua futura família, disposta a retirar prazer das mágoas dos seus inimigos.

– Acabará por lastimar ser quem é... – ameaçou o sogro – se permanecer aí mais um minuto que seja. Vá, sua bruxa, traga as suas coisas!

Ela saiu, emanando arrogância.

Na sua ausência, aproveitei para implorar para mim o lugar de Zillah no Morro dos Ventos Uivantes, propondo trocá-lo com o meu, mas ele não me atendeu e mandou-me ficar calada. Então, pela primeira vez, correu o olhar por toda a sala até encontrar os retratos. Depois de examinar o da senhora, disse:

– Levarei este comigo para casa. Não porque necessite dele, mas... – virou-se bruscamente para o fogo e continuou, com o que, à falta de melhor descrição, classificarei de sorriso: – Vou contar o que fiz ontem! Convenci o coveiro, que estava tratando da sepultura do Edgar Linton, a remover a terra de cima do caixão dela, e o abri. Por um momento, pensei que ficaria ali para sempre... quando vi seu rosto novamente... é ainda o seu rosto... foi difícil o homem conseguir arrancar-me daquela contemplação; mas disse-me que o aspecto se alteraria com o ar e então eu abri um dos lados do caixão... e voltei a cobri-lo... não do lado do Linton, diabos o levem! Quem dera que ele tivesse sido soldado num caixão de chumbo... e gratifiquei o coveiro para que arranque aquela parte do caixão dela quando eu for enterrado, e faça o mesmo com o meu. É assim que vai ser, e depois, quando o Linton nos alcançar, não vai saber distinguir-nos.

– Isso não se faz, sr. Heathcliff! – exclamei. – Não tem vergonha de perturbar os mortos?

– Não perturbei ninguém, Nelly – respondeu. – E trouxe a mim mesmo alguma paz; e tu, assim, terás mais chances de me manteres debaixo da terra quando chegar a minha vez. Perturbá-la? Não! Ela é que me tem perturbado dia e noite ao longo destes dezoito anos... incessantemente... sem remorsos... até ontem à noite... mas ontem à noite dormi tranquilo. Sonhei que dormia o meu último sono ao lado dela, também adormecida, com o coração parado e o rosto frio colado ao seu.

— E se ela se tivesse desfeito em pó, ou pior ainda, com que teria então sonhado? – perguntei.
— Que me desfazia em pó com ela, e que era ainda mais feliz! – retorquiu.
— Pensas que temo essa transformação? Esperava por essa mudança quando levantei a tampa do caixão, mas alegra-me que ela só se inicie quando eu a partilhar com ela. Além disso, se o seu rosto impassível não me tivesse causado uma impressão tão forte, dificilmente me teria libertado daquele estranho sentimento que começou de forma tão singular. Tu sabes como a sua morte me deixou enlouquecido para todo o sempre, de uma madrugada a outra, implorando-lhe que voltasse para mim... invocando o seu espírito... tenho muita fé nas almas do outro mundo; estou convencido de que, não só podem andar, como de fato andam entre nós!
— No dia em que foi sepultada, caiu uma nevasca. À noite, fui ao cemitério. Soprava um vento agreste. Tudo era solidão. Não receava que o paspalho do marido vagueasse por ali até tão tarde, e ninguém mais tinha motivos para ali aparecer.
— Sozinho e consciente de que apenas um amontoado de terra solta nos separava, disse para mim mesmo: "Vou tê-la nos meus braços novamente! Se estiver fria, pensarei que é deste vento norte que me gela; e, se inerte, vou julgar que está adormecida".
— Tirei uma pá do depósito de ferramentas e comecei a retirar a terra com todas as minhas forças. A pá bateu no caixão. Caí de joelhos e trabalhei com as mãos; a madeira principiou a estalar junto aos parafusos e estava já prestes a alcançar o meu objetivo, quando me pareceu ouvir um suspiro vindo de cima, da abertura da cova, como de alguém que se inclinava sobre mim. "Se ao menos conseguisse tirar isto", murmurei. "Depois... que deitassem pazadas de terra sobre nós ambos!"; e esforcei-me ainda mais. Ouvi outro suspiro, este perto do meu ouvido. Quase podia sentir o seu sopro quente deslocando o ar gélido. Eu sabia que não estava ali nenhum ser vivo, no entanto, tal como nos apercebemos da proximidade de um corpo material na escuridão, mesmo sem podermos vê-lo, senti que a Cathy estava ali, não sob mim, mas acima da terra.
— Do coração fluiu-me um súbito sentimento de alívio, que se espalhou a todos os meus membros. Renunciei à minha tarefa angustiante e senti-me imediatamente consolado, infinitamente consolado. A sua presença estava comigo e comigo ficou enquanto voltava a encher a sepultura, para me guiar depois até casa. Podes rir, se quiseres, mas tinha certeza de que a encontraria lá. Estava certo de que ela estava comigo e não podia deixar de lhe falar.
— Ao chegar ao Morro dos Ventos Uivantes, corri, ansioso, para a porta, mas encontrei-a trancada. Recordo-me de que o maldito do Earnshaw e a

minha mulher não me deixaram entrar. Lembro-me também de ter dado uns valentes pontapés no Earnshaw que o deixaram quase morto, e de correr depois pela escada acima, para o meu quarto, e também dela... olhar à minha volta impaciente... senti-la junto de mim; *quase* podia vê-la e, no entanto *não a via*! Devo ter suado sangue, na angústia do meu desejo e no fervor das minhas súplicas para vê-la, nem que fosse num relance! Mas nada vi. Ela se comportou, como tantas vezes o fizera em vida, como um demônio para comigo! E, desde então, umas vezes mais e outras menos, tenho sido o joguete dessa tortura insuportável! Tortura infernal que me deixa os nervos tão tensos que, se não fossem resistentes como cordas de violino, há muito teriam ficado tão frouxos como os do Linton.

– Quando estava na sala com o Hareton, tinha a impressão de que, se saísse, a encontraria. Quando andava pelo brejo, que a encontraria voltando para casa. Quando saía, apressava-me a regressar, pois ela devia estar em algum lugar no Morro dos Ventos Uivantes; disso eu tinha certeza. E quando ia dormir no seu quarto... era de lá escorraçado... não podia descansar; pois, no momento em que fechasse os olhos, via-a do lado de fora da janela, ou a abrir os painéis da cama, ou a entrar no quarto ou até com a cabeça delicada pousada na mesma almofada dos tempos de criança. Mas tinha de abrir os olhos para ver. Cem vezes os abria e fechava durante a noite... e sofria sempre a mesma desilusão! Destroçava-me o coração! Por vezes gemia em voz alta, daí aquele velho tonto do Joseph se ter convencido de que a minha consciência estava possuída pelo demônio.

– Agora que a vi, tenho paz... um pouco mais de paz. Foi uma estranha forma de matar, não às polegadas, mas em frações ínfimas, iludindo-me com o espectro de uma esperança durante dezoito anos!

O sr. Heathcliff fez uma pausa e limpou a fronte. O cabelo colava-se na testa, úmido da transpiração; os olhos estavam fixos nas brasas da lareira; as sobrancelhas descontraídas, mas ligeiramente erguidas nas têmporas, o que amenizava o aspecto endurecido do seu semblante, mas lhe conferia uma expressão peculiar e perturbada e a dolorosa aparência de quem vive obcecado por alguma coisa. O seu desabafo fora-me dirigido apenas em parte e, como tal, mantive-me em silêncio, pois não estava gostando de ouvi-lo falar!

Passados alguns instantes, retomou o exame do retrato; retirou-o da parede e encostou-o ao sofá para melhor poder contemplá-lo. Enquanto assim se ocupava, entrou Catherine, declarando que estava pronta para partir, assim que lhe dessem o cavalo.

– Manda entregar isto amanhã – ordenou Heathcliff. Depois, dirigindo-se a ela, acrescentou: – Pode bem passar sem o cavalo; a noite está agradável e não vai precisar de cavalos no Morro dos Ventos Uivantes; para os passeios que irá dar, bastam muito bem as pernas. Vamos.

— Adeus, Ellen! — murmurou a minha querida menina. Quando me beijou, os seus lábios estavam frios como gelo. — Vem visitar-me, Ellen, não te esqueças.

— Não penses em tal coisa, Ellen Dean! — disse o seu novo pai. — Quando desejar falar contigo, eu próprio virei aqui. Não quero ninguém metendo o nariz em minha casa!

Fez sinal a Catherine para que o precedesse, e ela, lançando para trás um olhar que me partiu o coração, obedeceu.

Fiquei a vê-los da janela, descendo o jardim: o sr. Heathcliff agarrava o braço dela, embora a princípio ela se esquivasse; mas ele, estugando o passo, a fez entrar na alameda do parque, e perderam-se por detrás das árvores.

Capítulo XXX

FUI UMA VEZ AO MORRO DOS Ventos Uivantes, mas não mais vi a menina desde que foi embora. Quando perguntei dela, Joseph segurou a porta e não me deixou entrar. Disse que a sra. Linton estava ocupada e que o patrão não estava em casa. Se não fosse Zillah ter contado alguma coisa, eu não saberia se estavam vivos ou mortos.

Pela conversa dela, percebi que achava Catherine muito arrogante e que não gostava dela. A princípio, a menina queria que Zillah trabalhasse para ela, mas o sr. Heathcliff ordenou que tratasse apenas das suas coisas e deixasse a nora cuidar de si própria, ao que ela, tacanha e egoísta como é, acedeu de pronto. Isto deixou Catherine amuada e fez com que devolvesse a indiferença com desprezo, inscrevendo, assim, a minha informante na lista dos seus inimigos, como se tivesse feito um grande mal a ela.

Tive uma longa conversa com Zillah, há cerca de seis semanas, pouco antes de o senhor chegar, num dia em que nos encontramos na charneca, e ela me contou o seguinte:

– A primeira coisa que a sra. Linton fez quando chegou ao Morro dos Ventos Uivantes foi correr escada acima, sem dar sequer boa-noite a mim e ao Joseph. Fechou-se no quarto de Linton e aí ficou até de manhã. Depois, quando o patrão e Earnshaw tomavam o café da manhã, ela entrou na sala e perguntou, toda trêmula, se poderíamos chamar o médico, pois o seu primo estava muito doente.

– "Já sabemos disso!", resmungou Heathcliff. "Mas a sua vida não vale um vintém e não vou gastar um vintém com ele."

– "Mas eu não sei o que fazer...", balbuciou ela. "E, se ninguém me ajudar, ele morrerá!"

– "Sai já daqui!", vociferou o meu patrão. "E não me aborreças com mais notícias a seu respeito. Ninguém aqui se rala com o que possa acontecer a ele; se tu te importas tanto, trata tu dele, se não, tranca-o no quarto e deixa-o lá."

– Depois, ela começou a incomodar-me e eu respondi que já tivera a minha cruz com o desgraçado. E que cada qual tinha as suas obrigações,

e a dela era cuidar do marido, uma vez que o patrão me ordenara que lhe entregasse essa tarefa.
— Como se arranjaram os dois, isso eu não sei. Calculo que o marido fosse bastante rabugento e gemesse dia e noite, não a deixando descansar; isso via-se bem pelo seu rosto pálido e pelas olheiras profundas. Por vezes, aparecia na cozinha como se quisesse pedir ajuda, mas eu não ia desobedecer ao patrão, o que nunca me atrevi a fazer, sra. Dean, e, embora achasse que estava errado não mandar chamar o dr. Kenneth, também não era da minha conta dar conselhos ou opiniões, e também nunca quis envolver-me nesse assunto.
— Uma ou duas vezes, depois de nos deitarmos, abri a porta do meu quarto e a vi sentada no alto das escadas a chorar. Mas entrei logo, com medo de ser obrigada a intervir. Eu tinha peninha dela, claro que tinha! Mas não podia perder o meu lugar.
— Finalmente, uma noite ela veio ao meu quarto e fiquei com os cabelos em pé com as suas palavras:
— "Vai dizer a o sr. Heathcliff que seu filho está morrendo; desta vez tenho certeza. Levanta-te imediatamente e vai avisá-lo."
— Dito isto, desapareceu. Fiquei um quarto de hora à escuta; eu tremia toda; não se ouvia nada; a casa estava silenciosa.
— "Enganou-se", disse de mim para mim. "Ainda não foi desta. Não vale a pena incomodar o patrão." E voltei a pegar no sono. Mas fui de novo acordada pelo som estridente da campainha, a única que nós temos, instalada de propósito no quarto do Linton, e pelo chamado do meu patrão para que fosse ver o que estava acontecendo e lhes dissesse que não queria que aquele barulho continuasse.
— Dei-lhe então o recado de Catherine. Praguejou entredentes e não tardou a sair do quarto com uma vela na mão, dirigindo-se para o quarto deles. Fui atrás. A senhora estava sentada à cabeceira, com as mãos entrelaçadas no regaço. O sogro entrou, aproximou a luz do rosto do filho, olhou para ele e tocou-o. Depois, virou-se para ela:
— "E agora, Catherine", perguntou-lhe, "como te sentes?".
— Ela emudecera.
— "Como te sentes, Catherine?", insistiu ele.
— "Ele está em paz e eu estou livre...", volveu ela. "Deveria sentir-me bem, mas...", continuou, com uma amargura que não podia esconder. "O senhor deixou-me tanto tempo sozinha lutando contra a morte, que é apenas morte o que vejo e sinto! Sinto-me morta!"
— E bem o parecia! Dei-lhe um pouco de vinho. O Hareton e o Joseph, que tinham sido acordados pela campainha e pelo som dos passos, entraram

no quarto depois de escutarem a nossa conversa do lado de fora. O Joseph ficou, creio eu, indiferente à morte do rapaz; o Hareton parecia um tanto perturbado, embora estivesse mais ocupado em olhar para a senhora do que em pensar no primo. Mas o patrão ordenou-lhe que voltasse para a cama, pois não queríamos a sua ajuda. Mais tarde, mandou o Joseph levar o corpo para o seu quarto e disse-me para voltar para o meu, de maneira que a senhora ficou sozinha.

– De manhã, o patrão mandou-me dizer-lhe que deveria descer para tomar o café da manhã. Ela tinha-se despido e parecia preparar-se para dormir; disse-me que estava doente, o que não estranhei. Levei o recado ao sr. Heathcliff e ele respondeu-me:

– "Bem, que fique assim até depois do funeral. Vai lá em cima de vez em quando ver se ela precisa de alguma coisa; e, assim que a vires melhor, vem dizer-me."

Segundo Zillah contou, Cathy permaneceu no quarto duas semanas. A criada ia vê-la duas vezes por dia e mostrava vontade de se tornar sua amiga, mas as suas amabilidades eram imediatamente repelidas com arrogância.

O sr. Heathcliff visitou-a numa única ocasião para lhe dar a conhecer o testamento de Linton. Nele, o filho deixava ao pai todos os seus bens, incluindo os bens móveis da mulher. A pobre criatura fora ameaçada, ou coagida, a assinar aquele documento na semana em que Cathy estivera ausente, quando da morte do pai. Sendo menor, Linton não podia dispor dos seus bens. No entanto, o sr. Heathcliff reclamou-os e entrou na posse deles em nome da mulher e em seu próprio (suponho que legalmente); fosse como fosse, Catherine, destituída de bens e amigos, não podia contestar a usurpação.

– Ninguém a não ser eu – disse Zillah – se aproximou do quarto dela... e também ninguém veio perguntar por ela. A primeira vez que desceu à sala foi num domingo à tarde.

– Quando lhe levei o jantar, tinha resmungado que não suportava mais o frio e eu disse-lhe que o patrão ia à Granja dos Tordos e que eu e Earnshaw não nos opúnhamos a que ela descesse. Assim, logo que escutou o cavalo do sr. Heathcliff a afastar-se, apareceu toda vestida de negro e com os caracóis loiros despretensiosamente penteados para trás das orelhas.

– O Joseph e eu costumamos ir à capela aos domingos. (Como o senhor sabe, explicou a sra. Dean, a igreja agora não tem padre, e em Gimmerton chamam capela ao templo metodista ou batista, não sei muito bem.) O Joseph tinha ido para lá – continuou Zillah –, mas eu achei mais conveniente ficar em casa. Os jovens devem ser sempre vigiados pelos mais velhos, e o Hareton, com todo o seu acanhamento, não é um modelo de bom comportamento. Disse-lhe que era provável que a prima se juntasse a nós e que, como sempre se acostumara a ver respeitado o Dia do Senhor, ele deveria deixar em paz as espingardas e o trabalho enquanto ela ali estivesse.

– Ficou ruborizado ao ouvir a notícia e olhou para as suas mãos e roupas. A pólvora e o óleo de baleia num instante desapareceram da vista. Percebi que tencionava fazer-lhe companhia e, pela sua atitude, adivinhei que gostaria de se mostrar apresentável. Ri como não me atrevia a rir quando o patrão estava presente e ofereci-me para ajudá-lo, divertindo-me com a sua atrapalhação. Ele ficou amuado e começou a praguejar.

– Eu sei que a senhora, sra. Dean – prosseguiu ela, vendo que eu não ficara muito satisfeita com o seu procedimento –, pensa que a sua querida menina é fina demais para o sr. Hareton, e não deixa de ter razão, mas eu gostaria de acabar com o orgulho dela. Afinal, de que lhe valem agora os estudos e as finuras? É tão pobre como a senhora ou como eu, ou ainda mais, porque nós sempre temos o nosso pé-de-meia.

Hareton acabou deixando que Zillah lhe desse uma ajuda, e ela conseguiu, com os seus galanteios, colocá-lo de bom humor. Por isso, quando Catherine chegou, o rapaz esqueceu-se dos insultos anteriores e, segundo contou a governanta, tentou mostrar-se amável.

– A senhora entrou na sala – contou ela – fria como o gelo e altiva como uma princesa. Levantei-me e ofereci o meu lugar no cadeirão. Pois ela torceu o nariz à minha delicadeza. O Earnshaw também se levantou e convidou-a a sentar-se no banco defronte do fogo, dizendo que ela devia estar faminta.

– "Ando faminta há mais de um mês", respondeu ela, pronunciando cada palavra com desdém.

– E, indo ela mesma buscar uma cadeira, sentou-se afastada de nós dois.

– Depois de se aquecer um pouco, olhou em volta e descobriu uma série de livros dentro do armário. Levantou-se de pronto para ir buscá-los, esticando-se para alcançá-los, mas estavam muito altos.

– O primo, depois de observar os seus esforços por alguns instantes, ganhou finalmente coragem para ajudá-la; ela estendeu o vestido e ele encheu seu regaço com os primeiros livros em que colocou a mão.

– Aquilo foi um grande progresso para o rapaz; ela nem lhe agradeceu, mas o Hareton sentiu-se de tal forma agradecido por ela não ter recusado a sua ajuda, que se aventurou a colocar-se atrás da prima enquanto ela folheava os livros, chegando mesmo a debruçar-se sobre o seu ombro e a apontar para o que mais lhe chamava a atenção em certas ilustrações. Nem se ofendia com a maneira insolente como ela afastava a página do seu dedo; contentava-se em recuar um pouco e ficar contemplando a prima em vez do livro.

– Ela continuou a ler, ou a procurar alguma coisa para ler. Pouco a pouco, a atenção do rapaz foi-se concentrando nos seus espessos caracóis acetinados. Na posição em que estavam, nem ele podia ver o rosto dela, nem ela podia ver o dele. E então, talvez não muito consciente do que fazia, mas mais como uma criança atraída pela chama de uma vela, passou da contemplação ao toque: estendeu a mão e tocou num caracol, tão delicadamente como se se tratasse de um passarinho. Se o rapaz tivesse espetado uma faca no seu pescoço, a senhora não teria reagido com mais violência.

– "Sai já daqui! Como te atreves a tocar-me? Por que estás aí parado?", gritou ela, enfadada. "Não te suporto! Volto já lá para cima, se te aproximas de mim!".

– *Master* Hareton encolheu-se e, com o ar mais fechado deste mundo, foi sentar-se no banco, em silêncio. Ela continuou a folhear os livros por mais meia hora; por fim, o primo atravessou a sala e segredou-me:

– "Pede-lhe que nos leia alguma coisa, Zillah. Já não posso ficar sem fazer nada e gostaria... gostaria tanto de ouvi-la! Mas não lhe digas que fui eu que te pedi, finge que és tu que queres."

– "*Master* Hareton gostaria que lesse para nós, minha senhora", disse eu logo de seguida. "Veria isso como um grande favor... e ficaria muito agradecido". – Ela franziu o sobrolho e, erguendo os olhos, respondeu:

– "Master Hareton e todos os demais façam-me o favor de entender que rejeito qualquer simulação de bondade que, hipocritamente, possam dirigir a mim! Desprezo a todos e não tenho nada a dizer! Quando era capaz de dar a minha vida por uma palavra amiga, ou mesmo para ver o rosto de um de vós, todos se afastaram de mim. Mas não me queixo! Vim até aqui embaixo porque tenho frio, não para vos distrair ou para desfrutar da vossa companhia."

– "Que foi que eu fiz?", disse-lhe o primo. "De que é que me acusa?"

– "Oh, tu és uma exceção!", respondeu-lhe a sra. Heathcliff. "Nunca dei pela tua falta."

– "Mas eu me ofereci mais de uma vez e pedi ao sr. Heathcliff que me deixasse cuidar de...", argumentou ele, animando-se com a petulância da prima.

– "Cala-te! Vou lá para fora, seja para onde for, só para não ter de ouvir a tua voz!", disse a senhora.

– O rapaz resmungou que, por ele, ela podia ir até o inferno e, pegando na espingarda, voltou às suas ocupações dominicais.

– Falava agora sem freios, e ela preferiu voltar para a sua solidão. Mas no quarto devia estar um frio de rachar e, apesar do seu orgulho, foi obrigada a aceitar a nossa companhia, cada vez por mais tempo. Mas, daí em diante, fiz de tudo para que não voltasse a desdenhar da minha boa vontade, e tornei-me muito rígida com ela. A senhora não tem entre nós quem a ame ou estime, e também não o merece, pois, a cada pequena coisa que alguém lhe diga, irrita-se e não respeita ninguém! Chega a interromper o patrão, atrevendo-se a desafiá-lo para que a castigue. E, quanto mais sofre, mais peçonhenta se torna.

A princípio, ao ouvir o relato de Zillah, decidi deixar o meu emprego, procurar uma casinha e levar Catherine para viver comigo; mas o sr. Heathcliff nunca permitiria. E, de momento, não vejo outro remédio senão um novo casamento de Cathy, plano que está fora do meu alcance realizar.

E, assim, terminou a história da sra. Dean. Apesar da profecia do médico, as minhas forças estão voltando rapidamente e, embora esta seja apenas a segunda semana de janeiro, tenciono ir a cavalo ao Morro dos Ventos Uivantes dentro de um ou dois dias, para informar o meu senhorio de que passarei os próximos seis meses em Londres. E, se tiver vontade, pode começar a procurar um novo inquilino para a Granja, a partir de outubro.

De forma nenhuma me seduz a ideia de passar aqui mais outro inverno.

Capítulo XXXI

O DIA, ONTEM, ESTEVE CLARO, sereno e frio. Tal como tinha decidido, fui ao Morro dos Ventos Uivantes. A minha governanta convencera-me a levar um bilhete à sua menina, ao que não me escusei, pois a boa mulher nada de estranho viu no seu pedido.

A porta da frente estava aberta, mas a cancela encontrava-se fechada, tal como na minha última visita; bati e chamei por Earnshaw, que avistei entre os canteiros do jardim; ele veio abrir o cadeado e entrei. Desta vez, observei-o com atenção: apesar da sua aparência boçal, é na verdade um belo rapaz; pena é que tudo faça para tirar o pior partido possível dos seus predicados.

Perguntei se o sr. Heathcliff se encontrava em casa. Respondeu-me que não, mas que voltaria para jantar. Eram onze horas. Anunciei a Earnshaw a minha intenção de entrar e esperar pelo meu senhorio, e ele de imediato abandonou as ferramentas e me acompanhou, mais no papel de um cão de guarda do que de substituto do dono da casa.

Entramos juntos. Catherine estava na sala, preparando uns legumes para a refeição que se aproximava. Pareceu-me mais taciturna e menos altaneira que da primeira vez que a vira. Com o seu já habitual desrespeito pelas mais elementares regras de boa educação, mal olhou para mim, continuando o que estava fazendo sem se dignar a responder nem ao meu cumprimento de cabeça nem ao meu bom-dia.

"Não me parece tão amável como a sra. Dean me quis fazer crer", pensei eu. "É realmente uma beldade, mas não é nenhum anjo."

Earnshaw disse-lhe com maus modos que levasse as coisas dela para a cozinha.

– Leva-as tu – respondeu ela, empurrando-as para longe, assim que deu a tarefa por terminada. Depois, foi sentar-se num banco perto da janela, e entreteve-se recortando figurinhas de pássaros e de outros animais nas cascas dos nabos que tinha no regaço.

Aproximei-me dela, fingindo apreciar a vista do jardim e, disfarçadamente e sem que Hareton notasse, deixei cair no seu colo o bilhete que me fora confiado pela sra. Dean. Ela, porém, perguntou em voz alta, derrubando o papel no chão:

– Que é isto?

– Uma carta de uma velha amiga sua, a governanta da Granja – esclareci, aborrecido por ela ter denunciado o meu gesto generoso, e receoso de que o bilhete fosse tido como uma carta minha.

Depois dessa explicação, de bom grado ela teria apanhado o papel, mas Hareton foi mais rápido. Apanhou-o e guardou-o no colete, dizendo que o sr. Heathcliff teria de vê-lo primeiro.

Perante isto, Catherine limitou-se a desviar o rosto para o lado, em silêncio e, furtivamente, tirou do bolso um lencinho que levou aos olhos; e o primo, após breve luta para calar os seus sentimentos, tirou o bilhete do bolso e deixou-o cair indelicadamente aos pés de Catherine.

Ela o apanhou e leu com avidez; depois, fez-me algumas perguntas acerca dos habitantes e dos animais de estimação da sua antiga morada. E, espraiando o olhar pelos montes, murmurou para si mesma:

– Quem me dera montar na Minny e cavalgar morro abaixo! E depois subir pelo outro lado. Oh, como estou cansada; sinto-me *encurralada*, Hareton!

Apoiou a sua linda cabeça no parapeito da janela, com um meio bocejo, um meio suspiro, e caiu numa espécie de melancólica abstração, sem saber, nem querer saber, se nós a observávamos.

– Sra. Heathcliff – comecei eu, depois de permanecer sentado e calado por algum tempo –, a senhora não sabe, mas sou seu amigo. E tão íntimo que estranho que não queira conversar comigo. A minha governanta não se cansa de falar da senhora e de lhe tecer os maiores elogios. E sei que ficará muito desapontada se eu voltar sem notícias suas, além de que se limitou a receber o bilhete e não disse nada.

Pareceu-me admirada com este discurso e perguntou:

– A Ellen gosta do senhor?

– Gosta, sim. É muito minha amiga – respondi, sem hesitar.

– Pois então diga-lhe que gostaria muito de responder à carta que me mandou, mas que não disponho aqui do necessário para escrever, nem sequer de um livro de onde possa arrancar uma folha.

– Não há livros nesta casa? – exclamei. – Como aguenta viver aqui sem eles, se me permite a pergunta? Eu, mesmo dispondo de uma vasta biblioteca na Granja, aborreço-me frequentemente. Se me tirassem os livros, ficaria desesperado!

– Quando os tinha, lia-os constantemente – explicou Catherine. – Mas o sr. Heathcliff nunca lê, e, por isso, enfiou na cabeça que vai destruir os meus livros. Há semanas que não os vejo. Uma vez, ainda fui procurá-los entre a coleção de livros teológicos do Joseph, para sua grande indignação, e outra vez, Hareton, encontrei uns poucos escondidos no teu quarto.. uns em latim, outros em grego, alguns contos e alguns poemas; todos velhos amigos que eu trouxera para esta casa. E tu te apoderaste deles como uma ladra se apropria das colheres de prata, pelo simples prazer de roubar! A ti não servem de nada; ou então os escondeste por maldade, para não deixares ninguém usufruir deles, já que tu não podes fazê-lo. Talvez a tua inveja tenha aconselhado o sr. Heathcliff a despojar-me dos meus tesouros. Mas eu tenho a maior parte deles escritos na minha memória e impressos no meu coração, e desses ninguém pode privar-me!

Earnshaw ruborizara-se com as revelações da prima sobre a sua reserva literária privada e balbuciou algumas negativas às acusações sofridas.

– O sr. Hareton deseja, muito provavelmente, aumentar os seus conhecimentos – observei eu, indo em socorro dele. Não se trata de ter *inveja*, minha senhora, mas sim da *ambição* de possuir os seus conhecimentos. Estou certo de que ele será dentro de poucos anos uma pessoa instruída!

– E, entretanto, quer me ver afogada em estupidez – retorquiu Catherine. – Eu já o escutei tentando soletrar e ler sozinho, cometendo erros uns atrás dos outros! Gostaria que repetisses a balada de Chevy Chase da maneira que a leste ontem; foi divertidíssimo! Eu te ouvi... e também te ouvi folhear o dicionário à procura das palavras difíceis, e praguejares por não entenderes as explicações.

Como se calcula, o jovem não gostava de ser alvo de chacota por sua ignorância e por seus esforços para se instruir, e eu concordava com ele; então, recordando o episódio contado pela sra. Dean acerca da sua primeira tentativa de dissipar as trevas em que fora criado, observei:

– Se me permite, sra. Heathcliff, acho que todos nós tivemos um dia de começar e todos nós tropeçamos e vacilamos no início. Tivessem os nossos professores rido em vez de nos ajudar, e continuaríamos ainda hoje a tropeçar e a vacilar.

– Ora! – respondeu ela. – Não é meu desejo limitar a sua aquisição de conhecimentos... Mas ele não tem o direito de se apropriar do que me pertence e de torná-lo ridículo aos meus ouvidos com os seus erros terríveis e aquela pronúncia defeituosa! Esses livros, tanto em prosa como em verso, são para mim sagrados pela associação de ideias que sugerem, e detesto vê--los devassados e profanados pela boca dele! Além disso, ele escolheu, de entre todas, as minhas obras prediletas, as que mais gosto de reler, como se o fizesse premeditadamente!

Por instantes, o peito de Hareton palpitou em silêncio; via-se que lutava contra arraigados sentimentos de humilhação e raiva, que só a muito custo controlava.

Com a intenção cavalheiresca de minimizar o seu embaraço, levantei-me e dirigi-me para o limiar da porta, apreciando a paisagem que daí se desfrutava.

Ele seguiu-me o exemplo e abandonou a sala, para reaparecer pouco depois, trazendo nas mãos meia dúzia de volumes que atirou no regaço de Catherine, dizendo:

– Fica com eles! Nunca mais quero lê-los, nem falar deles, nem pensar mais neles!

– Agora não os quero! – volveu ela. – Iria lembrar-me de ti, sempre que os abrisse, e passaria a odiá-los!

Catherine abriu um volume que já tinha sido, sem dúvida, bastante manuseado e leu um excerto com o jeito hesitante de um principiante; depois, deu uma gargalhada e empurrou o livro com repulsa.

– Ora, escuta – continuou, provocadora, começando a ler da mesma maneira uma passagem de uma velha balada.

O amor-próprio do rapaz não aguentou mais esse tormento: eu o ouvi, e não posso dizer que tenha discordado de todo do método, aplicar-lhe um corretivo manual, calando, assim, aquela língua viperina. A insolente tudo fizera para ofender os sentimentos delicados, ainda que incultos, do primo, e um argumento físico foi o único meio ao seu alcance para ajustar contas e pagar-lhe na mesma moeda a humilhação sofrida.

Em seguida, apanhou os livros e os jogou no fogo. Pude ver na sua expressão a angústia que esse sacrifício lhe causava. Julgo que, ao vê-los consumirem-se, ele recordava o prazer que lhe haviam proporcionado e que esperara poder continuar a desfrutar. E adivinhei também qual devia ser a motivação dos seus estudos secretos: toda a vida se contentara com a faina do dia a dia e as suas diversões boçais, até Catherine atravessar seu caminho; a vergonha de ser escarnecido por ela e a esperança de por ela ser incentivado foram os seus primeiros estímulos para voos mais altos. Porém, em vez de lhe evitarem uma coisa e lhe proporcionarem a outra, os seus esforços de elevação aos olhos dela tinham produzido o efeito contrário.

– Sim, é só esse benefício que um bruto como tu pode extrair deles! – gritou Catherine, mordendo o lábio ferido e seguindo o auto de fé, com um olhar indignado.

– Acho melhor que te cales! – ameaçou, furioso, o rapaz, mas a agitação impediu-o de continuar. Dirigiu-se rapidamente para a saída, de onde, depressa me afastei para lhe dar passagem. Porém, assim que transpôs o umbral, encontrou-se com o sr. Heathcliff, que vinha subindo os degraus e o agarrou pelos ombros, perguntando:

– Que tens tu, rapaz?

– Nada, nada! – respondeu Hareton, desvencilhando-se dele para ir sofrer sozinho a sua cólera e o seu desgosto.

O sr. Heathcliff seguiu-o com o olhar e suspirou.

– Seria estranho que eu me contradissesse! – murmurou, sem dar conta de que eu estava logo atrás dele. – Mas, quando procuro no rosto dele a imagem do pai, é cada vez mais o rosto *dela* que vejo! Como diabo pode ele ser tão parecido? Até me custa olhar para ele!

Pousou os olhos no chão e entrou em casa, carrancudo. Havia nele uma ansiedade e uma inquietação que eu não lhe notara antes, e parecia até mais afilado. A nora, ao avistá-lo da janela, tratou de escapar para a cozinha, pelo que me achei sozinho na sala.

– Muito folgo em vê-lo de novo, sr. Lockwood – disse ele, em resposta à minha saudação. – Em parte, por motivos egoístas; não creio que me fosse fácil substituir a sua falta neste descampado. Já várias vezes perguntei a mim próprio o que o terá trazido a estas paragens.

– Apenas um capricho, suponho eu – respondi. – O mesmo desejo que me impele agora para longe daqui: parto para Londres na próxima semana, e estou aqui para comunicar-lhe que não renovarei o contrato de arrendamento da Granja dos Tordos para além dos doze meses inicialmente acordados. Não tenciono continuar a morar lá.

– Muito me espanta! Então, cansou-se de viver exilado do mundo? – comentou. – Mas, se veio aqui com o propósito de pedir para ser desobrigado de pagar os meses que faltam, por não ocupar a propriedade, digo-lhe desde já que perdeu a viagem. Nunca deixo de exigir o que me é devido.

– Não vim aqui para pedir coisa nenhuma! – exclamei, já bastante irritado. – Se quiser, fechamos já as nossas contas; e tirei a carteira do bolso.

– Não, não – respondeu, friamente. – Sei que deixará o suficiente para saldar as suas dívidas, se resolver não voltar... Não tenho assim tanta pressa. Sente-se e jante conosco; afinal, um hóspede que se sabe que não volta pode ser muito bem recebido... Catherine! Venha pôr a mesa. Onde está, Catherine?

Catherine reapareceu, transportando uma bandeja com facas e garfos.

– Hoje você janta com o Joseph – ordenou-lhe Heathcliff a meia-voz. – E fique na cozinha, até ele sair.

Ela obedeceu sem pestanejar às ordens dele; talvez não se sentisse tentada a transgredi-las. Vivendo, como vive, entre caipiras e misantropos, é bem provável que não saiba apreciar a companhia de pessoas de uma outra classe, quando a oportunidade aparece.

Com o sr. Heathcliff, sinistro e sombrio, de um lado, e Hareton, mudo, do outro, a refeição decorreu sem alegria, e despedi-me assim que pude. Poderia ter saído pelos fundos e visto Catherine ainda mais uma vez, para irritar o velho Joseph, mas Hareton recebera ordens para me trazer o cavalo para a entrada principal, e o meu anfitrião fez questão de me acompanhar ele próprio até a porta, pelo que não pude satisfazer o meu desejo.

"Como é triste e monótona a vida nesta casa!", pensava eu, enquanto cavalgava estrada afora. "Para a sra. Heathcliff, seria a realização de algo ainda mais romântico que um conto de fadas, se eu e ela nos tivéssemos afeiçoado, como a sua boa aia desejava, e dali partíssemos os dois para a atmosfera borbulhante da cidade!"

Capítulo XXXII

1802 – EM SETEMBRO FUI CONVIDADO para umas batidas na propriedade de um amigo meu, situada no norte, e, durante a jornada, dei comigo inesperadamente a quinze milhas de Gimmerton. Estava eu parado numa taberna de estrada, para refrescar os cavalos, quando passou uma carroça carregada de aveia verdinha, acabada de ceifar, e o moço da cavalariça que segurava o balde de onde os cavalos bebiam comentou:
– Só pode vir das bandas de Gimmerton! Fazem sempre a sega três semanas depois de toda a gente.
– Gimmerton? – repeti. A minha estada nesse local já se diluíra na minha memória como um sonho. – Ah! Já sei! A que distância fica?
– Umas catorze milhas, por montes e vales. Muito mau caminho! – explicou ele.
Acometeu-me o súbito desejo de visitar a Granja dos Tordos. Pouco passava do meio-dia e lembrei-me de que bem poderia passar a noite debaixo do meu próprio teto, em vez de pernoitar numa estalagem. Além disso, poderia perfeitamente dispor de um dia para acertar as contas com o meu senhorio, poupando-me assim o incômodo de ter de voltar àquelas paragens.
Depois de descansar um pouco, mandei o meu criado informar-se do caminho para a vila e, para grande canseira dos nossos animais, conseguimos cobrir a distância em pouco mais de três horas.
Deixei o criado em Gimmerton e desci ao vale sozinho. A igreja de pedra cinzenta parecia ainda mais cinzenta, e o cemitério, naturalmente isolado, parecia mais isolado ainda. Na descida, avistei uma ovelha tosando a erva rala entre as sepulturas. O tempo estava bom e quente – quente demais talvez para viajar –, mas o calor não me impediu de apreciar a paisagem encantadora que se estendia para cima e para baixo. Se tivesse vindo em agosto, estou certo de que teria ficado tentado a passar um mês no meio de toda aquela solidão. No inverno, nada havia de mais desolador; porém, no verão, nada de mais divino que esses vales estreitos, cavados entre colinas, e o tapete agreste de urze ondeando nas colinas.

Cheguei à Granja antes do pôr do sol e bati à porta, mas, a julgar pela espiral de fumaça azulada que se elevava da chaminé da cozinha, calculei que os moradores estivessem nos fundos da casa e não me ouvissem; entrei, por isso, no pátio: sentada sob o alpendre, uma mocinha de nove ou dez anos fazia tricô, e, reclinada sobre os degraus da porta da cozinha, uma mulher já velha fumava um pensativo cachimbo.

– A sra. Dean está? – perguntei à mulher.
– A sra. Dean? Não! Já não mora aqui. Foi pro Morro.
– Então a senhora é a nova governanta?
– Sim, senhor, sou eu quem toma conta da casa! – respondeu.
– Pois eu sou o sr. Lockwood, o seu patrão. Haverá algum quarto pronto onde possa me instalar? Gostaria de passar a noite aqui.
– O patrão! – exclamou ela, espantada. – Como é que eu ia adivinhar que o senhor voltaria? Por que não mandou dizer que vinha? Não há um só lugar em condições nesta casa; não há não, senhor!

Pousou o cachimbo e correu para dentro de casa, toda azafamada, seguida da menina. Entrei também e logo percebi a veracidade da informação e o quanto a minha vinda inesperada havia transtornado a pobre mulher.

Tranquilizei-a: iria primeiro dar um passeio e, enquanto isso, bastava que me preparasse um canto na sala, onde eu pudesse cear, e um quarto para dormir. Nada de varridelas nem grandes limpezas, contentava-me com um bom fogo e lençóis lavados.

Ela parecia desejosa de fazer o seu melhor, embora tivesse metido o cabo da vassoura na lareira, em vez do atiçador, e utilizado também erradamente outros utensílios. Não obstante, retirei-me confiante na sua boa vontade em arranjar-me um lugar onde, na volta, pudesse descansar.

O Morro dos Ventos Uivantes era o destino da excursão a que me propusera. Ia saindo do pátio quando me ocorreu outra ideia.

– Está tudo bem no Morro? – inquiri.
– Acho que sim. Pelo que sei... – respondeu ela, saindo apressada, com uma panela cheia de um monte de brasas.

Ainda tentei perguntar por que razão a sra. Dean tinha abandonado a Granja, mas era impossível prender a atenção da mulher no meio de tal atropelo; de forma que saí e fui andando devagar, com a incandescência do crepúsculo atrás de mim e, à minha frente, a limpidez do luar: um, esmorecendo, o outro clareando, à medida que eu transpunha os limites do parque e subia a ladeira pedregosa que conduz à propriedade do sr. Heathcliff.

Ainda não tinha conseguido avistar a casa, e tudo o que restava da luz do dia era uma claridade difusa, em tons de âmbar, que se esfumava a oeste na linha do horizonte; podia, contudo, enxergar cada pedra do caminho e cada folhinha de erva, graças à esplêndida luminescência do luar.

Não foi preciso saltar a cancela nem bater: esta cedeu ao primeiro contato da mão. "Grandes progressos!", pensei para comigo. E notei ainda um outro, com a ajuda do olfato: uma fragrância de goivos e flores de trepadeira que inundava o ar, vinda dos lados do pomar.

Tanto as portas como as janelas se encontravam abertas, o que não impedia, segundo o uso nas regiões ricas em carvão, que um belo fogo rubro iluminasse a lareira. O conforto que se tira de tal visão compensa largamente o excesso de calor; além disso, a sala é tão grande que os que lá moram têm espaço de sobra para fugir aos seus efeitos; dessa feita, os seus ocupantes haviam procurado assento perto de uma das janelas. Antes mesmo de entrar, pude vê-los e ouvi-los conversando e, como tal, fiquei observando e escutando, movido por um misto de curiosidade e inveja que se intensificava à medida que o tempo ia passando.

– *Con-trá-rio*! – disse uma voz metálica e cristalina. – Já é a terceira vez que repito o mesmo, meu grande ignorante. E olha que não volto a repetir mais nenhuma vez. Ou decoras, ou puxo-te os cabelos!

– Contrário, pronto – respondeu outra voz, cava mas suave. – E agora me dá um beijo por ter aprendido tão depressa.

– Não, primeiro tens de ler tudo de novo, corretamente, sem um único erro.

O falante masculino começou a ler: tratava-se de um jovem respeitavelmente vestido, sentado a uma mesa e com um livro diante de si. As suas feições atraentes irradiavam prazer e o seu olhar errava impaciente da página para a mão pequena e branca pousada no seu ombro, que o repreendia com uma leve palmada na face, se o aluno se mostrava desatento.

A dona da mão conservava-se de pé, atrás do rapaz; os seus caracóis leves e reluzentes misturavam-se às vezes com os anéis de cabelo castanho quando ela se inclinava para examinar de perto o trabalho dele. E o rosto... Por sorte ele não podia ver-lhe o rosto, senão como poderia manter-se atento? Eu, que podia vê-lo, mordi o lábio de despeito por ter perdido a oportunidade de fazer algo mais do que me deslumbrar com uma beleza tão impressionante.

A lição acabou, não sem o aluno ter feito mais alguns erros de palmatória, mas, mesmo assim, ele reclamou a recompensa e recebeu pelo menos cinco beijos que, generosamente, retribuiu. Em seguida, encaminharam-se para a porta e, pela conversa, percebi que planejavam dar um passeio pelo brejo. Ciente de que seria condenado, se não pela boca, pelo coração de Hareton, às mais negras profundezas do inferno, caso expusesse aos seus olhos a minha indesejável presença, dei meia-volta, numa atitude mesquinha e covarde, e procurei refúgio na cozinha.

Também nos fundos encontrei o caminho desimpedido e, ao chegar à porta da cozinha, encontrei a minha velha amiga Nelly Dean, sentada a costurar e cantarolar uma canção, interrompida amiúde por ásperas palavras de desdém e intolerância vindas lá de dentro e proferidas em tom muito pouco musical.

– Antes escutar pragas de manhã à noite! – rezingava o indivíduo que estava na cozinha, em resposta a algum comentário de Nelly, que não consegui entender. – É uma vergonha que eu não possa abrir o Livro Sagrado sem que vossemecê se ponha a entoar louvores a Satanás e a toda a ruindade do mundo! Vossemecê é uma criatura pecadora e ela é outra igual. Pobre rapaz, há de perder-se por causa de ambas. Coitado! – acrescentou com um resmungo. – Está enfeitiçado, disso tenho certeza! Oh, Senhor, julgas Tu, pois não há lei nem justiça entre os nossos governantes!

– É verdade... ou então seríamos queimadas na fogueira, não? – retorquiu a cantadeira. – Ora, fique quieto e vá lendo a sua Bíblia como um bom cristão, e não faça caso de mim. Esta cantiga chama-se *As bodas da fada Annie* e é tão alegre e bonita que até faz pular o pé.

A sra. Dean estava prestes a retomar a cantoria quando me aproximei dela; reconheceu-me no mesmo instante e, pondo-se de pé alvoroçada, exclamou:

– Ora, bons olhos o vejam, sr. Lockwood! Então o que o traz por cá? Está tudo fechado na Granja dos Tordos. Devia ter-nos avisado!

– Já dei ordens para prepararem acomodações para mim durante o pouco tempo que ficarei por aqui – respondi. – Parto amanhã. Mas conte-me, sra. Dean, como a senhora veio parar aqui?

– Logo depois de o senhor regressar a Londres, a Zillah foi embora e o sr. Heathcliff mandou me chamar e disse-me para ficar aqui até o senhor voltar. Mas faça o favor de entrar! Vem de Gimmerton?

– Venho da Granja – respondi-lhe. – E, enquanto me preparam um quarto, quero resolver um assunto com o seu patrão, pois tão cedo não terei outra oportunidade.

– Que assunto? – inquiriu ela, conduzindo-me à sala. – O patrão saiu. Eles não devem voltar tão cedo.

– É sobre o arrendamento. – esclareci.

– Ah! Então é com a sra. Heathcliff que terá de falar – observou. – Ou melhor, comigo. Ela ainda não aprendeu a tratar dos negócios e sou eu quem tem de fazê-lo no seu lugar, pois não há mais ninguém para isso.

Olhei-a, surpreendido.

– Pelo que vejo, não sabe da morte do sr. Heathcliff – acrescentou.

– O sr. Heathcliff morreu? – exclamei, perplexo. – Há quanto tempo?
– Há cerca de três meses; sente-se e dê-me o seu chapéu, que já lhe conto tudo. Mas... espere... o senhor ainda não comeu nada.
– Não, mas não quero nada, obrigado. Tenho a ceia à minha espera lá na Granja. Sente-se a senhora aqui também. Não fazia a mínima ideia de que ele tivesse morrido! Conte-me como tudo se passou. Disse que não os espera tão cedo... referia-se aos jovens?
– Todas as noites ralho com eles por causa destes passeios tardios, mas não me dão a mínima importância. O senhor vai ao menos beber um pouco da nossa cerveja. Vai fazer-lhe bem! Está com um ar muito cansado.

Apressou-se a ir buscar a dita cerveja, sem me dar tempo sequer de recusar, e ouvi Joseph perguntar resmungando se "não era um escândalo dar agora para ter namorados naquela idade e ainda por cima ir encher a caneca na adega do patrão para dar-lhes de beber?! Até se sentia envergonhado por ter de assistir calado a um tal atrevimento".

Ela não lhe deu resposta e voltou daí a instantes com uma caneca de prata transbordando de espuma, cujo conteúdo elogiei com crescente entusiasmo. A seguir, contou-me então o desfecho da saga de Heathcliff: um "fim bem estranho", como observou.

Quinze dias depois de o senhor nos deixar, disse Nelly, fui chamada ao Morro dos Ventos Uivantes. Claro que obedeci com o maior prazer por causa de Catherine.

O nosso primeiro encontro entristeceu-me e impressionou-me muito! Como ela tinha mudado desde a nossa separação! O sr. Heathcliff não me explicou as razões que o levaram a mudar de ideia acerca da minha vinda para cá; disse apenas que precisava de mim e que já estava farto de ver Catherine pela frente; que eu passasse os dias na saleta e a conservasse junto de mim; a ele bastava ser obrigado a enfrentá-la uma ou duas vezes por dia.

Catherine mostrou-se satisfeita com a situação e, aos poucos, fui trazendo para cá, às escondidas, livros e outros objetos que antigamente constituíam a sua distração na Granja; sentia-me feliz por termos, finalmente, algum conforto.

Mas essa ilusão não durou muito: Catherine, que a princípio parecia contente, não tardou a ficar inquieta e irritável; por um lado, estava proibida de sair ao jardim, e ficava aborrecida de ver-se confinada num espaço tão exíguo à medida que a primavera se aproximava; por outro, o trabalho da casa obrigava-me a deixá-la sozinha com frequência, e ela queixava-se de solidão; preferia vir discutir com Joseph na cozinha a ficar em paz no seu isolamento.

Eu não ligava às confusões deles. Porém, o Hareton era muitas vezes obrigado a refugiar-se também na cozinha quando o patrão queria ficar sozinho na sala; e, embora a princípio ela se afastasse ou viesse me ajudar nas minhas ocupações sempre que ele entrava, para não ter de falar com ele, e embora o Hareton andasse sempre o mais mal-humorado e calado possível, a atitude dela mudou ao fim de algum tempo, passando a mostrar-se incapaz de deixá-lo sossegado. Ralhava com ele, criticava a sua indolência e a sua estupidez e dizia que não sabia como ele podia levar semelhante existência: como era possível que pudesse passar uma noite inteira olhando para o fogo e dormitando.

– É tal qual um cão, não achas, Ellen? – observou uma vez. – Ou um cavalo de tiro: faz o que lhe mandam, come o que lhe dão e dorme, mais nada! Que vazio e apagado deve ser o seu espírito! Costumas sonhar, Hareton? E, se sonhas, de que são feitos os teus sonhos? Não tens língua?

Fitou-o, mas ele não abriu a boca, nem olhou para ela.

– Talvez neste momento esteja sonhando... – prosseguiu Catherine. – Olha, olha, sacudiu-se todo, como faz a Juno. Pergunta-lhe, Ellen.

– Olhe que o sr. Hareton vai acabar pedindo ao patrão que a mande lá para cima, se a menina continuar a se portar desta maneira! – adverti-a. É que ele tinha não só sacudido o corpo, mas também cerrado os punhos, como se estivesse tentado a usá-los.

– Eu sei por que razão o Hareton nunca abre a boca quando estou na cozinha – exclamou ela numa outra ocasião. – Tem medo que eu troce dele. Que te parece, Ellen? Um dia começou a aprender a ler sozinho e, só por eu ter rido dele, queimou os livros e desistiu. Não achas que foi uma bobagem?

– Ou não terá sido antes uma maldade sua? – aventei. – Diga lá!

– Talvez eu tenha sido um pouco má – condescendeu –, mas nunca imaginei que ele fosse tão tolo. Ouve, Hareton, se eu te der um livro, tu o aceitas desta vez? Vou experimentar!

Catherine colocou na mão dele o livro que estava lendo. Hareton o atirou pelos ares, ameaçando entre dentes que, se ela não o deixasse em paz, iria torcer-lhe o pescoço.

– Bem, vou deixá-lo aqui – anunciou –, na gaveta da mesa da cozinha. E agora vou-me deitar.

Segredou-me então que visse se ele tocava no livro e saiu. O rapaz, no entanto, nem chegou perto dele, o que a desiludiu muito quando lhe contei na manhã seguinte. Percebi que o mau humor e a constante indolência de Hareton a penalizavam, pois a consciência a acusava de ter desencorajado a sua vontade de se aperfeiçoar. E, de fato, a culpa era toda dela.

Todavia, teve artes de remediar o mal que fizera: enquanto eu passava a ferro ou me ocupava de outras tarefas igualmente estáticas que não podia fazer na saleta, Catherine ia buscar um livro de leitura agradável e punha-se a ler em voz alta para me distrair. Se o Hareton estava presente, ela interrompia geralmente a leitura numa passagem palpitante e deixava o livro aberto. Fez isso várias vezes, mas ele, teimoso que nem um burro, em vez de morder a isca, ia fumar com Joseph, especialmente nos dias chuvosos. E ali ficavam eles, como dois autômatos, um de cada lado da chaminé; o mais velho era, felizmente, demasiado surdo para ouvir os disparates maldosos de Catherine, como ele lhes chamava, e o mais novo fingia não lhes dar atenção. Nas noites amenas, Hareton saía para caçar, e Catherine ficava suspirando e bocejando e insistindo comigo para que conversasse com ela; porém, assim que eu a atendia e começava a falar, ela corria a refugiar-se no pátio ou no jardim, ou, como último recurso, começava a chorar e declarava-se farta daquela existência sem sentido.

O sr. Heathcliff, cada vez mais arredio, banira Earnshaw dos seus aposentos quase por completo, e, devido a um acidente ocorrido no começo de março, o rapaz foi obrigado a passar alguns dias enfiado na cozinha: a espingarda arrebentara nas suas mãos quando ele se encontrava nas colinas e um estilhaço ferira-lhe o braço e ele perdera muito sangue até chegar em casa. Por conseguinte, viu-se condenado à tranquilidade da lareira até se recuperar.

Nem preciso dizer que, para Catherine, isso veio a calhar: passou a detestar ainda mais o seu próprio quarto e, para poder estar comigo na cozinha, obrigava-me a inventar ocupações para ela aqui embaixo.

Na segunda-feira de Páscoa, Joseph foi à feira de Gimmerton com algumas cabeças de gado e eu passei a tarde na cozinha a engomar; Hareton, sorumbático como sempre, estava sentado ao lado da lareira; a minha jovem patroa passou uma boa hora entretida desenhando figuras na vidraça com o dedo, por entre suspiros e ais, súbitos gorjeios e olhares furtivos de tédio e impaciência que desfechava contra o primo, enquanto este, impávido, fumava de olhos fixos no fogo.

Pedi à menina que não tapasse a luz, e ela afastou-se da janela e foi para perto da lareira. Não prestei atenção ao que fazia, mas a certa altura ouvi-a dizer:

– Sabes de uma coisa, Hareton? Descobri que quero... que até gosto que sejas meu primo... desde que não passes a vida zangado comigo, nem te mostres sempre mal-humorado.

O rapaz não respondeu.

– Hareton, Hareton! Estás ouvindo? – insistiu ela.

– Deixa-me em paz! – resmungou ele, com aspereza.

– Dá-me aqui esse cachimbo! – teimou ela, estendendo a mão cautelosamente e tirando-lhe o cachimbo da boca.

Antes que Hareton tentasse recuperá-lo, ela já o havia partido e lançado ao fogo. O rapaz praguejou e foi buscar outro.

– Espera! – gritou a prima. – Tens de me ouvir primeiro, e eu não consigo falar com essas baforadas de fumo na minha cara.

– E se fosses pro diabo e me deixasses em paz?! – exclamou ele, furibundo.

– Não! – afirmou ela, persistente. – Francamente já não sei que fazer para que fales comigo, e tu pareces determinado a não me entenderes. Quando te chamo estúpido, isso não quer dizer nada, não significa que te despreze. Vá lá, Hareton, dá-me um pouco de atenção. Sou tua prima e deves reconhecer-me como tal.

– Não quero nada contigo, nem com o teu maldito orgulho, nem com as tuas piadas cruéis! – retrucou ele. – Antes quero ir direto para o inferno, de corpo e alma, do que olhar para ti duas vezes! Sai já de perto de mim!

Catherine se ofendeu e voltou a sentar-se no peitoril da janela, mordendo o lábio e entoando uma melodia desafinada, para esconder a sua crescente vontade de chorar.

– Devia ser amigo da sua prima, sr. Hareton – atalhei eu –, já que ela se mostra arrependida das suas insolências. Seria bom para o senhor. Iria tornar-se um outro homem se a tivesse como companheira.

– Companheira? – exclamou Hareton. – Pois se ela me odeia e não me acha digno nem de limpar seus sapatos! Não! Nem para ser rei eu me sujeitaria a ser escarnecido novamente por procurar a sua amizade.

– Não sou eu que te odeio, és tu que me odeias! – choramingou Cathy, sem poder esconder o seu desgosto. – Detestas-me tanto como o sr. Heathcliff, ou mais ainda.

– És uma grande mentirosa! – principiou Earnshaw. – Então por que é que o enfureci centenas de vezes por tomar o teu partido? E isso quando tu escarnecias de mim e me desprezavas e... e se continuas a atazanar-me, saio e digo-lhe que foste tu quem me colocaste para fora da cozinha!

– Não sabia que tinhas tomado o meu partido – admirou-se ela, limpando as lágrimas. – Eu fui egoísta e má com todos vós, mas agora agradeço-te e imploro que me perdoes. Que mais posso fazer?

Cathy voltou para junto da lareira e estendeu-lhe a mão, com sinceridade. Ele, porém, carregou ainda mais o cenho e conservou os punhos teimosamente fechados e o olhar pregado no chão. Catherine, instintivamente, deve ter adivinhado que aquele comportamento era ditado mais por casmurrice que por aversão, já que, após uns segundos de indecisão, se inclinou para ele e o beijou ternamente na face.

A marota pensou que eu não vira, e voltou de pronto para junto da janela, com o ar mais recatado deste mundo.

Abanei a cabeça, num gesto de censura, e ela então ruborizou e sussurrou:
– Bem, Ellen, que querias tu que eu fizesse? Ele não queria apertar a minha mão, ele não queria olhar para mim... Eu tinha de arranjar uma maneira de mostrar que gosto dele e que quero que sejamos amigos.

Se o beijo convenceu Hareton, isso não sei; durante alguns minutos, ele teve o cuidado de não mostrar o rosto e, quando finalmente levantou a face, estava tão atrapalhado que não sabia para onde olhar.

Catherine, enquanto isso, ocupara-se em embrulhar esmeradamente um belíssimo livro numa folha de papel branco e, depois de amarrá-lo com uma fita e de escrever no embrulho "Para o sr. Hareton Earnshaw", pediu-me que servisse de embaixadora e entregasse o presente ao destinatário.

– E diz-lhe que, se aceitá-lo, eu o ensino a ler como se deve – acrescentou. – E que, se recusar, me retiro para o meu quarto e nunca mais o importuno.

Levei o livro e repeti o recado, sob o olhar ansioso da minha jovem patroa. Hareton não estendeu as mãos para recebê-lo e, por isso, coloquei o embrulho sobre seus joelhos. Verdade seja que também não o recusou. Voltei para o meu trabalho. Catherine apoiara a cabeça e os braços em cima da mesa e assim permaneceu até ouvir o ligeiro farfalhar do papel sendo desembrulhado. Levantou-se então devagarinho e foi sentar-se ao lado do primo. O rapaz estremeceu, mas o seu rosto irradiava felicidade, sem quaisquer vestígios de rudeza ou hostilidade, e sem coragem para dar qualquer resposta ao olhar interrogativo de Catherine e à sua súplica quase sussurrada:

– Diz que me perdoas, Hareton! Ficaria tão feliz, só de ouvir isso.

Ele murmurou qualquer coisa inaudível.

– E passas a ser meu amigo? – acrescentou Catherine, esperançosa.

– Não! Ias ter vergonha de mim pela vida afora – retorquiu ele. – E quanto melhor me conhecesses, mais vergonha terias, e não posso suportar essa ideia.

– Então não queres ser meu amigo? – disse ela, com um sorriso doce como mel, chegando-se mais perto do primo.

Não ouvi mais nada do que diziam; mas, quando tornei a olhar, vi dois rostos radiantes inclinados sobre uma página do tal livro, e não tive dúvidas de que o tratado de paz tinha sido assinado por ambas as partes. E, desde esse dia, os inimigos tornaram-se aliados.

O volume que folheavam continha belas gravuras e o prazer de contemplarem-nas lado a lado os manteve entretidos até a chegada de Joseph.

O pobre homem ficou horrorizado quando viu Catherine sentada no mesmo banco de Hareton Earnshaw e, ainda por cima, com a mão pousada no seu ombro. Não conseguia entender por que razão o seu favorito suportava aquela proximidade. A tal ponto ficou desconcertado que, naquela noite, não fez quaisquer comentários. A sua emoção apenas foi traída pelos profundos suspiros que soltou quando, com toda a solenidade, colocou a sua enorme Bíblia em cima da mesa e, sobre ela, o maço de notas que tirou da carteira, produto das transações do dia. Por fim, disse a Hareton para se levantar.

– Leve este dinheiro ao patrão, menino, e fique por lá – disse. – Eu vou pro meu quarto; este lugar não nos convém; temos de sair!

– Nós também temos de sair, Catherine – disse eu. – Já acabei de passar a roupa. Vamos embora?

– Mas ainda não são oito horas! – resmungou ela, erguendo-se de má vontade. – Hareton, vou deixar este livro aqui em cima da chaminé e amanhã trago mais.

– Vou jogar no fogo os livros que deixar aí – ameaçou Joseph. – Já fica sabendo!

Cathy replicou que, se tal acontecesse, faria o mesmo com os livros dele. Depois sorriu ao passar por Hareton e subiu a escada a cantarolar. Sou capaz de jurar que nunca se sentira tão feliz debaixo deste teto; a não ser talvez nas suas primeiras visitas a Linton.

A intimidade assim iniciada cresceu rapidamente, embora tivessem surgido alguns obstáculos. Earnshaw não podia tornar-se um ser civilizado de um dia para o outro, e a minha jovem patroa também não era nenhuma filósofa nem modelo de paciência. Mas, uma vez que os desejos de um e de outro convergiam (um sendo amado e desejando alguém para estimar, e o outro amando e desejando ser estimado), conseguiram finalmente alcançar os seus objetivos.

Como vê, sr. Lockwood, era muito fácil conquistar o coração da sra. Heathcliff. Mas agora estou contente por o senhor não ter tentado: a coroa de glória de todos os meus desejos será a união daqueles dois. Não invejarei ninguém no dia do seu casamento e serei a mulher mais feliz de toda a Inglaterra!

Capítulo XXXIII

NO DIA SEGUINTE A ESSA segunda-feira, estando Earnshaw ainda incapaz de se entregar às tarefas habituais, e tendo, por isso, ficado dentro de casa, depressa compreendi que já não era possível manter a minha pupila junto de mim como até aquele momento.

Veio para baixo antes de mim e saiu para o quintal, onde avistara o primo, às voltas com um trabalho de pouca dificuldade. Porém, quando fui chamá-los para o café da manhã, vi que ela o convencera a limpar uma vasta área de groselheiras e mirtilos, e que estavam os dois muito entretidos planejando trazer novas plantas da Granja.

Fiquei aterrada com a devastação levada a cabo naquela escassa meia hora; os mirtilos eram as meninas dos olhos de Joseph, e ela tinha resolvido de repente construir ali no meio um canteiro de flores!

– Sim, senhor! – exclamei. – O patrão vai saber disto assim que o Joseph descobrir, e que desculpa vão dar para terem tomado tais liberdades com o quintal? Vai ser bom e bonito, ora se vai! Muito me admira, sr. Hareton, que tenha tido tão pouco siso para fazer uma coisa destas a pedido dela!

– Esqueci que eram do Joseph – desculpou-se Earnshaw, muito atrapalhado. – Mas eu lhe digo que fui eu.

Tomávamos sempre as refeições com o sr. Heathcliff, e eu substituía a minha jovem patroa trinchando a carne e servindo o chá; a minha presença à mesa era, por isso, indispensável. Catherine sentava-se geralmente ao meu lado, mas nesse dia foi mais para perto do Hareton, e percebi que não seria mais discreta nas suas afeições do que era na sua hostilidade.

– Veja lá se não dá demasiada atenção ao seu primo – segredei-lhe, quando entramos na sala. – Isso vai aborrecer o sr. Heathcliff e pô-lo furioso com os dois.

– Não vou dar – respondeu.

Porém, a primeira coisa que fez foi se aproximar de Hareton e começar a jogar prímulas em botão no mingau de aveia dele.

Ele nem abriu a boca e mal se atrevia a olhá-la; ela, no entanto, continuou a provocá-lo até ele já não poder conter o riso; olhei-a muito séria, e ela então virou-se para o patrão, que, via-se pela cara, estava mais preocupado com outras coisas do que com a presença do Hareton, e pôs-se também muito séria por um instante, observando-o com toda a atenção, posto o que se voltou para o outro lado e recomeçou com os disparates; até que Hareton, sem poder mais, deixou escapar uma risada.

O sr. Heathcliff sobressaltou-se; os seus olhos percorreram num ápice os nossos rostos, e Catherine enfrentou-o com aquele seu olhar nervoso e, não obstante, desafiador, que ele tanto abominava.

– Ainda bem que não está ao meu alcance – exclamou. – Que bicho a mordeu para olhar para mim dessa maneira, com esses olhos de diaba? Olhos para baixo! E que eu não note mais sua presença. Julguei que já tinha se curado dessa sua mania de rir por tudo e por nada!

– Fui eu – murmurou Hareton.

– Que dizes? – perguntou o patrão.

Hareton pousou os olhos no prato e não repetiu a confissão.

O sr. Heathcliff fitou-o por um instante e, depois, silenciosamente, voltou ao seu café da manhã e à meditação interrompida.

Estávamos quase no fim, e os dois jovens já tinham prudentemente se afastado, pelo que não era de prever que mais alguma coisa acontecesse. Eis quando surge Joseph porta adentro, deixando bem patente pelo lábio trêmulo e o olhar colérico que já tinha detectado a afronta cometida contra os seus preciosos arbustos. Devia ter visto Cathy e o primo no local antes de ter ido inspecioná-lo, pois foi assim que começou, o queixo tremendo como uma vaca a ruminar, e sem deixar que entendêssemos metade do que dizia:

– Quero o meu dinheiro, e vou-me embora! Seria bom morrer onde servi sessenta anos; queria levar os meus livros pro sótão, e todos os meus trastes, e deixar a cozinha pra eles, pra eu ter paz e sossego. Ia custar deixar o meu canto perto da lareira, mas isso eu ainda fazia! Mas tirarem o meu jardim, por minha fé, isso eu não vou aguentar! O senhor que aguente se quiser. Isto pra mim não serve, e burro velho não aprende línguas. Antes ir ganhar o pão na estrada de martelo na mão!

– Calma, idiota! – interrompeu-o Heathcliff. – Chega disso! O que é que te apoquenta? Olha que eu não me meto nas tuas brigas com a Nelly; por mim, ela até pode atirar-te no depósito do carvão, que não me incomoda nada.

– Não foi a Nelly! – resmungou Joseph. – Por ela eu não ia imbora. É má como as cobras, mas... graças a Deus!... não tem força pra roubar a alma de uma pessoa! Nunca teve boniteza pra levar ninguém no bico. É essa sua princesa amaldiçoada, que enfeitiçou o rapaz com seus olhos descarados e seus modos atrevidos, até que... Ah, meu coração se parte!... ele se esqueceu de tudo o que fiz por ele, de tudo o que lhe dei, e zás, derruba uma fileira inteirinha das melhores groselheiras do quintal! – E Joseph continuou por aí afora, dando largas às lamentações, dilacerado pela atrocidade cometida e pela ingratidão e loucura de Earnshaw.

– Acaso o idiota está bêbado? – perguntou o sr. Heathcliff. – Hareton, é contigo que ele está ofendido?

– Só arranquei dois ou três arbustos – admitiu o jovem. – Mas posso voltar a pô-los no lugar.

– E por que os arrancaste? – continuou o patrão.

Catherine, desavisadamente, meteu-se na conversa.

– Queremos plantar umas flores ali – explicou. – A única culpada sou eu, pois fui eu quem o mandou fazer isso.

– E quem diabo lhe deu autorização para tocar num só ramo que fosse deste lugar? – perguntou-lhe o sogro, estupefato. – E quem te mandou obedecer? – acrescentou, virando-se para Hareton, que não conseguiu responder. Mas a prima o ajudou.

– O senhor não devia regatear uns palmos de chão para eu enfeitar, quando me tirou todas as minhas terras!

– As suas terras, sua cadela insolente? Pois se nunca teve nada! – bradou Heathcliff.

– E o meu dinheiro também – prosseguiu ela, devolvendo-lhe o olhar irado, ao mesmo tempo que trincava uma côdea de pão, o que restava do seu café da manhã.

– Silêncio! – exclamou Heathcliff. – Já chega, ponha-se daqui para fora!

– E as terras do Hareton, e o dinheiro dele! – continuou a temerária moça. – Agora, eu e o Hareton somos amigos e vou contar-lhe tudo o que sei do senhor!

O patrão pareceu ficar atordoado por um instante. Empalideceu e levantou-se, sempre de olhos postos em Catherine, com um ódio mortal no olhar.

– Se me bater, o Hareton dá cabo do senhor! – ameaçou ela. – Por isso, é melhor sentar-se.

– Se o Hareton não tirá-la da minha vista, vou mandá-lo para o inferno – bradou Heathcliff. – Bruxa maldita! Como ousa virá-lo contra mim? Fora com ela! Não ouves? Leva-a para a cozinha! Olha que eu vou matá-la, Ellen Dean, se a deixares aparecer outra vez na minha frente!

O Hareton tentou, disfarçadamente, convencê-la a sair.

– Levem-na daqui! – gritou, ameaçadoramente. – Ou vão ficar na conversa? – E, dizendo isto, aproximou-se dela para executar a sua própria ordem.

– Ele já não lhe obedece mais, seu malvado! – exclamou Catherine. – E não tarda que o odeie tanto como eu!

— Calma, calma! — murmurou o jovem em tom de censura. — Não consinto que fales assim com ele... já chega.

— Mas não vais deixar que ele me bata, vais? — gritou ela.

— Vamos embora! — insistiu ele baixinho, mas com firmeza. Demasiado tarde. Heathcliff já a tinha agarrado.

— Agora sai! — disse, virando-se para Earnshaw. — Bruxa maldita! Desta vez ela provocou-me quando não devia e vou fazê-la arrepender-se para sempre!

Ele a segurou pelos cabelos com uma mão; Hareton tentou soltar seus caracóis, implorando a ele que, só por aquela vez, não a magoasse. Os olhos negros de Heatchcliff faiscavam e parecia prestes a fazer Catherine em pedaços, e eu já me preparava para me arriscar a sair em seu auxílio, quando, de repente, os dedos dele afrouxaram, largando os cabelos e agarrando o braço da menina, e os seus olhos se fixaram intensamente no rosto dela. Em seguida, levou a mão aos olhos, cobrindo-os, ficando assim por um momento, aparentemente para se controlar, e, voltando-se de novo para Catherine, disse com uma calma forçada:

— Tem de aprender a não me enfurecer, senão ainda um dia vou matá-la! Vá com a Ellen e fique com ela, ela que a ature. Quanto ao Hareton Earnshaw, se o pegar dando-lhe ouvidos, mando-o ganhar o pão onde conseguir! O seu amor fará dele um pedinte sem eira nem beira. Nelly, leva-a daqui, e vós deixai-me em paz. Todos vós! Deixai-me!

Levei a menina da sala; estava contente demais por ter escapado para oferecer resistência; o outro saiu também, e o sr. Heathcliff ficou sozinho na sala até a hora do jantar.

Eu aconselhara Catherine a jantar no quarto, mas ele, mal se apercebeu da cadeira vazia, mandou que eu fosse chamá-la. Não falou com nenhum de nós durante o jantar, comeu muito pouco e saiu logo a seguir, comunicando que não devia voltar antes do anoitecer.

Os dois amigos ficaram com a casa por sua conta durante a ausência do patrão, e foi então que ouvi Hareton admoestar severamente a prima quando esta se preparava para contar o que sabia da conduta do sogro para com o pai dele.

Disse-lhe que não queria ouvir nem uma só palavra contra Heathcliff; se ele era o diabo em pessoa, não se notava; estaria sempre pronto a defendê-lo, e preferia que ela insultasse a ele, como costumava fazer, a vê-la ofender o sr. Heathcliff.

Catherine reagiu violentamente, mas ele arranjou maneira de fazê-la calar-se, perguntando se ela também gostaria que ele falasse mal do pai dela. Foi nessa altura que ela compreendeu que Earnshaw se identificava com

Heathcliff e estava ligado a ele por laços que a razão não conseguiria destruir, por eles que o hábito forjara e seria agora cruel demais tentar quebrar.

A partir desse dia, Catherine teve o cuidado de evitar tanto queixas como quaisquer outras expressões de antipatia em relação a Heathcliff, e confessou-me o seu arrependimento por ter criado aquele atrito entre ele e o Hareton. Estou mesmo convencida de que daí em diante não voltou a dizer a Hareton uma palavra que fosse contra o seu opressor.

Uma vez serenados os ânimos, voltaram a ser unha e carne, mostrando-se mais atarefados que nunca nos seus papéis de aluno e professora. Fui sentar-me perto deles, depois de terminar as minhas tarefas, e era tão reconfortante observá-los que nem dei pela passagem das horas. Sabe, de certa forma, era como se os dois fossem meus filhos: há muito que me orgulhava dela e, agora, tinha certeza de que também ele seria para mim fonte de grande alegria. A sua natureza honesta, afável e inteligente depressa dissipou as nuvens de ignorância e degradação em que fora criado, e os elogios sinceros de Catherine funcionaram como estímulo. O refinar do espírito refletia-se agora na fisionomia, conferindo-lhe nobreza e vivacidade. Custava a crer que se tratava da mesma pessoa que eu tinha visto no dia em que encontrara a minha jovem patroa no Morro dos Ventos Uivantes, depois do passeio aos Crags.

Enquanto eu assistia, e eles trabalhavam, veio o crepúsculo e, com ele, o patrão. Entrando de imprevisto pela porta da frente, pôde colher uma imagem integral de nós três, mesmo antes de termos tempo de levantar a cabeça e olhar para ele.

Bem, pensei eu, cena mais bonita e inofensiva não pode haver; será um escândalo ralhar com eles. A chama da vela, brilhando por cima das duas cabeças, iluminava os rostos animados do mais pueril entusiasmo; é que, apesar dos vinte e três anos dele e dos dezoito dela, cada um tinha tanta coisa nova para experimentar e para aprender que não sentiam, nem davam mostra, do sóbrio desencantamento próprio das idades mais maduras.

Levantaram os dois os olhos ao mesmo tempo, ao encontro dos do sr. Heathcliff; talvez o senhor não tenha reparado que os olhos deles são precisamente iguais e exatamente como os de Catherine Earnshaw. Esta Catherine não tem outras parecenças com ela, exceto a testa alta e um certo arquear das narinas que, quer ela queira, quer não, lhe dá aquele ar altivo. Com Hareton as semelhanças vão mais longe; sempre foram bem visíveis, mas agora eram particularmente flagrantes, pois os seus sentidos estavam alertas e as suas faculdades mentais despertas para uma atividade desusada.

Suponho que essa semelhança desarmou o sr. Heathcliff: dirigiu-se para a chaminé visivelmente agitado, mas serenou, mal olhou para o jovem; ou, melhor dizendo, mudou de expressão, pois a emoção continuava lá.

Arrancou o livro das mãos de Hareton, olhou de relance para a página em que ele estava aberto e o devolveu sem comentários, limitando-se a fazer sinal a Catherine para se retirar; o amigo saiu logo em seguida, e eu preparava-me para ir atrás quando Heathcliff me mandou ficar sentada.

– Triste final, não te parece? – observou, depois de ter meditado por uns momentos sobre a cena que acabara de presenciar. – Um desfecho absurdo para esforços tão encarniçados. Trago alavancas e picaretas para demolir as duas casas, treino-me para um trabalho digno de Hércules e, quando tudo está pronto e ao meu alcance, descubro que perdi a vontade de levantar as primeiras telhas! Os velhos inimigos não me venceram; este é o momento ideal para me vingar nos seus descendentes e poderia fazê-lo; e ninguém seria capaz de me impedir. Mas para quê? Já não me interessa desferir o golpe, já não tenho vontade de erguer o braço! Pode até parecer que me empenhei todo este tempo só para exibir agora este louvável rasgo de magnanimidade. Longe de mim tal ideia; apenas perdi a capacidade de sentir prazer na sua destruição e sou demasiado preguiçoso para destruí-los sem proveito.

– Sabes, Nelly, sinto que uma grande mudança se aproxima, e estou neste momento sob os seus efeitos. Interesso-me tão pouco pelo dia-a-dia que nem me lembro de comer ou beber. Esses dois que saíram da sala são os únicos objetos que continuam a possuir para mim uma aparência real; e essa aparência real faz-me sofrer até a agonia. *Nela* não quero falar... Tampouco pensar. Gostaria sinceramente que fosse invisível. A sua presença apenas conjura sensações alucinantes. Com *ele* é diferente; no entanto, se pudesse fazê-lo sem parecer louco, não olharia mais para ele! Talvez tu aches que para lá caminho – acrescentou, fazendo um esforço para sorrir –, se eu tentar descrever as mil associações feitas no passado e as ideias que ele gera ou representa... Mas não repetirás uma palavra do que ouvires. A minha mente está há tanto tempo fechada em si mesma que é pelo menos tentador abri-la para alguém.

– Ainda há cinco minutos, o Hareton me pareceu a personificação da minha juventude e não um ser humano. E isso provocou em mim sentimentos tão variados que teria sido impossível falar com ele racionalmente.

– Para começar, a sua espantosa semelhança com a Catherine me fez associá-lo assustadoramente a ela, embora isso, que tu certamente julgas ser o que mais me prendeu a imaginação, fosse realmente o menos importante... Mas o que não associo eu a ela? O que não a traz à minha memória? Se olho para estas lajes, vejo nelas gravadas as suas feições! Em cada nuvem, em cada árvore, na escuridão da noite, refletida de dia em cada objeto, por toda a parte eu vejo a sua imagem! Nos rostos mais vulgares de homens e de mulheres, até as minhas feições me enganam com a semelhança. O mundo inteiro é uma terrível coleção de testemunhos de que um dia ela realmente existiu e a perdi para sempre!

– Assim, a figura do Hareton era o fantasma do meu amor imortal, dos meus esforços sobre-humanos para fazer valer os meus direitos, a minha degradação, o meu orgulho, a minha felicidade e a minha angústia. Mas é loucura minha revelar agora os meus pensamentos; só servirá para te mostrar por que razão, apesar da minha relutância em ficar sozinho, a sua companhia não me traz qualquer benefício, e sim, muito pelo contrário, um agravamento do tormento constante em que vivo, contribuindo em parte para me tornar indiferente perante a maneira como ele e a prima se relacionam. Já não consigo prestar atenção neles.

– Mas o que o senhor quer dizer com *uma mudança*, sr. Heathcliff? – perguntei, alarmada com a sua atitude, embora não me parecesse correr o risco de perder a razão ou de morrer. Em minha opinião, estava até bem forte e saudável e, quanto à razão, desde criança tinha prazer em se entregar a pensamentos sombrios e embarcar em estranhas fantasias. Podia ser que tivesse a monomania de falar do seu ídolo desaparecido, mas, em tudo o mais, estava tão são de espírito como eu.

– Só saberei dizer quando acontecer – respondeu. – Por ora, não passa de uma vaga suspeita.

– Mas não se sente mal, sente? – inquiri.

– Não, Nelly, não sinto.

– Então não tem medo de morrer? – prossegui.

– Medo? Não! – retorquiu. – Nem medo, nem pressentimento, nem desejo de morrer. Por que haveria de ter? Com a minha constituição física e a vida regrada que levo, sem correr riscos, deveria, e provavelmente irei, andar por aqui até não me restar um só cabelo preto na cabeça... No entanto, não posso continuar assim, forçando-me a respirar, quase obrigando o coração a bater! É como dobrar um pedaço de ferro: é só pela força, e não pela vontade, que faço as coisas mais simples, e é só à força que concebo coisa viva ou morta que não esteja associada a uma ideia universal... Tenho um único desejo, e todo o meu ser, todas as minhas faculdades anseiam por vê-lo realizado. Anseiam por isso há tanto tempo, e com tal determinação, que estou convicto de que esse desejo se realizará... e bem depressa... pois devora-me a existência e consome-me na antecipação do clímax. Sei que os desabafos não me aliviam; mas podem, pelo menos, explicar algumas das minhas aparentemente inexplicáveis alterações de humor. Meu Deus! Tem sido dura a luta. Quem dera que acabasse!

Começou a andar de um lado para o outro, falando sozinho e resmungando coisas terríveis, até eu própria me sentir inclinada a acreditar, como, segundo ele dizia, Joseph acreditava, que a consciência tinha transformado seu coração num inferno vivo, perguntando-me ao mesmo tempo como tudo iria acabar.

Embora anteriormente só raras vezes tivesse evidenciado esse estado de espírito, quanto mais não fosse pelo aspecto exterior, não me restavam dúvidas de que era esse o seu estado habitual: ele próprio afirmou isso, se bem que, pela sua atitude, ninguém pudesse perceber. O senhor não percebeu quando o viu, sr. Lockwood, e no período a que me refiro, ele era exatamente a mesma pessoa, só talvez um pouco mais dado à solidão e ainda mais lacônico quando tinha companhia.

Capítulo XXXIV

NOS DIAS QUE SE SEGUIRAM àquela noite, o sr. Heathcliff esquivou-se de encontrar-se conosco durante as refeições; no entanto, recusava-se a evitar abertamente Hareton e Cathy. A aversão que tinha em ceder completamente aos sentimentos o levava a ausentar-se – uma só refeição por dia parecia ser para ele alimento bastante.

Uma noite, depois de toda a família já estar deitada, ouvi-o descer as escadas e sair pela porta da frente; não o ouvi regressar e, de manhã, verifiquei que ainda estava ausente.

Foi no mês de abril: o tempo estava suave, a temperatura, agradável, a relva, muito verde das chuvas e do sol, e as duas macieiras anãs do muro sul cobertas de flor.

Depois do café da manhã, Catherine insistiu para que eu fosse buscar uma cadeira e sentasse para fazer renda debaixo dos abetos nos fundos da casa, e persuadiu Hareton, já completamente refeito do acidente, a cavar e plantar um jardinzinho que, devido às queixas de Joseph, tinha sido transferido para esse recanto.

Estava eu refestelada na minha cadeira, aspirando as fragrâncias primaveris que me envolviam e contemplando o céu azul que me cobria, quando a menina, que tinha se afastado até a cancela à procura de raízes de prímula para a cercadura do canteiro, voltou quase de mãos vazias e nos comunicou que o sr. Heathcliff estava chegando.

– E falou comigo – acrescentou, com grande perplexidade.

– O que ele disse? – perguntou Hareton.

– Disse que desaparecesse da vista dele o mais depressa possível – respondeu ela. – Mas estava tão diferente que fiquei parada olhando para ele.

– Diferente como? – quis saber Hareton.

– Sei lá... quase alegre... satisfeito... não, não estava quase coisa nenhuma... estava era muito excitado e doido de alegria! – disse ela.

– Então devem ser os passeios noturnos que o animam tanto – comentei, aparentando indiferença, mas sentindo-me na verdade tão estupefata quanto ela; e então, desejosa de confirmar se o que ela dizia era ou não verdade, pois ver o patrão contente não era coisa que acontecesse todos os dias, arranjei uma desculpa para voltar para dentro.

Heathcliff estava à porta, pálido e trêmulo; não obstante, tinha de fato nos olhos um brilho de estranho contentamento que lhe alterava por completo a expressão.

– Gostaria de comer alguma coisa? – perguntei. – Deve estar com fome... Esteve fora toda a noite.

Queria ver se descobria por onde tinha andado, mas não queria perguntar-lhe diretamente.

– Não, não estou com fome – respondeu, virando o rosto para o lado e tratando-me com desdém, como se adivinhasse que eu estava tentando descobrir a origem do seu bom humor.

Fiquei perplexa, sem saber se não seria um bom momento para lhe fazer algumas advertências.

– Não me parece boa ideia andar por aí em vez de ficar na cama: não é sensato, sobretudo com esta umidade. Ainda apanha uma gripe forte ou as febres... Bem vejo que se passa alguma coisa!

– Nada que eu não possa resolver, e com o maior prazer, desde que me deixes em paz – replicou. – Vá, entra e não me incomodes.

Obedeci e, ao passar por ele, reparei que resfolegava como um gato.

– É isso! – disse com os meus botões. – Vem por aí doença. Não consigo imaginar o que andará fazendo!

Nessa mesma tarde, sentou-se à mesa para jantar conosco e servi-lhe um prato bem cheio, que ele aceitou, como para compensar os jejuns anteriores.

– Não apanhei nem febre nem gripe, Nelly – frisou ele, aludindo à minha conversa daquela manhã. – E estou pronto para fazer as honras à comida que me serves.

Pegou a faca e o garfo e preparava-se para começar, quando o apetite desapareceu subitamente. Pousou os talheres, olhou ansioso para a janela, levantou-se e saiu.

Vimo-lo andar de cá para lá no quintal, enquanto acabávamos de comer. Earnshaw disse que ia perguntar-lhe por que não vinha jantar; estava convencido de que o tínhamos ofendido de alguma maneira.

– Então, ele vem? – perguntou Catherine quando o primo voltou para dentro.

– Não – respondeu ele. – Mas não está zangado. Parece até muito bem disposto; mas mostrou-se impaciente quando insisti, e mandou-me vir para perto de ti. Disse que se admirava como eu podia estar interessado na companhia de outra pessoa.

Coloquei o prato dele no fogão, para mantê-lo quente. Ao fim de uma ou duas horas, quando já não havia ninguém na sala, Heathcliff regressou, mas não parecia mais calmo: por baixo das sobrancelhas bem negras exibia ainda a mesma expressão antinatural – sim, era sem dúvida antinatural – de invulgar contentamento, a mesma lividez, e um meio sorriso que deixava entrever-lhe os dentes de quando em vez; tremia, não de frio ou de fraqueza, mas como uma corda esticada em demasia – parecia mais uma vibração que um tremor.

Vou perguntar-lhe o que se passa, pensei, pois, se não for eu quem perguntar... E então exclamei:

– Recebeu boas notícias, sr. Heathcliff? Parece invulgarmente bem-disposto.

– E quem me traria boas notícias? – respondeu. – É a fome que me deixa bem-disposto, e pelo visto não vou comer nada.

– Aqui está o seu jantar – contrapus. – Por que não iria comer?

– Agora não tenho vontade – retorquiu. – Vou esperar pela ceia. E ouve bem, Nelly, de uma vez por todas te peço que mantenhas o Hareton e a outra longe de mim. Não quero que ninguém me incomode. Quero esta sala só para mim.

– Existe algum novo motivo para bani-los assim? – inquiri. – Diga-me por que está assim tão esquisito, sr. Heathcliff. Onde passou a noite de ontem? Não pergunto por mera curiosidade, mas...

– É por mera curiosidade que perguntas, sim – atalhou ele, dando uma gargalhada. – Mas vou satisfazê-la. Ontem à noite, estive no limiar do inferno. Hoje, tenho o meu céu à vista, ao alcance dos olhos; nem uma jarda nos separa! E agora é melhor ires embora... Se não fores intrometida, não verás nem ouvirás nada que vá te assustar.

Varri a lareira, limpei a mesa e me afastei, mais perplexa do que nunca.

Ele não voltou a sair de casa naquela tarde, e ninguém perturbou sua solidão até as oito horas, altura em que achei por bem levar-lhe a ceia e uma vela, mesmo sem ter sido chamada.

Fui encontrá-lo encostado numa das portas de tabuinhas, mas sem olhar para fora; tinha a cara virada para dentro, para a penumbra interior. O fogo estava reduzido a cinzas e na sala respirava-se um ar úmido e abafado, próprio de uma tarde enevoada e serena, que permitia escutar não só o murmúrio da ribeira de Gimmerton, mas também o correr da água sobre os seixos e o seu chapinhar de encontro às pedras maiores que não podia cobrir.

Deixei escapar uma exclamação de desagrado quando vi o fogo apagado, e comecei a fechar as janelas, uma a uma, até chegar junto dele.

— Quer que feche também esta? – perguntei, para despertá-lo, pois nem se mexera.

A luz da minha vela bateu-lhe em cheio no rosto. Ai, sr. Lockwood, nem imagina o susto que aquela visão fugaz me pregou! Aqueles olhos negros e encovados! Aquele sorriso e aquela palidez cadavérica! Não parecia o sr. Heathcliff, mas um demônio; o meu terror foi tal que bati a vela de encontro à parede, deixando-nos na escuridão.

— Podes fechar, sim – respondeu no seu tom habitual. – Sempre és muito desastrada! Que ideia foi essa de virares a vela na horizontal? Vai, mexe-te, vai buscar outra.

Saí correndo, atordoada de medo, e disse a Joseph: – O patrão quer que leve uma vela para ele, e que acenda de novo o fogo – pois não me atrevia a voltar para lá.

Joseph pôs algumas brasas na pá e foi. Contudo, trouxe-as imediatamente de volta, e ainda a bandeja da ceia na outra mão, explicando que o sr. Heathcliff ia deitar e não queria comer nada até de manhã.

Ouvimo-lo subir as escadas logo a seguir. Porém, não se dirigiu para o quarto de costume, pois ouvimo-lo entrar para o que tinha a cama de painéis – como já disse, a janela desse quarto é suficientemente larga para alguém poder passar – e ocorreu-me que talvez planejasse outro passeio noturno e não quisesse que descobríssemos.

"Será ele um lobisomem... ou um vampiro?", pensei. Já tinha lido histórias sobre esses horríveis demônios encarnados. E, depois, refleti como o tinha criado durante a infância, e como o vira crescer, e como o acompanhara durante quase toda a vida, e como era absurdo e disparatado deixar-me dominar agora por aquela sensação de terror.

"Mas de onde veio ele, aquela coisa negra que um homem bom acolheu sob o seu teto?", segredou-me a superstição, quando o sono já me fazia mergulhar na inconsciência. Como se fosse um sonho, comecei então a tentar vislumbrar uma possível ascendência para ele; e, retomando as lucubrações do estado de vigília, repassei outra vez sua existência, com sombrias modificações, chegando por fim à sua morte e enterro, do qual tudo de que me lembro é de estar completamente desorientada por me caber a incumbência de ditar uma inscrição para o seu túmulo, e ter resolvido consultar o coveiro; porém, como ele não tinha sobrenome, nem sabíamos a sua idade, tivemos de nos contentar com uma única palavra: "Heathcliff". Essa parte acabou por confirmar-se, pois foi de fato o que tivemos de fazer. Se for ao cemitério, verá que na sua pedra tumular apenas isso está inscrito, e também a data da morte.

A madrugada restituiu-me o bom senso. Levantei-me e fui até o quintal, assim que raiaram os primeiros alvores, para ver se havia pegadas por baixo da janela. Mas não havia.

"Ficou em casa", pensei, "e hoje já estará bom!"

Fiz o café da manhã para toda a gente, como de costume, mas disse ao Hareton e à Catherine que aproveitassem para tomar o deles antes de o patrão descer, pois hoje devia ficar na cama até tarde. Eles, porém, preferiram comer lá fora, à sombra das árvores, e foi lá que lhes preparei uma mesinha.

Quando voltei para dentro, encontrei o sr. Heathcliff já aqui embaixo. Conversava com Joseph sobre assuntos da lavoura: dava-lhe instruções precisas e minuciosas, mas falava muito depressa e virava constantemente a cabeça para os lados, com a mesma expressão excitada da véspera, mas ainda mais acentuada.

Quando Joseph saiu da sala, o patrão foi sentar-se no lugar que habitualmente preferia, e coloquei à sua frente uma tigela de café. Puxou-a mais para si, apoiou os cotovelos na mesa e pôs-se a examinar a parede oposta: parecia confinar-se a uma determinada zona, percorrendo-a para cima e para baixo com olhos inquietos e faiscantes, e era tal a sua concentração que suspendeu a respiração durante meio minuto.

– Vamos – exclamei, colocando um pedaço de pão na sua mão –, coma isto e beba o café enquanto está quente. Já foi feito há quase uma hora.

Não tinha dado pela minha presença e, no entanto, sorria. Preferia vê-lo ranger os dentes a vê-lo sorrir daquela maneira.

– Senhor Heathcliff! Patrão! – gritei. – Pelo amor de Deus, não olhe dessa maneira, como se tivesse alguma visão do outro mundo.

– Pelo amor de Deus, não grites tanto – retrucou ele. – Olha ali para aquele lado e diz-me se estamos sós.

– Claro! – foi a minha resposta. – Claro que estamos! – Contudo, fiz involuntariamente o que ele mandou, como se não tivesse certeza.

Enquanto isso, ele afastou com a mão parte das coisas do café da manhã, abriu uma clareira na mesa e inclinou-se para a frente, para poder olhar mais à vontade.

A certa altura, percebi que não estava olhando para a parede, pois, quando prestei atenção, parecia que olhava para qualquer coisa que não estaria a mais de duas jardas de distância e que, fosse lá o que fosse, aparentemente lhe transmitia prazer e dor, ou pelo menos assim dava a entender pela sua expressão angustiada e, ao mesmo tempo, extasiada.

O objeto imaginado não se mantinha fixo – os olhos dele perseguiam-no numa incansável vigilância e nunca se desviavam do alvo, nem mesmo quando falava comigo.

Em vão o lembrei de que ia já longo o seu jejum; mas se, em resposta aos meus rogos, o seu braço avançava para alguma coisa, se a sua mão se estendia para um pedaço de pão, logo os seus dedos se crispavam antes de agarrá-lo, quedando-se na mesa, esquecidos do seu propósito.

Fiquei sentada, qual modelo de paciência, tentando atrair sua atenção e pôr fim às suas crescentes especulações, até que, a certa altura, ele se irritou e levantou da mesa, perguntando-me por que razão não o deixava comer em paz, e acrescentando que, da próxima vez, não precisava esperar, bastava deixar as coisas e ir embora.

E, com essas palavras, saiu de casa, desceu lentamente o caminho do quintal e transpôs a cancela, desaparecendo em seguida.

As horas arrastaram-se, ansiosas. A noite chegou. Só muito tarde me retirei para o meu quarto e, quando o fiz, não consegui adormecer. Ele voltou quando já passava da meia-noite, e, em vez de ir se deitar, trancou-se na sala lá de baixo. Ouvia-o, sem saber o que fazer. Finalmente, vesti-me e desci as escadas. Já não aguentava ficar ali deitada, torturando a imaginação com temores ociosos.

Distinguia os passos do sr. Heathcliff, incessantes, para cá e para lá, e, de vez em quando, o silêncio era cortado por um suspiro fundo, melhor dizendo, um gemido. Murmurava também palavras soltas; a única que eu conseguia perceber era o nome de Catherine, acompanhado de algumas expressões arrebatados de dor ou de paixão, ditas como se a destinatária estivesse presente: em voz baixa e ardente, e arrancadas das profundezas da alma.

Eu não tinha coragem para entrar na sala; no entanto, precisava tirá-lo daquele delírio e, por isso, comecei a mexer no fogo da cozinha, remexendo as brasas e apanhando as cinzas. O meu estratagema o atraiu mais depressa do que pensava; não tardou a abrir a porta, dizendo:

– Nelly, vem cá... já é manhã? Traz uma luz.

– Estão batendo as quatro horas – respondi. – Quer uma luz para levar para cima? Podia ter acendido uma vela aqui no fogo.

– Não, não quero ir para cima – disse ele. – Vem acender o fogo e arruma tudo o que tiveres de arrumar aqui na sala.

– Primeiro tenho de assoprar as brasas, para animá-las, e só depois posso colocar mais carvão – repliquei, puxando uma cadeira e pegando no fole.

– Assim que o dia romper, mando chamar o sr. Green – disse. – Quero consultá-lo sobre umas questões legais, enquanto ainda tenho cabeça e calma para tratar dessas coisas. Ainda não fiz o testamento nem decidi como dispor dos meus bens. Só queria poder varrê-los da face da Terra!

– Não fale uma coisa dessas, sr. Heathcliff – atalhei. – Deixe o testamento em paz por agora... Ainda tem muito tempo para se arrepender das suas muitas injustiças! Nunca esperei vê-lo sofrer dos nervos, e olhe em que lindo estado o senhor está agora, e quase exclusivamente por sua culpa. A maneira como passou estes três dias seria suficiente para derrubar um titã. Coma qualquer coisa e vá descansar. Basta ver-se ao espelho para perceber como está precisado das duas coisas. Está com as faces chupadas que nem um esfomeado, e esses olhos raiados de sangue ainda ficam cegos de tão pouco dormirem.

– Não tenho culpa se não consigo comer nem descansar – retorquiu. – Asseguro-te que não é de propósito, e vou fazê-lo assim que puder. É o mesmo que pedires a um homem que se debate nas ondas que pare para descansar a duas jardas da praia! Primeiro tenho de chegar, e só então posso descansar. Pensando melhor, deixa para lá o sr. Green; quanto a arrepender-me das minhas injustiças, como não cometi nenhuma, não me arrependo de nada. Sou feliz até demais e, no entanto, não sou o suficiente. A felicidade que me salva a alma mata-me o corpo, mas não satisfaz a si própria.

– Feliz, patrão, o senhor? – exclamei. – Estranha felicidade a sua! Se me ouvisse sem se zangar, eu seria capaz de lhe dar alguns conselhos que fariam do senhor um homem ainda mais feliz.

– Ah, sim? Então dá teus conselhos.

– Como sabe, sr. Heathcliff – comecei eu –, desde os treze anos que o senhor leva uma vida egoísta e pagã. Provavelmente, nem abriu uma Bíblia durante todo este tempo. Deve, por isso, ter-se esquecido dos ensinamentos que estão lá e pode não ter tempo agora para procurá-los. Que mal faria mandar buscar alguém... um padre de qualquer religião, não importa qual, que explicasse e mostrasse como errou e se afastou desses preceitos, e como vai ser difícil entrar no céu, se não se operar em si uma mudança antes de morrer?

– Estou mais agradecido que zangado, Nelly – disse ele, – pois vieste lembrar-me a maneira como desejo ser enterrado: quero ser levado de noite para o cemitério. Tu e o Hareton, se quiserem, podem acompanhar-me. E verifiquem sobretudo se o coveiro segue as minhas instruções quanto aos dois caixões! Não preciso de padre nem de orações à beira da sepultura. Ouve bem o que te digo: estou quase entrando no *meu* céu; o céu dos outros, não cobiço nem tem para mim qualquer valor!

– E se o senhor persistir neste jejum obstinado, e morrer por causa disso, e eles se recusarem a enterrá-lo no cemitério da igreja? – argumentei, chocada com tanta indiferença perante Deus. – Não ia gostar disso, ia?

– Eles não farão uma coisa dessas – contrapôs. – Mas, se fizerem, tens de me levar para lá em segredo; e, se não o fizeres, irei provar-te, na prática, que os mortos não desaparecem de vez!

Assim que começou a ouvir movimento dentro de casa, retirou-se para o seu quarto e respirei de alívio. À tarde, porém, enquanto Joseph e Hareton cuidavam de seus afazeres, veio falar comigo na cozinha e pediu-me, com o olhar tresloucado, que sentasse com ele na sala – precisava de companhia.

Recusei, dizendo-lhe sem rodeios que as suas palavras e os seus modos estranhos me assustavam, e não tinha vontade nem coragem de ficar sozinha com ele.

– Talvez aches que sou algum demônio, não? – disse, soltando uma gargalhada sinistra. – Algo de demasiado terrível para habitar uma casa decente?

E, em seguida, virando-se para Catherine, que também estava lá e tinha se escondido atrás de mim ao vê-lo entrar, acrescentou, com um sorriso sarcástico:

– Quer vir comigo, minha linda? Não lhe faço mal nenhum. Ali, não quer? Para você, sou ainda pior que o diabo. Pois bem, há uma que não foge da minha companhia! Meu Deus, como ela é persistente! Oh, maldição! Tudo isto é indizivelmente mais do que a carne e o sangue podem suportar, mesmo tratando-se de mim.

Não procurou a companhia de mais ninguém. À noitinha, voltou para o quarto e, durante toda a noite e até alta madrugada, ouvimo-lo gemer e falar sozinho. O Hareton queria entrar a todo o custo, mas aconselhei-o a primeiro chamar o dr. Kenneth.

Quando o médico chegou, bati à porta e tentei abri-la, mas verifiquei que estava trancada, e o sr. Heathcliff mandou todos para o diabo: sentia-se melhor e queria ficar sozinho. Assim sendo, o médico foi embora.

No dia seguinte, a tarde chegou chuvosa – na verdade, choveu torrencialmente até raiar nova alvorada e quando, de manhã, fiz como de costume a minha ronda em volta da casa, reparei que a janela do quarto do patrão estava aberta e com as venezianas batendo, deixando entrar a chuva livremente.

"Não é possível que ele esteja deitado", pensei. "Com esta chuva, já estaria todo encharcado! Das duas, uma: ou já se levantou ou já saiu. Mas, em vez de fazer conjecturas, o melhor é encher-me de coragem e ir lá ver!"

Assim que consegui entrar, com a ajuda de uma outra chave, precipitei-me para os painéis de madeira, pois o quarto estava vazio; corri-os para o lado e espreitei: o sr. Heathcliff jazia de costas. Estremeci ao ver os seus olhos, tão fixos e tão terríveis. Parecia sorrir também.

Nem queria acreditar que estivesse morto, mas tinha o rosto e o pescoço lavados de chuva; os lençóis e cobertores já pingavam no chão e ele estava perfeitamente imóvel. As portas de tabuinhas batiam com força e tinham machucado a sua mão, que repousava no peitoril; mas do golpe não escorria sangue e, quando o toquei, todas as dúvidas se dissiparam – estava morto e já rígido!

Tranquei a janela, afastei da sua testa os longos cabelos negros e tentei fechar-lhe os olhos, para fazer desaparecer, se possível, aquele olhar medonho e esgazeado, exultante e quase vivo, antes que mais alguém pudesse vê-lo. Mas os olhos resistiam, como se zombassem dos meus esforços, e zombeteiros eram também os lábios entreabertos e os dentes brancos, afiados! Possuída de outro ataque de covardia, gritei por Joseph, que veio arrastando os pés e fazendo grande alarido, mas se recusou terminantemente a tocar no cadáver.

– O diabo levou sua alma – bradava ele –, e tanto faz como fez se levar também o corpo! E olhe, como ele parece mau, rindo assim da morte! – e o herege do velho pôs-se a arremedar o morto. Cheguei a pensar que ia dar pulos em volta da cama; mas logo recuperou a compostura e, caindo de joelhos, ergueu as mãos para os céus e deu graças ao Senhor por ter devolvido ao dono legítimo e à justa linhagem o que por direito lhe pertencia.

Sentia-me abalada com o nefasto acontecimento, e a minha memória recuou inevitavelmente ao passado, com uma espécie de opressiva tristeza. Mas foi o pobre do Hareton, o mais prejudicado de todos, o que mais sofreu. Permaneceu junto do corpo toda a noite, num desespero sentido, chorando, acariciando e beijando o rosto que todos os outros nem se atreviam a olhar; a pranteá-lo com aquela dor profunda que extravasa naturalmente de um coração generoso, embora duro como o aço.

O dr. Kenneth, perplexo, não sabia a que doença atribuir a morte do patrão. Omiti o fato de ele não ter comido nada durante quatro dias, receando que isso pudesse trazer mais complicações, e, aliás, estou convencida de que não fez aquilo de propósito – isso foi a consequência da sua estranha doença, e não a causa.

Enterrâmo-lo, para escândalo de toda a vizinhança, exatamente como era seu desejo: o cortejo fúnebre resumiu-se a Earnshaw, eu própria, o coveiro e seis homens para carregarem o caixão.

Os seis homens foram embora assim que o colocaram na cova, mas nós permanecemos assistindo até ele ser coberto de terra. O Hareton, debulhando-se em lágrimas, arrancou um punhado de ervas e as espalhou sobre o montículo de terra, que agora está tão macio e verde como as sepulturas vizinhas, e espero que o seu morador durma tão profundamente como os destas. Mas as pessoas da região, se lhes perguntasse, jurariam sobre a Bíblia que ele *anda por aí*. Há quem diga que o encontrou junto à igreja, no meio dos brejos e até dentro desta casa – fantasias, dirá o senhor, e digo eu. No entanto, aquele velho ali sentado perto da lareira garante que, desde a morte de Heathcliff, vê a ele e a ela na janela do quarto nas noites de tempestade, e, há cerca de um mês, aconteceu-me uma coisa muito estranha.

Ia eu a caminho da Granja um dia à tarde – por sinal, uma tarde muito carregada, ameaçando trovoada – e, ao chegar à encruzilhada do Morro, encontrei um garotinho com uma ovelha e dois cordeiros correndo na frente dele; ao vê-lo chorando, julguei que os animais fossem rebeldes e se recusassem a ser guiados.

– Que tens tu, menino? – perguntei.

– Está ali o Heathcliff com uma mulher; ali, naquele monte – balbuciou.

– Tenho medo de passar.

Eu não vi nada. Porém, nem ele nem as ovelhas arredavam pé dali, e mandei-os ir por um caminho mais abaixo.

Enquanto atravessava sozinho o descampado, o garoto deve ter criado ele mesmo os fantasmas, de tanto cismar sobre os disparates que ouvira os pais e os amigos contarem. Seja como for, o certo é que agora não me agrada nada andar sozinha à noite naquela parte nem ficar sozinha nesta casa soturna. Que hei de fazer? Ficarei contente quando eles resolverem deixá-la e se mudarem para a Granja!

– Vão então morar na Granja? – disse eu.

– Vão sim – respondeu a sra. Dean. – Assim que se casarem, o que será no dia de Ano-Novo.

– E quem ficará aqui?

– Ora essa! O Joseph, para tratar da casa; e talvez um criado qualquer para lhe fazer companhia. Ficarão na cozinha, e o resto da casa vai ser fechado.

– Para gáudio dos fantasmas que acharem por bem vir habitá-la – comentei.

– Não, sr. Lockwood – disse Nelly, abanando a cabeça. – Creio que os mortos estão em paz, mas não é bom falar deles com leviandade.

Nesse momento, ouvimos os gonzos da cancela do quintal – era o parzinho que chegava do passeio.

– *Estes* não têm medo de nada – disse por entre dentes, observando-os da janela. – Juntos, seriam capazes de desbaratar Satanás e todas as suas legiões.

Ao vê-los parar, quando chegaram aos degraus, para olhar a Lua mais uma vez, ou melhor, para olharem um para o outro à luz do luar, senti um impulso irresistível de escapar outra vez deles; assim, meti uma gratificação na mão da sra. Dean e, ignorando os seus comentários quanto à minha má educação, desapareci pela porta da cozinha no preciso momento em que eles abriam a porta da sala, e teria dado razão a Joseph quanto à conduta leviana da colega, se ele, felizmente, não tivesse me reconhecido como um cavalheiro respeitável, ao ouvir o som mavioso da moeda que tiniu a seus pés.

O meu regresso para casa foi demorado, devido ao desvio que fiz pela igreja. Ao olhar para as paredes, verifiquei que sete meses haviam bastado para a degradação avançar: muitas eram as janelas que ostentavam negros buracos onde faltavam vidraças; aqui e ali havia telhas fora do alinhamento que não tardariam a ser arrancadas pelas intempéries do outono.

Procurei, e não tardei a encontrar, as três lápides na encosta que desce para o brejo: a do meio, cinzenta e meio coberta pela urze; a de Edgar Linton, por enquanto só debruada de ervas e musgo; a de Heathcliff, ainda nua.

Por ali me demorei, sob um céu propício, observando as borboletas que esvoaçavam entre as urzes e as campainhas-do-monte, ouvindo a brisa suave que de mansinho agitava a relva, perguntando a mim mesmo como seria possível alguém imaginar que macabras deambulações perturbassem o sono dos que ali repousavam na terra tranquila.

Este livro foi composto em Sabon MT